笠間書院

妹尾好信
Seno Yoshinobu

中世王朝物語
表現の探究

中世王朝物語　表現の探究――目次

序章　「中世王朝物語」の名義と対象

一　「中世王朝物語」命名の経緯

「中世王朝物語」という言葉は、文学史用語としてほぼ定着したと言ってよいだろう。中世、すなわち鎌倉・南北朝・室町時代に作られた王朝風の物語は、かつては「擬古物語」「中世物語」「中世小説」などさまざまに呼ばれて、これと言った特定の呼称は存在しなかった。それは、長くこれらの物語が『源氏物語』や『狭衣物語』など平安朝物語の模倣に終始した亜流作品と見なされ、まともに研究する価値がないものと考えられていたことと関係していよう。しかし、戦後の復興を遂げて日本が高度に経済発展するとともに進学率が高まって大学・短大の数が増え、その多くに国文学科が置かれた。それにしたがって研究者人口も増加し、学界の裾野が拡がった。『源氏物語』を中心とする王朝物語の研究も飛躍的に進展し、成熟していった。作品に対するアプローチの方法や視点が多角的になりかつ細分化するにつれて、平安朝物語を継承しながら中世的な展開を見せるこれら中世の物語群にも次第に注目されるようになったのである。

金子武雄・小木喬・松尾聰氏らの先駆的な研究に始まり、今井源衛・樋口芳麻呂・大槻修氏らによる綿密な読解による詳細な作品研究がこれに続き、三角洋一・神野藤昭夫・神田龍身・辛島正雄氏らの戦後世代によって物語文学史を展望した数々の斬新な論考が発表されて、散逸物語をも視野に入れつつ、中世に作られた物語の研究は着実に進展し、拡がりを見せていった。

そんな中で、昭和六十三年から平成六年にかけて刊行された『鎌倉時代物語集成』全七巻（市古貞次・三角洋一編、笠間書院刊。本編七巻の他に、別巻が平成十三年刊）は、これら中世の王朝風物語を網羅的に集め、善本を選んで翻刻し、注釈こそないものの、段落に分け、句読点を施した読みやすい本文を提示した画期的な企画であった。これによって、研究者のみならず大学・短大における演習の教材としてもこれらの物語を容易に読むことができるようになって、ますます研究の裾野が拡大していったのである。

『鎌倉時代物語集成』という叢書名は、おそらく先行の『室町時代物語大成』全十二巻・補遺二巻（横山重・松本隆信編、補遺は松本隆信編、昭和四十八年～昭和六十三年、角川書店刊）を意識した命名と思われるが、鎌倉時代に成立した物語だけではなく、明らかに南北朝・室町期になって書かれたと見られる作品も含まれているので、あまり正確とは言えない名称であった。しかしながら、たとえば「中世物語集成」のような書名では、広義の「御伽草子」を集成した『室町時代物語大成』との区別があいまいになるというような理由で『鎌倉時代物語集成』とされたのではないかと推測される。「鎌倉時代物語」の語は、小木喬氏『鎌倉時代物語の研究』（昭和三十六年、東寶書房刊。のち、昭和五十九年、有精堂覆刊）に書名として使用されてはいるが、やはり、南北朝・室町時代に成った物語まで含む以上は適切とは言えないのであった。

『鎌倉時代物語集成』所収の物語群を、読みやすい校訂本文に全訳を付けて新たな叢書として出版しようという企画が、同じ笠間書院内で持ち上がったのは昭和六十年代に入ったころのことらしいから、『鎌倉時代物語集成』の進行とほぼ並行していたようだ。市古貞次氏を筆頭に、稲賀敬二・今井源衛・大槻修・鈴木一雄・樋口芳麻呂・三角洋一の各氏が編集委員を務めておられるので、明らかに『鎌倉時代物語集成』を継承・発展させた企画である。しかし、そこでは「鎌倉時代物語」の呼称は受け継がれず、新たな名称が模索されたようである。笠間書院のPR誌『リポート笠間』No.38（平成九年十月刊）に掲載された座談会「変貌する中世王朝物語群像」にそのあたりの経緯が語られていて、それによれば、「中世王朝物語」という語の発案者は筆者の師である故稲賀敬二先生である。次のような発言がそのことを示している。

最初の編集会議でしたから、昭和六十二年、大阪の阪急グランドビルの二十六階の会議室。「中世」はなくちゃ困る。売れるのは「王朝」だ。「物語」を扱うのは既定事実。メモ用紙にこれ三つを並べてにらんでいたら、語呂のいいのは「中世王朝物語」。オソルオソル（笑）かつ、しずしずと（笑）皆さんに申し上げたら決まっちゃいましてね。

販売戦略上の命名という側面もあったようだが、「鎌倉時代物語」よりも適切な名称が求められたのであろう。稲賀先生は冗談めかしながらも、「これは私が捻り出した言葉で、これからだんだん流布するはずだ」とも言われていて、自信のほどがうかがわれる。企画段階では、叢書名は「中世王朝物語叢刊」とされていたが、「中世王朝物語全集」と改題されて、『鎌倉時代物語集成』本編の完結を目前にした平成七年五月に第一回配本の『海人の刈藻』が刊行された。これによって「中世王朝物語」という新しい用語が一般に知られるところとなったのだが、実はそれに先立つ平成五年八月に、編集委員の一人である大槻修氏の著書『中世王朝物語の研究』（世界思想社）が刊行されている。「中世王朝物語」を用いた最初の出版物である。同書には、

従来、「擬古物語」と称せられてきた平安後期・鎌倉・室町時代の物語は、名称が江戸期の擬古文と紛れ易く、平安最盛期に成った『源氏物語』以後の、宮廷女流文学の系列作品を、幅広く鎌倉・室町時代をも取り

込んで一括する手頃な名称が見当たらない。いま便宜上、平安後期・鎌倉・室町時代にわたる王朝物語の系列作品を、ここにまとめて「中世王朝物語」と称することにする。(第二章　序)

と書かれており、「あとがき」においても、「中世王朝物語叢刊」の企画に触れて、

従来、後期物語とか平安後期・鎌倉時代物語とか、『源氏物語』以後の、いわゆる宮廷女流文学の系列作品を、まとめて呼称するのに都合がよい言葉に窮してきたが、「中世王朝物語」という一括した呼び名は、まことに言い得て妙なるものがあり、あえてここに拙著の書名として使わせていただいた次第である。

と記されている。単なる便宜上ではなく、新企画に採用が決まった呼称を適切な用語ゆえ先取りして使用されたわけなのである。

以後、「中世王朝物語全集」の刊行と並行して、大槻修・神野藤昭夫編『中世王朝物語を学ぶ人のために』(平成九年、世界思想社)、田淵福子著『中世王朝物語の表現』(平成十一年、世界思想社)、辛島正雄著『中世王朝物語史論』上・下(平成十三年、笠間書院)、神田龍身・西沢正史編『中世王朝物語・御伽草子事典』(平成十四年、勉誠出版)、中島正二・田村俊介著『中世王朝物語『白露』詳注』(平成十八年、笠間書院)、辛島正雄・妹尾好信編『中世王朝物語の新研究』(平成十九年、新典社)と「中世王朝物語」の語を書名に用いた本の刊行が続く。専門的な学術書から啓蒙書・事典までさまざまで、この用語がいかに浸透してきたかがわかる。この分野の研究が盛んになることに比例して「中世王朝物語」という語も確実に定着してきたのである。

二　「中世王朝物語」への否定的見解

ただ、一般化するにつれて、この用語に疑義を唱える論考も現れた。たとえば、中島正二氏は、自身が「中世

王朝物語」を冠した注釈書の共著者でもあるのだが、一方で、文学史用語としての「中世王朝物語」という術語の使用には否定的な見解を示された（「「中世王朝物語」と「お伽草子」を中心とした物語史および物語研究に関する考察」『むろまち』第七集〈平成十五年三月　室町の会〉）。中島氏は、「術語の使用という点において、すなわち「王朝物語」を中世にまで拡張使用することには、賛成できない」と言われ、「そもそも平安時代の物語を「王朝物語」と呼ぶことにも疑問がある」とされる。それは、『三宝絵』の序によって、「平安期にすでに、おびただしい数の「異類物」の物語が数多く書かれていたことが知られている」のであって、「平安朝物語の全てが「王朝的世界」の物語ではなかった」からであると言う。そこで氏は、「「作り物語」のうち、『源氏物語』などの、貴族や宮廷が中心に描かれる物語を「公家物語」と称する」ことを提案された。したがって、「中世王朝物語」ではなく、「中世公家物語」と呼ぶべきであると言われ、「特に文学様式を問題にする場合は「中世擬古物語」がふさわしいであろうが、そうでなければ、「中世公家物語」には不都合な点はないように思う」と主張される。この見解にしたがえば、『源氏物語』や『狭衣物語』など平安朝の作り物語も「平安公家物語」と呼ぶべきだということになるが、実のところ、平安朝に作られた「異類物」「武家物」「宗教物」などの「公家物」でない物語はすべて散逸し現存していない（今後発見される見込みもほぼない）のだから、現存するすべての物語をあえて「平安公家物語」と呼ばねばならないとも思えない。むしろ、「王朝物語」という概念には公家物語の意が含まれていると言うべきであろう。だから、中世に作られた公家物語は「中世王朝物語」だということになるのである。

また、加藤昌嘉氏は、「「王朝物語」という術語と「中世王朝物語」という術語は、非連続である」と指摘され、その理由として、

通常、「王朝物語」と言った場合は、『うつほ物語』や『源氏物語』などの作り物語をはじめ、『伊勢物語』

や『平中物語』などの歌物語も、『栄花物語』や『大鏡』などの歴史物語も含まれる。しかるに、「中世王朝物語」と言った場合は、含まれるのは、『在明の別』から『夢の通ひ路』までの作り物語に限定されており、『増鏡』や『今物語』や『西行物語』は埒外に置かれている。概念上、不整合である。

と言われている（「作り物語のエレメント」『国語と国文学』平成二十一年五月特集号）。それで、氏は、作り物語のジャンルに属する物語類を時代分けするのなら、「王朝物語」「中世王朝物語」ではなく、「中古の作り物語」「中世の作り物語」と呼べばよいと主張される。一理ある見解ではあるが、「中古の作り物語」「中世の作り物語」ではなんだか間のびしていて学術用語としていかがかと思う。いま筆者は「王朝物語」という概念には公家物語の意が含まれていると言ったが、実は「王朝物語」には広義と狭義があって、広義には作り物語の他に歌物語や歴史物語、場合によっては『今昔物語集』などの説話集をも含んで言うが、狭義には『竹取物語』『源氏物語』『狭衣物語』といった作り物語に限定して使用されるのである。そういう意味では「王朝物語」と「中世王朝物語」は必ずしも非連続とは言えない。ただし、「中世王朝物語」という用語は「中世に作られた王朝物語」の意ではあるが、平安朝の作り物語をさす狭義の「王朝物語」との連続性から命名されたわけではなくて、「中世の作り物語」を表す用語として新たに考案された術語である。したがって、たとえ「王朝物語」との間に概念上の非連続性があったとしても、それを理由に「中世王朝物語」の語を斥けるのは当たらないであろう。

また、中島氏のように、「王朝物語」という言い方自体が誤解を招く表現だという意見もある。しかし、文学史用語の「王朝」は歴史学でいう「王朝」とは別概念と考えるべきである。文学史で「王朝文学」「王朝物語」「王朝和歌」などと言うときの「王朝」はほぼ平安時代と同義で用いる。律令制を基盤として、天皇を頂点とした官僚貴族による政治形態が機能しており、高度な文化を生み出した時代をさして「王朝」ないし「王朝時代」

と言うのであって、歴史学でひとつの王家の系統に属する統治を「王朝」と言い、その時代を唐王朝とかロマノフ王朝とか言うのとは明らかに異なる。日本では天皇家という同一の王統が現代までずっと続いたので王朝の交代はなく、「平安王朝」とか「中世王朝」とかいうものは存在しないのだという批判もまた当たらないと思う。「中世王朝物語」とは、「中世王朝の物語」ではなく「中世に作られた王朝物語」の意であり、武家政治が行なわれた中世に作られながらも、天皇を中心とした貴族政治が行なわれていた平安時代の政治形態や文化状況を理想とし、（多くは平安時代を物語の時代設定として）平安時代に作られた物語の表現方法を模倣して創作された虚構の物語を言うのである。

三　「中世王朝物語」の上限と下限

それでは、いったいいつからいつまでの間に作られた作品が「中世王朝物語」なのかというと、はっきりとした線引きは難しい。日本史では、鎌倉幕府成立の建久三年（一一九二）から室町幕府が滅亡した天正元年（一五七三）までを中世と捉えるのが普通であろうから、それに当てはめるにしても、物語の成立年次はほとんどが不明なので、どの作品が中世に属するかという認定は事実上不可能である。

ただし、鎌倉時代最初期の正治二年（一二〇〇）から翌建仁元年（一二〇一）の間に成立したとされる物語評論の書『無名草子』に、散逸した作品も含めて多くの物語が取り上げられている。ここに名の見える作品はほぼ平安時代の成立と言ってよいであろう。ただ、「むげにこのごろ出で来たるもの」として挙げられている『うきなみ』（隆信作）『松浦宮』（定家少将作）『在明の別』『夢語り』『波路の姫君』『浅茅が原の尚侍』は『無名草子』とほぼ同時期の成立と見られるから、鎌倉時代に入ってからの成立である可能性が高い。『鎌倉時代物語集成』の共編者であ

る三角洋一氏は、「鎌倉時代物語」の定義に関して、

平安時代の物語に対して、鎌倉時代に制作された物語のこと。もう少しゆるめて、鎌倉時代を中心として、院政期から南北朝・室町期にかけて作られた物語をいう。

と規定されている（徳田和夫編『お伽草子事典』〈平成十四年、東京堂出版刊〉）。上限を院政期にまで遡らせるため、『松浦宮物語』『在明の別』はもとより『今とりかへばや』まで『鎌倉時代物語集成』や「中世王朝物語全集」に収めておられるわけである。

文学史上「中世」がどこから始まるのかは難しいところであるが、物語文学に関しては、いっそのこと、『無名草子』の成立以前に存在した物語を「平安後期物語」と呼び、『無名草子』以後に成った物語を「中世王朝物語」と呼ぶと決めればわかりやすいかも知れない。大槻修氏は、「中世王朝物語」に含まれる作品群を分類して、

(1)前期―『無名草子』成立後、『風葉和歌集』成立以前（『あさぢが露』『在明の別』『いはでしのぶ』『石清水物語』『今とりかへばや』『風につれなき』『苔の衣』『雫ににごる』『住吉物語』『松浦宮物語』『むぐら』『我が身にたどる姫君』の十二編）

(2)後期―『風葉和歌集』成立以後（『あきぎり』『海人の刈藻』『風に紅葉』『木幡の時雨』『恋路ゆかしき大将』『小夜衣』『しのびね』『しら露』『錦木物語』『葉月物語絵巻』『初瀬物語』『兵部卿物語』『松陰中納言』『八重葎』『別本八重葎』『山路の露』『夢の通ひ路物語』『夜寝覚物語』の十八編）

の二つに分けられた（「中世王朝物語」の世界」『中世王朝物語を学ぶ人のために』〈前掲〉所収）。『無名草子』と『風葉和歌集』をそれぞれ時代区分の基準とするのはよいと思う。ただし、『在明の別』『今とりかへばや』『松浦宮物語』を(1)に入れておられるが、これらは『無名草子』に言及されている作品なので、それ以前の成立である。よっ

て、この基準にしたがえば、三作品は「中世王朝物語」ではなく「平安後期物語」ということになる。もっとも、大槻氏は、前掲『中世王朝物語の研究』（第二章）においては、『今とりかへばや』は「平安後期に位置する物語」に入れられ、『在明の別』と『松浦宮物語』もそれに「付随せしめるのが通例」と言われている。『無名草子』を基準にするならその方が正しい。しかしながら、『今とりかへばや』はともかくとして、『松浦宮物語』や『在明の別』までを平安末期成立の物語として、『狭衣物語』や『夜の寝覚』と同列に扱うのには抵抗感がある。結局、「平安後期物語」と「中世王朝物語」の境界線は曖昧にせざるを得ないと思う。したがって、『鎌倉時代物語集成』や「中世王朝物語全集」の「少しゆるめ」た作品選択は概ね妥当と言うべきであろう。ただし、筆者としては『今とりかへばや』はやはり「平安後期物語」に入れたいと思う。

他に気になるのは、『堤中納言物語』に収められた短編作品の扱いである。『堤中納言物語』は、平安後期の物語として扱われるのが普通だが、十編まとめて一つの短編物語集とされたのは鎌倉時代初期ごろかと考えられている。唯一成立時期が明らかな『逢坂越えぬ権中納言』は天喜三年（一〇五五）五月三日庚申に催された禖子内親王家物語合に提出された新作物語であるから間違いなく「平安後期物語」だが、十編の中には鎌倉期になって作られた作品が含まれている可能性がある。どの作品が平安朝の成立でどの作品が鎌倉期のものかを区別することは困難だが、『堤中納言物語』所収の短編が「中世王朝物語」に属する作品であるかも知れないことは考慮に入れておく必要があろう。本書に『はいずみ』と『貝合』を扱った論考を収めた理由もそこにあるのだが、むろん両作品が鎌倉期に入ってからの成立だと主張するものではない。ちなみに、稲賀先生は『堤中納言物語』の編者は定家であり、『はいずみ』は定家若年の頃の作、『よしなしごと』は晩年に記した跋文なのではないかという説を提出されている（「新編日本古典文学全集」本『堤中納言物語』解説）。

さて、それでは「中世王朝物語」の下限はどこかということだが、大槻氏も三角氏も室町時代までと考えられているようであるが、近世初期まで下るとする考え方もある（『別本八重葎』や『松陰中納言物語』を近世に入っての成立と見る説がある）。室町時代になると、いわゆる広義の「御伽草子」と「中世王朝物語」は併存する。『住吉物語』が伝本によっては御伽草子の性格を強めることは友久武文氏が説かれたところであるし、『あきぎり』に御伽草子『しぐれ』との交渉が窺われることは辛島正雄氏が指摘されている。「中世王朝物語」と御伽草子が併存するというよりも、市古貞次氏による「中世小説」の分類の中で「公家物」に属する諸作品は後期の「中世王朝物語」であると言った方がよいのではないか。本書で「公家物」の「御伽草子」である『伊香物語』を扱ったのも、そのような認識に基づいている。そうすると、「中世王朝物語」の下限は、「御伽草子」と「仮名草子」の境界と重なることになる。ところが、『雲隠六帖』は、異本系は室町時代の成立と見られる「中世王朝物語」の一作品だが、『源氏雲隠抄』という注解を付して版行された流布本は「仮名草子」の作者である浅井了意の手に成ったとされており、これを「仮名草子」に含めて考えることもできるのである。上限において「平安後期物語」との境界が曖昧であるのと同様、下限においても「仮名草子」などの近世文学と「中世王朝物語」の境界はやはり曖昧なのである。

四　「中世王朝物語」研究の現状と展望

平成二十三年十月現在、「中世王朝物語全集」は全二十二巻・別巻一のうち、全体のほぼ三分の二にあたる十四冊十九作品が刊行済みである。刊行開始からすでに十六年を経ており、当初の刊行計画からはかなり遅れているようだが、それでも同全集の刊行によって読者層が大幅に拡がり、それに比例して多くの研究者の目が「中世王朝物語」に向けられるようになった。『源氏物語』や『狭衣物語』の享受資料としてだけではなく、物語史ないしは中世文学史の中にこれらの物語群を位置づけようという試みがなされるようにもなってきた。

『国語と国文学』平成十九年五月号の特集「国語国文学界の展望」において「王朝物語」を担当された高橋亨氏は、「中世王朝物語」にも触れて、研究の現状と課題について、「「中世王朝物語」を含めた研究対象の多様な広がりの中で、物語史の展望や個別の研究は細緻に進行しているのだが、『源氏物語』をどこまで相対化し、物語史の新たな展望が拓かれたかという点になると、いささか心もとないのも現実である」と指摘され、「説話や歴史物語また軍記などの世界との接点を探ることが課題」であり、「美術史や芸能史、宗教史などのより広い文化史を視野に入れることで、より新しく豊かな王朝物語史が構想されると思われる」と提言されている。また、それより早く、平成十四年五月に刊行された『中世王朝物語・御伽草子事典』(前掲)の「はじめに」においても、編者の神田龍身氏が、「個別的な各論はかなり成果をあげているが、やはり物語文学史さらには日本文学史・文化史全体に対しての見通しが今こそ必要ではないか」と言われている。

もっともな意見であり、近年は特に若い研究者の中からこうした注文や期待に応える意欲的な論考も現れていて結構なことだと思うのだが、一方で筆者などには、ちょっと待ってくれ、「中世王朝物語」はまだまだ基礎的な読解研究が十分になされていない段階にあるのではないかという思いもある。『鎌倉時代物語集成』や「中世王朝物語全集」の刊行によって「中世王朝物語」の各作品は格段に読みやすくなったけれども、はたしてそれでちゃんと読めているかというと、多分に心もとないところがあるのではなかろうか。全訳を付した「中世王朝物語全集」が出ると、あたかもその作品の本文は正しく読み解かれたかのような印象を受けるが、実際は必ずしもそうではない。『源氏物語』には八百年にもおよぶ校訂・注釈研究の歴史があり、『狭衣物語』でも四百年以上の研究史がある。ところが、「中世王朝物語」の読解研究はいまだ緒についたばかりというのが現状なのである。「中世王朝物語全集」が刊行されたからと言って「中世王朝物語」の本文が正しく読めたという気になってはいけない。実のところ、まだまだ読み解けないところだらけなのである。

「中世王朝物語」の中で伝本に恵まれた作品は少ない。百本に及ぶ写本が存する『今とりかへばや』は例外的な存在であるが、それとて成立から四百年以上経過した江戸期の書写本ばかりである。室町中期以前の古写本が存するのは『あさぢが露』と『松浦宮物語』くらいのものである。他の多くは、江戸時代の国学者たちが目を留めて写し置いたものがかろうじて伝存していると言った状況である。『あさぢが露』『在明の別』『風に紅葉』『恋路ゆかしき大将』『別本 八重葎』『夢の通ひ路』は天下の孤本であり、校合ができないので、本文に損傷があると復元のしようがない。また、『いはでしのぶ』『風につれなき』『雫ににごる』『むぐら』は残欠本であり、全体のごく一部分しか伝わっていないので、全体像が見えない中で本文を解釈しなければならない。『海人の刈藻』『しのびね』のように改作本のみが伝わる作品もあって、改作時に生じたかと思われる本文の矛盾や混乱がいくつも認められる。『苔の衣』のように改作本ではなくても内部矛盾が見られる作品もある。『我が身にたどる姫君』などはいくつも注釈書が出されているが、その本文は難解至極である。「中世王朝物語」には、かように多くの問題を抱えて解釈困難な本文状況にある作品が多いのである。繰り返すが、「中世王朝物語全集」がそれらをすべて解決して信頼できる本文を提供してくれているわけでは決してない。文化史や周辺諸学と切り結んだ高尚な論考の出現が期待される一方で、我々は不断に地道な本文解読の努力を続けなければならないと思うのである。

五　本書の内容

本書に収めたのは、筆者がこの二十年余りほそぼそと続けてきた「中世王朝物語」読解の試みである。二十数作品ある中の半分にも満たない作品数しか扱えていないし、文学史や文化史を見据えたようなスケールの大きい立論でもない、ごく地味な論考ばかりである。それでも、難解な本文に向き合い、いかに読み解くかにそれなりの精力を注いできたので、いくらかは基礎的な研究の進展に寄与する点はあろうかと思う。

テーマ・視点によって、全体をI~IVの四章に分けた。

Iは「主題・構想論」として、『松浦宮物語』『海人の刈藻』『あさぢが露』『石清水物語』『八重葎』『風につれなき』の六作品を取り上げた。各作品の主題や構想について考えた論考だが、その過程には難解な本文の読解作業がある。十分に読めていなかった本文が読み解けると、作者がその作品にこめた主題や方法が見えてくる。すると、その作品の持つ価値や文学史的な位置づけも明らかになってくる。そこまでは成功していないにしても、少なくともそういう方向性は示し得たのではないかと思う。

IIは「典拠・先行物語受容考」とし、『はいずみ』『海人の刈藻』『松陰中納言物語』『伊香物語』を取り上げた。「中世王朝物語」の諸作品が『源氏物語』や『狭衣物語』の強い影響下に作られていることは自明のことだが、『伊勢物語』も少なからぬ影響を与えている。『源氏物語』と『伊勢物語』を中心に、「中世王朝物語」の王朝物語受容の実態を考察した。

IIIは「引歌表現考」とし、『海人の刈藻』『八重葎』『あきぎり』『松陰中納言物語』の引歌表現を考察した。作中の引歌表現の探究は、単にレトリックの問題ではなく、作者の教養のレベルや成立年代の特定まで、さまざまなことの推測に役立つ。中でも、「中世王朝物語」相互で引歌表現を共有したり、作中歌を引歌に使用したりしていることがわかると、「中世王朝物語」の成立圏、作者圏というようなものが見えてくるのが興味深いところである。

Ⅳは「本文校訂考」とし、『貝合』『在明の別』『夜寝覚物語』を取り上げた。伝本の多い『堤中納言物語』所収の短編物語にも本文上の問題点が多々あることは、後藤康文氏の一連の論考によって明らかである。まして、孤本である『在明の別』や近似した二伝本しかない改作本『夜寝覚物語』の場合は、本文の校訂は推測本文によらざるを得ない。本文批評による推測本文をいかに校訂に取り入れるべきか、筆者なりの見解を示してみたつもりである。

末尾に、「中世王朝物語全集」『海人の刈藻』の注釈作業の副産物である「『海人の刈藻』登場人物総覧」を付録として収めた。物語の規模に比して登場人物の数が極めて多い『海人の刈藻』の作者の手腕はこれら人物の複雑な絡み合いの妙において発揮されているのだが、設定の矛盾や不統一もまま見られる。作品の孕む本文上の問題を考える際の手がかりになればと思う。

本書で提示したのはすべて私見であり、試みの論である。多くの研究者の検証と批正を受けることによって、「中世王朝物語」の研究が基礎的な部分でより確かなものになり、さらに高度な文学論・文化史論へと展開してゆく礎になることを願っている。

I 主題・構想論

『松浦宮物語』の「偽跋」私解

はじめに

また、定家少将の作りたるとてあまたはべめるは、まして、ただ気色ばかりにて、むげにまことなきものどもにはべるなるべし。『松浦の宮』とかやこそ、ひとへに『万葉集』の風情にて、『うつほ』など見る心地して、愚かなる心も及ばぬさまにはべるめれ。(1)

この『無名草子』の記事によって、『松浦宮物語』は藤原定家の著作とするのが有力である。そうであれば、定家の少将在任期間は文治五年(一一八九)十一月から建仁二年(一二〇二)閏十月までであるから、この間ないしはそれ以前、すなわち四十一歳より前の著作ということになる(ただし、『無名草子』は正治二年(一二〇〇)から翌建仁元年(一二〇一)の成立とされるから、それ以前である)。吉田幸一氏は、文治五年(一一八九)三月、二十八歳頃の作かとされる。(2)

この記事によると、定家は多くの物語をものしたが、どれもたいしたものではなかった。その中で、『松浦宮物語』だけは、全体的に『万葉集』の風情を有し、『うつほ物語』などを彷彿させてなかなかのものだと評されている。定家著作の他の物語作品がいかなるものか具体的には知るよしもないが、確かに『松浦宮物語』は擬古物語として特筆すべき個性的な作品と言ってよいと思う。

一　定家作『松浦宮物語』の特質

萩谷朴氏は、この作品を「実験小説」と規定された。[3] 氏は、「作者定家は、これを単なる恋愛小説・伝奇小説・軍記小説等諸様式の小説としての構想の展開のためだけではなく、古代小説としての擬古的表現・異郷小説としての模倣的修辞等の文章技巧の練磨に利用していた」とされ、さらには「定家が創作歌人として成長するための、歌論の実験の場、歌風体得の場として、物語様式を利用したに過ぎない特殊な実験小説である」とその性格付けをなされている。

基本的には首肯できる見解だと思うが、歌論の実験・歌風の体得を真の意図とまで見るのはいかがかという気もする。作中の和歌七十一首は物語全体の分量から言って少ない数ではないであろうし、『万葉集』『古今集』『新古今集』それぞれの歌風を表した和歌がゆるやかな推移をもって三巻全体に配置されていることも事実と言えよう。しかし、作中の和歌について評言めいた言辞や草子地などが見られる箇所はなく、そこに歌論意識を認めるのは困難である。『伊勢物語』や『土佐日記』などとは作中歌の占める位置が本質的に異なっていると思われる。定家としては、作歌修養の意図よりもやはり物語の創作そのものに対する興味関心からこの作品を執筆したものであろう。定家が多くの物語を作ったという『無名草子』の記事からも、彼がいかに物語創作に意欲的であったかがわかるし、それらはおそらく定家なりにさまざま趣向を凝らした短編の習作物語であったろうと思うのである。

歌人定家は、同時に秀逸な物語享受者（研究者）でもあった。そんな彼が自ら多くの物語の筆を執ったというのは極めて自然なことである。ただ彼はすぐれた物語作者とはなり得なかったようで、彼の作ったほとんどの物語は「ただ気色ばかりにて、むげにまことなきものども」と受け取られていつしか散逸し、わずかに『松浦宮物語』だけが「愚かなる心も及ばぬさま」との評価を受けて、今日まで残り得たのである。

この物語の取るべきところとして『無名草子』は、「ひとへに『万葉集』の風情にて、『うつほ』など見る心地して」と、その古物語めかした作為、すなわち擬古的手法の巧みさを挙げている。確かにこの点においてはさすがは定家と思えるものがある。しかしながら、長編物語としての本作品は、ストーリーの完結性という点では必ずしも成功しているとは言えまい。この物語の結末部はあまりに尻切れとんぼだと言わざるを得ない。全編のクライマックスとも言うべき主人公弁少将と唐の母后との恋愛が新たな展開を見せ、弁少将が帰国の準備を急ぎ始めたところで、突然「本の草子、朽ち失せて見えずと、本に」と記す。元本が痛んで失われており、この間の本文は書写不能だと親本にある、というわけで、書写者のコメントを装っているが、これは作者定家の作為と見られる。その後しばらく帰国後の弁少将の行動が語られるのだが、再び「『この奥も、本朽ち失せて離れ落ちにけり』と本に」と記して、ここで物語は中断してしまっている。その後には跋文めいた文章が数行書き付けられているのみである。

萩谷氏は、この二箇所の注記めかした文を「省筆」、末尾の跋文らしき文章を「偽跋」と称された。そして、「（定家は）恋愛小説としてのプロットの上で、神奈備皇女・華陽公主・鄧皇后と三人のヒロインが、同時に同じ場面に鉢合わせをする危険性を生じた主人公帰国後の段階に到ると、それに対処する主人公の心理状態についても、もはや収拾がつかなくなることを恐れて、あっさりと偽跋を身替りに据えて、物語の結末を切り捨ててしまい、長編小説作家としての責任を放棄して、一向に恥じるところがなかったのである」と述べられた。その理由として氏は、「定家は、この物語を長編小説として完結させる責任というものをさほど強く感じてはいなかった。極言すれば、定家は、この物語の世界を利用して、彼が抱いている各種の文芸理論を実験し、その体験の上に立って、彼の作家としての能力をより一層伸展させればそれでよかったのである」と言われ、そもそも本作品の真の執筆意図が長編物語の完成とは別のところにあったためであろうとされた。

萩谷氏の「省筆」「偽跋」の捉え方は十分納得できるし、中断理由に関しての見解も魅力的である。が、実験小説であるがゆえに長編小説としての完結性を重んじなかったというよりも、やはりこの「省筆」と「偽跋」とは、作者の当初の目論見とは異なって物語の構想に破綻をきたし、もはや収拾がつきそうになくなったので、万やむをえず中断したのをとりつくろったものというのが本当のところなのではないかと思う。つまり長編物語構想能力の不足が原因なのだが、それを定家は書誌学者らしい手法でごまかしたのだと考えられるのである。第一の「省筆」は第二の「省筆」によって中断するのがあまりに唐突になるのをやわらげる意味で設けたものであろう。さすがの定家も長編物語作者としての才能には恵まれていなかったというわけなのだろうが、それにしても、長編を企てた気負いからか、やたらと複雑なプロットを設定し過ぎたのが失敗の原因だったのであろうと思う。

二　「偽跋」の読解（その1）

そうなると「偽跋」は、この物語の結末を放棄した定家のいわば釈明の弁とでも言うべきものである。これについても、萩谷氏によって注釈がなされており、ほぼ明解な解釈が示されている。しかしそれで十分に意が尽くされているかと言うと若干疑問もあるので、ここでは、萩谷説の驥尾に付して「偽跋」の私解を試みてみたい。

まずはじめに、「偽跋」を蜂須賀家旧蔵本（伝後光厳院宸翰本）によって引用する。(4)

①この物語、たかき代の事にて、哥もこと葉も、さまことにふるめかしうみえしを、蜀山の道のほとりより、さかしきいまの世の人のつくりかへたるとて、むげにみぐるしきことどもみゆめり。②いづれかまことならむ。③もろこしの人の『うちぬるなか』といひけむ、そらごとのなかのそらごと、をかしう。」（改丁）

④貞観三年四月十八日、

そめ殿の院のにしのたいにてかきおはりぬ。

⑤花非花霧非霧、夜半来天明去、来如春夢幾時、去似朝雲無覓処。」（一面空白）

⑥これもまことの事也。⑦さばかり『傾城のいろにあはじ』とて、あだなる心なき人は、なに事にかゝることはいひをきたまひけるぞと、心えがたく。⑧唐にはさる霧のさぶらふか。」

第一文①は、「この物語は、上代のことを書いたものであるから、はじめの方は歌も地の文も異様なほど古めかしく見えたものだが、蜀山の道を行く描写のあたり（巻二）から後は、小ざかしい近代の人が改作したものだということで、ひどく見苦しい文章が目につくようだ」と言っている。萩谷氏が指摘されたように、本物語の巻一は歌も万葉調のものが多く、登場人物の名前や官職にも古代の風がよく表れている。それに比べて巻二以降は歌にも万葉ぶりが薄れ、地の文にも漢文訓読調が強くなって様相を異にしていることを定家自身が認め、それを巻二以降に後人の改作の手が加えられたためだと釈明したものである。巻一冒頭で、時代設定を「藤原の宮の御時」、すなわち持統・文武朝頃という思い切った古代においてみたものの、舞台を唐土に移してから後はどうしても叙述が漢文趣味に傾き、歌も万葉調にとどまらなくなってしまったのを、古典にはまま見られる後人の改作ということで説明したというわけであろう。

第二文②「いづれかまことならむ」を、萩谷氏は「さあどちらが真実でしょうかね」と訳しておられるが、意味がわかりにくい。そのまま取れば、「哥もこと葉も、さまことにふるめかしうみえし」部分と「さかしきいまの世の人のつくりかへたるとて、むげにみぐるしきことどももみゆめ」る部分とを比べてどちらが「まこと」かと疑問を呈していることになる。しかし、原作の部分と後人の改作部分とを比べてどちらが真実かというのは妙である。

思うに、この文は反語文なのではないか。つまり、原作部分に書かれていることにしろ、後人が改作した「蜀山の道のほとり」以後にしろ、どちらが真実と言えよう、どちらも「まこと」ならぬ「そらごと」だと言っているのであろうと思う。もともとこの作品は空想的な仮作物語であって、現実的な事実譚ではない。原作にしろ、改作部分にしろ、架空の「そらごと」であることには変わりがないと、厳しい批評を下した姿勢を見せているのである。

第三文③については、萩谷氏は、「唐土の人が、『寝ている間の』とかいった、つくりごとの中のつくりごとが面白くてね」と訳し、「うちぬるなか」は『高唐賦』や『神女賦』の一節を指すかとされながらも「適切な表現の本文を見出さない」と言われ、また「『そらごとのなかのそらごと』は、楚の襄王の夢に神女と遇った話の中の宋玉が語った先王の夢に巫山の女とあったという朝雲暮雨を指すか」と注しておられる。が、「もろこしの人の『うちぬるなか』といひけむ」というのは、物語中の表現を引用したものである。すでに三角洋一氏(5)や菊地仁氏(6)らが指摘しておられることだが、これは巻三〔四四〕に見える、母后が弁少将に向かって自らの素姓を明かし、二人の宿世因縁を語る長い言葉の冒頭近くの表現である。次のようにある。

さても、うち寝る中の夢の直路も、まことのゆゑを晴るけずは、いとど罪さりどころなくや。宇文会と言ひし、まことは阿修羅の身の生まれきて、すでに我が国を滅ぼすべき時至れりしを、先王、文皇帝おぼし嘆きし余り、玄奘三蔵を使ひとして、天帝に度々愁へ申したまひき。我は第二の天の天衆にて、さらに下界に降るべきゆゑなかりしかど、天帝このことをあはれびたまふによりて、天上に時の間のいとまをたまはりて、この国に生を享けて、乱を治め、国を興すべき御使ひに降り来たり。（以下略。傍線引用者）

母后は、自分と弁少将との夢幻的な恋愛関係をまず、「うち寝る中の夢の直路」にたとえて、その因縁の説明を始める。これは言うまでもなく、『古今集』巻十二・恋二・五五八「恋ひわびて打ちぬる中に行きかよふ夢のただちはうつつならなむ」（藤原敏行）を引いたものである。そして、反乱軍の大将宇文会が阿修羅の化身であること、自分は忉利天の天衆で、天帝の命によりこの国の乱を鎮めるために遣わされ転生したものであること、さらには弁少将が実は天帝の御前に仕える天童で、弓矢を取って母后を援けるべく天帝が日本の住吉の神に預けていたのだということなどを明らかにする。母后はそういう因縁を思うにつけて煩悩が生じ、ついには少将と夢のような逢瀬を持つに至ってしまった。そのことで母后がいかに苦悩しているかということを縷々と述べる件《くだり》である。伝奇性の強いこの物語にあってもとりわけ超現実的な宿世転世譚である。この部分をさして、定家は「偽跋」で「そらごとのなかのそらごと」と称したのである。

つまり、この物語は終始「まこと」ならぬ「そらごと」だが、わけても「もろこしの人」すなわち唐の母后が「うちぬるなか」云々と言ったとかいう件は「そらごとのなかのそらごと」であり、「をかしう」思われるというのである。この場合の「をかし」は、「面白い・興味深い」の意よりもむしろ「滑稽だ・笑止だ」という意に近いであろうと思う。肯定ではなく否定の評価なのである。定家は自らが作ったこの物語の過度とも言える伝奇性を自嘲気味に批判してみせたというわけである。したがって、萩谷氏のように「うちぬるなか」や「そらごとのなかのそらごと」に漢籍から典拠を求めようとされるのは当たらないのである。(7)

定家の時代において、あまりに超現実的な伝奇物語がすでに興ざめなものと受け取られていたことは、『無名草子』の物語評を見ても明らかである。『浜松中納言物語』の転生の複雑さ、『夜の寝覚』の偽死事件、『狭衣物語』の天人降下、『海人の刈藻』の即身成仏など、超現実的な設定はほとんど難点として挙げられているのである。自嘲的ではあるが、定家はかなり醒めた眼で自作を批評していると言うべきであろう。

第四文④の書写奥書は、この物語の成立ならびに書写時期を極端に古いものに偽装するために具体的な年号日付を設定したものであるが、「そめ殿の院のにしのたい」を持ち出したのは『伊勢物語』からの連想でもあろうか。「染殿の后」藤原明子は第六五段に登場するし、その明子の叔母である五条后順子邸の「西の対」にいとこの二条后高子が住み、昔男が密かに通ったという第四段の話はあまりにも著名である。

三 「偽跋」の読解（その2）

「偽跋」には、次に『白氏文集』巻十二に載る「花非花」という詩を記している。「新釈漢文大系」117『白氏文集』二下により、訓み下してみる。(8)

花か　花に非《あら》ず、霧か　霧に非ず。
夜半に来《きた》り、天明に去る。
来ること春の夢の如く　幾多の時ぞ、

去ること朝《あした》の雲に似て　覓《もと》むる処《ところ》無し。

「はかなくも美しい幻想を詠じた歌である」とされるが、ちょうど本物語における弁少将と母后の恋愛譚にも似た春の夜の夢のような女人とのはかない逢瀬を歌った詩とも取れる。白楽天の詩には珍しい艶っぽい内容と言えよう。第六文以下はその点をとらえて批評したものである。

その第六文の⑥「これもまことの事也」は、いささか不審。萩谷氏は「この詩に言うておることも（亦人情の）真実じゃ」と訳されているが、前段からのつながりで言えば、この詩に詠まれたごとき夢幻的な逢瀬も「まこと」ならぬ「そらごと」だと言うべきところである。となると案外、この一文はもともと「これもまことのことや」とあったもので、「この詩に言っていることも真実であろうか。いや、そうではない。そらごとだ」という意の反語文なのではないかという気がする。係助詞「や」が「也」と書かれて断定の助動詞に誤られることはままあることであろう。

第七文⑦は、萩谷氏の解釈通りで、『白氏文集』巻四・新楽府に載る「李夫人」の末尾に「人非《ズ》二木石《ニ》一皆有レ情。不レ如《カ》レ不《ランニハ》レ遇《ハ》二傾城《ノ》色《ニ》一」とあるのにより、およそ色っぽいことを好む心はなかったはずの人（白楽天）が何故にこのようなことを言い遺したのかと不審がっているのである。そして、これに最後の一文である⑧「唐にはさる霧のさぶらふか」が添えられる。「それとも、唐土にはそんな不思議な霧があるのかね」と言っているわけで、一種のおとぼけであるが、これで萩谷氏がいみじくも指摘されたように、「この花非花・霧非霧という朝雲暮雨のもつ性格・雰囲気そのものが、取りも直さずこの作品の基調をなすものであることをつい白状した」という結果になっている。つまり、この第六文以下によって、白楽天の「花非花」の詩が本作品、特に巻二以降に描かれる弁少将と母后との恋物語の執筆にあたって重要なモチーフとなったことを明かしているわけである。衒学趣味的な戯跋だが、物語構想上の種明かしをしていると見れば、すこぶる興味深いものがある。

萩谷氏はこの「偽跋」を二つに分けておられる。①から⑤までを「偽跋一」とされ、⑥から⑧までは「偽跋二」として「偽跋一に対して、後世の人が加えた批評という形をとっている」と言われるのであるが、この「偽跋」は終始「まこと」「そらごと」を問題にしていて文脈上ひとつながりのものであるから、執筆次元を異にしていると見て二つに分ける必要はない。蜂須賀家旧蔵本は⑤と⑥との間に一面の空白を置く（同系統の書陵部蔵本でも丁を改める）が、これは本来的な形態ではないと考えてよかろう。④で書写終了の年月日を装った日付を記してひとまず跋文の形を整えた後に⑤の詩以下を書き加えたものとおぼしく、もし二つに分けるならば①から④までと⑤から⑧までに分けられよう。それにしても後者は前者に対する追記であって、後人の注記という体裁のものではなかろうと思う。

言ってみれば、この「偽跋」は、本作品に関する自己批判と構想上の種明かしとから成っている。そこには、若き日の定家が気負いをもって長編擬古物語を構想し、執筆に励んだけれども、途中で息切れがして続かなくなり、書誌学者らしい省筆法を用いて中断してしまったこと、また目論見に反して擬古的操作が徹底せず、当初の時代設定よりも次第に後代風になってしまったこと、伝奇的要素が強くなり過ぎ、とりわけ巻三になると過度の超現実性が目について我ながら忸怩としてしまったことなどに対する定家の反省・照れ・自己嫌悪・弁解といったさまざまな気持ちが含まれているように思われて興味深いのである。

おわりに

この「偽跋」こそ、完結に至らなかった本物語の定家流の収拾法であり、これを書き加えることによって、なんとか『松浦宮物語』は一編の作品として完成したと言えるのである。だから「偽跋」は作品の一部なのであり、すこぶる重要な意味を持つものである。結果的にとは言え、定家は実に個性的で凝った趣向を導入したものだ。その意味で、この「偽跋」を得た『松浦宮物語』は、定家の習作物語としては一応の成功作と認めることができようかと思われるのである。今日に残る古典となりえたのもこの「偽跋」ゆえと言えるかも知れない。

【注】

(1) 樋口芳麻呂・久保木哲夫校注・訳「新編日本古典文学全集」40『松浦宮物語・無名草子』(平11 小学館)による。以下、『無名草子』および『松浦宮物語』本文の引用は、特に断らない限りすべて同書による。

(2) 吉田幸一氏「松浦宮の成立年時と作者についての考説──文治五年三月定家廿八才の頃の作か──」『平安文学研究』第二三輯(昭34・7)。

(3) 萩谷朴校注、角川文庫『松浦宮物語』(昭45 角川書店)。ただし、昭和五十三年発行の第四版を用いた。以下、萩谷氏の説の引用は、特に断らない限りすべて同書による。

(4) 「原装影印古典籍覆製叢刊」『松浦宮物語』(昭56 雄松堂書店)による。濁点・句読点・引用符等を私に付した。文番号も引用者。

(5) 三角洋一氏「『松浦宮物語』の意図をめぐって」『高知大学学術研究報告』第二四巻・人文科学第一号(昭50・9)。のち、「中世文学研究叢書」1『物語の変貌』(平成8 若草書房)に所収。

(6) 菊地仁氏「物語作家としての藤原定家──松浦宮物語の位置づけ──」『国学院雑誌』第八二巻第二号(昭56・2)。

（7）萩谷氏は、角川文庫本を書き改めて出された『松浦宮全注釈』（平成9　若草書房）においても、依然「『うちぬるなか』に適切な表現の本文を見出さない」と、角川文庫本の注釈をそのまま踏襲しておられる。一方、樋口芳麻呂氏校注の「新編日本古典文学全集」本（注1掲出）には適切な注釈がなされている。

（8）平成19年、明治書院刊。「岡村繁著」とされているが、同巻の担当者は柳川順子氏である。第三句は『松浦宮物語』の諸本みな「幾時」とあるが、『白氏文集』に「幾多時」とあるのが正しい。

『海人の刈藻』私見

はじめに

『海人の刈藻』は、原作本が平安末期に作られ、現存本は鎌倉後期以降に改作されたものと一般に考えられている。原作本は早くに散逸しているが、『明月記』貞永二年（一二三三）三月二十日の条や、『和歌色葉集』巻三・増補物語名の部にその名が見え、『無名草子』にはかなり詳しく内容に関する言及がある。また、『拾遺百番歌合』に三首、『風葉和歌集』に四首の歌が採られ、重複歌を除いて五首の作中歌が知られている。

原作本から現存本への改作の問題をはじめ、本物語の特質や主題に関しては、近世末期の黒川春村『古物語類字抄』での言及を嚆矢として、昭和十年代の森岡常夫・宮田和一郎氏らの研究を土台に、以後半世紀ほどの間に、桑原博史・小木喬・樋口芳麻呂氏ら、多くの研究者によってさまざまな論究がなされてきた。とりわけ近年は中世王朝物語研究の気運が高まり、その一環として本物語に関する研究成果も次第に多く世に出されるようになった。本稿では、それら諸先学の学恩を蒙りつつ、本物語について若干の私見を述べてみたいと思う。

一　書名とその意味

「海人の刈藻」という本書の題号は、諸説一致して、『古今集』巻十五・恋五・八〇七に見える歌、

（題しらず）　　　　　　　　　典侍藤原直子朝臣

あまのかるもにすむむしの我からとねをこそなかめ世をばうらみじ（1）

によっているとされ、これにより「我と我が身を嘆く恋の謂い（2）」などと言われる。が、これは、この歌の歌句を直接取って書名としたものではなく、この歌を引歌として用いた本物語の本文中の一節によって書名としたものと理解されている。すなわち、巻三に、

日に添へていや増しなる水の白波を、みな御心落ち居て、「嬉し」と思しわたるに、かの下燃えに思ひ乱るる人の御心いかばかりならん。ふみわたるべき浮き橋も絶え果てていとどつらければ、「来ん世の海人となりてかづくみるめを」と思し取りぬるにも、いとど袖はひちまさりて、海人の刈る藻に住む虫のわれからつらき人多く嘆きわび給ふ。（3）（二四六頁）

とある記事によるとされるのである。これは、新中納言に密通され、秘密裡に出産した藤壺の女御が宮中に戻った後、日増しに帝寵が厚くなるのを聞いて、文を通わすてだてもなくなった中納言が悲嘆にくれ、現世での逢瀬を諦めて来世での再会を期待しつつも、我が心から引き起こした事態を恨んでいる場面である。

「水の白波」は、『古今集』巻十四・恋四・六八二のよみ人しらず歌「いしま行く水の白波立帰りかくこそは見めあかずもあるかな」を引いて、帝の女御への飽きることのない寵愛の深さを言い、「来ん世の海人となりてかづくみるめを」は、『古今六帖』第五・「こんよ」・三一三〇・作者不記「このよにて君を見るめのかたからばこ

んよのあまとなりてかづかん」を引いて、この世での逢瀬を諦め後世での再会を願う気持ちを表わしている。そして、「海人の刈る藻に住む虫のわれから」の部分には、前記の『古今集』八〇七番歌を引いて、自らの行為ゆえにつらく当たる人が多くなったことを嘆いているさまが述べられる。その他、「下燃えに思ひ乱るる」とか、「ふみわたるべき浮き橋も絶え果てて」なども、極めて和歌的な技法による表現である。

このように、この部分は引歌表現を駆使し、和歌的装飾がちりばめられ、物語中でも特に技巧の目立つ印象的な文章であり、ここから新中納言の悲嘆を象徴する語として、「海人の刈藻」という書名が取られたというのは、いかにもふさわしいように思われる。

しかしながら、翻って考えると、かくも多くの引歌表現が用いられた中から、特に「海人の刈藻」の語だけを取り上げて書名とする必然性はどこにあるのかという気もしてくる。物語本文中の語句から書名を付けるのなら、この部分以外にも他にいくらも候補はあろう。それに、「我からとねをこそなかめ世をばうらみじ」というこの『古今集』八〇七番歌の意を含ませて本物語全体の題号とするのは、いささかそぐわないのではないかと思われる。「こんなつらい思いをするのも自分のせいなのだ。ただ声をあげて泣こう。人のせいにして世間を恨んだりはするまい」というこの歌の意味は、本物語における新中納言の思いを代表させるにはどうもふさわしくない。その点を気にされたのか、室城秀之氏(4)は、直前の「来ん世の海人となりてかづくみるめを」の部分の意味も合わせ考えて、「新中納言の自らまねいた『つらき』心をかたどるとともに」「この世では添いとげることのできない女御との、『来む世』での邂逅を期待しつつ、『世をば恨』まずに出家しようとの新中納言の思いを内にひそめている」と題号の由来を説かれるのであるが、少々苦しいように思う。物語の展開から見て、新中納言の思いとしてはむしろ出家願望の方が重要であり、この部分の言葉の中では「来ん世の海人となりて」云々の方に重きが置かれるべきではなかろうか。
どうも私には、本物語の題号としては、必ずしも巻三のこの部分の表現ばかりにとらわれずに、広く典拠を求めた方がよいように思われる。その意味で、一般的に「海人の刈る藻」という歌語が導くものとしての「われから」という語によって表現される宿世観を象徴した題号だと考えられる国谷（守口）暁美氏の見解[5]なども参考になるであろう。
私としては、本物語を新中納言の藤壺の女御に対する悲恋と出家遁世の物語と見た時、物語全体をシンボライズする書名には、やはり恋の苦しみとそれによる出家願望とが反映されていると見るべきであろうと思う。その点、『古今集』八〇七番歌では、恋の苦しみに限定されてしまう。

そこで両者を包含した内容を有し、かつ「海人の刈る藻」の語を含んだ歌を著名な歌集に求めると、次の『古今集』巻十八・雑下・九三四番歌が最もふさわしかろうと思う。

（題しらず）　　　　　　　　　　（読人しらず）

いく世しもあらじわが身をなぞもかくあまのかるもに思ひみだるる

この歌は、雑歌下の第二首目にあり、部立上は恋歌ではない。しかし、「みるめ（海松布＝見る目）」「うら（浦＝憂・恨）」などの語と縁の深い「あまのかるも」の語には十分に恋の情緒が感じられ、「思ひみだるる」にも恋愛のイメージが強い。そして、「いく世しもあらじわが身を」という表現にこめられた無常観は、仏教的香気を持ち、出家願望に通じるものである。
本物語巻三で、初瀬に参籠した新中納言の夢に現れた僧が、「まことにかりそめの世に侍り。しばしも滞らんほどだに、後の世の勤めし給へ」（一二三頁）とさとし、これによって「山道も急がるるや」（一二六頁）と出家願望を強くする。この夢の告げが後の出家遁世に至る端緒となるわけで、物語展開上の大きな節目になっている。

さらに、巻四では、一条院の自室で寝た新中納言の夢に同じ僧が現れ、「塵をだに」と言ってうち仰ぎ、「一切有為法、如夢幻泡影、如露亦如電」と『金剛般若経』の偈《げ》を誦する。「塵をだに」は、『古今集』巻三・夏・一六七・躬恒「ちりをだにすゑじとぞ思ふさきしよりいもとわがぬるとこ夏のはな」の歌の初句を引いたもので、「床夏」＝「撫子」、すなわち幼な子を絆《ほだし》と感じてなかなか出家に踏み切れないでいる新中納言の境遇を表わしたものであり、偈の内容は、一切の存在が変転してはかないものであることを悟したものである。新中納言はこの僧の言葉に感じ、「『さればよ、まことに世のありさまの定め難く、ほどなき身に、いつまで』と心あはたたしく、仏の諌めも嬉しく、『さすがあはれも多く、ほだしある心地するを、『心汚し』と見給ふらん』と思して」（二七九頁）出家の決意を固めるのである。これが新中納言の出家遁世の直接的契機であり、言うまでもなく、この場面は物語の構想上、非常に重要な場面である。

この両場面における新中納言の心情、また夢想に現れた僧の悟しは、まさに『古今集』九三四番歌の内容に一致していると言ってよいのではなかろうか。思うに、「海人の刈藻」という本物語の題号は、恋しい人あるいはいとしい子のためになかなか出家に踏み切れないでいる新中納言の心中の苦悩、出家願望と恩愛のはざまにたゆたう心の動揺のさまを、『古今集』の古歌によって表現したものなのであろう。そして、それこそがこの物語のひとつの主題を表わしていると思うのである。

本物語の題号は、主に『古今集』九三四番歌によったものであって、巻三に引歌として用いられた同書八〇七番歌とは直接的な関係はない（もちろん間接的な関連は考えられるが）。巻三に八〇七番歌が引歌とされていることと題号の由来とは別々に考えるべきであろうと思う。だいいち、原作本にも八〇七番歌が引歌として用いられていたかどうかもわからないのである。ただ、本物語の題号が原作本の作者自身によって付けられたことは確かであろうと思うのである。

二　改作の意図と方法

次に、改作についての問題を考えたい。

現存本『海人の刈藻』が『無名草子』や『拾遺百番歌合』『風葉集』の編者が見た本とは別作品であることは明らかであり、これらの成立以後に改作されたものと考えるのが通説である。逆に現存本は原作の草稿であり、散逸した本がそれを修訂した定稿本であると見る小木喬氏(6)のような説もあるが、大方の賛同を得るには至っていない。私も通説に従い、現存本は鎌倉中期までは存在していた古本を、以後何らかの意図で改作したものと考えることにする。

その改作の方法については、まず、現存本の内容が『無名草子』の記事や『拾遺百番歌合』と『風葉集』の詞書によって知られる原作本の内容と大きな違いがなく、物語に描かれる事件や人物関係の設定がほぼ一致し、主要な登場人物の呼称や官職名にも変更がないことから、現存本は原作本の筋に相当忠実に改作したものと考えられるということが指摘されている。

そして、もうひとつ明らかなことは、『拾遺百番歌合』と『風葉集』に採られた五首の歌が現存本には一首も存在しないということである。

このことに関しては、現存本は原作本を相当大幅に縮小・簡略化したものであるゆえ、いきおい歌数も減少し、五首とも現存本には残らなかったとする考え(7)もあるが、『拾遺百番歌合』や『風葉集』に採られた歌は、物語中の代表歌とも言うべき秀歌であろうから、簡略化ゆえにそれらがすべてカットされたとは考えにくい。

そこで、改作に関しては、意図的に、「原作の歌を全面的に詠み替えていくという改作の作業が行われ」たと考える塩田公子氏(8)のような見解が出てくる。塩田氏はまた、『拾遺百番歌合』と『風葉集』に見える五首の歌が存在したとおぼしい箇所の現存本の記事を検討されて、「歌のみを非常に巧妙に取り払い、歌の入りうる情況のみはすっかり残し、和歌を取り去った跡をうまくかくすようにその周辺に『手直し』ともいうべき改変が行なわれたらしい」と述べておられる(9)。

言われる通りで、どうやら本物語の改作に際しては、和歌の挿し替えや除去、または新作の挿入などがひとつの眼目であったらしい。『拾遺百番歌合』や『風葉集』によって物語中の秀歌が認定された後において、両書に採られた五首の歌がすべて削除されているというのは、この五首だけを意識的に除いたというわけではあるまい。おそらく改作者は、基本的に作中の和歌をすべて新しくすることを念頭に置いて改作を試みたのであろうと思われ、塩田氏が「和歌を全面的にさし変える為の改作作業であったのではないかと想像する」(10)と言われているのも納得がいく。

物語の改作と言えば、よく梗概化・簡略化という面でのみ考えられがちであるが、必ずしもそうとばかりは言えない。『源氏物語』はあまりの大長編ゆえ、中世以降にさまざまな梗概書が作られた。『夜の寝覚』の場合も短縮化の線で改作本が作られている。が、たとえば『とりかへばや物語』は、明らかに簡略化ではなく、筋の展開や文章表現上の露骨さをやわらげるのが目的であった。

『海人の刈藻』の改作者は、筋そのものを改めることを目的にしてはいなかった。彼の関心は、散文作品としての物語の改作ではなく、物語中の和歌の体系を組み替えるというところにあった。おそらくは歌よみとしての詠歌修業の一環としてこのような作業を試みたのではないであろうか。もし物語の筋を改作することに関心があれば、『無名草子』が指摘している本物語の難点をほぼそのままにしておくはずはなかろうと思う。たとえば、藤壺の中宮の一の宮出産の折の仏の数が多すぎるというような難点は容易に解消できたであろうのに、そのままになっているようなのである。改作者が『無名草子』の評を知らなかった可能性がないわけではないが、それにしても『無名草子』の伝える原作本の筋と現存本のそれとはあまりに近すぎよう。もっとも、和歌を全面的に挿し替えることに伴って歌の前後の記事には省略や改変がなされ、結果的に筋の細部において変化が生じることはままあった（たとえば、新中納言の出家の途次での江侍従の従者との遭遇場面の省略など）。しかし、あくまで物語の筋には手を加えないという基本姿勢は貫かれていると考えられるのである。

原作本と改作本との間に大幅に和歌が挿し替えられていると見られる物語の例に『しのびね物語』がある。『しのびね物語』の場合、『風葉集』に三首の歌が採られているが、それらはいずれも現存本には存在しない歌である。現存本は古本を大幅に簡略化・梗概化することによって成立したものと考えられているのであるが、両本の間には微妙な筋の相違もあることが想定されている。[11] この作品の場合も、梗概化のほかに、『海人の刈藻』と同様、和歌の全面的な詠み替えをひとつの基本方針として改作が試みられたものなのではないかと思われるのである。

三　改作の時期と引歌

次に問題となるのは改作の時期であるが、これについては、今のところ『風葉集』成立の文永八年（一二七一）以後ということしか明らかではない。したがって、鎌倉後期あるいは南北朝期に入ってからの改作としか言いようがないのであるが、成立時期を推定するひとつの手がかりに物語中の引歌表現がある。

本物語の引歌に関しては、早く宮田和一郎氏が詳細に調査され、その結果、本物語の作者を、「古歌を引くに極めて巧妙な技倆を示して居つて、この一事を以てしてもこの作者は余程秀でた創作能力を持つて居たやうに思ふ」[12]と評しておられる。氏は『古今集』から『新続古今集』まで代々の勅撰集から三十三首の引歌を指摘された。そして、そのうち『新千載集』巻十五・恋五・一六三八に載る次の歌が最下限であるとされた。[13]

題しらず　　　　前参議雅有

まれにてもあひ見ばとこそ思ひしにたえぬは人のうらみなりけり

すなわち、『新千載集』成立の延文四年（一三五九）ないし作者飛鳥井雅有（仁治二年〈一二四一〉～正安三年〈一三〇一〉）の生没をもって本物語の改作年代の目安とされたのである。

後年、樋口芳麻呂氏は、『新古今集』以後の勅撰集歌について、宮田氏が引歌として指摘された歌を再検討され、やはり同じく『新千載集』一六三八の雅有歌を最下限と認められた。[14] ただしこの歌は雅有の自撰家集『隣女和歌集』によれば正元二年（一二六〇）に詠まれた三百首歌の中の歌であるから、必ずしも『新千載集』による引歌と見なくてもよいことを述べておられる。が、結局氏は、現存本『海人の刈藻』所載歌に『新千載集』所収歌の歌句と一致するものが目につくことから、現存本は『新千載集』の成立後まもなくの頃の成立と推定されると言われている。

だが、ここで私は、宮田・樋口両氏が改作時期推定の手がかりとされた『新千載集』の雅有歌を引歌とする考えに疑問を表明したい。

当該箇所は巻二の後半部分に存する。按察使の大納言家の長男宰相の中将（もとの頭の中将）が、父の後妻の連

れ子である故藤中納言の中の君と密かに契った翌日、遅ればせに送った後朝の文の中の言葉である。宰相の中将の文は、

逢坂の関のあなたの唐橋よわたりてもなほわたらまほしき

たへぬは人の（九四頁）

とあった。この歌に添えられた「たへぬは人の」の語が雅有歌の第四句を引いたものとされるのである。しかし、よく考えてみると、この雅有歌は恋歌ではあるが、逢えないことを嘆く恨みの歌（いわゆる「逢うて逢はざる恋」の趣き）で、仮にも後朝の文に引かれるのはいかがかという気がする。「逢坂の…」の歌は、昨夜念願かなって逢うことができたが、今夜もまた逢いたいの意である。それに添えられた「たへぬは人の」も、今夜再度の逢瀬を願う意の歌を引いたものでなくてはふさわしくなかろう。雅有歌ではいかにもちぐはぐである。

そこで私は、この「たへぬは人の」は『後撰集』巻十二・恋四・八八二に載る次の歌を引いたものと見たい。

みくしげどのにはじめてつかはしける　　あつただの朝臣

けふそへにくれざらめやはとおもへどもたへぬは人の心なりけり

こちらは詞書から明らかに後朝の歌であり、今日に限って暮れない道理はないのだが、日が暮れてあなたに逢うのが待ち切れない思いだの意で、まことにこの場にふさわしい。この敦忠歌は『大和物語』第九二段にも載り、よく知られた歌である。これを引歌とした表現に相違なかろうと思う。諸本「たへぬは人の」と表記しているのも、雅有歌のように「絶えぬは人の」ではなく「堪へぬは人の」であることを物語っていよう。これによって、宮田氏や樋口氏が引歌の最下限とされた『新千載集』からは引歌が取られていないということになるのである（宮田氏がもう一首『新千載集』からの引歌とされた巻十三・恋三・一四〇〇の花園院御製「しづむべき身をば思はず涙川なが

れて後の名こそをしけれ」については、樋口氏が言われる通り、物語本文の「流れて後の御名の苦しさ」（二四七頁）を必ずしも引歌表現と考えなくてもよいと思われる）。

『新千載集』に引歌がないということになると、宮田・樋口両氏の調査では、文永二年（一二六五）奏覧の『続古今集』が最下限ということになるが、これは文永八年（一二七一）撰進の『風葉集』以前であるから、結局本物語改作の時期は『風葉集』の成立後まもなくの頃かと一応は考えることができよう。

ところが、『新千載集』の巻十一・恋一・一〇三九に、

百首歌たてまつりし時、寄風恋　　二品法親王尊胤

しるべとはたのまずながら思ひやるそなたの風のつてぞまたるる

という歌があって、これはあるいは本物語巻二の「例の中納言殿は、沸き返る思ひに、そなたの風も懐かしくて」（二〇〇頁）云々とある部分の引歌であるかも知れない。尊胤法親王（徳治元年〈一三〇六〉～延文四年〈一三五九〉）は後伏見院皇子で、『風雅集』以下に入集する歌人である。この歌は『延文百首』六七一番に見える歌であるから、延文二年（一三五七）頃の詠と考えられる。もしこれが引歌と認められるならば、本物語は南北朝期の改作ということになり、つまりは樋口氏の説かれる通り、『新千載集』成立後まもなくの頃と考えられるのであるが、いかがであろうか。

なお、『続古今集』より後の勅撰集の歌で、本物語の引歌となっている可能性が考えられるものとして、他に二首ほど挙げられる。

ひとつは、『新後撰集』巻九・釈教・六八一番歌である。

久安百首歌に、釈教　　大炊御門右大臣

世の中をいとふあまりに鳥の音もきこえぬ山のふもとにぞすむ

これが巻二の「中納言の、鳥の音聞こえぬ山道求めけんもことわりにこそ」（七二頁）とある部分の引歌であるかも知れないのだが、この歌は詞書にある通り久安六年（一一五〇）成立の『久安百首』一八六番の歌であるから、改作時期の推定にはあまり役立たない。

もうひとつは、『続千載集』巻十九・哀傷・二〇六四番歌である。

（題しらず）　前大僧正源恵

夢の世をみてぞおどろくうつつにておくれさきだつならひ有りとは

この歌を、巻四の「深くは思し嘆くまじきことなり。おくれ先立つ習ひ、つねのことにこそ」（一八五頁）とある部分が引いているかも知れないが、宮田・樋口両氏とも、ここは『新古今集』巻八・哀傷・七五七番に載る題しらずの遍昭歌「すゑのつゆもとのしづくや世中のおくれさきだつためしなるらん」を引歌としておられ、詞章は源恵歌の方が近いけれども歌の知名度からは遍昭歌の方が有力かと思われる。

四　本物語の特質と意義

さて、数ある中世王朝物語の中で、本物語の特質と言えるものはいかなる点であろうか。

『無名草子』は本物語を「しめやかに艶あるところなどはなけれども、言葉遣ひなども『世継』をいみじくまねびて、したたかなるさまなれ」(15)と評している。言葉遣いが『世継』（おそらく『栄花物語』のこと）をひどく模倣していて、しっかりしているというのであるが、これは単に文章表現の類似だけではなく、皇室・関白家・按察使の大納言家それぞれ三代にわたる年代記的物語で、いわば大河小説風の作品である点をもさして言っているのであろう。本物語の文体上の特色としては、物語特有の文末助動詞「けり」の使用がほとんどなく、物語叙述の時制がつねに現在形をとっているという点が指摘されている。(16)

物語の基本構造としては、新中納言（もと三位の中将、のち権大納言）の藤壺の中宮に対する悲恋の末の出家遁世譚で、これは、『しのびね物語』『兵部卿物語』等、中世王朝物語には珍しくないプロットである。出家後の即身成仏という展開は、当時としては新味があったのであろうが、後の『雫に濁る』や御伽草子『天若御子』などに踏襲され、それ自体が特異な構想というわけではなくなっている。

私は、本物語の内容上の特色として、悪役不在と主人公不在の二点を挙げたいと思う。

悪役不在というのは、文字通り、本物語には悪役ないしは敵役というべき人物が一人として登場しないということである。対抗勢力であり政敵であるはずの関白左大臣（大殿）と右大臣がまったく張り合う姿勢を見せず、それぞれの娘である中宮と弘徽殿の女御も互いに気を遣いあって対立の様子がまるでない。按察使の大納言も、娘の入内が期待されても関白左大臣や中宮にすこぶる遠慮し、彼らにその心遣いを感謝されている。按察使の大納言家内部においても、故北の方腹の子供たち（頭の中将と大君）と後妻の現北の方腹の子供たち（蔵人の少将・若君・中の君・三の君）との間柄は極めて円満で、とりわけ現北の方は人柄がすぐれていて、継子をも決して分け隔てすることなくかしずき、腹違いの子供たちの間でもうるわしいきょうだい愛を見せている。また、一条院においても、大宮が二人の養子（新中納言と三位の中将、のち大将と新中納言）を心から愛し、二人の君だちも大宮を実母以上に慕って、血のつながらない妹斎宮ともまったく危うげのない円滑な関係を終始保っている。

そのほかの端役たちにも人柄に問題のある人物というのはまず見当たらない。あえて挙げれば、按察使の大納言の三人目の北の方として後妻に迎えられた故藤中納言の北の方が、怒りっぽくて声が大きく、やや上品さに欠ける人物とされ、継子の宰相の中将（もとの頭の中将）が実子の中の君と通じたことを知って激怒し、中の君の女房侍従を打擲して追い出し、按察使の大納言に詰め寄って責めたりするなど、物語中異色の存在だが、この人も根は好人物で、やがて宰相の中将を婿として認め、生まれた姫君を大いにかわいがるのだから、欠点と言ってもほほえましい程度のものである。他に、朱雀院の後宮において、梅壺の女御（あるいは登花殿の女御とも）の母が心むくつけき人で、他の女御たちを呪詛して、宮中に入るだけで物の怪に苦しませているということが語られるが、どうやらこれは風聞に過ぎないようで、どろどろとした後宮の人間関係が描かれるには至らないのである。

本物語はこのように理想的な好人物ばかりで成り立っている。早く『無名草子』が、「関白殿、大将殿などの、おのおの清き北の方持ちたりと言ひながら、おのづから散る心なく、上の御はらからたちのさばかり美しきを、塵ばかりも思ひかけぬこそ、むげにさうざうしけれ」と、男君たちがそれぞれの北の方に満足しきって、美しい妻の姉妹たちとの間に危険な関係のきざしも見せないのに不満を表明し、また三角洋一氏が、「善意あふれる人々の物語であることが欠点でもあって[17]」云々と言われるのももっともと言えよう。

しかしながら、作者がかくも悪役・敵役を完全に排し、現実離れしたとも言える人格円満な人物ばかりの世界を設定したのは、おそらく明確な意図に基づいてのことであろう。敵役の存在によってもたらされる緊張感やサスペンスを失ってもあえて描きたかったものがあったからだと思われる。

もちろん、善意に満ちた人々によって構成されてはいても、本物語は貴族社会の理想像を描こうとしたものではない。それどころか、これは新中納言のかなわぬ恋の果ての出家から往生に至る悲恋物語を核としているのである。すなわち、善意あふれる人々ばかりの世界で起こった悲劇の物語なのである。となると、善人の中での悲劇、誰を非難することもできない悲恋物語というものがこの世にはあるのだということを作者は描きたかったのではないであろうか。[18] いかにも理想的に見える人格すぐれた人々ばかりの中でも悲劇は起こりうるのだ、それが人の世というものなのだという主張を作者はこういう人物設定で表現してみたのではないかと思う。そうすると、善意あふれる人々の物語であることは必ずしも欠点とばかりは言えないような気もしてくる。また、本物語の巻二では、疫病の流行による主要人物たちの死が描かれる。善意に満ちた人々をも病魔は容赦なく襲い、人々に死別の悲しみを味わわせるという人の世の厳しい定めを描いているようにも見える。が、もちろんこういったことが作者の言いたかったことのすべてではない。

さて次に、本物語が主人公不在の物語であるということであるが、このことはすでに室城秀之氏[19]が指摘されたことである。が、これには少し注釈が必要である。主人公不在というのは、必ずしも本物語に決定的に主人公が存在しないということではない。物語全体を通じての主人公は誰かと言えば、やはり一条院の新中納言（はじめ三位の中将、のち権大納言）ということになろう。これは第一節で述べたように本書の題号が新中納言の苦悩を象徴したものと見られることからも明らかである。

ところが、本物語はなかなかその新中納言の恋物語を語りはじめないのである。彼自身は物語の開始後まもなく登場する。しかし夙に森岡常夫氏が言われたように、「中納言が中宮と交渉を持ち、始めて主人公としての位置を示すのは物語の半ばより僅か前にすぎず、それ以前は太政大臣・右大臣と同等もしくはそれ以下の人物であって、将来に於ける中心人物たることは決して約束されていない[20]」のである。これは王朝物語としては異例な主人公の扱いであろう。

開巻早々に語られるのは、時の関白左大臣の御曹子権大納言の素晴らしさである。関白家の一人息子で中宮の弟という申し分のない出自と将来性に加えて、若さと美貌、豊かな才学という卓越した属性の設定は、物語の男主人公としていかにもふさわしい。こんな人物が日頃から関心を寄せていた按察使の大納言の姫君たちをふとした機会に垣間見して恋の虜《とりこ》となる。これも物語の主人公たる男君ならではの行為である。その後、権大納言は按察使の大納言の大君に激しく求婚し、父関白の力添えも得て、晴れて結婚に至る。

ここまで権大納言は恋物語の男主人公、また大君はヒロインの役目を花々しく担ったのであるが、意外にあっけなく結婚した後、二人はたちまち脇役に退いてしまうのである。そして代わって按察使の大納言の中の君と一条院の新中納言（のちの大将）との関係にスポットライトが当てられるようになる。ここで読者はいささか意表をつかれた思いになろう。

新中納言は中の君に対する恋情を押さえ難く、七夕の日の夕暮れ、ついに中の君の居所に侵入し、強引に契りを結ぶ。その頃中の君には中宮の仲介で春宮に入内する話が持ち上がっており、母北の方は心痛するが、この際入内は諦め、新中納言と結婚させることを考えて、夫按察使に勧める。新中納言方からは一条院の大宮の権大納言への働きかけもあって、二人の結婚は認められる。ここでは、幼くして両親を失い、伯父の一条院に引き取られて育った王族の薄幸の貴公子と、春宮入内が予定されていた将来の后がねの姫君との恋愛であり、物語の主人公としてはまたふさわしい組み合わせである。そしてその恋の成就は、男君の強引な侵入により先に既成事実を作ってから結婚を認めさせるという形をとり、先の権大納言と大君の場合よりは読者に緊張感を与える。ところがこの二人も結婚してしまうと、権大納言と大君同様、まことに仲睦まじい夫婦となってまた後方に退いてしまうのである。読者は再び意表をつかれる。

中の君の結婚によって、入内の話は妹の三の君にまわってきた。帝（冷泉院）の譲位による新帝（朱雀院）即位後の大嘗会の女御代に三の君が選ばれ、その後、関白（もとの権大納言）の養女として正式に入内し、藤壺の女御となる。そして帝寵を一身に集めるのであるが、ある春の日、宮中を散策していた新中納言（もとの三位の中将）が思いがけず女御の姿を垣間見し、たちまち心を奪われる。

こういう形で、いよいよ本物語のメインである新中納言と藤壺の女御との恋愛が語られはじめるのであるが、すでに四巻のうち巻二の半ばを過ぎているのである。が、先の二つの恋物語にやや肩すかしをくわされた気味の読者は、今回の恋愛に大いに期待して読み進むことになる。

さて、その後、父按察使の大納言の病気見舞のため里下りしていた女御の宮中への帰参直前に、新中納言は女御の居所に侵入し、強引に思いを遂げる。垣間見、そして侵入という設定は、先の権大納言（現関白）の場合と兄新中納言（現大将）の場合とを合わせたような趣きである。ところが、今回の相手は未婚の姫君ではなく帝の寵妃なのだから、明らかに背徳行為である。あまつさえ、これによって女御は懐妊する。それを知った姉大君は、夫関白にも父按察使の大納言にも隠したままで、中の君とともに女御の世話をし、秘密裡に出産させる。嬰児は新中納言が引き取り、一条院の大宮に出自を隠して託し養育するが、新中納言の苦悩は深まるばかりで、やがて初瀬参籠中に見た霊夢に導かれて出家入山する。女御の方は立后してますます帝寵厚く、皇子と姫宮を出産する。入道した新中納言は、翌年の三月十五日、二十五の菩薩に守られて即身成仏を遂げる。こうした新中納言の悲恋の経緯《いきさつ》が、先の二つの恋愛譚に比べて段違いに詳細に描かれ、またそれがより危険で破滅的な恋であることが、読者をして手に汗を握らせるのである。

広沢絢氏[21]は、権大納言と大君、大将（もとの新中納言）と中の君との二つの恋愛事件は、「この物語の主流をなす権大納言と女御との関係の前提としての大きな意味での予件という事が出来る」と言われたが、確かに恋愛の成就への難度を次第に高めることによって、読者の興味をより緊張感を持って第三の恋愛譚へつないでゆく役割を先の二つの恋愛譚が担っていると考えることができよう。

ただし、これを批判して室城秀之氏[22]が指摘されたように、「そこに、物語全体から見た主題的な高まりといったものは認められない」のも事実であり、「権大納言・権中納言（筆者注・先の新中納言のこと）・三位中将（筆者注・後の新中納言のこと）の三者の恋愛物語を、順に『このついで』のような巡り物語式に語り続けていったところに、この物語の時間の特質がある」と言われるのもまた一理あると思われる。

ここで改めて注意したいのは、そもそも本物語に描かれた三つの恋愛譚は、開巻直後に紹介された美女の誉れ高い按察使の大納言の三姉妹と、当代を代表する貴公子として「殿の権大納言・院の君だち」と並び称せられた三人の男君とで作られた三組のカップルの恋物語だということである。そして、思うに、この三組の恋愛を、権大納言や新中納言の恋というように男主人公を中心に据えるのではなく、女君の方に目を向けて考えるならば、本物語は按察使の大納言家の三姉妹の恋愛物語ということで総括されるのではないであろうか。室城氏が三者三様の恋愛を描いた物語の類例として『恋路ゆかしき大将』を挙げられたが[23]、そこでは主人公たる三人の貴公子は本物語の場合のように終始一人の女性との関係を守るわけでもなく、最終的な結婚相手も三人姉妹ではない。本物語の特徴は、三人貴公子の恋の相手が三姉妹であるという点にあるのである。

本物語に描かれた按察使の大納言家の三姉妹のきょうだい愛にはまことに印象深いものがある。とりわけ権大納言（のちの関白）の北の方となった大君の妹たちに対する献身的な働きぶりは感動的でさえある。大君は早くに生母を亡くし、継母とその腹に生まれた中の君・三の君とともに暮らしているのであるが、腹違いであるにもかかわらず、大君は二人の妹を心から愛している。妹たちも姉を慕い、物語冒頭近くで、権大納言が初めて大君と中の君の姿を垣間見た時の、中の君が病気の姉を心配して介抱しているさまなどは、とても継《まま》きょうだいとは思えないものがある。

新中納言（のちの大将）が中の君の居所に侵入した時、大君は継母に相談を受け、ともに善後策を考える。継母北の方の死後、三の君が入内した際も、大君は母親代わりの世話役として尽力し、また中の君も臨月となった姉のあとを受けて妹の世話をする。新中納言の密通により三の君が懐妊してしまった時にも、大君は冷静に事態を判断して適切な対応をする。三の君の秘密裡の出産の際には、中の君とともに大いに奔走する。またずっと後年、成人した不義の子に出生の秘密を告げるのは、三の君に依頼された中の君であった。

このように、本物語は、強い信頼関係に結ばれて互いに支えあい助けあって、数々の困難にもたくましく対応してゆくうるわしい姉妹愛を描いた物語とも見られるのである。

ところで、この三姉妹の深いきょうだい愛と緊密な信頼関係は、大君にとっては継母、中の君と三の君にとっては実母たる按察使の大納言の二番目の北の方の人柄を拠り所とするところが大きい。前述の通り、この北の方は物語中でも最もすぐれた人格の持ち主として賞讃の的となっており、疫病のため死去した後も、長い間ことあるごとに追慕されている。この人の存在が本物語を世によくある継子いじめの物語にしなかったばかりか、かくもうるわしい姉妹愛の物語としたのであった。また、この北の方の実弟である治部卿の律師が、とくに三の君の不義の子出産前後に大きな役割を果たすことも注意すべきであろう。

そしてさらには、この三姉妹と北の方をつなぐ人物として、按察使の大納言その人の存在も極めて重要である。この人は、関白家や中宮にひたすら遠慮して、政治的野心には乏しい人物なのだが、その心遣いゆえに誰からも好感を持たれ、内大臣にまで昇って栄花を築いてゆく。三人の娘を分け隔てなく愛しているが、中の君に新中納言（のちの大将）が侵入したことも、三の君に新中納言（もとの三位の中将）が密通して子を生んだこともまったく知らされず、また怒りっぽい三人目の北の方をもてあますなど、いささか頼りなく、ユーモラスな面さえ持っており、まさに絵に描いたような好人物である。二人の北の方に先立たれ、自らも大病を患うなどの不幸はあるが、娘への密通事件のような物語の暗部を知らされることなく、周囲の人々に守られていちばん幸福な人生を生きたのがこの按察使の大納言だということができる。

実際、本物語に登場する主要人物はすべてこの按察使の大納言と関わっているのである。三人の娘の結婚によって、関白家、一条院、そして天皇家と密接につながり、長男の頭の中将は関白家に次ぐ勢力を持つ右大臣家の婿となっている。すなわち、按察使の大納言家が大勢の登場人物群の太い軸となっているのであって、本物語は、按察使の大納言家とそのゆかりの人々の物語と言ってよいのである。いわばこの物語は「按察使の大納言家の人びと」とでも題すべき作品なのである。いかにも大河小説にふさわしい内容だと言えよう。

按察使の大納言の栄花・幸福を中心に、その娘三姉妹のきょうだい愛、およびその姻戚たる人々のさまざまな人間模様を描いたのがこの作品であって、真に主人公というべき人物は、実はこの按察使の大納言なのではないかという気がする。もちろん表面的に主人公として描かれるのは出家入道する新中納言なのであるが、作者が意図したのは按察使の大納言家の人々、まずはその三姉妹、そして実は按察使の大納言自身の幸福な人生を描くことであったのではないかと思うのである。そのことは本物語の大尾である巻四末尾の一節にいみじくも現れていよう。そこでは、先の関白左大臣（大殿）が九十一歳の長寿を全うして死去したことを語り、人々のその後の昇進の状況を述べる。そして最後に触れられるのが按察使の大納言、今は内大臣のことなのである。

とりどりの御ありさまを内の大臣見奉り給ひける。「御命さへ御心のままなりける」と、世人も申し伝へけるとぞ。（二〇八～二〇九頁）

こう記して三代にわたった大河小説は幕を下ろしている。登場人物たちがそれぞれに昇進し、また結婚して幸福になった。それを内大臣すなわち按察使の大納言はすべて見届けた。この人は自分の寿命まで思い通りになったと世人は申し伝えているというのである。作者が最も力を入れてその幸福な生涯を描こうとしたのが按察使の大納言であったということがこの一文ではっきりするであろう。

ここで思い起こされるのが『落窪物語』の巻四最末尾の記述である。

女御の君の御家司に和泉の守なりて、御徳いみじう見ければ、昔のあこき、今は典侍になるべし。典侍は二百まで生けるとや。(24)

女主人公のそばに仕えて終始献身的に働いた侍女あこきが、女官として最高の地位とも言うべき典侍になり、二百歳もの長寿を保ったと伝えられているという。『落窪物語』の主人公が落窪の君と少将道頼であることは疑いないが、作者は脇役たるあこきに最大限の幸福を与えて物語を終えている。このことは『落窪物語』の作者や読者層を考える上で興味深い問題であるのだが、とにかく作者の意図として表面上の主人公とは別に思い入れを込めた隠れた主人公を設定し、その幸福を讃えて物語を締め括っているように思えるのである。『海人の刈藻』の作者(原作者であるか改作者であるかはここでは問題にしない)も表面的には新中納言を主人公として、その悲恋と出家遁世、そして即身成仏の物語を描きながらも、実は按察使の大納言を中心とするその一族の家族愛と幸福の物語を描きたかったのであろうと思う。一見蛇足かとも思える新中納言成仏後の後日譚的物語も、按察使の大納言の長寿と幸福を描くにはどうしても必要であったと言うべきなのである。

おわりに

以上、多岐にわたって焦点の定まらない論になってしまったが、『海人の刈藻』に関して私見を述べてみた。『海人の刈藻』は、『無名草子』においては、散逸した原作本に関してではあるが、『源氏』『寝覚』『狭衣』『浜松』『今とりかへばや』に次いで多くの言葉を費して論評されており、平安末期以降に作られた物語としては相当高い評価を得ていた作品だと考えられる。現存本はそれをかなり忠実に改作したものと見られるのだから、もっと積極的に作品論が行なわれてよいと思う。

私としてもまだ多くの課題を残している。本物語への『源氏物語』の影響については別に論考があるが、[25]他の先行物語の影響、また後の中世物語への影響、さらには、新中納言の夢想や女御の出産場面には『とはずがたり』との関連が考えられる部分もあり、それらに関しての考察は他日を期したい。

【注】

（1）勅撰集歌の引用および歌番号は、以下すべて『新編国歌大観』第一巻（昭58　角川書店）による。

（2）三角洋一氏「海人の刈藻」『研究資料日本古典文学』第一巻「物語文学」（昭58　明治書院）。

（3）『海人の刈藻』本文の引用は、「中世王朝物語全集」②（平7　笠間書院）により、頁数も同書による。必要に応じて漢字を仮名に開いた箇所がある。傍線・傍点は引用者。以下同じ。

（4）室城秀之氏「あまのかるも物語」『体系　物語文学史』第四巻「物語文学の系譜II　鎌倉物語1」（平元　有精

堂）。ただし、室城氏は、「来む世の海人となりてかづくみるめを」の部分の引歌として、『古今集』巻十四・恋四・六八三の詠み人知らず歌「いせのあまのあさなゆふなにかづくてふみるめに人をあくよしもがな」を挙げておられるが、これは適切ではなかろうと思う。
(5) 国谷暁美氏「『あまのかるも』題名考」『二松学舎大学人文論集』第七輯（昭49・10）。
(6) 小木喬氏『散逸物語の研究　平安・鎌倉時代編』（昭48　笠間書院）。
(7) 藤田徳太郎氏「鎌倉時代の物語」『国語国文』昭12・10。
(8) 塩田公子氏「物語再生の方法……『海人の刈藻』の場合」『岐阜女子大学紀要』第一八号（平元・2）。
(9) 塩田公子氏「『海人の刈藻』改作試論」『名古屋平安文学研究会会報』第一三号（昭60・12）。
(10) 注9に同じ。
(11) 浅見和彦氏「しのびね物語」『研究資料日本古典文学』第一巻「物語文学」（昭58　明治書院）。
(12) 宮田和一郎氏「海人のかるも」『国語国文』昭11・10。
(13) 宮田氏が引歌として挙げられた『新拾遺集』の一首と『新続古今集』の二首は、詠作年代が古かったり、必ずしも引歌と見なくてもよいと思える歌であったりして、成立年代推定の材料にはされなかった。
(14) 樋口芳麻呂氏『平安鎌倉時代散逸物語の研究』（昭57　ひたく書房）。
(15) 引用は「新編日本古典文学全集」40『松浦宮物語・無名草子』（平11　小学館）による。以下同じ。
(16) 室城秀之氏注4掲出論文。
(17) 注2に同じ。
(18) こう考えると、本物語の題号「海人の刈藻」も、『古今集』八〇七番歌により、「我からとねをこそなかめ世をばうらみじ」という、世の人を誰も恨むことはできず、ただ自分のせいで引き起こした悲恋なのだと自責する新中納言の思いを表わしたものと見ることもできようかと思う。第一節で述べたこと以外に、このような書名説も成り立つであろう。

(19) 注4に同じ。

(20) 森岡常夫氏「『海人の刈藻』の特質」『文学』昭10・3。

(21) 広沢絢氏「あまのかるも――特にその構成について――」『平安文学研究』第二〇輯（昭32・9）。

(22) 注4に同じ。

(23) 注4に同じ。

(24) 引用は、稲賀敬二校注「新潮日本古典集成」『落窪物語』（昭52 新潮社）による。「典侍は」の部分、同書底本を含め多くの伝本は「てんやくのすけは」とあるが、「典侍は」の誤写と見る通説に従う。

(25) 拙稿「『海人の刈藻』の『源氏物語』受容」（本書所収）。

『あさぢが露』読解考
――「兵衛の大夫のりただ」関連記事をめぐって――

はじめに

『あさぢが露』は、天理大学付属天理図書館蔵本が唯一の伝本である天下の孤本であるが、残念なことに末尾に欠脱があり、完全な本とは言えない。汚損・虫損等による傷みも多く、加えて、自分のためだけに写したらしい粗雑・乱暴と言わざるをえない筆跡であり、読解困難な箇所が少なくない。本伝本発見の翌年、昭和二十八年に木村三四吾氏により古典文庫の一冊として翻刻刊行されて、本物語の本文研究は緒についた。昭和四十七年には「天理図書館善本叢書」第六巻（八木書店刊）に複製され、さらに、同四十九年に大槻修氏の大著『あさぢが露の研究』（桜楓社刊）が上梓されるに及んで、本文研究は飛躍的に進んだ。その後、大槻氏の研究を土台にして、それを批判・訂正する形で検討が加えられることになった。加藤茂氏[1]、石埜敬子氏[2]らがその成果を発表され、また大槻氏[3]自身も自説を補訂されたりした。そして、昭和六十三年には、市古貞次・三角洋一両氏の編になる『鎌倉時代物語集成』第一巻（笠間書院刊）にも新たな翻刻本文が収められた。こうして、本物語の本文研究は着実に進歩してきているのであるが、まだ読解上・解釈上の疑問点が十分に解決されたわけではない。

本稿は、諸先学の驥尾に付して、本物語の読解に関して若干の私見を提出しようとするものであるが、特に、脇役ながらなかなか個性的な魅力を発揮している敵役「兵衛の大夫のりただ」に関する記事に焦点をしぼって述べてみたいと思う。のりただについては、すでに堀口悟氏に「『あさぢが露』物語の兵衛大夫のりただ」と題する論考[4]があり、中世の作り物語の特色を論じる立場から詳しく分析されているが、なお検討を要する部分も残されているように見受けられる。そこで、主に氏の論に導かれつつ、改めて本物語におけるのりただ像を検討してみることにする。

一　のりただの怒り

のりただの名がはじめて現れるのは、物語第一年十二月三十日頃（正確には二十八日のことと考えられる）、男主人公二位の中将が方違えをすることになり、「兵衛の大夫のりただが家は、清水近き程にて侍り[5]」という供人の進言に従って、のりただ邸を訪れる場面である。ここで二位の中将は、思いがけず、心に離れる時とてない憧れの姫宮（斎宮）によく似た姫君を見出す。その高貴な美しさゆえ、「のりただが娘などの際にはあらず。いかなる人ならん」と思うが、誰とも知らずに一夜の契りを交わし、翌朝、帰宅する。この時はのりただは直接登場せず、二人の関係はまったく知らない。知るのは姫君の乳母であるのりただの妻とその連れ子の式部だけである。

その夜、二位の中将は、のりただが除目に出席する右大臣の供をして参内した（後文によると、のりただは「今の右大臣殿の侍」である）留守を狙って再び姫君のもとを訪れる。ところが、のりただは意外に早く未明に帰宅し、車宿りのあたりに隠れていた二位の中将（この日の除目で中納言に昇進）の供人が見咎められてしまう。中納言は姫君に形見として笛を残して帰るが、のりただは妻乳母を詰問し、事の次第を知ると、激怒して次のようにまくしたてる。

「さらにさらに承らじ。①まづ、今まで知らせ給はざりけるが、知りながら痴れ振舞するなど思すことありつらん。いとたいだいしきことなり。②次には、御婿取りの時、なにがしが娘と聞き給ひて、召しありしに、承け引き給はざりしかば、度々いなび申してやみにしを、今かやうに通ひ聞こえ給はん、聞こえいみじからんにても、いと便なかるべきことなり。③また、すさびの御ことならん。かしことても益なかりぬべし。残る隈なくおはします御心なれば、心留め給はんこと、いと難し。④また、御供におはせし君達ならんに、いづれにても、なにがしをないがしろに、隠ろへ通ひ給はん、めざましきことなり」(33ウ〜34オ)

大槻氏が、(6)「自分には内緒のままで、中納言が姫君と密通を重ねたことに対して、兵衛大夫の怒りの語気は鋭い」と評された通りであるが、よく見ると、感情的な怒声の中にも、自らの不満点を列挙して述べており、意外に冷静に主張を展開しているようにも思える。堀口氏はこののりただの怒声を分析されて、彼の不満は、家族に対しての不満と、かつて自分の娘を拒絶した中納言に対する恨みとの二点に分けられると説かれた。私見では、のりただの論点は四点挙げられると思う。傍線を施した部分がそれぞれの論点の頭である。

①第一に、昨夜からの出来事を妻が自分に知らせなかったことに対する不満。これは堀口氏が述べられた通りで、「自分が家庭内で軽んじられたことにたいして腹を立てている」のであり、「常日頃抑圧されているという意識や劣等感がまず家人に対する不満となって現われた」のである。のりただの妻を二位の中将が垣間見た時、「のりただがあるじには大人しくぞ見ゆる」とあったが、後文によると、のりただより「いま七、八年が姉」とある。のりただはこのしっかりした姉さん女房に全く頭があがらないのであった。とりわけ、本来の好色心を抑

えつけられているのが耐えがたかったものと思われる。しかし、この時点ではそいう事実は明らかにされていない。読者には、この夫はどうも妻にあまり重んじられていないようだと想像させられるだけである。

②「次には」以下の第二の不満に関しては、大槻氏の意見の通りとされる堀口説には問題がある。大槻氏の意見とは、「自慢している自分の娘を、かつて中納言によって拒絶されたことへの恨み」をさすのであるが、これは早く小木喬氏(7)が、本物語の梗概を述べられた際に、「兵衛大夫は、もともと好色でよこしまな心を持ち、また自慢にしている娘を、かつて中納言が拒絶したことを恨んで」云々と書いておられるのを受けたものと考えられる。しかし、これは、石埜氏(8)がすでに指摘しておられる通り、明らかに誤解であると言わねばならない。のりただの自慢の娘云々の考え方は、この場面の「御婿取りの時、なにがしが娘と聞き給ひて、召しありしに、承け引き給はざりしかば、度々いなび申してやみにしを」を、姫君の婿取りの時、二位の中将を婿として召したのだが、姫君がのりただの娘だとわかって拒絶され、左大臣家から何度も断られたので沙汰やみになったのだと解するところから導かれたのであろうが、これは少々無理な解釈である。石埜氏が説かれたように、「これは左大臣家の大君が二位中将を婿に迎えようとした時のことを言っている」のであって、「恐らく二位中将と大君の結婚に際し、兵衛大夫の娘の評判を伝え聞いた左大臣家から、出仕するよう要請があったのであろう。しかしこの出仕に妻が賛成しなかったため、再三の誘いに対し大夫はお断りをして沙汰やみになったのではなかったのだろうか」と解釈する以外にないと思われる。のりただは右大臣家の侍であったが、右大臣は関白および左大臣とは兄弟であり、仲も円満であったようである(右大臣と関白とは、とりわけ仲がよかったという)から、左大臣が関白家の御曹子を婿に迎えるにあたって、美人の噂の高いのりただの娘を女房に推薦したのでもあろう。しかし、妻としては亡き主人の娘であり、乳母として養育した大事な姫君を女房として出仕させるわけにはいかなかった。とこ

ろが、のりただにとっては、左大臣家からの出仕要請を断わるという大それたことをしたわけで、当然、身の程を知らぬ思い上がった男だと見られてしまった。二位の中将がのりただの邸に方違えした時の記事に、「『この兵衛の大夫、みめよき娘持ちて、ことのほかに思ひ上がり、かしづくなるを、この殿の渡りそめ給ひし頃も、参らせず』など、いつぞや人の語りし、思ひ出でられて、さすがにゆかしき御心にや、立ち寄りて垣間見給へば」（24ウ～25オ）云々とあるのは、のりただが美しい娘をかわいがるあまり思い上がって、二位の中将が左大臣邸に通い始めた折にも出仕させなかったと人々が噂したのが二位の中将の耳にも入っていたというのである。娘の出仕要請が右大臣の推挙によるものであれば、のりただは主人の顔をつぶしたことにもなる。それだけでも面目が立たないのに、その上、その二位の中将をひそかに通わせているとあっては、左大臣家、ひいては主人である右大臣に対しても申し開きできないと言っているのであって、これはまことに理にかなっている。決してのりただは怒りにまかせて理不尽なことをまくしたてているわけではないのである。

この部分に関する石埜氏の読解は実に的確で、まったくその通りだと思う。にもかかわらず、その後に発表された堀口氏や阿部好臣氏(9)の論にも依然として「自分の自慢の娘を拒否され恨む大夫」云々というように説かれているのは遺憾である。重ねて石埜説に賛同を示しておきたい。

ところで、有力者の娘の婿取りに際して美貌の女房が集められるのはよくあることであって、零落した高貴な姫君が出仕を余儀なくされるというのは物語の世界で重要なプロットとなっている。中世王朝物語の例で言えば、『兵部卿物語』の姫君などが挙げられよう。両親に死別し、乳母に養われて西の京でわびしく暮らす姫君は、兵部卿の宮に見出される。宮は身分を隠して通うようになるが、心から慕っている故式部卿の宮の姫君が斎院になってしまったことにショックを受け、西の京へは足が遠のいている間に、姫君の乳母が亡くなり、よるべを失った姫君は、人に勧められるまま婿取りをする右大臣の姫君に出仕することになるのであるが、あろうことか、婿君は兵部卿の宮その人なのであった。姫君と宮は女房と主人の夫という立場で再会するが、宮の求愛に姫君はどんどん追い詰められてゆく。姫君の出仕が悲恋物語を展開する重要なポイントになっているのである。『兵部卿物語』は南北朝期の成立と見られ、本物語と同様『狭衣物語』の影響を強く受けた作品であるが、本物語の筋と似たところも多い。案外本物語の影響も受けているのであって、本物語において実現されなかったプロットを設定を変えて生かしたのではないかという気もしないではない。もっとも、『狭衣物語』にも、巻一において、源氏の宮の入内に際して良家の子女たちが女房に集められていたので、飛鳥井の姫君にも出仕するよう乳母が勧める場面がある（久下裕利氏の御教示による）。これもヒントになったかも知れない。他には、『小夜衣』のヒロインが継母によって入内した実子の女房として仕えさせられることなども類似した例として挙げられよう。

さて、のりただの言葉に戻って、第三の論点を見よう。傍線③を施した「また」以下である。ここでは、二位の中将にしてみればきっと遊びの恋であろう、相手がいくら高貴な殿方でも、それでは何もよいことはなかろう、そもそも二位の中将はあらゆる女性とつきあっているとの噂の方だから、姫君に心を留めることは極めて難しいと言っているのである。本物語では、二位の中将は、早く、「二位の中将は、御心少し色なる方におはするに」云々と書かれ、対照的に実直な三位の中将から、「さもひまなき御心かな」などとからかわれているくらいであるから、のりただの意見はもっとも至極なのである。これもまことに正当な意見を吐いていると言わなければならない。

最後に、④を付した部分であるが、ここは、姫君の相手は、もしかしたら二位の中将ではなく、誰かお供にいらした君達であるかもしれないが、どちらにせよ、父親たる自分をないがしろにしてこそこそ隠れて通って来るとはけしからんと言っているのである。これも、対外的にはのりただが姫君の保護者であり、世間も姫君をのりただの娘だと思っているのである以上、正当な意見であると言える。なお、堀口氏の言われた通り、ここでのりただが「御供におはせし君達」と呼び得る人物を物語中に求めると、二位の中将の乳母子たる尾張の守をさすことになるが、彼ならのりただとほぼ同レベルの身分の男である（兵衛の大夫も尾張の守もともにほぼ従五位下相当）から、評判の矛先もより厳しくなろうというものである。

このように、のりただはまことにもっともなことを言っているのであって、なんら無理のない発言なのである。しかしながら、後に継子の姫君に対して抱く「さるまじき心」が読者に明かされるに及んで、この発言の裏には姫君に対するあやにくな恋慕と嫉妬の情が含まれていたのかと気付かされるしかけになっているのである。これも本物語の叙述方法として指摘される「種明かしの手法」と見てよいであろうか。

二　のりただの野心

さて、のりただは、大晦日のこととて、急いで関白家へ献上すべき新しい御簾や畳などのようなものを準備していた[10]。そこへ、尾張の守からを装った中納言の手紙を携えた使いが紛れ入り、「女房の御方に申すべきことあり」と告げる。それを耳ざとく聞きつけたのりただが、「いづくよりぞ」「御使は誰《た》そ」とことごとしげに問うものだから、使いはどうしてよいかわからず、逃げ帰ってしまう。

新年三日、中納言は、姫君への思いやまず、「のりただに（命ジテ姫君ヲ）召しや出でまし」と思うが、「音なくて、引き隠してんこそよからめ」（黙っていて、こっそり連れ出して隠してしまうのがよかろう）と思い直して、姫君に手紙を書く。その際、「いかにぞや。のりただが見て、さすがにさる好ける心の隈なきに、『中納言殿の御文』など言はんに」と、好色なのりただが手紙の主を中納言と見破るのではと警戒し、慎重に文面を取り繕っている。ここではじめてのりただの好色性に言及されているのだが、これは後の展開への伏線と見るべきであろう。

使いはのりただ邸に行き、「尾張の守の殿より」と、こっそり乳母に手紙を渡すが、のりただは実に耳ざとくこれを聞きつけ、「尾張の守と申しつるは。何事にか」と顔を出す。そして、手紙を開けて見ると、声に出して読み、中納言が危惧した通り、「これは中納言殿の御手にこそ侍るめれ。尾張の守には侍らず」と、容易に中納言の筆跡だと見破るのである。このあたり、まことにしたたかなのりただ像が描かれている。のりただは、「もとよりこの御事に（自分ハ）口入れにくきに侍り。ともかくも（アナタノ）御はからひに侍り」と、乳母に対応を任せて退く。乳母に対する自分の立場の弱さを認めた形になってはいるが、この口ぶりには、この件に関しては乳母に主導権を取らせないぞという意気込みが十分に感じられる。乳母もそれを感じ取ってか、使いに返事をせかされても、「（のりただハ）かく言はするも、（返事ナドシテハ、のりただガ）またいかが言はん」と困惑して、受け取った手紙をそのまま返してしまうのである。

手紙を返された中納言は落胆して、「自ら行かんまでは音なくて、行きて盗み出でなん」と決心し、正月五、六日頃、「尾張の守具し給ひて、宵過ぐる程に」姫君を盗み出すべくのりただ邸に出かけた。しかし、「門もみな鎖し固めて、人静まりにけり」という有様。門を叩かせると、門番は、「いづくよりぞ」とことごとしく問う。供人が「ただ開け給へ」と言っても、「誰と宣はざらんには、開くること侍るまじ」と応じない。窮した供人が「大い殿（関白家）より」と正直に答えると、おもむろにのりただが登場し、「御使は、何事ぞ」と問うので、供人は「尾張の守の殿の御使[11]におはします」と言う。そこで、のりただは門を開けさせて、「何事にか候ふらん」と言って供人に会う。供人は、「この紛れに違ひて、出でばや」（この門が開いた隙に姫君を連れ出したいものだ）と思うが、狭い家のこととて、隠れる隙もない。「何かと言ふべきやうなければ」[12](何ともごまかしようがないので)、供人は、「承らぬやうに聞こし召せども、娘あまたあなる、一人参らせられよ。心ざし思し召すことありてなん。わざとの御使になん侍る」と言う。すなわち、「主人中納言は、あなた(のりただ)が承知しないように聞いておいでだが、あなたには娘がたくさんいるそうなのだから、一人、主人のもとへ参上させて下さい。というのも、主人には特にお目をおかけの子細があってのことなのです。だから、こうしてわざわざ御使いをよこされたのです」と言っているのであり、もはや、中納言の身分を隠そうとはせず、関白家への出仕という形で姫君を中納言のもとへ召したい旨を単刀直入に申し入れている。中納言は、直前まで、自分は陰に隠れて、尾張の守が文を通わせているように装おうとしていたが、この場に及んではそれも無意味と判断し、急遽方針を変更して、姫君を召し出すように申し入れることにしたのであろう。先に「のりただに召しや出でまし」と迷っていたが、その方向に転換したわけである。

さて、この申し入れに対するのりただの返事であるが、この部分、底本に判読不能箇所があって、文意が通りにくい。『鎌倉時代物語集成』の本文を示すと、次のようになる。

「まづ御つかひになん、かしこまり申候。わざともすゝみまいらすべく侍に、よからぬこ□一人侍れども、きこしめしたつべき申入どもにも侍らず。いかさまにもわざ□ひ候へば、いそぎまいらせ侍べきよしを□給へ」(二二一頁)

少なくとも三箇所の判読不能箇所があって、文意不通なのであるが、この部分の解読に関しては私案がある。「天理図書館善本叢書」の写真版によって検するに、「よからぬこ」の次の欠字部分には何らかの文字が見えるが、線が前後につながっていない。「いかさまにもわざ」の次の欠字部分には明らかに「二」の字が見え、その下に墨が付いているが、どうも次の「ひ候へは」の「ひ」の字へ線がつながらない。「いそきまいらせ侍へきよしを」の次の欠字部分には文字が見えないが、ここはちょうど第二の欠字部分の真横にあたる。そして、第二の欠字部分は三十七丁表から三十七丁裏へ移ったところであり、また、第三の欠字部分は第一の欠字部分の真裏にあたる。

その目で写真版をよく見ると、第一の欠字部分とその横の「申」の字を含めた一帯がちょうど卵形に周囲に比べて変色している。その裏側にあたる第二・第三の欠字部分についても同様のことが言えそうである。ことによると、これは、当該部分が虫損によって周囲から離れてしまい、それが補修された際に誤って表裏逆に貼られてしまったのではないかと思う。そこで、試みに当該部分を入れ替えて貼ってみると、第一の欠字部分は「二三人」と読め、第二の欠字部分は「御つ」と読める。下の「ひ候へは」へのつながりから考えて、「御つかひ候へは」であることは疑いなかろう。そして、第三の欠字部分に「申入」と読まれている部分の「申」の字が来て、「申候へ」となる。そのため、「申入」の「申」の部分が欠字になってしまうが、こうなると、前後の文脈のつながりから、下の字は「入」ではなく「の」であり、おそらく欠字は「も」で、「ものともにも侍らず」とあるものと考えられる。すると、三十七丁表最終行の末尾の「わさ」の字の下にも欠字があり、それはおそらく「との」の二字であって、「わさとの御つかひ」とあるものと推察される（次ページ図版参照）。

「天理図書館善本叢書」の「解題」（中村忠行氏執筆）によれば、本書の保存状況について、「三十六丁（七七頁）—四十五丁（九六頁）や七十五丁（一五五頁）以下巻末までの如く、蠹蝕の害を受けた個所も尠くない」と、この前後に虫損の多いことが明記され、さらに、「蠹蝕の個所は、おおむね補修されているが、恐らく改装と時を同じうするものであろう。補修は、用紙を表裏二枚に塡め、膏薬張りするという手の込んだものであるが、同時

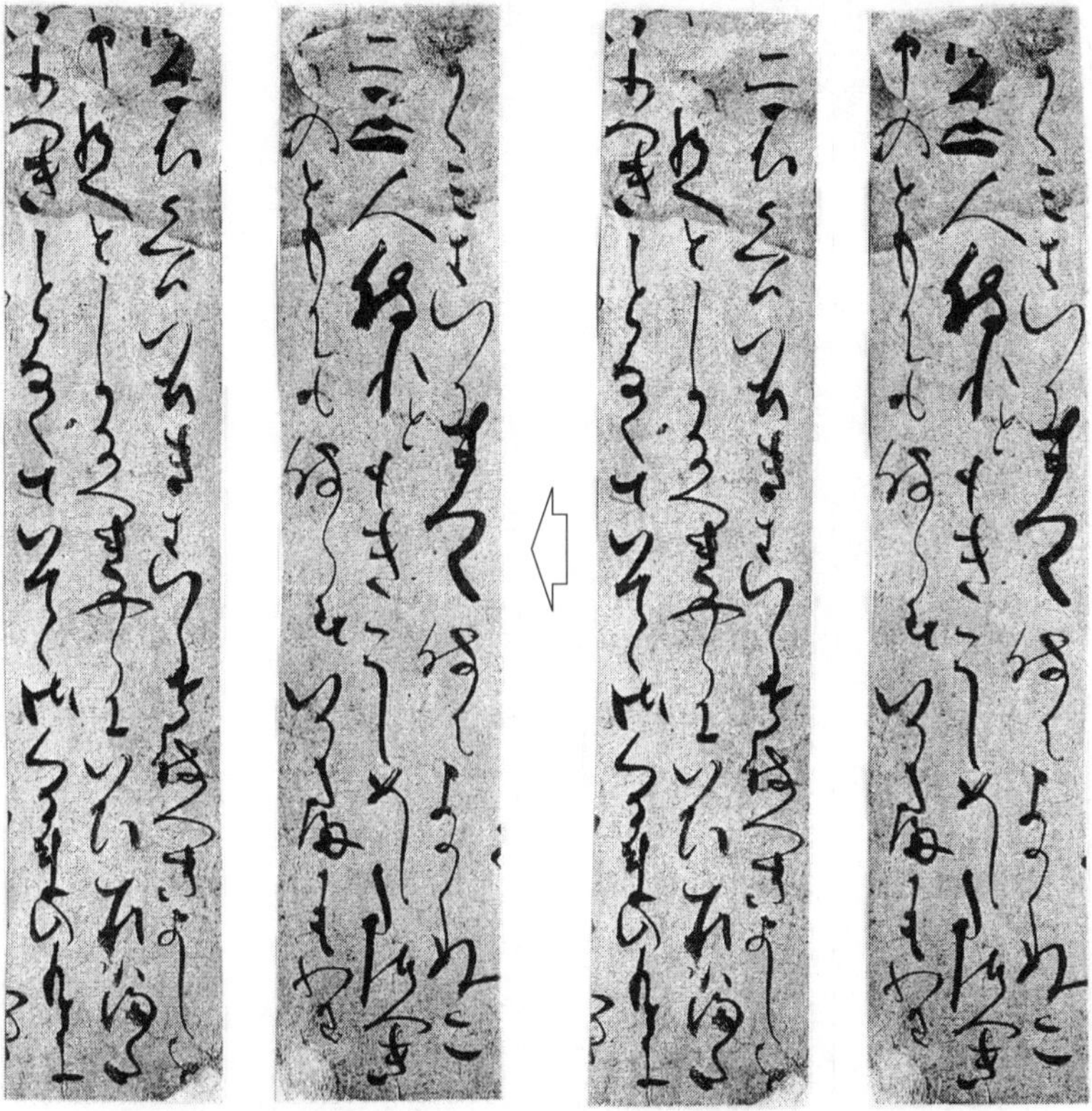

37ウ冒頭　37オ末尾　37ウ冒頭　37オ末尾

貼り替え後　現　状

（天理大学附属天理図書館蔵。「天理図書館善本叢書」和書之部第６巻『あさぢが露　在明の別』（八木書店）により加工。）

に、天・地・柱の部分を少々裁断した為に、周囲に余白を残さず、行末の文字が幾分か切られたり、柱に近い部分では、手摺れの為に消え、判読に苦しむ個所すら生じている」とある。当該部分の虫損は三十六丁あたりから始まり、三十八丁以下にも虫損部分が周囲から離れた跡が見て取れる。三十八丁は離れた部分の表のみを失っているようである。表裏貼り違えても柱の部分に不揃いが見られないのは、裁断して形が整えられたためであろう。

また、「わさとの御つかひ」の「との」が見えないのは、手摺れと裁断によって失われたためと考えられる。以上のごとき操作を加えると、こののりただの発言は次のようになる。

「まづ、御使になんかしこまり申し候ふ。わざとも進み参らすべく侍るに。よからぬ子二、三人侍れども、聞こし召し立つべき者どもにも侍らず。いかさまにも、わざとの御使候へば、急ぎ参らせ侍るべきよしを申し給へ」

すなわち、「まずは、御使者に対して畏まり申し上げます。(中納言様には)こちらから進んででも娘を参上させるべきでございますのに(わざわざお召しいただくとはかたじけのうございます)。(私には)出来のよくない娘が、二、三人おりますけれども、(中納言様が)関心をお持ちになるような者たちでもありませぬ。しかし、どうであれ、こうしてわざわざ御使者を立てて下さったのですから、急いで(娘を)参上させる旨(中納言様に)申し上げて下さい」と、のりただは素直に召しに応じているのである。これには使いの方が拍子抜けして、「しかるべきやうに言ひつれば、また言ふべきことなくて」引き下がり、車の中にいる中納言にのりただの言葉を告げる。押し入って姫君を盗み出すつもりだった中納言は当惑して、「いかにせまし」と思案するが、その間にのりただは、「人出で給ひなば、門鎖せや」と門番に告げて、門を閉ざしてしまう。

こうしてのりただは、まんまと中納言の姫君盗み出し作戦を阻止したわけだが、ここで、彼が娘を差し出すことを承知したと言ったのは、単に中納言を追い返すための方便として口にしたわけではあるまい。のりただは姫君を中納言に参らせることに決して反対ではなかった。そのことは、この後、妻に向かって、「かくわざとの御使、たびたびになりぬ。(姫君ハ)参り給ふべきにぞ」と強い調子で勧めていることから明らかであろう。この箇所に関して大槻氏は、「姫君に対する邪心から、兵衛大夫は、あくまで中納言の恋路を妨害するが、いざとなれば、身分、官職の違い著しく」云々と、相手が関白の子息たる中納言で、自分は一介の兵衛の大夫に過ぎないという身分・地位の大きな隔たりから、無念ながら姫君を差し出すことを承知せざるを得なかったのだというように説かれて、堀口氏もその見解に従っておられるのであるが、これはいかがかと思う。

私見によれば、のりただが中納言の恋路を妨害したのは、左大臣家から姫君を召された時のいきさつや、中納言がのりただに断りもなく姫君と通じたことに対する忿懣もさることながら、実は、姫君を中納言に参らせるにあたって、なるべく高く売りたいという計算があったからではないかと思う。中納言を焦らせて簡単に姫君と逢わせないことによって、中納言は姫君を軽んじる気持ちを捨て、のりただに対しても下手に出ざるを得なくなる。当初中納言が身分を隠し、尾張の守を装っていたことは、のりただがそうした強い態度に出ることに好都合であった。自分と同等の身分の男が相手であれば何も遠慮することはない。そして、中納言が隠し切れず身分を明らかにしたところで、一転慇懃な返答をする。これは十分に計算された言動であった。中納言の供人が言った「心ざし思し召すことありてなん」という言葉は、姫君を差し出した場合ののりただへの厚遇を匂わせる言葉とも受け取られる。のりただは、世間が信じるままに姫君を娘として関白家の御曹子に差し出すことで我が身の登用を期待した。それも簡単には差し出さないことによって、姫君の価値を高からしめようとしたのだと考えられる。姫君の美しさや魅力を十分に知っている「好ける心の限りなき」男たるのりただには容易に計算できたことである。これに成功すると、のりただは、我が身の栄達ばかりでなく、頭のあがらない年上女房の鼻をもあかすことができるわけである。のりただはかように計算高い野心家なのである。このあたりの記事はこのように読みたいと思う。

問題はいかにして妻乳母に姫君を中納言に参らせることを承知させるかであったが、のりただは乳母に中納言の誠意を強調することによって、着々とその準備を進めようとしていた。しかしながら、こののりただの計略と野心は、思いがけぬ情勢の変化によって、果たすことができなくなったのである。

三　のりただの好色

姫君が中納言のもとへ参ることに気が進まぬため困惑しているうち、乳母は正月十日頃から病気になり、日増しに重くなった。月末には危篤になり、乳母は姫君を枕頭に据え、「かくなり侍りぬとて、思しくづをれで、おのづからあるに任せて過ぐさせ給へ」と遺言する。さらに、兵衛の大夫の十二、三歳の男児[13]をも同じく枕頭に据え、「我を親と思ひて、孝養の心あらん者は、姫君の宮仕[14]へを仕うまつれ」（私を親と思って孝行する気持ちがあるならば、姫君のお世話をしっかりとせよ）と諭して、二月一日に死去する。姫君はショックのあまり、そのまま沈み伏して起き上がれない。男児は、「子供などの幼き心にも、（乳母ガ）言ひ置き給ひしことなれば、御後枕にて（姫君ヲ）扱ひ聞こゆ」と、かいがいしい。そして、「兵衛の大夫も、（乳母ガ）ありし世にはいとさしもてなし聞こえざりしかど、常に（姫君ノ）御前に候ひて、懇ろに扱ひ聞こゆ」るのであったが、四月頃、姫君が少し起き上がるようになると、「兵衛の大夫も、『いかで（姫君ヲ）慰め聞こえん』と思ひたる気色にて、『今宵は御宿直仕うまつらん』など言ひて、日もさしながら、（姫君ノ）御前にまろび伏す折々もあり」という有様で、先に「さる好ける心の隈なき」と書かれていた本性をあらわにする。乳母の死によって、それまで抑えられていた好色心が解放されて、姫君に邪心を向けるようになる。「（のりただハ）さるまじき心の付きそめたるより鎮め難く覚ゆるに、（姫君ハ）夜もうちまどろまれ給はず、思ひ明かす夜な夜な積もりぬ」という状態。そして、ついに、「いかなる折にかありけん、（のりただハ）心にもあらず、かの（姫君ノ）寝給へる所に進み寄りにけり」という事態が出来するのであるが、姫君が失神したことにより、なんとか事なきを得る。

ここでは、のりただはあたかも妻乳母の死後になって姫君への邪心を抱き始めたかのように書かれているが、実はそうではなかったことが、ずっと後になって語られる。物語三年目の十月、中納言が式部の祖母である尼君と会って話を聞く場面にのりただと乳母の結婚の経緯が記されており、

> この兵衛の大夫は、若かりし時より行方なく心好きて言はれし者の、さやうの方の痴れがましさに蔵人も放たれて、あさましく身貧しくて過ぎけるに、この妻《め》は、世の渡らひ心もとなからで過ぎけるに、(夫ノ)式部の大夫失せて後、(のりただヨリ)いま七、八年が姉なれども、(のりただガ)語らひ付きて後は、世にも交じらひ、人々しくて過ぎけるに、例の好きなどもせさせず、『いま幾世あるまじき程、我に妬き目を見すまじくは、(好キ事ハセズ)かくてもあるべき。さらずは、ただ世を背きなん』とのみ言ひければ、(のりただハ好色心ヲ起コス事ヲ)念じ過ぐすに、この姫君やうやうおよずけ給ふままに、(のりただハ)もとの好き心慎《つつ》みあふまじく覚えけれど、(姫君ガ)十ばかりになり給ひしより、乳母も(姫君ヲ)見せ聞こえず、疎くのみもてなしたるに、(乳母ガ姫君ヲ)うち捨て聞こえて失せぬる後は、(のりただハ)『何に憚るべきにぞ』と乱れ寄りけるを、

云々とある(75オ〜75ウ)。のりただは、若い頃にその度を過ごした好色癖のため蔵人を免職されて生活に窮していたところを、暮らし向きの豊かな式部の大夫の未亡人である乳母と結婚することでやっと人並みに復し、この姉さん女房に好色を抑えられ、うまく操縦されつつなんとかまともに暮らしてきたという男だったのである。姫君が成長するにつれて、本来の好色心が頭をもたげてきて抑えきれそうになくなったが、妻乳母が姫君をことさら遠ざけることによってかろうじて鎮めてきたのだという。ここに至って読者は、中納言が姫君と通じたことを知ったときののりただの激しい怒りには、大槻氏が指摘されたごとく自分が密かに恋慕する姫君が知らないうち

に奪われてしまったことに対する無念と憤怒の気持ちが渦巻いていたのだということをはっきり知ることができ、また、姫君を中納言に差し出すことを望んだことには、許されぬ姫君への恋慕の情を断ち切るよい機会だという思いもあったのではないかと想像できるのである。

姫君は愛宕にいたなにがしの阿闍梨の祈禱によりやっと蘇生するが、その後ものりただは、「おのづから人の隙に（姫君ノ枕頭ニ）さし寄りては、言ひ知らぬことどもを聞こえける」ので、式部がずっとそばに付き添って目を離さない。そんな頃、姫君は式部によって懐妊を発見され、愕然とする。このままではどうにも堪えられない姫君は、式部に頼んでのりただを説得させ、太秦に籠ることを許されて、のりただのもとから逃れるのである。

このあたりののりただの姫君への接し方は、どうも押しが弱く中途半端だと言わざるを得ない。どうしても姫君を我がものにしたいというほどの強引さは感じられない。亡き妻乳母への気がねや後ろめたさもあったろうし、姫君を中納言に参らせて我が身の栄達を図る計画へのこだわりもあって、尻込みしてしまったのかも知れないが、職を棒に振ったほどの往年の好色漢のイメージは薄い。齢を取っておとなしくなったとも言えようが、これはやはり、基本的にのりただ生来の小心さ、人のよさの表れであろうと思う。姉さん女房に頭が上がらず、うまく操られることに甘んじていたのもその根が善良な人柄ゆえのことなのであろう。これは先に見たように野心的で計算高くしたたかなのりただの一面とは相容れないようであるが、こういう裏腹な性格が同居しているところが、のりただを憎めない男にしている。彼の好色は姫君を窮地に陥れるが、その行為にはどこか安心して見ていられるような気配が漂っている。貴顕に対してもずけずけとものを言える大胆さがあるかと思えば、小心翼々とした恐妻家ぶりをも見せる一種の二重人格的性格で、彼は悪役でありながら悪役に徹しきれない、言わば「憎みきれないロクでなし」とでもいうべき特異なキャラクターなのである。

姫君に失踪され、その行方を掴むことができなかったのりただは、結局、「やがて思ひ取り、幼き子供の行方も知らず、つひに法師になりて行ひありきけるを、『妻に後れて、かくなりぬるぞ』と人は言ひけり」とある。「幼き子供」とは、先に出た男児と妻乳母との間に生まれたとおぼしい娘をさすのであろう。姫君を失った喪失感から世をはかなみ幼い子供をも捨てて出家し、修行して歩いたという。あやにくな好色心から姫君を失踪に追い込んだ前非を悔い、罪ほろぼしのために発心したのであろうが、案外、妻乳母に続いて姫君をも失い、心の拠り所、生きる甲斐をなくしてしまってどうしてよいかわからずに仏道に逃避したというのが本当であるかも知れない。それを世間では、妻に先立たれたのを悲しんで出家したと噂したという。のりただの恐妻家ぶりが世間によく知られていたからだろうが、多分に揶揄的な、滑稽味を帯びた口ぶりである。のりただは決して世の憎まれ役ではなく、どこかユーモラスな人物として造型されているのである。

おわりに——迫害者の系譜

かようにユニークなキャラクターぶりを見せるのりただであるが、本物語における彼の役割は、堀口氏の言われるごとく「主人公たちの恋の妨害者に過ぎぬ」わけである。が、同時に、女主人公を窮地に陥れる迫害者でもある。物語史的にみれば、のりただはいかなる系譜上に位置付けられるであろうか。最後に、その点に関して若干の考察を加えて結びとしたい。

二位の中将と姫君の出会いの場面が『源氏物語』帚木の巻に語られる空蟬物語の導入部分を踏まえて描かれていると見られる(15)ことから言えば、堀口氏も指摘されているように、関屋の巻に夫常陸の介（もとの伊予の介）の死後、その子河内の守（もとの紀伊の守）が空蟬に言い寄ったという記事があるから、この河内の守の造型がのりただ像の形成に影響を与えているのであろう。関屋の巻には、「ただこの河内守のみぞ、昔よりすき心ありてすこし情がりける」(16)とあり、すでに帚木の巻にも、「紀伊守、すき心に、この継母のありさまをあたらしきものに思ひて、追従しありけば」云々とあって、その好色心が強調されているのである。継子の継母への懸想という関係を逆にして、継父の継子への懸想という形にすれば、ほぼ本物語と同じ構造になる。空蝉はこの継子の懸想を嫌って出家してしまうのであるが、本物語では、姫君に逃げられたのりただが傷心の末に出家して修行し歩くというところが対照的でもある。空蝉物語の換骨奪胎として、なかなか興味深いものがあろう。

本物語に大きな影響を及ぼしたもうひとつの先行物語として『狭衣物語』が挙げられることは前に触れた通りであるが、何と言ってもこの姫君の造型には飛鳥井の姫君の影響が顕著である。太秦に参籠したはずの姫君が失踪したことを聞いたのりただが、「『狭衣の道芝の姫君のやうなる事もや』と、太秦法師などぞ疑はしけれど」と、太秦の法師が姫君を拐《かどわ》かしたのではないかと疑う場面に関して、堀口氏は、「ここに作者の皮肉を感じ取ってもあながち無理でなかろう」と言われ、「『狭衣物語』に於いては、仁和寺の威儀師が女主人公(＝飛鳥井君)を拐すという役割を持っている。それが、本物語においては、兵衛大夫本人こそが姫君を拐す役割を演じていながら、他者を疑うという構図になっているのである」と述べられた。首肯すべきだと思う。『狭衣物語』で飛鳥井の姫君を拐かす役をする仁和寺の僧を思わせる仁和寺の禅師を登場させながら、本物語では姫君を救いかくまうという善玉の役割を与えているのであるから、まことによく出来た先行物語取りと言ってよいであろう。

なお、父親同然の立場にあるのりただが好色心から継子たる姫君に邪恋をしかけるというプロットに関して、大槻氏は、「この場合、姫君にとって、兵衛大夫は義父の位置には当たらぬが、連れ子の娘(対の上)が、義父(左大将)に犯され、子を宿す設定が、『在明の別』の重要な筋になっている」と、『在明の別』との類似を指摘されている。あるいは影響関係を認めてよいかも知れないが、のりただの場合は望みを果たせず終わるところが大きく異なっている。

そういう点から言えば、のりただは、継子いじめ物語に登場する女主人公の迫害者たちの系譜に属するようにも見える。『落窪物語』の典薬の助や『住吉物語』の主計の頭などがそれにあたるが、彼らはいずれも継母にそそのかされて好色心から姫君に挑むが、すんでのところで姫君は逃れることになる。本物語に継子いじめの要素はないが、のりただの役割には彼らに通じるところが認められよう。

継子いじめ物語における迫害者の系譜から言えば、『風葉集』成立以後のものと見られるから本物語よりは後の作品であるが、『小夜衣』に登場する民部の丞の造型には、どうもこののりただの面影が感じられてならない。女主人公対の御方の継母の乳母子である民部の丞は、継母の言い付けによって対の御方を欺いて宮中から連れ出し、自宅に監禁する。ところが姫君の美しい姿を見ると心を惑わし、次第に恋心を抱くようになる。そして、姫君と結婚したさに長年連れ添った妻を追い出そうとしたので、当初から姫君に同情していた妻は夫を裏切り、姫君の父按察使の大納言に告げて救い出させることになる。姫君に邪心を抱きながらもなかなか望みを遂げられず、結局取り逃がしてしまうドジぶりや、妻が心優しい賢婦人として描かれているのに対していかにも小人物として描かれている点など、のりただに通じるところが少なくないように見受けられるのである。もっとも、この民部の丞は、姫君を失っても出家もせず、妻とも別れて落ちぶれつつもなお、「ありし心のうちは忘れがたく、心に離るる折なかりけり[17]」と、姫君への恋慕の情が身を離れなかったとある。その点、のりただの潔さは賞讃に値すると言ってよいかも知れない。

以上、『あさぢが露』に関して、作中の極めてユニークな登場人物である兵衛の大夫のりただに関連する記事に焦点をあて、覚え書き風に私見を述べてみた。まだまだ未解決の問題も多く残しており、また思わぬ失考もあるのではないかと恐れるが、この難解な作品の読解に少しでも資するところがあれば幸いである。

【注】

(1) 加藤茂氏「「浅茅が露」の本文整定について」(『平安文学研究』第五四輯、昭50・11)。
(2) 石埜敬子氏①「「あさぢが露」私註―(一)―」(『跡見学園短期大学紀要』第一四集、昭53・3)、②「「あさぢが露」私註―(二)―」(『跡見学園短期大学紀要』第二五集、平元・1)。
(3) 大槻修氏「「あさぢが露」補遺」(『甲南国文』第二三号、昭51・3)。
(4) 茨城キリスト教短期大学『日本文学論叢』第一三号(昭63・3)。
(5) 『あさぢが露』本文の引用は、「天理図書館善本叢書」和書之部第六巻『あさぢが露　在明の別』(昭47　八木書店)の写真版により、適宜、漢字をあて、仮名を送るなど、私意により手を加えた。特に断らない限り、以下同じ。
(6) 以下、大槻氏の説は、特に断らない限りすべて、『あさぢが露の研究』の本文編をもとにして刊行されたテキスト版『あさぢが露』(昭50　桜楓社)の頭注による。
(7) 小木喬氏『鎌倉時代物語の研究』(昭36　東宝書房、昭59　有精堂復刊)。
(8) 注(2)掲出①論文。
(9) 阿部好臣氏「あさぢが露」(『国文学　解釈と鑑賞』第四五巻第一号、昭55・1)

(10) のりただは「今の右大臣殿の侍」(71ウ) とあるが、ここで「大殿へ参るべき」とあるのは中納言の父関白への献上品と見なければならない。のりただは関白家にもしばしば出入りしていたらしく、そのことは姫君の乳母が病気の頃、中納言が「のりただも久しくこの辺（関白家のあたり）に見えぬは、大事なるにや」(44ウ) と案じていることからも明らかである。だからのりただ邸が中納言の方違え先ともなったのである。

(11) この部分、写真版によると、「なといふをはりの」と書き、「の」の字の上に「ま」らしき字を上書して、「のかうの殿ゝ御つかひに」と続けている(37オ)。大槻氏は、「などいふを、播磨守殿《はりまのかうの》の御使《つかひ》に」と読み、先に尾張の守からと偽って届けた手紙を中納言からのものと見破られたことから、「重ねて、尾張守の名を用いる訳にゆかず、窮余の一策で『播磨守』の名を持ち出した」と説かれているが、ここで播磨の守なる架空の人物名を持ち出すことは、話の展開上まったく意味がない。私見では、書き直した「ま」の字は衍で、本来「などいふ。をはりの」と読むべきところだと考える。

(12) 大槻氏ほかいずれも「なに事と」と翻字するが、「なにかと」と読むべきだと思う。

(13) 大槻氏は、この男子について、「この男児は、兵衛大夫が先妻との間に設《(ママ)》けた子であろう。もっとも、兵衛大夫と先妻との間には、例の大夫ご自慢ではあるが、はた目にはパッとせぬ娘が一人あって、他の妾腹に、この男児が生まれていたのかも知れない」と説かれる。前半については異存ないが、後半は、「はた目にはパッとせぬ娘」と言われるのは、式部のことを自慢の娘と誤解しているものと思われるので、首肯できない。ただし、のりただと姫君の乳母との間には幼い娘が何人かいたようで、姫君の失踪後、「女どもなども恋ひ奉り、泣きなどしてぞ明かし暮らしける」(49オ) とあり、西の京に隠れた姫君も、「古里の幼かりし娘どもなども恋しう、『あひ思ひたりしに、そのまま見ずなりぬべきにや』と思すも、涙とどめがたし」(50ウ) と書かれていることから、姫君によくなついていたことがわかる。

(14) 大槻氏は、この「宮仕へ仕うまつれ」を、姫君の宮中入りに協力するよう諭したものと解され、「後文（天理本では闕葉しているが―）における女主人公の結末をすでに暗示しているわけでもあろう」（第八節、補注二）と説かれるが、これは誤解であろう。この場合の「宮仕へ」は、姫君のお世話をすることをさしていると考えられるからである。

(15) 二位の中将が「この兵衛の大夫、みよめき娘持ちて、ことのほかに思ひ上がり、かしづくなるを」云々との噂を耳にしていたというのも、帚木の巻に、源氏が、「思ひあがれる気色に聞きおきたまへるむすめなれば、ゆかしくて、耳とどめたまへるに」と、空蟬の噂を耳にして関心を持っていたという記事に基づく書きぶりである。

(16) 『源氏物語』本文の引用は、小学館「新編日本古典文学全集」本による。以下同じ。注15の引用も同様。

(17) 引用は、辛島正雄校訂・訳注「中世王朝物語全集」⑨『小夜衣』（平9　笠間書院）による。

『石清水物語』概観

はじめに――研究の現状――

『石清水物語』は、中世王朝物語の中にあっては、比較的よくできた佳品に属する作品であろう。近世末までに版行されたことはなく、すべて写本で伝わっており、現在三十本近い伝本の存在が知られているが、必ずしも多くの読者を得た作品というわけではない。近代になって、明治四十年（一九〇七）に『続々群書類従』第十五輯に収められたのが活字刊行の最初である。その後、昭和二年（一九二七）に『校註日本文学大系』第五巻（国民図書株式会社刊）に収められて、簡略ながら頭注を施した注釈本が刊行された。同書は『落窪物語』『狭衣』『住吉物語』という平安朝の主要な物語三作品と併載する形で『石清水物語』を取り上げており、画期的と言ってよい企画であった。擬古物語を代表しうる作品として、文章・構成ともにすぐれていることを評価しての採用であろう。ところが、注釈的研究はその後まるで進展せず、同書刊行以来八十余年を経た現在に至るまで、新たな注釈書はいまだまったく刊行されていないのである（「中世王朝物語全集」の一冊として刊行予定であるが、今のところ未刊）。

研究論文の方も多くはなく、明治期から細々と書かれてはいるものの古いものはほんの数編に過ぎず、ほとんどが昭和五十年代以降に発表されたものである。大槻修・神野藤昭夫編『中世王朝物語を学ぶ人のために』（平9　世界思想社）所収の参考文献一覧（吉海直人氏作成）によれば、平成九年三月時点でわずか十六編を数えるのみである。その後発表されたものを含めても二十編そこそこであろう。『石清水物語』の研究は、いまだ緒についたばかりと言わざるを得ないのである。

以下、いくつかの項目について、基礎的な事項を確認しつつ本物語を概観しておく。

一　書名

多くの伝本に「石（岩）清水」「いはしみす」「石清水物語」などと題しているように、「石清水（物語）」が正式な書名と考えてよい。『風葉集』の作者名記載にも「いはし水の社《秋カ》の大将」（一六二）、「いはしみつの中関白」（一九五）、「いはしみつのいよのかみ」（四四六）とある。「石清水」という書名は、作中の伊予守が「八わた」（石清水八幡宮）に参籠した時に詠んで神の御前の柱に貼り付けた歌「ふかくのみたのみをかくるいはし水ながく《れカ》あふ瀬のしるし《ベイ》ともなれ」によっていることは明らかである。本物語において、武士であり源氏出身と見なされる伊予守の八幡信仰と、八幡菩薩の霊験譚が基調にあることを思えば、「石清水物語」という書名は読者を納得させるものであろう。

ただし、これとは別に「正三位物語」と称する一群の伝本もある。それらは共通して、「正三位物かたり柴田常昭か本をかりてうつさせたる一かへりよみあはせたゝしつ／寛政六年八月十一日　本居宣長」という宣長の奥書を持っている。このことについて久下裕利氏は、「本居宣長が第二系統らしい柴田道昭《ママ》所持本を書写させた時あやまって『正三位物語』と記したようだ」と言われたが、これは宣長が誤ったわけではなく、柴田常昭（宣長門、寛政八年〈一七九六〉没）所持本に「正三位物語」とあったので、そのまま記したのだろう。もちろん宣長がこの「正三位物語」を『源氏物語』絵合巻で『伊勢物語』と合わされた『正三位』であると誤解したはずはない。別物と認識していたであろう。もし「正三位物語」という書名がある種の伝本に古くから付されていたものであるならば、錯誤からたまたま付けられた書名ではなく、何らかの由緒ある書名である可能性もあろう。しかしながら、「正三位」の語が物語の内容に由来するとは考え難い。ことによると、作者が正三位であり、「正三位」殿と呼ばれた公卿ないし高級女官またはその庇護下にあった人物であるというような理由があるのかも知れない。だが、伊勢が作者であるから『伊勢物語』の書名がついたとか、大和という女房が書いたから『大和物語』と名付けられたなどという伝承が歌物語にはあるが、作り物語においてはそのような書名の例は知らないから何とも言えない。もっとも、『石清水物語』の伝本には、高山市立郷土館本のように外題を「とりかへばや」と記すものや、筑波大学附属図書館蔵一本のように「松浦宮物語　一名 正三位物語」と記す（ただし、「松浦宮物語」は抹消されている）ものもあって、他の物語と紛れやすい傾向があるのも事実である。散逸した『正三位』がまだ世に存在していた頃に紛れて付されたのだとすればそれはそれで興味深いが、『風葉集』に採られていない『正三位』が『石清水物語』の成立後まで存在していたと考えるのはかなり難しい。何にせよ、「正三位」という別称の由来は謎というしかない。

二　成立年代

本物語の成立年代については、早く平出鏗二郎氏が『近古小説解題』（明42　大日本図書）において、成立の下限を『風葉集』撰進の文永八年（一二七一）とし、上限は、本文中に、「うせにしひたちのかみが子は、おさなくてかしまといひし、今はおとなびてぃよのかみと言。国〳〵をめぐらして、さるべきつはものな《のカ》らひとして、三月づゝ京にのぼりて、大ばんといふ事をつとむる事、むかしより今にたえぬならひなりければ」（四一頁。引用は『鎌倉時代物語集成』第二巻による。句読点は一部改めた。以下同じ）云々とあるのに注目して、「大番役は鎌倉幕府以前は三年を以て交替することなりしに、頼朝改めて六月となす。後宝治元年更に三月に減せり。さればこの書も宝治元年以後、文永八年以前、二十四年の間の作と見るべし」と言われたのが指標となっている。「むかしより今にたえぬならひ」という言い方からは、宝治元年（一二四七）をかなり下らなければならないようで、最大二十四年という期間はやや短い気がするけれども、いずれにせよ『風葉集』の成立以前の作であることは相違なく、一方、伊予守が「かしま」と呼ばれた少年時代に「かまくらといふ所に、わか宮とておはします、そこのべたうのたうとき人にておはしける」（二一頁）に預けられたという記事が見えることから、建久二年（一一九一）に焼失した鶴岡八幡宮を頼朝が造営・整備してから後を舞台としていると考えてよい。したがって『石清水物語』が鎌倉時代に書かれた物語であることは疑いなく、完全な形で残った数少ない「鎌倉時代物語」のひとつなのである。

三　作者

本物語の作者は不明である。男か女かもわからない。尾上八郎氏が、「住吉物語などとは異なって、描写の筆の超凡なのを思わしめる。作者は全く不明であるが、当時では、秀抜な才人であったであろう」（『校註 日本文学大系』本「解題」）と言われ、久下裕利氏が、「平安時代の物語文学に造詣が深い作者と思われるが、不詳とするほかはない」（「石清水物語」『体系 物語文学史』第四巻〈平元　有精堂〉）と言われている域を出ない。あえて言えば、鎌倉政権に比較的近いところにいた教養ある男性公家ではないかと思う。

四　巻数

本物語の伝本は、形態上、一冊本・二冊本・三冊本・四冊本の四種があり、巻数は定まらないが、中では二冊本の形態の本が最も多い。基本的に二巻二冊と言ってよさそうだが、久下裕利氏は、「現在諸本の多くが二冊本であっても、物語成立の過程では四分冊であった可能性が、本文形態に指摘できる」と言われた（前掲論文）。すなわち、二冊本の上冊は、「こ宮の御事をつきせず思しなげきながらも、わかうさかりにおかしげなるたゞ今のみるめには、こよなくうつろひて、わすれ草のたねと成ぬるも、あはれなるよのならひ也けるとぞ」（七八頁）という一文で終わっており、いかにも巻の終わりにふさわしい文末表現である。ちなみに、下冊の末尾は、「かの山ふかくいりにし人も、ねん〳〵つもりて、願ひのごとく、九品の上のしなにさだまる。おなじはちすの望も、むなしからざるべけんとぞ、ほんには侍るめるとかや」（一五三頁）とある。

ところが、同じ二冊本である京都大学本では、上巻の途中「くろき御そにやつれ給へるしもそ見るかひはなをまさりけるとそ」（四一頁6行目にあたる）で切れて改行がなされている。また、下巻も、途中「さるはうきにましるこひ草もやありけんしらすや」（一二四頁14行目）で切れて一行空白が置かれている。これは「とぞ」「とかや」などとは異なる草子地表現だが、やはり巻末表現として不自然ではない形である。このことから久下氏は、「このような区切れは、紙数分量による機械的な分割と考えられなくはないが、物語の内容上からも理解できる点、成立時での四巻形式の可能性がありえよう」と言われるのである。

その可能性は否定できないが、たとえば、四冊本の岡山大学蔵池田家文庫本と高山市立郷土館本は、第一冊の末尾は京大本上巻途中の切れ目に等しいものの、第三冊の末尾は「けふりたつおもひをいとゝたきましてなけきをそふるあふ坂の山」（一一二頁15行目）という歌であり、これに続く伊予守の言葉から第四冊が始まる形になっている。同じく四冊本の内閣文庫本では、第一冊の終わりは先の上巻途中の切れ目にほぼ一致するが、「くろき御そにやつれ給るしもそみるかひ猶まさりける」で終わり、第二冊の冒頭が「こそうせにしひたちのかみか子の」で始まっている。また、第三冊末尾は「なへて世もおそろしう人の御ためもひとかたならすなけき入てしつみすくしてそありける」（一一七頁14行目）とあって、京大本の区切れとも池田家文庫本の区切れとも異なる箇所で切れている。さらに、筑波大学蔵一本は本来四冊であった本を合冊して二冊にしたものであるが、もとの第一冊の末尾は京大本に一致するものの、もとの第三冊の末尾は「うつし心もなきさまなから、大納言とのへとことよせていよも御おくりにまゐりぬ」（一一四頁5行目）である。このように、四冊本と言っても必ずしも区切れの箇所は一定していないのであり、二冊本に比して、上巻はともかく下巻は便宜的に二分割されたものと考えざるをえないのである。なお、諸伝本のうち天理図書館蔵本だけが三冊本で特異な巻構成になっているが、上巻末が「こはたのさとへも常におとつれ給てたいめんもこゝろもとなきをかゝるなけきのほとにとゝこほりぬる此程過してと聞え給へり」（四七頁1行目）であり、中巻末は「こゝろの内のいさきよきならは又なき御たのもし人ならまし」（九七頁3行目）であるという独自の切れ目になっている。他の諸本が共通して巻の区切れとしている二冊本の区切れの箇所は全く切れ目なく続けて書写されているのである。

　そうではあるけれども、「とぞ」や「とかや」で終わる文が巻の切れ目にふさわしいことは事実である。ちなみに、四冊本『とりかへばや』の巻末表現を見ると、

○巻一「『さばれ、かくと世をかりそめに思ひなすには、憂きも憂からず』となん」

○巻二「同じ心なりけるも過ぐしがたくて、立ち寄り給ひぬとぞ」
○巻三「いとどしき嘆きぞまさることわりを思ふに尽きぬ宇治の川舟」（和歌）
○巻四「憂くもつらくも恋しくも、ひとかたならずかなしとや」

と、和歌で終わる巻三を除いて、どれも巻末らしい表現である（引用は、「中世王朝物語全集」⑫『とりかへばや』による）。

同じ四冊本である『苔の衣』ではもっとはっきりしていて、

○第一冊（春）「しばし候ひて立ち給ふ用意など、いかでかくしもよろづにすぐれ給ひけんと、尽きせず見送り給ひけるとぞ」
○第二冊（夏）「はかなきことにつけても、ただ限りなくのみ聞こえ給ふとぞ」
○第三冊（秋）「消え給ひにけん御行方も問ひ奉らんと人知れず思されけるとぞ」
○第四冊（冬）「殿・中宮などは堰きかね給へる御気色、理なりとぞ」

と、すべて「とぞ」で終わっている（引用は、「中世王朝物語全集」⑦『苔の衣』による）。京大本『石清水物語』の切れ目を本来の四巻本の巻末表現だとするとこれらに近い形になっていると言える（蓬左文庫本も下巻の途中、京大本と同じ箇所で改行されている。上巻の途中には改行はない）。

二冊本は本来四冊であったものを合冊して二冊にしたものがもとになっていると見てよさそうだが、下巻については、再び四冊に分冊された際、上巻ほど明確な巻末表現ではないために何種類かの異なる分割法が生じたということなのではなかろうか。

五　内容

『石清水物語』は、

この頃の左大臣ときこゆるは、関白殿の御おとうとにこそおはすれ。御身のざえなどもかしこく、何ごとも、あにの殿にはたちまさり給へれば、みかどもいみじくおもきものに思ひ聞え給へり。（五頁）

と、何ごともすぐれた左大臣の紹介から始まる。この人の北の方は先帝の四の宮だが、ひどく嫉妬深い女性で、左大臣が愛情をかけた宰相の君という女性が懐妊すると、激しいいやがらせをしたので、宰相の君は身を隠し、常陸守の妻になっている姉を頼って懐妊のまま常陸に下向する。

左大臣には四の宮腹に二人の男子があった。兄は二位の中将で、歳の離れた弟は元服して侍従となる。女子のないことをさびしく思っていた左大臣は唐土から来た相人に占わせたところ、

御子三人おはしますべし。おとこ二人、いづれもめでたくて、おほやけの御うしろみとなり給べし。女は、をとりばらにていでものし給べきが、上なきくらゐにおよび給なん（六頁）

と告げられる。これによって、左大臣は宰相の君に女児が生まれることを確信し、その行く末を知りたく思うのであった。

こうして冒頭から、この物語は左大臣の劣り腹の姫君が苦難の末に后にまで昇りつめる話であることを読者に予告する。左大臣と宰相の君に『源氏物語』の頭中将と夕顔、常陸で生まれる姫君に玉鬘の面影があることは夙に指摘されていることだが、結局鬚黒の妻におさまって家庭婦人として生きた玉鬘とは違って、この物語はヒロインが女性として最高の地位にまで昇るサクセス・ストーリーとして構想されているのである。

以後、物語は、都と常陸のありさまを交互に描く。常陸では、宰相の君が予言通り「光るやう成女」を産むが、長い間の心労がたたったのか亡くなってしまい、女児は常陸守の妻の手で育てられる。常陸守には外腹に男児が一人おり、「かしまの君」と呼ばれたが、鎌倉の若宮の別当に預けられた。

都では、関白の三男春の少将と、左大臣の次男秋の侍従とが当代を代表する貴公子として並び称されていた。このあたりは、あたかも「宇治十帖」における薫と匂宮のごとき二人主人公の物語の様相を呈し、しのぎをけずる二人の風流人の活躍を読者は期待するのだが、実際にはその後、春の君の出番はほとんどなく、もっぱら秋の君が男主人公としての地位を固めていくように見える。読者は少し肩すかしをくわされた恰好になる。

秋の君は、ある年の三月初旬、三室からの帰途に木幡でふと立ち寄った家に五十歳ばかりの尼と十七、八歳の娘を見出し、娘の美しさに魅了される。尼君は実は常陸守の妻で、守が病の末に亡くなったので成長した姫君を連れて木幡に移り住んでいたのだった。姫君に心惹かれた秋の君は寝所に忍び入るが、すんでのところで姫君が腹違いの妹であることを知らされる。ここで読者は『伊勢物語』や『うつほ物語』の先蹤に引かれて兄と妹の道ならぬ恋の物語に展開することを予想するが、秋の君は姫君に心惹かれつつも、それ以上の行動に出ることはない。また読者は予想を裏切られるわけである。

そこに現れたのがかつての「かしまの君」で、今は故常陸寺の後継となり伊予守と名乗っていた。大番を勤めるため上京した伊予守は養母である木幡の尼君のもとに滞在しており、そこで美しく成長した姫君を垣間見て恋の虜《とりこ》となる。四冊本の第二冊に入って物語は新たな男君を登場させるのである。実はこの東国育ちの青年武士伊予守がこの物語の真の男主人公なのであった。ここに至って読者は予想外の展開に驚きととまどいを感じるはずである。

真の主人公をなかなか登場させないのは、中世王朝物語の手法のひとつである。たとえば、『海人の刈藻』が、権大納言と按察使の大納言の大君との結婚、院の大将の按察使の中の君への密通そして結婚という二組の恋物語を長々と描いた末に、院の新中納言と入内して女御になった按察使の三の君との恋愛を語りはじめるというような例がある。これはやや長編の物語には有効な技法と言ってよかろう。ここで物語は、伊予守と秋の君との男色めいた関係なども織り込みながら、いわゆる「しのびね型」の悲恋物語へと進んでいくのである。

伊予守は尼君の留守中に姫君のもとへ忍び入る。その後、姫君が実父の関白邸に引き取られたため逢うことができず、さらに東国に乱が起こって伊予守はその平定のため下向する。そして命を賭した戦いに勝利して伊予守が都に凱旋すると、姫君の入内が決まっていた。伊予守は意気消沈するが、尼君の病気見舞いのため姫君が木幡を訪れた際に二度目の逢瀬を持ち、入内が延期されるうちに、弁の君の手引きで三度目の逢瀬を果たす。一度の逢瀬で女君が懐妊するという設定の物語が多い中で、この物語では伊予守と姫君は都合四度の逢瀬を繰り返すが、姫君の懐妊という事態には至らない。最初の逢瀬では恐れおののいて泣くばかりだった姫君が、三度目の逢瀬では伊予守の懇願に応えて返歌をするまでになった。

さて、ここで物語はまた意外な展開を見せる。九月末ごろ、関白の夢に、八幡大菩薩の使いと名のる老翁が出てきて、姫君の入内準備のために整えた衣装の袂に、

「あだ人の重ねし夜半の衣手を雲井にいかゞおもひたつべき

なめげにやあらん」（二一五頁）

と書きつけたのである。「あだ人」が姫君と袖を重ねたのにどうして入内など考えてよかろうか、無礼ではないかというので、これによって関白は姫君の入内中止を決断する。処女でない娘を帝に奉るのは失礼だという夢告

に応えたわけだが、関白は老翁の言う「あだ人」とは息子の秋の大納言ではないかと思い込み、これが事実であったらとても知らぬふりで入内を強行することはできぬと判断したのである。たとえ帝であっても並みの容貌の人には添わせたくないと思うほど美しい姫君の処遇に悩んだ関白であったが、熟慮の末、入内中止と聞いて我も我もと名のりをあげる君だちの中で、年老いた中務の宮と結婚させることを決意する。この宮は、「御歳などはたけたれど、御心もちいもをろかならず、ざえかしこきゝこへをはするが、とし頃のうへ、物えむじをいたくし給けるを、こらしきこへむとて、しばしはなれ給けるほどに、いちはやき心にて、わざとなく成給ひにける」（一一八〜一一九頁）といういわく付きの人物であった。嫉妬深い妻をこらしめようとしばらく離れていたところ、妻はあてつけに自殺してしまったというのである。実際、姫君と結婚後も中務の宮は物の怪となった妻の死霊に悩まされ、時折、四、五日間も我を失ってしまうことがあったのだが、物の怪は次第に激しくなり、姫君がそばに寄ると様子が変わって物の怪が脅迫めいた言葉を発するようになる。姫君は逃げるように関白邸に戻る。

伊予守は姫君が中務の宮と結婚して以来意気消沈していたが、関白邸に戻ってくると、侍女の弁の君の手引きで密会する。これが四度目の逢瀬である。中務の宮に嫌悪感を強めていた姫君は、これまでとは違って、伊予守に対して「あはれになつかしげなる御もてなし」を見せ、伊予守は「心玉しゐまどひはてぬべき」ありさまとなる（一三五頁）。この時姫君は、別れ際に自分の方から歌を詠みかけた。喜びに浸る伊予守だが、かえってこれが出家の意志を強めることになる。伊予守は、「さばかりあたらしき御身の、うきみひとつゆへに女御かういともいはせきこえぬだに、ゆゝしきあやまちをかしなるを、すへのよまでのうき名を伝えきこえんことは、いかゞあらん」（一三七頁）と思う。自分のせいで女御・更衣ともなるべき姫君の幸せを奪ってしまったという罪の意識が伊予守を出家に駆り立てたのである。こうして物語は急速に「しのびね型」の出家遁世譚に向かっていくのであるが、「しのびね型」は、男主人公の出家と引き替えに女主人公が栄達していくという展開であるのに対し、この姫君の現状はいかにも悲惨である。読者は、このまま伊予守が出家しても姫君はまったく救われない、どうせならためらわずに姫君を奪って逃げるべきではないかと伊予守の出家への傾きに批判的になるだろう。しかし読者はまた一方で、物語の始発にあった「上なきくらゐにおよび給なん」という相人の予言を知っているから、このまま姫君が悲惨な境遇のままで終わるはずがない、必ずや姫君は今の境遇から救い出されるに違いないと期待しつつ先を読み続けることになる。そして作者は、そんな読者の期待に応えるべく、姫君の身の上にドラマチックな展開をしかけて見せるのである。

十月になった。かつて一旦延期された姫君の入内が予定されていた月である。五日の宵、中務の宮邸から人が来て、宮が危篤で、もう一度姫君に会いたがっているので車で迎えに来たと言う。姫君は侍女の大納言の君だけを供にして大急ぎで出発する。ところが、姫君を乗せた車は、宮邸ではなく、あらぬところへと向かったのであった。姫君の後を追って宮邸に行った従者たちが、姫君が着いていないことと宮が気分よく眠っているのを知って、姫君が何者かにだまされて拉致されたことが判明したのである。

姫君が行方不明になって途方にくれている関白邸に、内裏から中将の内侍がやってきて関白と対面し、姫君を連れ去ったのは帝であって、姫君は今は藤壺に置かれて、帝は夜も昼も付きっきりである由を告げる。あまりのことに関白は「目も口も大に成心ちして」(二三九頁)あきれ返るのであった。

この後、十月十五日に中務の宮は死去、姫君は晴れて藤壺の女御と呼ばれるようになる。伊予守は意外な展開に驚きながらも、「もとよりかやうにこそものし給べかりし御身の、ひきたがへられにし御さまは、あかず口をしかりしに、思ふほいたがはずなりぬるはうれしけれど、いとゞ雲ゐにきゝなし聞えつるは、すゝむる山みちのしるべにや」（二四一〜一四二頁）と述懐、姫君に開けた幸福への道を喜びつつ出家の意を固める。そしてその後、伊予守は秋の大将にそれとなく別れを告げ、疎遠だった北の方のもとに泊まって、翌朝、身の回りを整理して息子たちに遺訓を残し、暁に乳母子の衛門尉を伴って歴戦の名馬「おにぐろ」にまたがって家を出るのである。

伊予守は高雄山（神護寺であろう）で出家を遂げ、一方、姫君は帝の第一皇子を産んで「さういなききさいの宮」と言われるようになる。父関白は、改めて「ものしりのかんがへ申したること」を思い合わせたという。こうして、物語は典型的な「しのびね型」の話型に終結する。伊予守の出家前後の記事にとりわけ『海人の刈藻』の影響が強いことはすでに指摘されている通りである（新居和美氏「『石清水物語』における伊予守の出家場面について――釈迦出家の故事及び『海人の刈藻』との類似を通して――」『古代中世国文学』第一九号　平15・6）。ただし、姫君の幸福が、帝による拉致という荒っぽい実力行使であるところが、他の物語にはない独自の設定である。

帝が早くから姫君の入内を心待ちにしていたことは、入内中止の報を知った時の記事に、

内には、かたちめで度よしきゝおかせ給て、延にしをだに、「こゝろもとなし」とおほせられけるに、俄にかゝることのきこへ有て、中将のないしして、ことのよし忍びてそうし給へば、ほゐなく口惜と、おぼしなげかせ給ふ事かぎりなし。（二一八頁）

とあることによって知られる。そして、姫君が中務の宮の妻となった後も、中将の内侍が美貌を「目もおよばずめできこえ」て、「よの末と言へど、めづらか成人も出物し給ひけるよ。かぎりなしといへど、猶ことの葉たらずこそ」（二二六頁）などと奏上していたものだから、帝は、「ひきたがへられて、くちおしき事にのみおぼされければ、事の折節にはなをおぼし絶ず、いかでみんの御心もたへざるべし」（同）と、依然姫君への関心と執着を失っていないことを記している。これらの記事が伏線となって帝の姫君略奪作戦へとつながっているのであ

る。作者の非凡な物語創作能力が感じられるところである。

しかしながら、どうしてもひっかかる点がある。それは、入内中止を決断した関白が、姫君をよりによって年老いた中務の宮と結婚させたことである。本文中には、「としのほどこそ打合はぬ心ちして、ならべぐるしけれど、人ぎゝはあなづらはしからず、おもくしても、御かどにつぎゝこえては、この宮などこそ世にもちひられ給へれば、年たけ給へりとも、おやざまにゆづりきこえてんも、中〳〵心安かりなん」（一一九頁）と、決断に至るまでの関白の心理が描かれているし、女主人公が老人と結婚するという設定が『夜の寝覚』（中間欠巻部分）において寝覚の上が老関白に嫁いだことを模倣したものであることは久下裕利氏が指摘された（前掲論文）ところであるが、それにしても、「おなじ御かどゝきこゆとも、すこし御かたちなどをくれたらんも《にカ》さしならべては、あかずこそ心のやみにはおもひぬべき人のさまなるを」（一一六頁）とまで思う姫君の結婚相手に選ぶには、あまりにも難が多過ぎよう。なぜ関白はあえて姫君を中務の宮と結婚させたのであろうか。

そこで気になるのは、関白は、入内中止を決定した時点でも、なお姫君が「上なきくらゐにおよび給なん」と言われた唐土の相人の予言を信じていたに相違ないことである。この予言は関白自身が相人に依頼して得たものである。つまり、入内が中止になっても、いずれ姫君は帝に見出されて将来は后の位にも昇るはずだと予想した上で決断したのが老中務の宮に嫁がせることだったのだ。「年たけ給へり」とか「ねびさらぼひたる」とか「おひしらひておはする」とかことさらに老齢が強調されているように、近い将来死去することが予想されるから姫君と結婚させたのであろう。老人の死去後、姫君に開ける新人生を念頭に置いての選択と考えないわけにはいかないと思うのである。姫君を結婚させることは、姫君が非処女であることを覆い隠し、息子の秋の大納言との密通（関白はそう思いこんでいる）事件を隠蔽するためにどうしても必要であったが、あくまでそれは一時避難に過ぎなかったのである。

関白は、夢の告げを得て姫君の処遇について煩悶する中で、次のように考えている。

かゝる夢のつげなからましかば、しらずして参らせたらんは、いかにびんなきことにおぼされまし。そのかぎりなくむかひ〳〵御らんじ出て、みなれさせ給に、御志ふかくおぼさるゝに、我とさいはい出る人〳〵は、いか成あやしの者のふるめなりとも、さるかたにてとがなきこと也。おやたちそひ世にひゞき、女御きさきだちなどのゝしりてまいらせたらん人の、人にみへたらん程のおやのはぢ、おそれふかきことやはあるべき（一一五頁）

やや難解な文だが、要するに、正式の手続きを踏んで鳴り物入りで入内した娘の過去が後で露見したときの親の恥や畏れは大変なものだが、そうではなくて、帝が自ら見出して思いをかけ寵愛を受けた場合は、どんな卑しい者の古女房であってもその女の咎にはならないものだと言っているのである。つまり、入内は中止しても、帝が自分から姫君に目をかけて愛してくれるならば、誰と結婚していても問題ないというわけで、そうならば、むしろ不釣り合いな老人であるほうが都合がよいのだ。唐土の相人の予言を信じる関白にはそういう計算があったに違いない。

こう考えると、帝による姫君拉致事件も、すべて関白がしくんだことではないかとさえ思えてくる。中務の宮の病気が重くなった頃合を見計らって、帝と心を合わせて姫君の略奪を実行させる。これは関白邸に出入りしていた中将の内侍を抱きこんで計画すれば容易なことである。むろん、姫君が中務の宮邸へ向かったまま行方不明になったのを知った時「あきれまどひ給ふ事かぎりな」かったのも、中将の内侍から事の次第を聞いて「目も口も大に成心ちし」たというのも、すべて世間を欺くための演技だったことになる。

帝が人妻を我がものにして寵愛し、女御にした例として、たとえば、『恋路ゆかしき大将』巻一に語られる、源氏太政大臣（戸無瀬入道）の妻「玉光る」の場合がある。太政大臣は右大臣の娘を正妻として仲睦まじく暮らしていたが、入内が予定されていた式部卿の宮の娘「玉光る」を盗み出して寵愛し、二人の男子が生まれた。もとの妻は嘆きながら死去、それを悲しんだ太政大臣は出家を決意。二人の子と妻の行く末を案じた太政大臣は、参内して帝と相談することがあった。すると、夫の出家後も付き従うつもりでいた妻は、そのまま宮中に留められて帝の寵愛を受け、藤壺の女御と呼ばれるようになった。こうして太政大臣は安心して出家し、戸無瀬に移ったというのである。この話は、入内予定であった女性を略奪して妻とした太政大臣が、出家に際してその妻を帝に譲ったというものであり、入内予定の姫君が老中務の宮の妻になり、それを帝が略奪して自分のものにするという『石清水物語』の場合とはいささか異なるが、どちらも人妻であった女性が帝に寵愛されて「藤壺女御」と称したという点で共通する。少なくとも、物語の世界では、帝が寵愛し、女性の庇護者が納得すれば、正式に入内しなくても女御にも后にもなりうるということである。『石清水物語』の関白は、姫君が后の位にもつくという相人の予言を信じて、息子との密通を隠蔽するために中務の宮と結婚させ、早い時期に帝が姫君を奪い取る機会がくることを願ったのである。そう読むと、この物語はいっそう面白くなるように思うのである。

おわりに

以上、書誌的事項を確認するとともに、物語のあらすじを紹介しつつ、作者がしかけたさまざまな工夫を読み取ってみた。冒頭に記した通り『石清水物語』の研究はいまだ緒についたばかりだが、近年精力的に論考を発表されている井真弓氏のような若い研究者も出てきている。今後の研究の進展に期待したいところである。

『八重葎』の再評価

はじめに――従来の評価と研究史概観――

中世王朝物語に数えられる現存作品は二十数作品あるが、分量的にさほどの大作はない。『夢の通ひ路物語』六巻や改作本『夜寝覚物語』五巻、『我身にたどる姫君』八巻あたりが長い部類に属するが、それらは『源氏物語』はもとより『狭衣物語』や『夜の寝覚』の現存部分ほどの分量もない。二巻しか現存しない『いはでしのぶ』が全巻残っていれば最も長い作品になったであろうし、『風葉集』への入集歌数から推測される『風につれなき物語』も本来かなりの長さの作品であったはずだが、それでも『狭衣物語』よりもやや長い程度の分量ではなかろうか。中世の物語は叙述に場面描写が少なくなって筋の展開中心になるとはよく言われることだが、中世には物語の作者にとっても読者にとっても、長大な作品を作ったり読んだりする気力がなくなったということなのであろう。それで、いきおいこぢんまりとまとまった作品が多く作られるようになったわけである。

そんな中世王朝物語のひとつに『八重葎』という作品がある。一巻のみ、四百字詰め原稿用紙にして百枚にも満たない小品で、和歌を三十四首含んでいる。それらの和歌が『風葉集』に採られていないことから、『風葉集』成立以後に作られたことが推測されるが、文章中に『徒然草』の影響が指摘されるので、南北朝期に入ってからの成立と考えられている。

『八重葎』は長く埋もれていた作品で、昭和の初めに鹿嶋（堀部）正二氏(1)によってその存在がはじめて学界に紹介されたのであるが、鹿嶋氏は、

此の物語は中納言の廿三四の秋から翌年の秋まで満一ケ年のはかない恋愛生活を描いたもので、当時の「苔の衣」・「石清水」・「わが身にたどる姫君」・「いはでしのぶ」・「海人の苅藻」・「恋路ゆかしき大将」等の如き筋の複雑な展開は存しない。実際登場人物も十指を屈するに足らず、その間物語に特有な官位の昇進等の記事もないので、極めてまとまつた感じを与へる。その為、読者をして多岐亡羊を嘆ぜしめる事なく、流暢な文体と相俟つて一気に読了せしめる。

と述べられて、単純な筋の展開と登場人物の少なさゆえの「極めてまとまつた感じ」と「流暢な文体」の魅力を指摘され、結論として、

要するに、此の物語は、鎌倉室町頃の現存してゐる擬古物語の内では、相当文学的香気の高いユニークな作品といへようと思ふ。

と、かなり高い評価を下された。

これを承けて、昭和三十八年に初めて『八重葎』の注釈的研究をなされた今井源衛氏(2)も、その解題において、まず作中の引歌表現や和歌の多さに注目されて、

紙幅に比して、引歌数や和歌数が多い点も目立つのであり、而もその技巧はかなり上等であつて、文体や歌

体にはほとんどあらはな破綻を見せていないのは、その才能の凡でないのを察せしめる。

と言われ、さらに「この作品が擬古物語の中では秀作に属する」理由として、第一に「緊密な構想」を挙げられ、

登場人物にも無駄が少く、また脇道にも入らず、しかも首尾一貫して、よく整っているのである。

と言われた。第二に、表現の特色として、古典作品に見られる自然描写や人物表現の方法を踏襲し、「その技法を殆んど完璧に自家のものとして駆使しているのは注目に値いする」と賞讃された。そして、いわゆる擬古物語の中における『八重葎』の総合的な評価として、

八重葎もまた「忍音」などの系譜に立つ作品である事はいうまでもない。この作品も、それらの例に漏れず、一言でいえば源氏や狭衣など古典の切り継ぎにすぎない。しかし、他の擬古物語の多くは、全くの切り継ぎに終始して、作品としての主体性も個性も持つていない場合が多いのに反して、この作品では、ともかくも作品としての統一性を保つており、とくに性格表現などにおいて、類型に堕し切らず、状況に応じた個性的表現に成功しているのは、珍とすべきである。

と、絶讃とも言うべき高い評価を与えられたのである。

以来、中世の擬古物語の中でも『八重葎』の作品としての評価は概ね高いと言ってよい。

石津(細野)はるみ氏[3]は、

擬古物語としては時代はかなり下るものであろうが、作品の構成に破綻が少なく比較的統一されており、和歌や引歌表現、情景・人物描写表現技巧にも優れている。(中略)王朝物語盛時への憧憬がこの物語のロマンティシズムを支え、多々難点はあるが、物語の解体期に古体をめざしてある程度は達せられた一篇の小品と

言いうる。

と、「比較的」「多々難点はあるが」「ある程度は」などとあって手放しというわけではないけれども、ほぼ鹿嶋氏や今井氏による評価を踏襲された。

次いで、神野藤昭夫氏(4)も、

構想は緊密で、登場人物もむだが少なく、整然たる構成となっている。場面構成や文飾の点では、『源氏物語』からの借用が目につく。しかし、稚拙な模倣ではなく、『源氏』取りとでもいうべき語法として書かれかつ読まれるべきものとなっている。引歌の多い点も注意されるが、その技巧も質的に悪くないものである。いわゆる擬古物語としては、すぐれた作品ということができよう。

と、やはりその物語構想力や表現技法を高く評価され、中野幸一氏(5)も、

総じて先行作品の模倣が目につくものの、構想的にはよくまとまっており、引歌を多用した文章や和歌の技巧にも見るべきものがあり、情景や人物描写も行き届いていて、擬古物語としてはかなりの佳編と言いうるであろう。

と同様の評価をなされている。緊密な構想、高度な表現技法という点に関して、本作品の評価はほぼ一定していると言ってよい。

ところが、これら高評価とは裏腹に、昭和の終わり頃から中世王朝物語の研究が盛んになって久しいにもかかわらず、『八重葎』の研究はかなりたち遅れていると言わねばならない。とりわけ注釈的研究に関してはこの半世紀近くまるで進展していない状況である。平成になって以降、中世王朝物語の注釈書が続々と刊行されている中で、今のところまったく取り残された作品となっている。

昭和九年（一九三四）に鹿嶋氏が紹介された静嘉堂文庫蔵本の本文が三谷栄一氏の手で全文翻刻されたのはちょうど四半世紀後のことであった[6]。注も何もない翻刻本文のみであったが、適宜改行し、読点を付けられたことで、通読が可能な本文が提供されたのは意義深いことであった。その二年後、これを承けるような形で、今井源衛氏の手になる古典文庫本『やへむぐら』が刊行され、静嘉堂文庫本を底本にした読みやすい校注本が世に出たのであった。本文は段落に分け、濁点・句読点や引用符などを付し、さらに振り漢字を施し、発話者を注記するなど読解の便宜がはかられ、約四百箇所にわたって解釈上の注釈が記されるなど、実に行き届いたものであった。そして、引歌や作中和歌の本歌など、典拠についてもほぼ的確な考証が加えられていて、小冊ながらよくできた注釈書であった。また、本書において初めて静嘉堂文庫本の他に吉田幸一氏蔵の二本が存在することが報告され、主な本文異同も示されたのである。

今井氏の注釈はすぐれたものであったが、古典文庫という専門研究者以外には目にすることの難しい叢書に収められたため、『八重葎』という作品を多くの読者の身近なものにすることには寄与しなかった。それから三十年たって、平成四年（一九九二）四月、市古貞次・三角洋一氏編『鎌倉時代物語集成』第五巻（笠間書院刊）に『八重葎』が収められた。注はないが、読みやすく処理された校訂本文が提供され、底本には吉田幸一氏蔵の滋野安昌書写本が用いられて、静嘉堂文庫本以外の本の全文が提示されたことも意義深かった。平成七年から刊行の始まった「中世王朝物語全集」（笠間書院刊）にも『八重葎』は収められることになっており、刊行されれば全現代語訳を付した通読に適する注釈書が出現するはずであるが、現在のところ未刊である〔補注1〕。

このように、『八重葎』の注釈的研究は遅々として進んでいないと言わざるを得ないのであるが、研究論文も極めて少なく、『研究資料日本古典文学』第一巻[7]、『体系物語文学史』第五巻[8]、『中世王朝物語・御伽草子事典[9]』

などに解説的な論文が載せられている他は、辛島正雄氏の論[10]が唯一のめぼしい研究論文と言ってよい。緊密な構想と表現技法の巧みさが高く評価されながらも、『八重葎』はこぢんまりとまとまった小品であるがゆえにかえって多くの研究者を引きつけるだけの魅力や問題点に乏しい作品になっているのかも知れない。

筆者はかつて、本作品の表現技法に関して、引歌表現を調査し、鹿嶋氏や今井氏が指摘された例の再検討を含めて、改めてその技法の巧みさを確認したことがある。[11]その中で、本作品には『兵部卿物語』の作中歌を引用したと思われる箇所があることを指摘し、両物語が案外近い文化圏で製作・享受されていたのではないかという推測も行なった。

そこで、本稿では、『八重葎』のもうひとつのすぐれた点とされる〝構想の緊密さ〟について改めて考えてみることにする。そして、従来の高評価をそのまま認めてよいのかどうかを再検討し、それによって『八重葎』という作品の特質と意義についていささかの私見を述べてみたいと思う。

一　伝本について――新伝本の〝発見〟――

本論に入る前に、伝本について触れておく。

『八重葎』は広く世に流布した作品ではなかった。版行されたことはなく、写本で伝わる本もごく少ない。前述のごとく昭和九年に静嘉堂文庫本が紹介されたのが学界におけるこの物語の発見であり、同本は唯一の伝本とされた。静嘉堂文庫本には奥書はなく、書写年次や書写者は不明だが、近世初期の書写とされ、「稲廼舎蔵書」印があることから、岸本由豆伎の旧蔵書であることが知られる。本文状況はかなり良好であるが、それでも誤写かと思われる箇所はまま見られる。三谷氏の翻刻には、「静嘉堂文庫本以外に、一、二伝本を聞いているが、校合の機を得なかつた」との付記があって、他本の存在を示唆されたが、それが吉田幸一氏蔵の二本であることが今井氏の古典文庫本によって明らかになったのである。今井氏は、両本の奥書を検討されて、「吉田氏蔵二本は、ともに殿岡漠所持本を前田夏蔭の命によつて写した今井清蔭書写本を親本とするもので、作楽旧蔵本は滋野安昌が慶応四年に直接それを写したもの、また他の一本は、おそらく清蔭書写本を「とし子」なる女性が写したものを、さらに広田信子が書写した転写本であろう」と言われた（菊地仁氏[12]は「兄弟関係にある」と言われるが、正確にはこの二本は言わば叔父と甥の関係にあることになる）。時代の下る写本ではあるが、この二本の存在によって静嘉堂文庫本の本文の不備を補うことができるのはありがたいことである。

以来ずっと、『八重葎』の伝本はこの三本のみとされてきた。ところが、平成十五年（二〇〇三）、下鳥朝代氏[13]によって東海大学付属図書館蔵の桃園文庫に一本が存在していることが報告されて、四つ目の新たな伝本が加わったのである（同本は、これより前、平成十四年十一月一日から十二月七日まで東海大学付属図書館で催された「王朝文学と音楽」展において展示され、同展の「目録と解説」に下鳥氏による紹介文がある）。桃園文庫本は近世後期の書写で、奥書はない。「松平家蔵書印」「和學講談所」などの蔵書印があるので、松平某家から塙保己一の和学講談所に入った本らしい。本文的には滋野安昌筆本に近いと言われ、静嘉堂文庫本をしのぐ古写本でもなく、最善本と言えるものでもないが、四十年ぶりに新たな伝本が見つかったのは喜ぶべきことであった。

もっとも、同本は昭和六十一年（一九八六）三月に刊行された『桃園文庫目録』上巻（東海大学附属図書館刊）に簡略な書誌を記して掲出されている。したがって、新たな〝発見〟というわけではない。言うまでもなく桃園文庫は池田亀鑑博士の旧蔵書で、王朝文学研究者にとってはまことに貴重で有用な文庫であり、頻繁に利用されている。にもかかわらず、目録が刊行されて以来十六年もの間中世王朝物語の研究者が誰もその存在に気づかなかったというのは、迂闊ないし怠慢と言うほかない。同目録には巻頭の目次にも「八重葎」の名が載せられているのである。同目録は広島大学名誉教授で東海大学教授を務められた故金子金治郎先生が中心になって作られたものなのであるから、筆者としても忸怩たる思いを禁じ得ない。

こんなありさまなので、他にも新たな伝本が見出される可能性はあるが、〔補注2〕当面の課題として、この四本をもって対校本が作成されることを期待したい。

二　登場人物に無駄はないか

さて、『八重葎』の高評価を支える特色の一つとして、今井氏と神野藤氏が共通して指摘されたように、登場人物に無駄が少ないことが挙げられている。短い作品であるとは言え、登場人物の数は三十人弱しかなく、相当絞り込まれていることがわかる。無駄な登場人物が少ないのは当然であるが、それでも、無駄かと思われる人物がいないわけではない。それが目立つのは、物語の開始早々に描かれる小倉山の紅葉狩りに関する記述である。

九月二十日頃、主人公の中納言が親友の中務の宮邸を訪れて歓談した際、宮が、

「秋ものこりなうこそ成行めれ。をぐらのもみぢ、いかにそめまさん。此ごろのほどに、おもひたち給ひね。」とう中将、右衛門のかみなども、物せんとこそいひしか」(14)（三五五頁）

と、頭の中将や右衛門督も行きたがっているからと、中納言を小倉山の紅葉狩りに誘う。結局、翌日早朝に中納言が宮を誘って出かけることになり、中納言は、帰宅すると乳母子のあきのぶを呼んで、

「明日の御まうけをかしきさまに、大井のわたりにまちきこえよ。あるじには、左衛門のかみをこそたのみ聞えめ」（同）

と、大堰のあたりで宮を接待するべく準備し、そのホスト役は左衛門督に依頼するよう指示する。小倉山の紅葉は予想通り見事であった。一行は紅葉をめでながら風流を尽くす。

しづ枝を折て、中将の君、せいがいはを、けしきばかりまひたる、いとおもしろし。「ひかる源氏ときこえしいにしへのかざしも、かばかりにこそ」と、みなめでさせ給ふ。「いとまばゆき御よそへになん。其たちならびたりけんみやま木の、かげだに侍らじを」とわらひ給ふ。（三五五〜三五六頁）

紅葉の枝をかざして頭の中将が青海波を形ばかり舞う。人々は、光源氏が青海波を舞った時の姿もかくばかりとはやし立てる。頭の中将は照れて、光源氏とともに舞って「花のかたはらのみやま木」と言われた頭の中将の姿にも及ばないのにと謙遜する。これは、つとに鹿嶋氏が指摘された通り、『源氏物語』紅葉賀の巻の有名場面を踏まえたやりとりである。折から時雨模様となり、人々は和歌を詠み合う。「かんのきみ」（右衛門督）、「宮」（中務の宮）、中納言、「とうの君」（頭の中将）の順で詠まれる。

その後、嵯峨野を散策し、大堰に至ると、川岸に軟障《ぜじょう》を引き回して萩の枝などを結びつけ、空薫物を優雅にくゆらせた所がある。中納言は、「かんだちめ、上人などには、よもさぶらふまじき。たゞあやしのしれもの丶、おのがとく有まゝに、かくはふるまふに侍らん」（三五六頁）といぶかしがって見せる。すると、

さゐもむのきみ、きちかうのなほし、二あゐのさしぬき、ゆゐづきをかしきさまして立出給ひて、「なぎさきよくは」と、御けしき給はり給ふ。（三五七頁）

とあるように、左衛門督が姿を現す。「なぎさきよくは」は、今井氏が指摘された通り、『大和物語』第一七二段に載る、近江の打出の浜で国司に宇多上皇の接待役を命じられた大友黒主が詠んだ歌を引いたものである。中納言から接待のホスト役を頼まれた左衛門督は黒主に扮して現れたのだ。この趣向を凝らした演出に中務の宮はじ

め人々は大喜びで、酒を飲み、音楽を奏し、催馬楽「いせのうみ」などを歌って大いに感興を尽くす。

この一連の場面は、まことに華麗な王朝絵巻を思わせる印象深い場面であり、引歌も多く、物語作者の力量が窺われるところであるが、ここに登場する風流貴公子たち、頭の中将・右衛門督・左衛門督の三人は中納言や中務の宮とはかなり親しい関係として描かれていながら、以後まったく登場しないのである（唯一、中納言が中務の宮の前でこの時のことを思い出して「右衛門のかみなども、わすれぬさまに申され侍る」（三六九頁）と言う場面に右衛門督の名が見えている）。彼ら三人はただこのひとつの場面を盛り上げるためだけに設定された登場人物なのである。だから無駄な人物だと決めつけることはできないが、物語の初めの方の一場面にだけ登場して以後まったく出てこないというのは惜しい感が否めない。そのため、詳しく語られるこの紅葉狩りの場面が物語中でやや浮いた感じにもなっているのである。構想上の破綻とは言えないけれども、手際のよい作者であれば、これらの人物をもう少し生かすのではないかと思われる。

なお、今井氏の古典文庫本は小倉山での詠歌場面における「かんのきみ」を左衛門督と解されており、『鎌倉時代物語集成』では先に引用した中務の宮の発言中の「右衛門のかみ」に「（左カ）」と傍注するなど、右衛門督と左衛門督の区別に混乱が見られる。このように紛らわしい官職名の人物を同一場面に登場させたことも作者の不手際と言えば言えよう。

三　中務の宮の人物設定について

ところで、頭中将や右衛門督・左衛門督らは、いずれにしても物語中の主要人物というわけではない。しかしながら、決して多くない『八重葎』の登場人物の中で、主要な人物にもその設定が十分に機能していないと思わである。

れる人がいる。それは、先に検討した小倉山逍遙の場面でも主人公中納言との親密ぶりが描かれていた中務の宮である。

中務の宮は、物語冒頭で、男主人公と同時に紹介される。

人の語りしは、昔〳〵中納言のきみと聞えて、かたち心ばへをかしかりしは、其頃の中宮の御せうと、こ左大臣どのゝ御つぎのひとつ子になんおはしける。母上はこかうづけの宮のうへの御妹なり。このみやのたゞひとりも給へりける姫ぎみなん、内の御はらからの中つかさのみやのうへにて、御あはひもいとうるはしくおはしましけり。（三五三頁）

このように、容貌・人柄ともにすぐれた主人公中納言の母方のいとこを妻にしている人物として、時の帝の弟宮たる中務の宮の存在が紹介される。そして、

廿三、四にもやおはしけむ、中つかさの宮も、おなじ御よはひならんかし。さる御なからひといふうちにも、とりわきおぼしかはして、はかなき事のすぢをも、かくさむものとは、かたみにおぼしたらざるべし。（同）

とあって、二人が同い年で、極めて親しい友人であったことが記される。読者は、この中務の宮が主人公中納言の恋愛に深く絡んでくるであろうことを容易に予測するであろう。中納言は、亡き父左大臣が遺言した右大臣の中の君との結婚を「いみじう物うがり給ひて、あながちにかけはなれ給ふ」（同）て母北の方の気を揉ませているばかりか、「いかで此世をすてゝしがな。仏の御あとをまねぶまでこそ、おほけなからめ、せめて身ひとつのくるしみをだにのがれて、このいつゝのにごりふかきよに、またもうまれこざらなん」（三五三～三五四頁）と、つねに出家を願う厭世的な人物なのであった。読者は、中納言に『源氏物語』の薫の面影を重ね合わせ、一方で中

務の宮には希代の色好み匂宮の役割を予想するであろう。すなわち、『八重葎』と題されたこの物語は、薫と匂宮のように親友でありかつライバルでもある二人の貴公子が葎這うあばら屋に住む薄幸の女君をめぐってあやにくに展開する、浮舟物語を彷彿とさせる恋物語に違いないと思うはずなのである。たとえば『あさぢが露』の二位の中将と三位の中将や、『石清水物語』の春の君・秋の君など、中世王朝物語には物語の始発に二人主人公が設定されたものがいくつもある。この物語も、そのような宇治十帖模倣作品のひとつだろうと予想しながら読み始めることであろう。

実際、中納言が四条の茅屋に住む女君を見出したのは、中務の宮に従って小倉山に紅葉狩りに出かけた帰路、宮を邸に送った後のことであった。以来、中納言は宮邸からの帰途、しばしば女君を訪ねることになる。中務の宮が色好みであれば、中納言の忍び所を探し当てることはいとも容易であったろう。

ところが、その予想に反して、中務の宮が中納言の葎の宿の女君との恋愛に絡んでくることはない。中務の宮は、美貌の風流人ではあるが、いたって地味な人物で、色好みの性向は認められず、匂宮の面影はどこにもないのである。それどころか、妻を愛し、子をかわいがるマイホームパパであり、中宮とともに、母北の方を安心させて病気がよくなるようにと中納言に右大臣の姫君との結婚を勧めたりしている。

中納言が宮に女君との関係を語ったのは女君が失踪してから何箇月も経った秋の日のことである。中納言の告白を聞いた宮は、

「いとはかなく、あはれなりける事かな。かう月頃有しに、そのけしきも見せ給はざりしかば、[15] こよなきひじり心かな」(三九五頁)

と感心していて、中納言の恋愛に関する行状や心中にはなはだ鈍感であることを示している。中納言はあれほど

親密でありながら、その時まで女君との関係を中務の宮に語ることはなかったし、宮の方も中納言の忍ぶ恋にはまったく気づかなかったのである。

こうして、物語は中務の宮を言わば置き去りにしたまま展開していき、姫君は養母とも言うべき叔母に欺かれて中納言との関係を絶たれ、叔母の夫になった大弐とともに筑紫に向かう船に乗せられる。その船中で大弐の息子民部の大輔に言い寄られるのだが、中務の宮との絡みと言えば、この大弐の前妻が宮の乳母であったということだけである。女君と中納言の関係に気づいている民部の大輔は、女君を口説く言葉の中でそのことを口にする。

「……なにがしがはゝなん、中つかさの宮の御めのとにて物し給ひてしかば、其ゆかりに、かのみやにはしたしくつかうまつり侍る。此御思ひ人なん、いとよき御なからひにて、きこえかはし給へば、おのづからなれ奉りて、なつかしき御けはひも、いとよくみしりて侍る。かゝる御中をかけはなれ給ひて、なにがしがめなど聞えさせせんは、おもへば、かたじけなしや。……」(三八六頁)

乳母子として中務の宮邸へ出入りしていた関係で宮の親友である中納言のことはよく知っているが、そんなすばらしい人との関係を絶って自分のような者の妻になってくれるとはかたじけないと、ずいぶん卑下した物言いで、民部の大輔の憎めぬ人柄が窺われるのだが、女君はこの言葉を聞いて、「このかず〳〵いひあつむる中にも、かの御うへはみゝとゞまりけり」(同)と、中納言への言及にだけ耳を留めるのであり、女君の中納言への思いを読者に確認させる形になっている。中務の宮が女君の運命を左右するのはこのように極めて間接的な形に過ぎず、宮自身は最後まで女君とは何の関わりも持たないのである。

本物語の作者には、中納言と中務の宮という二人主人公を設定して、女君をめぐる恋のさや当てを描くというような構想はまったくなかったわけで、浮舟物語の変奏を期待する読者に肩すかしをくわせるのである。それはそれで計算された意外性の効果だと言えるかも知れないが、それにしても冒頭から主人公と並び立つ存在として ものものしく紹介された中務の宮の役割としてはあまりに軽いと言わざるを得ないのではないだろうか。

本物語の登場人物が好人物ばかりで明確な悪役や敵役が存在しないことは鹿嶋氏以来指摘されているところであるが、中務の宮が敵役にも恋のライバルにもなり得ていないことは、この物語の人間関係を単純化してコンパクトにまとめることには役立っているけれども、主要登場人物である中務の宮が十分に生かされていないという欠点になっていることは明らかであろう。中務の宮の設定を無駄だと断言まではできないにしても、仮に存在しなくても物語の展開には特に差し支えのない人物だとは言い得るのである。そういう意味でも、「人物の無駄のなさ」が『八重葎』の長所であるという評価は、少々考え直す必要があるように思うのである。

四 『しのびね』型の構想について

さて、『八重葎』の高い評価の主な理由として「構想の緊密さ」が挙げられている。これについても今井氏・神野藤氏が共通して指摘しておられるが、破綻の少ない構成とか、よくまとまった構想というような言い方で石津氏や中野氏も同様に評価しておられて異論のないところであり、菊地氏が「首尾一貫した緊密な構成との評価だけは『やへむぐら物語』に対する一致した見解として定着しつつある」と述べられている通りである。

構想という観点からは、今井氏が「八重葎もまた「忍音」などの系譜に立つ作品であることはいうまでもない」と言われているように、中世王朝物語のひとつの典型である『しのびね』型悲恋物語の構想に基づいた作品であることは間違いない。もう一つは、神野藤昭夫・原國人・藤井貞和編「物語文学総覧700[16]」において「飛鳥井姫君譚の変奏的作品」と規定されているように、『狭衣物語』の飛鳥井姫君物語の構想も利用されている。神野

藤氏は前掲の論考において、

むぐらの宿から聞こえる琴の音から美女をみつけるという冒頭は、『しのびね物語』によく似た常套的なものだが、その姫君が筑紫下行《ママ》の途次亡くなるというのは、『狭衣物語』の飛鳥井姫君譚の利用であろう。出家の心をいだいてはいるが中納言が、姫君の死を契機に出家遁世することのないのは、『しのびね』型の悲恋遁世譚と異なっている点である。

と指摘しておられる。『しのびね物語』と飛鳥井姫君物語、この二つの話型の融合と変形こそが『八重葎』独自の構想であるということになろう。

「飛鳥井姫君譚の変奏的作品」ということについては、辛島正雄氏の論考(17)にすぐれた見解が示されているので、ここでは『しのびね』型の類型との関連を問題にする。

『しのびね』型の基本的な枠組はだいたい次のようなものである。

①容貌・才覚ともにすぐれた貴公子がむぐらの宿に美しい女君を見出して深く愛するようになり、子をもうける。

②ところが男君には有力者の娘との縁談がおこり、姫君との関係を縁談の障害と見る男君の父が子を引き取った上で女君を迫害し、女君は男君の前から姿を消す。

③宮中に身を寄せた女君は帝の目に留まり、心ならずも寵愛をうけるようになる。それを知った男君は出家遁世して身を引く。

④皇子を産んだ女君は中宮、女院へと栄達を遂げる。

すなわち、悲恋の末出家遁世した男君をよそに女性としてこの上ない出世栄達を遂げる女君のサクセスストーリーが『しのびね』型の物語なのである。これに比べると、女君が途中で死んでしまう『八重葎』は似ていて大いに非なるものがある。①についてはほぼ同じだが、二人の間に子は生まれない。②以下は大きく異なる。男君には父はすでに亡く、父の遺言で右大臣の娘との縁談があるが、男君は仏道への志向が強く、結婚には気がすすまない状況にあった。女君が姿を消したのは、病気の母の看病のため男君の足が途絶えている間に、大弐と結婚した叔母にだまされて筑紫へ行く船に乗せられたためである。そしてその船中で女君は衰弱死する。たまたま難波を訪れた男君は御津の寺で女君の遺品を見つけ、墓に参ってその死を悼む。

女君が死ぬという構想の変形があるため、女君のサクセスストーリーという性格は全く失われる。そして、出離の思いをますます深くしながらも、最後まで男君は出家しないことから、出家遁世譚的性格もない。

思うに、『しのびね』型の物語は、女君を主人公として、男君との悲恋を乗り越え、女として最高の地位にまで上り詰める栄達物語なのであるが、『八重葎』は、男君を主人公として、彼が一年の間に体験した悲恋の物語となっているのである。したがって、男君の人物造型を読み取ることがこの作品を読み解く際には最も重要であろうと思う。

五　母子愛の物語

『八重葎』の構想の独創的な点として、中野氏は、「中納言が女君に贈った山吹の袿が三津寺の仏の幡とされ、それによって女君の死を知るという趣向など」を挙げられ、杉澤美那子氏も(18)「「山吹の袿」という小道具をうまく使って、その独自性を打ち出している」と指摘された。

この「山吹の袿」は、新年を迎えるにあたって男君から女君に贈られたものだが、その選定に際しては中納言から委託された侍女の中将の君が中納言の母北の方に相談して、北の方が選んだものであった。この時北の方は中将の君から姫君の存在を知らされ、息子に思い人ができたことを喜ばしく思ったようであった。それから間もなく北の方は発病する。

女君は筑紫へ向かう船中でもこの山吹の袿を身につけており、その袖に「こひしともいはれざりけり山吹の花いろごろも身をしさらねば」(三八五頁)と、中納言を恋うる歌を書き付けて、後に御津の寺の幡となったその袿に中納言が歌を発見するという劇的な場面が描かれるのであるが、そもそもこの袿が中納言の母北の方が選んだものであったことは重要である。

神野藤氏が、「母の病気が、心ならずも夜離れの原因にも、出家の妨げにも、三津の寺での亡き姫君の遺品発見にも結びついてくるように、この点がよく考えられている」と、作者の構想力を評価しておられる通り、『八重葎』の物語は、中納言の母北の方の病気を転機として大きく展開する。しかし、中納言と姫君の結びつきを象徴する「山吹の袿」は母北の方の息子を思う気持ちが込められたものであり、母北の方の影が投影されていることを思えば、この物語は中納言の母への思いが推進力となって展開していると言えるのではないであろうか。

中納言は「たゞいかなるにか、よをはかなきものにおもひとり給ひて」(三五三頁)出家遁世の望みが深いのだが、「たゞひとゝころ物し給ふ上の、かつみるだにあかずおぼしたるを、誰にみゆづりきこえてか、さる道にもおもひたゝん」(三五四頁)と、母北の方を絆《ほだし》として出家に踏み切れないでいるのであった。母北の方の溺愛ぶりも相当なもので、ある冬の日、中納言が母の部屋を訪れると、息子の姿を見つけた母北の方は「めづらしからむ人のやうに、いそぎ出むかはせ給ひて、かなしう、いとほしきものにおぼしたる御さまも、あはれにかたじけなし」(三六五頁)という具合である。そして、母をいたわって中納言が火桶を取って母北の方のそばに置くと、北の方は「なみださへこぼし給ひて、たのもしう嬉しと見給ふも、ことわりなりかし」(同)というありさまなのである。

このような異常とも思える強い愛情で結ばれた母子であるから、母北の方が病に倒れると、中納言は「いみじうおぼしなげき、よるひるとあつかひ、いかさまにしてすくひ奉らむと、こゝらの御ぐわむども、おぼしいたらぬくまなげなり」(三六九頁)となって、葎の宿の女君を顧みる余裕はまるでなくなってしまう。かように強い母への思いが結果的に中納言と葎の宿の姫君との恋愛にとって大きな障害となり、母北の方の看病に明け暮れて足が途絶えている間に姫君は叔母にだまされて船に乗せられてしまうのである。『八重葎』は、中納言の強烈なマザー・コンプレックス故に引き起こされた悲恋物語ととらえることができる。『しのびね物語』は男君の父親の妨害と帝の女君への執着が引き起こす悲恋物語だが、『八重葎』は男君の強い母子愛が恋愛の妨げとなり、これに女君の叔母の策略がからんで悲恋物語を構成しているのである。『しのびね』型の話型を踏みながらも、『八重葎』は特異な母子愛の物語を作り上げることに成功していると言ってよいだろう。そういう意味で、諸氏の指摘される通り、作者はなかなかの手腕を発揮していると思う。

ところで、ここで考えたいのは、中納言の異様なまでの執着は母親にだけ向けられたものなのだろうかということである。そうではないのではなかろうか。そして、『八重葎』の主題を解明する鍵は、実は中納言の道心の由来にありそうに思われるのである。

六　中納言の道心の由来――亡き父への思い――

中納言の強い出家願望の理由については、先に引いたごとく「たゞいかなるにか」とあるだけで、具体的なことは書かれていない。いつ頃からかに関しては、「おとなび給ふまゝにふかく成行給へば」(三五四頁)とあり、中納言自身は「いわけなきほどより思ひそめしほい」(三七七頁)と意識していて、少年時代から抱いていた願望であるように書かれている。おそらく仏教的厭世観が少年時代から漠然と身についていたのではあろうが、これほど愛情を注いでくれ、自分も大事に思っている母北の方の願いに逆らってまでも断固たる結婚拒否の姿勢を示すようになったのは、父左大臣の逝去がきっかけになったのではないかと思う。左大臣がいつ亡くなったのかはわからないが、自分が死んでも後顧の憂いがないように、一人息子の中納言と右大臣の中の君との縁談をまとめ、遺言として右大臣に息子の後見を頼んでおいて亡くなったのであった。この縁談は中納言がその気にならないので進展していないものの白紙に戻ったわけでもないようなので、左大臣が亡くなってからはまださほどの年月は経っていないものと思われる。

中納言の結婚拒否の理由として、「女とてするゐおかば、心ゆかずながらも、とし月にならば、えさらぬほだし共、こゝらいでこむ。いつの時にか、かしこき道にはたどりいらん。あなむつかしや」(三五四頁)と思っていることが記され、妻を娶ると多くの子供ができたりしていつまでたっても出家の本意が遂げられないからであるという。また子孫を持つことについては、「いけるかぎりも、人のするゐのおくるゝは、くちをしきわざなり。そうとく大師だに、ぞうたえん事をねがひ給ふめるに、なにのいたはりなきみの、よのつねにてあかしくらす、いと心うき事」(同)と、『徒然草』第六段に見える聖徳太子が自らの子孫断絶を願ったという故事を引き合いに出して、子孫が劣っていくのは残念なことだから見たくないのだという意思を表明している。

このような意識から読み取れるのは、中納言は自分を父左大臣よりも劣る存在だと思っているであろうことである。つまり、中納言は父を自分よりもすぐれた存在として心から尊敬していたのである。その父を失った中納言のショックは大きく、生来の厭世的な傾向に拍車がかかったのであろうと思う。母北の方の中納言への愛情の強さは先に見た通りだが、おそらく父左大臣も一人息子の中納言を相当溺愛していたことであろう。ちょうど『狭衣物語』の堀川の大臣が息子の狭衣を目に入れても痛くないほどかわいがっていたのと同じように。

わけもなく厭世的な志向を持つ男主人公が登場するのは中世王朝物語の常ではあるが、『八重葎』の中納言に関しては、その異常なほどの出家願望の強さは、父を失った悲しみと追慕の念が根拠になっていると考えてよいであろう。それはおそらく仏教的厭世観よりも中納言が学問する中で身につけた儒教的な倫理観に基づく孝行心であろう。父の死によって敬愛する父への孝養の機会を失ってしまったことの喪失感が中納言に出離の思いを強くさせたのだと思うのである。

中納言の出家遁世への志向にも、結婚拒否にも、その根底には亡き父への思いという親子愛があり、出家が実行できないでぐずぐずしている理由には母への思いという親子愛があった。結婚をためらっているうちに女君との出会いがあった。中納言は道心とのはざまに悩みつつも、女君に心惹かれていく。ところが、心ならずも女君のところに足が遠のいたのは最愛の母の看病のためであり、その間に女君は都を離れて命を失ってしまう。そして、中納言が亡き女君の遺品を見出し、失踪・死亡の事情を知るのも、母の病気療養に従ったためであった。まさしく、『八重葎』という作品は、中納言の抱く強い親子愛が引き起こした悲恋物語として描かれているのである。男女の愛情よりも親子愛を優先したために起こった悲劇であり、この親子愛と恋愛の相剋こそが作品『八重葎』の描こうとした主題だったのではないであろうか。

おわりに

人は親子の愛情と男女間の愛情とどちらを優先すべきかという、人生におけるひとつの重大な問題を『八重葎』は読者に問いかけているのかも知れない。そう思って見ると、母の亡き後まさに親代わりとなって女君を親身に養育してきた叔母が、大弐との再婚が決まるとあたかも人格が豹変したかのように、女君の意向を無視して騙してまで筑紫行きの船に乗せてしまうというのは、男主人公中納言とは逆に、結婚という男女間の愛情に目がくらんで、擬似的なものとは言え女君との間に成立していた親子愛を見失ってしまったことによる行動である。叔母は親子愛より男女間の愛情を優先してしまったために女君に不幸をもたらした。『八重葎』の女君は、二重の意味での親子愛と恋愛との相剋による被害者なのであった。

鹿嶋氏は、「叔母が姫に対してなした事は、よし結果に於て姫に不幸をもたらしたとは雖も、それは元来姫の為を思つてなした行為であつたのである」と言われ、叔母が女君を騙して連れ出したことも好意的に受け取っておられるのだが、女君を父である右大臣に引き合わせる機会をうかがい、中納言を女君の出自にふさわしい相手と喜んでいた叔母が、女君を自分の再婚相手の息子民部の大輔と結婚させることをいとも簡単に受け入れてしまうというのは、女君を思っての行為とはとうてい言えまい。叔母は大弐との再婚に舞い上がって身勝手な行動に出たとしか言いようがない。

叔母は、中納言とのことはあきらめて自分と一緒に筑紫に下るように女君を説得する場面で、女君が拒絶すると、「女は、をとこに見ゆめれば、かなしうするおやはらからも、おほかたのものになり侍るとは、是にやあらん」（三八〇頁）と、中納言に執着して親同然の自分をおろそかにすると非難している。しかし、これはまったく叔母自身に向けられるべき言葉なのであった。

女君は、親子愛を最優先する「男」の中納言と、結婚に目がくらんで親子愛を見失った「女」の叔母との両者に振り回されたまことに気の毒な存在なのである。

親子愛と男女間の愛情の相剋が悲恋をもたらすことは世によくあることだろう。『八重葎』の作者はそのありふれた題材を主題としながらも、『しのびね』型の話型にうまく入れ込み、『狭衣物語』の飛鳥井姫君譚の変奏に仕立てて、なかなか個性的な味わい深い物語を構成し得た。登場人物の生かし方には物足りない点もあるけれども、総合的にはやはり中世王朝物語の中で秀作の部類に入る作品であると言うことができるであろう。


【注】

（1）鹿嶋正二氏「散佚物語「八重葎」について」『国語国文』昭9・9。以下、鹿嶋氏の説はすべて同論文による。
（2）今井源衛氏「古典文庫」173『やへむぐら』（昭38　古典文庫）。以下、今井氏の説はすべて同書による。
（3）石津はるみ氏「やへむぐら」『国文学　解釈と鑑賞』昭55・1。
（4）神野藤昭夫氏「やへむぐら」『研究資料日本古典文学』①物語文学（昭58　明治書院）所収。以下、神野藤氏の説はすべて同書による。
（5）中野幸一氏執筆、『日本古典文学大辞典』第六巻（昭60　岩波書店）の「八重葎」の項。以下、中野氏の説はすべて同書による。
（6）三谷栄一氏「八重葎（飜刻）」『実践女子大学紀要』第六集（昭34・12）。
（7）注4参照。

（8）三谷栄一編。平3、有精堂刊。
（9）神田龍身・西沢正史編。平14、勉誠出版刊。
（10）辛島正雄氏「『八重葎』物語覚書――中世物語における『狭衣物語』受容の問題と『八重葎』の位置――」『文学研究』第八十二輯（昭60・3）。のち、『中世王朝物語史論』下巻（平13　笠間書院）所収。
（11）拙稿「『八重葎』引歌表現覚書」（本書所収）。
（12）菊地仁氏「やへむぐら物語」『体系物語文学史』第五巻「物語文学の系譜Ⅰ　鎌倉物語2」（注8参照）所収。以下、菊地氏の説はすべて同論文による。
（13）下鳥朝代氏「東海大学付属図書館蔵『やへむくら物語』翻刻（上）」『湘南文学』第三十七号（平15・3）。
（14）『八重葎』本文の引用は『鎌倉時代物語集成』第五巻（平4　笠間書院）により、括弧内に同書のページ数を付記する。傍線は引用者。以下、同じ。
（15）古典文庫本には「見せ給はざりしかば」の部分が「見せ給はざりしは」とある。
（16）『国文学　解釈と鑑賞』昭55・1。
（17）注10に同じ。
（18）杉澤美那子氏「八重葎」『中世王朝物語・御伽草子事典』（注9参照）所収。
〔補注1〕本稿初出発表後、田村俊介氏「『八重葎』注釈」（上）（中）（下）『富山大学人文学部紀要』第四十九号（平20・9）・第五十号（平21・2）・第五十一号（平21・8）が公刊された。「古典文庫」以来四十五年ぶりの注釈の刊行である。詳細な語注が読解に有益であるが、現代語訳が付されていないのが惜しまれる。

〔補注2〕近年、原豊二氏も『八重葎』の一本を入手されたという。五番目の伝本の出現である。瞥見させていただいたが、奥書等伝来に関する情報が得られる記載はなく、本文は静嘉堂文庫本に近いようである。『あきぎり』（村上文庫本)、『雫に濁る』(聖護院本)、『いはでしのぶ』(時雨亭文庫本)など、中世王朝物語に限ってもここ二十数年の間に、それまでに知られていた伝本の欠を補う新伝本の発見が続いている。今後の発掘にも期待されるところである。

なお、吉田幸一氏蔵本のうち、広田信子書写本は現在神野藤昭夫氏の所蔵になり、もう一本の滋野安昌書写本は現蔵者不明の由である。諸伝本の現状については、神野藤昭夫氏「『やへむぐら物語』諸本の書誌と伝来」『跡見学園女子大学文学部紀要』第四十六号(平23・3)に詳しい。

『風につれなき物語』管見

はじめに

「中世王朝物語」という呼称が一般化する以前、中世に成立した擬古物語を「鎌倉時代物語」と総称することが行なわれていた。これは、いわゆる「御伽草子」を『室町時代物語』と総称することがあるのに対する名称と思われ、「室町時代物語」の集大成である『室町時代物語大成』全十五巻（横山重・松本隆信編　角川書店）に倣う形で、「鎌倉時代物語」も、『鎌倉時代物語集成』全七巻（市古貞次・三角洋一編　笠間書院）に集成された。これにともない、長く『源氏物語』を頂点とする華やかな王朝物語群の陰に隠れて等閑視されてきた擬古物語にもようやく活発な研究の光があてられるようになったのである。もっとも、『鎌倉時代物語集成』に収められた作品の中には、『在明の別』『とりかへばや』『松浦宮物語』など、平安時代最末期に成立したと考えられる物語も含まれているし、明らかに南北朝期以降の成立になると見なされる物語も少なくない。たとえば『しのびね』『兵部卿物語』などは、『鎌倉時代物語集成』と『室町時代物語大成』の両方に収められているのであるから、「鎌倉時代物語」という名称はかなり総括的かつ便宜的なものと言わねばならない。

そうした中で、『風につれなき物語』は、『無名草子』（正治二年〈一二〇〇〉〜建仁元年〈一二〇一〉）以後『風葉集』（文永八年〈一二七一〉）以前の成立と推測されているから、正しく「鎌倉時代物語」と言ってよい。しかも、『風葉集』には、『源氏物語』『うつほ物語』『狭衣物語』に次ぐ四十五首もの歌が採られ、質的にも量的にもすぐれた物語と見なされていたことがわかる。少なくとも、『風葉集』編者の周辺では、当代を代表する傑作と認められていたと見られるのである。

ただ、残念なことに、現在に伝わるこの作品は、全体のごく一部に過ぎない零本であるらしい。『風葉集』に採られた四十五首(1)のうち、現存本にはわずか五首しか見えず、現存本は明らかに未完であるからである。『風葉集』そのものも末尾の二巻を欠くため、正確なことは言えないが、歌の数から単純に計算すれば、現存本は全体の九分の一に過ぎないことになる（実際は三分の一くらいではないかと思われるが）。そのため、この作品の全体像をとらえることは困難で、『風葉集』所収歌から散逸部分を推測することを中心に研究が行なわれているが、その数は今のところまだ少ない現状である。本稿は、多く先学の研究に負いつつ、この物語に関するいくつかの問題点に関して、やや雑然とながら若干の私見を提出しようとするものである。

一　書名について――露の系譜の物語――

『風につれなき物語』という書名は、七文字の和歌的表現から成っているから、どうも典拠とした歌がありそうである。このことについて、樋口芳麻呂氏(2)は、調査の結果、『玉葉集』巻三・夏・四〇二に、

千五百番歌合に　　　　惟明親王

夕まぐれ風につれなき白露はしのぶにすがるほたるなりけり(3)

として載る『千五百番歌合』(四百二十三番右・八四五)の歌を候補として挙げられた。そして、慎重に断定は避けられながらも、「『風』が吹いてもつれない『白露』とは、吉野院や太政大臣が言寄ってもつれなく靡かない清らかな女院を意味する」、さらに「しのぶにすがるほたる」とは、「早世する姉の中宮や出家してしまう父宇治入道を思慕し、その遺言や訓戒を忠実に守ることによりすがって生きてゆく女院の在りようをさし示している語とも解せられよう」と述べられた。まさにこの歌は、本物語の題号の典拠としてふさわしく思われる。

この歌は、蛍を詠んだ夏の歌であるが、蛍を白露に見立てることによって、白露を詠んだ歌ともなっている。露ははかないものの代表としてよく歌に詠まれるが、季節としてはやはり秋の景物である。『風につれなき物語』が、秋の季節感や情緒を描いた自然描写を多用していることは、現存部分だけを見ても明らかであり、おそらく散逸部分を含めた全体を見てもそうであったろうと思われる。そしてその自然描写の中には、「露」がしきりに出てくるのである。作中和歌にも露を詠み込んだ歌が多く、『風葉集』で知られる散逸部分の歌においても露がしばしば詠まれている(4)。

現存部分にある二十五首の歌の中には露を詠み込んだ歌が次の三首ある。

くれぬべき秋をや人はをしむらんさもあらぬ露のかゝるそでかな(5) (上11ウ・三九一頁)

をしまぬもをしむもあやなゆふまぐれ秋はならひの袖のしらつゆ (同)

あきらけくてらさむこの世のちのよもひかりをみする露やきえなむ (上38ウ・四〇八頁)

そして『風葉集』から知られる散逸部分の歌四十一首の中にも次の四首がある。

秋風やむかしをかけてさそふらん荻の上葉の露もなみだも (巻四・秋上・二三一)

むしの音も秋はてがたの草の原かれはの露はわがなみだかも（巻五・秋下・三五八）

わきてこの露をば袖にかけよとや秋を名残にとどめ置きけん（巻九・哀傷・六三七）

古へもいまもけぶりに立ちおくれなくなくはらふ鳥べ野の露（同・同・六六七）

この他、しばしば露にたとえられる涙を詠み込んだ歌が三首ある。

宇治の入道関白左大臣の亡くなった北の方を「きえ給にし露」（上3ウ・三八六頁）と言い、弘徽殿の中宮と小姫君を「おなじのゝ露」（上34ウ・四〇五頁）と言い、小姫君が自分の命を「露のいのち」（下3ウ・四一二頁）と言い、中宮の崩御を「かぜにこぼるゝつゆのやうに」（下4オ・四一二頁）と表現している。この物語の女主人公である小姫君（『風葉集』に言う女院）をはじめ、その姉中宮、さらにはその母北の方までが、露のイメージで描かれている。すなわち露はこの物語全体を支配するキーワードであると言ってよい。小姫君は亡き母の命と引き換えにこの世に生まれ出たことに一種の原罪のようなものを感じており、それが母と同じく自らの命と引き換えにこの世に残した姉中宮の遺児若宮を母代わりとして育てることに生涯を捧げることを務めとするという強い意志の源になっているのである。そのためには、たとえ帝であろうと、思慕の情を寄せる男たちには決して靡かずつれない態度をとり続けなければならなかったのである。母、姉、そして小姫君と、この三人は、言ってみれば露の系譜につながる女性たちである。題号である「風につれなき」も、『千五百番歌合』の歌を典拠とすることによって「風につれなき白露」の物語であることが明確になり、この物語にこめられた主題のようなものが読者に看取されうるのである。

二　夢告による物語の進行

王朝物語や擬古物語においては、夢告や占いによる暗示や予言によって物語が進行していくことが少なくない。『源氏物語』にもいろいろな形でそれは表れている。本物語においても例外ではなく、女主人公小姫君の運命はいくつかの夢の告げによって定められているようである。

本物語の現存部分で最も印象深い夢の告げは、中宮の安産祈願のため春日明神に詣でた父関白左大臣が、「夢ともなう、うつゝともなく、いとけたかきさまなる人のこゑにてほのかに」聞いた、

「あきらけくてらさむこの世のちのよもひかりをみする露やきえなむなげくべきならず。これみなさきの世の契なるうへに、人の思もそふなるべし」（上38ウ・四〇八頁）

という告げである。そのとき関白は何のことやら合点がいかなかったが、やがて無事に若宮を出産した後中宮が亡くなって、「みしゆめはかくてなりけり」（下8オ・四一五頁）と悟るのである。そしてこの時、「このよのひかりはわか宮のてらさせ給はん事うたがひあらじ。のちの世は又まことにしかるべくほとけのすゝめ給身にこそ」（同）と思って、出家を決意し、若宮を小姫君に託すことになるのである。小姫君はこの父の訓戒を終生固く守って生きることになるのであるから、まさにこの夢告は小姫君の運命を決めるものであった。

ところで、本物語にはこれより先にもうひとつ夢告をほのめかす記事がある。それは、小姫君を産んでまもなく亡くなった関白の北の方が遺言のように言い残した、

「我身もこれゆゑかくなりぬる、契はつらき人なれど、この姫君ゆめ〲おろかにし給な。夢にもさ見えしなり」（上3オ・三八六頁）

という言葉である。小姫君は母の命と引き換えに生まれるというつらい契りの身の上だけれども、決しておろそかにしないでほしい、夢にもそう見えたから、と言っている。母北の方は、小姫君の将来について、何らかの夢の告げを得ていたというのである。おそらくそれは国母・女院という女として最高の地位に上り詰めるという幸福な人生の予言めいた夢だったのであろう。母北の方はそのことを確信して亡くなったのである。この母の見た夢がその後の小姫君の運命を拘束することになるわけである。

母の見た夢は、どうやら姉中宮にも、おそらくは夢告のような形で伝えられたようである。中宮は死に臨んで、小姫君に若宮の養育を頼み、

「たとひ人の御身にはうきこと、いとはしくおぼすこと、いでくとも、この御さま心やすくみおききこえ給はんまでは、めはなちたてまつり給な。思やう侍、ゆめ〳〵たがへ給な」(下3ウ・四一二頁)

とさとすのである。たとえ小姫君の身にどんな厭わしいことが起こっても、若宮が一人前になるまでは決して目を離さないでほしいというのだが、まるで帝が小姫君に言い寄るという事態を予測したような言い方である。ここで「思やう侍」とあるのは、亡き母北の方の夢告か何かによって、若宮を母代わりとして養育すれば小姫君の将来に開ける幸福が予言されていたからではないかと考えられる。小姫君はこの姉中宮の遺言と父関白の訓戒を以後固く守って生きて行くことになる。ここにも母北の方・姉中宮・小姫君という露の系譜が運命の糸で結ばれていることがはっきり示されている。

三　本文の脱落について

『風につれなき物語』の現存する本は零本であるが、その伝本の数も稀である。『丹鶴叢書』に収められて版行

された本が流布したが、そのもとになった本は後醍醐天皇の宸筆で、編纂者である新宮侯水野忠央自身の蔵書だという。明治四十年（一九〇七）に『続々群書類従』第十五・歌文部二に収められて国書刊行会から活字刊行されたのもこの『丹鶴叢書』本をもとにしているようである。写本としては、無窮会神習文庫蔵本と愛知教育大学付属図書館蔵万里小路睦子手写本が知られているが、前者は新宮侯蔵本の転写本、後者は丹鶴叢書版本の写しである可能性があると言われる（樋口芳麻呂氏）。したがって、現存伝本はすべて水野忠央蔵本に由来していることになる。ところが、この本は、現存部分についても完全ではなく、ところどころ虫損のため判読不能な箇所がある他に、明らかに本文に脱落の認められるところが存する不完全な本である。版本には、虫損箇所には小字で「虫損」と記し、脱落があるとおぼしき箇所には欄外にその旨を注記している。脱落注記箇所は上巻に二箇所ある。ひとつは、七丁裏で、関白左大臣の二人の姫君の裳着の場面である。この脱落箇所に『風葉集』巻十・賀・七一七に載る、

宇治入道関白、むすめどもにもきせ侍りけるこしゆはせ給ひて
風につれなきの冷泉院女御(6)

いづれをも木だかかれとてかすが山松に千年をいはひそへつる

の歌があったはずであるから、かなりの分量の脱落があると見られる。

もうひとつは、二十三丁表で、権中納言（はじめ三位の中将、『風葉集』の太政大臣）と内大臣（はじめ源大納言）の二男少将とが連れ立って一条の后宮を訪れる場面である。脱落があるため、后宮邸でのこの夜の二人の行動がわかりにくくなっている。権大納言は后宮に対面し、娘の女三宮との縁談をほのめかされたようであり、少将はこの宮に住む女と懇意になったらしい。後に、

ありし一条の宮のにしのたいにぞ時々かよひけれど、皇后宮きかせ給て、御けしきあしかりければ、わづらはしくて、ましてこの世のまぎれにはたえたるなるべし。（下18オ・四二一頁）

とあるから、少将は宮邸の西の対に住む女と懇意になったのだということがわかるが、相当量の脱落があるため詳細は不明である。(7)

脱落注記のある箇所以外にも脱落が想定される箇所がある。ひとつは、帝が五節見物のため宮中に来ていた小姫君に接近した場面で、上巻の二十九丁裏にあたる。本文中に特に文意の続かないところはなく、どの部分に脱落があるのか判然としないが、(8)ここに『風葉集』巻十二・恋二・八四七〜八四八の、

おなじ女院にちかづき奉らせ給へりけるに、おぼしいりてむげになきさまにならせ給ひて、いでさせ給へるのにちによませ給ひける

よし野の院の御歌

あさましやさてもいかなるうさぞともうらむばかりの契だになき

恋しともうしともなにに思ひけんかかるつらさをかぎりける世に

という二首の歌が存在したはずである。樋口氏は、この歌は、散逸部分において帝が再度小姫君に近づく機会があり、その時に詠まれたものであろうと言われたが、いかがかと思う。あれだけ帝を忌避している小姫君が今一度帝の接近を許したとは考え難いし、もしそうであれば、『風葉集』の詞書に「ふたたびちかづき奉らせ給へりけるに」とでもあるのではなかろうか。後述のごとく、後に、

たゞかばかりにてやと、涙におぼゝれさせ給し御けはひのいみじくえんなりし（下31ウ・四三〇頁）

と、小姫君が帝の接近時を回想する箇所があるが、そういう具体的な帝の様子の描写は接近場面にはない。脱落

部分にはあったのではないかと思う。

もうひとつは、上巻二十一丁裏、小姫君の居所を訪れた権中納言が女房の中納言の君に小姫君への思いを訴えて恨む場面に、

はなざかりのくもりなかりしあさがほよりは、まことにあくがれにしたましひもかへらぬにや、うつしごゝろもなきよしを（三九七頁）

云々とある。これによると、権中納言は、かつて花盛りの頃のある朝、小姫君の姿を垣間見たことがあったことになるが、現存本にはそういう場面はない。これもどこかにあったものが、脱落してしまったと考えられる。もっとも、現存本には春の花盛りの頃の記事はなく、どこに脱落があるかはまったく不明である。このあたりは単純な脱落と思えない面もあり、市古貞次氏が[9]「あるいは原作の所々を省略した一種の簡約本（「いはでしのぶ」の三条西家本のごとき）かと思われる節もないではない」と言われ、また小木喬氏が[10]「現存本は、古本の叙情部分を省略し梗概化に向った改作本のようである」と言われた見解にもうなづかれる点がある。改作があったかどうかはともかく、現存本に本文上いろいろ欠陥や疑問点が多いことは否定できない。

四　引歌表現について

本物語の引歌表現に関しては、すでに樋口芳麻呂氏の調査がある。樋口氏は、引歌表現の主要なものとして、十六例を挙げておられる。それらは概ね適切なものであると思うが、ここでは私見により、それにいくつかの例を追加したいと思う。引歌の認定はなかなか難しく、追加例がどれほど妥当なものであるかいささか心もとないのだが、樋口氏が挙げられたものも含めて列挙してみる。

《上巻》

①「ことの葉しげきくれたけのよゝのふることゝなりぬれば」[11]（上1オ・三八五頁）

これは樋口氏が指摘された通り、

○古今集・巻十八・雑下・九五八

題しらず　　　　よみ人しらず

世にふれば事のはしげきくれ竹のうきふしごとに鶯ぞなく

の二、三句を引いた表現であるが、同時に、

○古今集・巻十九・雑体・短歌・一〇〇三

ふるうたにくはへてたてまつれるながうた　　壬生忠岑

くれ竹の　世世のふること　なかりせば　いかほのぬまの　いかにして…

の長歌の初、二句をも引いていると見るべきであろう。よく知られた古歌の表現を巧みに合体させて印象深い冒頭表現としている。長編物語の冒頭をいきなり引歌・引詩表現で始めるのは、古くは『狭衣物語』が、「少年の春は、惜しめども留まらぬものなりければ」[12]と、『白氏文集』の詩句を踏まえた起筆法を用いているのにはじまり、和歌に限れば、『堤中納言物語』の『このついで』や『逢坂越えぬ権中納言』などの先蹤がある。中世王朝物語では、『在明の別』もその類に入れてよかろう。また、「かぜにもみぢのちる時は、さらでもものがなしきならひといひをけるを」[13]云々と、『新古今集』巻六・冬・五五二・藤原高光「かみな月風に紅葉のちる時はそこはかとなく物ぞかなしき」を引いた表現で始まる『風に紅葉』などの類例もある。『風に紅葉』は、本物語と同様、老媼の昔語りのスタイルを取る序文風の起筆になっている点にも注目される。早く『夜の寝覚』が、「人の世の

さまざまなるを見聞きつもるに」[14]云々と書き起こしているのにも通じるが、ここではよりはっきりと執筆意図を明言している。『風に紅葉』は『風葉集』以後、おそらく南北朝期になってからの成立と考えられるから、その起筆法は直接本物語に倣った可能性がある。本物語は、「秋のあけがたきおいのねざめのつれ〴〵なるまゝに、こゝろをやりたりしとはずがたりをかきあつめて、とまらむあとのあやしけれど」（上1オ〜1ウ・三八五頁）と、単に問わず語りに思い出話を述べるというのではなく、折々に思い出した問わず語りを「かきあつめ」たと言っているのが注意される。ここではもはや物語は語り、あるいは語り手の語りを聞き手が書き留めるというスタイルを取るのではなく、問わず語りを自らが直接執筆するというスタイルになっているのである。『風に紅葉』が依然語りのスタイルを取っているのに比べて、本物語の序文は斬新であるように思われる。しかも、その起筆が、単にひとつの古歌を引いた引歌表現ではなく、「くれたけ」という歌語を軸にして、『古今集』の二首の歌を合わせた引歌表現にするというひねった操作をしているところが、本物語の独自性であり、作者の技量を示しているると言えるであろう。

②「いとゞしくたゞならずおぼえ給ゆふまぐれ」（上8ウ・三八九頁）

この箇所、樋口氏に指摘がないが、

○和漢朗詠集・巻上・秋・秋興・二二九

あきはなほゆふまぐれこそただならねをぎのうはかぜはぎのしたつゆ　義孝少将

の二、三句を踏まえていること明らかである。この歌は歴代の勅撰集には入集しないものの、『源氏物語』少女・幻、『狭衣物語』巻一などに引歌とされて、古来著名な歌である。『海人の刈藻』巻四など、中世王朝物語にもよく引かれている。『義孝集』（四）にも、「あきのゆふぐれ」の詞書を付して載る。

③「いまとてもあさくらやまならずまゐりつかうまつり給事、まことの御はらからのやうなれば」（上16オ・三九四頁）

樋口氏は、この箇所に関して、「『寛治八年八月十九日前関白師実歌合』郭公二番判詞所載歌（『夫木抄』巻二〇にも所掲）」として、「昔見し人をぞ今はよそに聞く朝倉山の雲井遥かに」の歌を引歌とするが、その通りであろう。この歌は、『高陽院七番歌合』郭公二番右・一八の大江匡房歌「ほととぎすくもゐはるかになのればやあさくらやまのよそにきくらん」に関する経信の判詞の中に「しものくは、むかしみし人をぞいまはよそにきくあさくらやまのくもゐはるかに、といふうたにやはべらん」とあるのを指している。同歌は、

○夫木抄・巻二十・雑二・八七六六

山、六帖　　　読人不知

むかし見し人をぞわれはよそに見じあさくら山の雲井はるかに

とも伝えられ、『古今六帖』の歌として採られているが、現存本『古今六帖』には見えない。『枕草子』「山は」の段に、「あさくら山、よそに見るぞをかしき」(15)とあるのは、この歌を念頭に置いた記述と考えられるから、よく知られた古歌だったのであろう。権中納言が、養父の関白邸を「よそに見る」ことなくいつも参り通っていたということを「あさくらやまならずまゐりつかうまつり給」と表現したわけである。

④「いわけなかりしより心のかぎりみだれそめにししのぶもぢずり、たれゆゑならねど」（上16オ・三九四頁）

樋口氏の指摘の通り、

○伊勢物語・第一段

みちのくの忍ぶもぢずり誰ゆゑにみだれそめにし我ならなくに

の歌を引く。この歌は、
○古今集・巻十四・恋四・七二四
（題しらず）　河原左大臣
みちのくのしのぶもぢずりたれゆゑにみだれむと思ふ我ならなくに
とも伝えられているが、歌句の異同により、「みだれそめにし」とある『伊勢物語』の方を典拠としていること
明らかである。もっとも、『百人一首』（一四）にも「みだれそめにし」とある（『百人秀歌』（一七）は「みだれむとお
もふ」）。
⑤「中々に人めしげきあしがきにめなれて」（上16オ～16ウ・三九四頁）
樋口氏の指摘通り、
○古今集・巻十一・恋一・五〇六
（題しらず）　（読人しらず）
人しれぬ思ひやなぞとあしかきのまぢかけれどもあふよしのなき
を引いた表現であろう。近くにいながら小姫君への思いを打ち明けられないでいる権中納言の忍ぶ恋心を表現す
るにふさわしい歌と思える。
⑥「人きかぬまには、いはうつなみのくだけはてぬべき心のうちをせきかね給を」（上21オ・三九七頁）
これも樋口氏の指摘の通り、
○詞花集・巻七・恋上・二一一
冷泉院春宮と申しける時、百首歌たてまつりけるによめる

源重之

かぜをいたみいはうつなみのおのれのみくだけてものをおもふころかな

を引いたものであること明らかである。言うまでもなく、『百人秀歌』（四六）・『百人一首』（四八）にも採られた重之の代表作である。

⑦「さばかりことかたになびかじとおもふ[16]もしほのけぶりし、さすがにたゞよふなるべし」（上23オ～23ウ・三九八頁）

これも樋口氏の指摘通り、

○古今集・巻十四・恋四・七〇八

題しらず　よみ人しらず

すまのあまのしほやく煙風をいたみおもはぬ方にたなびきにけり

の歌を引いている。これは『伊勢物語』第一一二段にも見える歌である。『古今六帖』にも、初句を「いせのあまの」として、第一・けぶり・七八九と第三・しほ・一七八三に重出している。『源氏物語』では、須磨の巻を中心にたびたび引歌に用いられており、『狭衣物語』『夜の寝覚』『浜松中納言物語』などにも引歌とした表現のある著名な古歌である。下巻でも再度引歌になっている。

⑧「うちのうへはゆめに夢みし御心のまどひより」（上31オ・四〇三頁）

ここはことによると、

○能因法師集・三七

しのびたる人のいまだ物もいはずなり行けば

夢にゆめ見しここちせしあふことをうつつのうつつなくてやみぬるか、あるいは、

○拾遺愚草・関白左大臣家百首・遇不逢恋・一四六八

はかなしな夢にゆめみしかげろふのそれもたえぬる中の契は

の歌を引くのかも知れないが、両歌ともさほど著名な歌とも思われないので、問題は残る。「夢に夢みる」という表現は、源俊頼が長歌の中で用い（『堀河百首』一五七六・『散木奇歌集』一五一八・『千載集』一一六〇）、定家の他、藤原季通（『久安百首』四九九長歌）、藤原教長（『教長集』六二三）、慈円（『拾玉集』一九八六）らが自作に詠み込んでいるが、珍しい表現ではある。

⑨「うぐひすのはかぜあやふきまで心ぐるしきに」（上32オ・四〇四頁）

これも引歌と言ってよいかどうか確証はないが、

○古今集・巻二・春下・一〇九

うぐひすのなくをよめる　そせい

こづたへばおのがはかぜにちる花をたれにおほせてここらなくらむ

が意識されているように思う。また、

○千載集・巻一・春上・一七

むめの木に雪のふりけるに、うぐひすのなきければ、よめる

左京大夫顕輔

むめがえにふりつむ雪は鶯のはかぜにちるも花かとぞみる

も引歌の候補になろうか。鶯の羽風に散るのは、素性歌では桜の花であり、顕輔歌では梅の枝に降り積もった雪であるが、本物語では、出産を控えて里下がりする中宮がこぼす涙の雫である。その中宮は紅梅襲の着物を着ていたとあるから、顕輔歌の方にやや近い感がある。

⑩「なほことなりける草のゆかりかなどおぼしめさるゝに、さても又よにしらずおなじのゝ露と、かくべくもあらず、ふかゝりしむらさきのいろの」（上34オ〜34ウ・四〇五頁）

このあたりの行文は、樋口氏の指摘のごとく、

○古今集・巻十七・雑上・八六七

（題しらず）　　　　　　　　　　　　　　（よみ人しらず）

紫のひともとゆゑにむさしのの草はみながらあはれとぞ見る

の歌をもとにしている。「草」「の（野）」「むらさき」の語が共通するので明らかである。「草のゆかり」の語を含んだ歌は多いが、

○古今六帖・第二・ざふのの・一一五七

むさしのの草のゆかりときくからにおなじ野べともむつましきかな

あたりが古く、「おなじ野」の語が一致するので、あるいはこの歌も意識されているかも知れない。『源氏物語』では若紫の巻に、

ねは見ねどあはれとぞ思ふ武蔵野の露わけわぶる草のゆかりを（光源氏）

かこつべきゆゑを知らねばおぼつかないかなる草のゆかりなるらん（紫の上）

という贈答があるが、「露」の語を含んでいる点で、この源氏の贈歌も意識されている可能性があろう。

⑪「いとゞ心づくしにむかしはなにをとなげかれさせ給」（上35オ・四〇六頁）
樋口氏に指摘はないが、「むかしはなにを」の部分には引歌がありそうである。歴代の勅撰集や主要な撰集に該当しそうな歌が見出せないのであるが、歌学書の中にわずかに、
○和歌口伝・一五八（『日本歌学大系』第四巻・二六頁）
うしといひてむかしはなにを歎きけむしづみはててもあられける身を
という歌が見出せる。「古歌をとりすぐせる歌」の中に古歌として掲げられているようであるから、本歌取りされうる古歌なのであろうが、著名な歌とは言い難そうである。小姫君に手紙を送ってもなしのつぶてなのを悲しむ帝の心境を語った部分であるから、意味上は引歌としてふさわしいが、どうであろうか。

《下巻》

⑫「かずならぬみちゆき人まで、そでにあまるうれしさなりけり」（下1オ・四一一頁）
ここは樋口氏も指摘された通り、
○新勅撰集・巻七・賀・四五六
題しらず　よみびとしらず
うれしさをむかしはそでにつつみけりこよひは身にもあまりぬるかな
を引いた表現と考えられる。樋口氏は『和漢朗詠集』巻下・慶賀・七七三の所伝を引用しておられるが、そのように古い歌であり、朗詠に適する歌として親しまれていたのである。『源氏物語』の明石の巻にも引歌に用いられている。

⑬「人しれぬひとのおもかげさへ、袖にそよめくばかりにやとおぼしめしやらるゝに」（下1ウ・四一一頁）

樋口氏に指摘はないが、「袖にそよめくばかりにや」の部分には、
○貫之集・第五・恋・六八四
立ちよれば袖にそよめく風の音に近くはきけどあひもみぬかな
が引かれている。この歌は勅撰集には入集していないが、鎌倉期に、『万代集』（巻十・恋二・二二四二）、『夫木抄』（巻十九・雑一・七七一八）に採られている。関白邸に行幸して小姫君の近くまで来ている帝が心ときめかせている場面であり、いかにも引歌としてふさわしい。『狭衣物語』巻二にも、「心より外に、ひき別れて、『袖にそよめくばかりにては聞かれじ』とのみ、思ひ取りて」（「日本古典文学大系」本・一八五頁）とか、「さし離れたるあたりにだにもあらで、『袖のそよめく』ばかりにて」（同一八八頁）などと二箇所に引歌として用いられている。

⑭「とまり給べき人は、さすがにかよふたましひにつけてぞ、かなしさまさり給ける」（下4オ・四一二頁）

この箇所、引歌表現かどうか確証はないが、引歌表現ならば、あるいは、
○後撰集・巻十二・恋四・八六八
せうそこかよはしける女、おろかなるさまに見え侍りければ
（よみ人しらず）
こひてぬる夢ぢにかよふたましひのなるるかひなくうとききみかな
を引くかも知れない。もっとも、この場面は、崩御した中宮を恋い慕う様子を言っているのであるから、引歌としても恋歌ではなく哀傷歌がふさわしい。やや疑問のあるところである。

⑮「かならず又あふせあなるわたりがはの、ふかきせのみいそがるゝ御こゝろにや」（下7ウ・四一四頁）

樋口氏に指摘はないが、どうも引歌がありそうである。そうならば、

○新勅撰集・巻十五・恋五・一〇一七

女につかはしける　　中納言朝忠

ながれてのなにこそありけれわたり河あふせありやとたのみけるかな

を引くのではなかろうか。この歌は『朝忠集』（六一）にも載る。

⑯「おほかた世にあるひともなみだをとゞめぬをりふしさへ、しぐれのおともいとゞ袖ぬらしがちなるに」（下7オ〜7ウ・四一五頁）

ここも、場合によっては、

○続後撰集・巻八・冬・四六九

（題しらず）　　寂然法師

たれか又まきのいたやにねざめしてしぐれのおとに袖ぬらすらん

を引歌としているかも知れない。寂然は『千載集』初出の平安末期の歌人であり、『続後撰集』は建長三年（一二五一）奏覧であるから、引歌になりうる。

⑰「いかならむいはほのなかにもおくらかし給はずは、うれしかりなむと」（下15オ・四一九頁）

ここは、樋口氏が指摘される通り、

○古今集・巻十八・雑下・九五二

（題しらず）　　（よみ人しらず）

いかならむ巌の中にすまばかは世のうき事のきこえこざらむ

を引くと見てよいであろう。『源氏物語』『夜の寝覚』『浜松中納言物語』をはじめ、中世王朝物語にもしばしば引歌として用いられる歌である。

⑱「ふゆちかくなるまゝに、人めも草もかれゆく心ちして」(下16ウ・四二〇頁)

ここも樋口氏が指摘されたごとく、

○古今集・巻六・冬・三一五

冬の歌とてよめる　源宗于朝臣

山里は冬ぞさびしさまさりける人めも草もかれぬと思へば

を引くこと明らかである。『百人一首』(二八)にも取られた宗于の名歌で、『源氏物語』にはないが、『狭衣物語』や、以後の中世王朝物語ではよく引歌にされる歌である。

⑲「みぎはのこほりふみならし、まゐりつかうまつるかち人の気色まで、あはれとみなされ給」(下16ウ・四二〇頁)

樋口氏はこの箇所に関して、『源氏物語』浮舟の巻の「峰の雪みぎはのこほり踏み分けて君にぞまどふ道はまどはず」を引歌として挙げておられるが、ここはむしろ、

○続古今集・巻六・冬・六三七

守覚法親王家五十首歌に　寂蓮法師

かち人のみぎはのこほりふみならしわたれどぬれぬしがのおほわだ

を引いていると考えられる。「かち人」「みぎはのこほりふみならし」の語が一致するから、間違いあるまい。『続古今集』は文永二年(一二六五)奏覧なので、文永八年(一二七一)成立の『風葉集』に歌が採られる本物語が引歌の資料とするのは難しかろうが、作者寂蓮は『千載集』初出歌人であり、この歌は詞書にある通り守覚法親王の

主催になるいわゆる『御室五十首』（正治元年〈一一九九〉頃成立）の中の歌であるから、本物語が引歌とすることは十分可能と思われる。

⑳「こゝろにゝぬなみだのみぞ、いまはと思なすにもこぼるゝ物なりける」（下20ウ・四二三頁）

この部分は、樋口氏が指摘された通り、

○大和物語・第五段・大輔

わびぬればいまはとものをおもへどもこころににぬはなみだなりけり

を引くと考えられる。この歌は、皇太子保明親王が亡くなったのを限りなく悲しんだ乳母子の大輔が、親王の母穏子立后の日に詠んだ歌で、『大鏡』村上天皇紀にも載る著名な歌である。不幸の後に祝儀があった時に、悲しみをふっきれない気持ちを詠んだものであるから、母中宮の命と引き換えに生まれた若宮の百日の祝の日の人々の心境を述べる場面の引歌としてまことにふさわしい。

㉑「しのぶのみだれぞなか〳〵わりなき心ちする」（24ウ・四二五頁）

これも樋口氏の指摘通り、

○伊勢物語・第一段

かすが野の若紫のすり衣しのぶのみだれ限り知られず

を引歌としている。同歌は、『新古今集』（巻十一・恋一・九九四）に在原業平の作として採られているが、先に、河原左大臣源融の歌が、『古今集』の形ではなく『伊勢物語』第一段の歌句で引かれていたことから考えて、ここも『新古今集』ではなく『伊勢物語』を典拠としたと見るのが妥当であろう。

㉒「春やむかしのとのみこそ」（下26ウ・四二六頁）

これについても樋口氏が指摘されたごとく、
○伊勢物語・第四段
月やあらぬ春の昔の春ならぬわが身ひとつはもとの身にして
を引いていること明らかである。あまりにも著名な歌なので言うまでもないが、同歌は『古今集』(巻十五・恋五・七四七)にも業平の歌として載るが、前項と同様の理由で直接には『伊勢物語』を典拠としたと見るべきであろう。
㉓「うくつらかりし御心とねたうおぼしすつれど」(下30ウ・四二九頁)
樋口氏に指摘はないが、ここはあるいは、
○後撰集・巻九・恋一・五五五
つらくなりにける人につかはしける　伊勢
いかでかく心ひとつをふたしへにうくもつらくもなしてみすらん
を引いているのではないかと思う。この歌は男の心変わりを恨んだ歌であり、本物語では関心を示しても冷淡な態度をとり続ける一条の后宮のことを関白左大臣がいまいましく思っているというので状況は異なるが、いかがであろうか。
㉔「このごろぞたゞかばかりにてやと、涙におぼゝれさせ給し御けはひのいみじくえんなりしと」(下31ウ・四三〇頁)
樋口氏は、この箇所に関して、
○源氏物語・宿木・七一二

みなれぬる中の衣とたのみしをかばかりにてやかけはなれなん（中の君）

を引歌として指摘された。この歌は、夫の匂宮に薫との仲を疑われた時に詠んだ歌であり、『物語二百番歌合』（七一二）に採られ、『無名草子』にも引かれていて有名な歌であるから、引歌とされた可能性は否めない。ただ、ここで「たゞかばかりにてや」と言っているのは、帝が小姫君に近づいた時、どうということもしていないのに大げさに恐れおびえたことを納得できず嘆いているのであって、本文中に、「姫君はたゞさばかりをおそろしとおぼしまどひて」（上29ウ・四〇二頁）とあるのに対応している。引歌の可能性は否定できないものの、散文的な表現と見るほうがよいような気がする。

㉕「秋のとなりの水のながれもすゞしからむとおぼしやりて」（下34オ・四三一頁）

樋口氏の指摘はないが、この「秋のとなり」という語は、

○古今六帖・第一・夏のはて・一二二

こよひしもいなばの露のおきしくは秋のとなりになればなりけり

○同・第三・あじろ・一六四七・つらゆきイ

落ちつもるもみぢば見ればももとせのあきのとなりはあじろなりけり

あたりを引いたものと見てよいのではなかろうか。

㉖「たゞいのちまつまは、さてすぐして」（下35オ・四三二頁）

ここは樋口氏が言われた通り、

○古今集・巻十八・雑下・九六五

（つかさとけて侍りける時よめる）　（平さだふん）

有りはてぬいのちまつまのほどばかりうきことしげくおもはずもがな

を引くと見られる。この歌は『大和物語』第一四二段にも見え、『狭衣物語』巻二にも、「命待つ間の程は、猶さやうなる事なくてこそあらめ」（「日本古典全書」本・上二九一頁）と、類似した引歌表現がある。

㉗「いとゞしほやくけぶりほかさまにとおもふこゝろもたえはてゝ」（下36ウ〜37オ・四三三頁）

樋口氏に指摘はないが、ここは明らかに、⑦と同じく、

○古今集・巻十四・恋四・七〇八

題しらず　　　　　　　　よみ人しらず

すまのあまのしほやく煙風をいたみおもはぬ方にたなびきにけり

を引いている。「しほやく煙」はそのまま引き、「おもはぬ方に」を「ほかさまに」と言い換えたのである。

＊　　　　　　＊

以上の他にも引歌表現ではないかと思われる箇所がいくつか存在するが、それらしい引歌を見つけられなかった。今後ともより厳密になるよう追究しなければならないが、今のところ㉔を除いて二十六例の引歌表現が一応認められた。この数は、現存本と同規模の他の中世王朝物語と比べて特に多いわけではないが、それでも本物語の作者がかなり和歌に関する教養の高い人物であったことは認められると思うのである。

【注】

（1）他に、七九番歌詞書に一首見えるので、全部で四十六首が知られる。

(2) 樋口芳麻呂氏『平安・鎌倉時代散逸物語の研究』(昭57 ひたく書房)「第二章第十二節『風につれなき物語』」。以下、樋口氏の所説はすべて同書による。

(3) 和歌資料の引用は、物語類の作中和歌や『風葉集』を含めてすべて『新編国歌大観』による。歌番号も同書による。傍線等は引用者。

(4) 早く市古貞次氏に同趣旨の指摘がある(『中世小説とその周辺』〈昭56 東京大学出版会〉所収「中世物語の展開」)。

(5) 『風につれなき物語』本文の引用は『鎌倉時代物語集成』第二巻(平元 笠間書院)による。引用文の後に、底本である『丹鶴叢書』版本の丁数と、頁数を付記した。

(6) 岩波文庫『王朝物語秀歌選』(下)所収本のように「冷泉院の女院」とあるのがよいであろう。

(7) この少将が、あるいは、『風葉集』で「関白」と呼ばれ、散逸部分で悲恋物語の主人公として活躍する人物ではないかと思われる。

(8) 「いかなる御こゝろのまよひかありけん」(上29ウ・四〇二頁)の後あたりに脱落があるのではないかと思う。

(9) 注4掲出書。

(10) 『日本古典文学大辞典』第一巻(昭58 岩波書店)の「風につれなき物語」の項。

(11) 『鎌倉時代物語集成』には「よゝに」とあるが、『丹鶴叢書』版本には「よゝの」とあるので、訂正した。

(12) 「日本古典文学大系」79(昭40 岩波書店)所収本による。

(13) 『鎌倉時代物語集成』第二巻(平元 笠間書院)所収本による。

(14) 「新編日本古典文学全集」28(平8 小学館)所収本による。

(15) 「新編日本古典文学全集」18(平9 小学館)所収本による。第一一段。

(16) 『鎌倉時代物語集成』本には「さばかりことかたになびかじとおもふも、しほのけぶりりし、さすがにたゞよふなるべし」と読点を打つが、同じ歌を踏まえる『源氏物語』明石の巻の「このたびは立ちわかるとも藻塩やくけぶりは同じかたになびかむ」などを参考にしても、「もしほのけぶり」がよいと考える。

II　典拠・先行物語受容考

『はいずみ』小考

——典拠としての平中説話の考察を中心に——

はじめに

『堤中納言物語』の一編『はいずみ』は、十編の短編物語中でもすぐれた作品として評価されているようである。その特質として歌物語性ということが挙げられている。それはまず第一に、本物語が歌徳説話としての話型を有していて、特に『伊勢物語』第二三段や『大和物語』第一四九段との類似性が指摘され、早くからそれらが本物語の典拠と考えられていることによる。作品中重要な位置にある歌が『伊勢物語』第四〇段の非定家本系の伝本にある歌と酷似しているため、両者の影響関係が云々されていることにもよるのである。さらに、作品名ともなった「はいずみ」にまつわる滑稽譚が結末にあり、それが歌物語の主人公ともなった平中こと平貞文の墨塗り譚に素材を得ていると考えられることもひとつの理由となるであろう。

本稿では、本作品の典拠となった歌物語について、主に『伊勢物語』と平中説話を中心に若干の私見を述べてみたいと思う。

一　『はいずみ』の構成と『伊勢物語』第二三段

本作品が前後二段に分かれることは諸家の認めるところである。周知の内容ではあるが、はじめに簡単に各段の梗概を記す。

［第一段］

下京のあたりに住んでいた品賤しからぬ男が、生活不如意な妻をいとしく思って長年暮らしていたが、親しい人のもとに出入りするうちに、その娘に懸想して、密かに通うようになった。女の親も不本意だが仕方がないと許すが、その代り愛情の証として娘を引き取るように迫る。男は気の毒に思いつつも、妻に女を引き取りたい旨を告げ、しばらく家を離れるように言う。妻は情けなく思いながらも、かつての使用人いまこが住む大原に身を寄せることに決め、男に馬を用意させ、小舎人童に送られて、泣く泣く家を出る。目的地に着いた童はその家の小ささに驚き心を痛めるが、妻の歌を一首得て帰る。男は月明りの中、詠歌しつつ童の帰りを待っていたが、帰った童から妻の詠んだ「いづこにか送りはせしと人問はば心はゆかぬ涙川まで[1]」の歌を聞いて感動し、深く後悔する。すぐに童とともに大原まで出かけ、再び馬に乗せて妻を連れ帰る。女の家には妻の病気を口実にして断わりを入れ、ずっと妻のもとを離れずにいたので、妻は夢のように嬉しく思った。

［第二段］

その後、男は突然昼間に女の家を訪れた。気を許していた女は大慌てで身繕いするが、狼狽の余り白粉と間違えて掃墨《はいずみ》を顔に塗ってしまったことも知らず、男と対面する。それを見た男は恐怖と気味悪さに逃げ帰ってしまう。親は男の冷淡な態度を嘆くが、娘の顔を見て仰天し倒れ伏す。家中大騒ぎになり、陰陽師まで呼ぶが、女の顔の涙が落ちかかった所に普通の膚が現れたのを見て、紙で拭うと墨が落ちて元に戻ったのであった。

＊　＊

第一段は夫の愛情を失って離別を余儀なくされる本妻のあわれな物語で、実に情趣深いしっとりとした叙述で貫かれている。ところが、第二段に至ると、一転してドタバタ喜劇調の滑稽物語になる。その対比がまことにあざやかである。

これが『伊勢物語』第二三段と似た構成であることは明白である。もっとも、同段の話は、二段構成というよりもむしろ四段構成というべきで、はじめに幼なじみの男女の恋を描く段があり、その後、本物語の第一段にあたる部分になる。女の親が亡くなり経済的な後ろ盾を失うと、男は河内の国高安の郡に通い所を得る。にも関わらずもとの女はいやな顔ひとつせず男を送り出すものだから、男は逆に女が浮気をしているのではないかと疑い、河内へ行くふりをして前栽の中に隠れて様子を窺っていると、女はよく化粧をしてうちながめ、「風吹けば沖つしら浪たつた山夜半にや君がひとりこゆらむ(2)」と詠む。それを聞いて男は限りなく悲しく思って河内へも行かなくなったという。もとの女の詠んだ歌が男を感動させ、二心を後悔せしめて愛情を取り戻すという展開はまさにそっくりである。

そして、続いて、その後、男がまれまれかの高安の女のもとへ来てみると、はじめは奥ゆかしく装っていたが、今は心許して自分でしゃもじを持って器に飯をよそっている姿を見て、男は嫌になって行かなくなったとある。新しい女の不始末を見て男が幻滅するという筋立てで、これが本物語の第二段に相当する。さらに、『伊勢物語』第二三段では、高安の女が男を恋う歌を詠むのだが、男はそれきり通わなかったというさらなる後日談が付いている。それにあたる部分は本物語にはない。

その点、『大和物語』第一四九段では、最初と最後の各段にあたる部分がないので、むしろ本話の構成に合致している。だから『伊勢物語』よりも『大和物語』の方を典拠にしたのだという見方も可能であるが、『大和物語』の叙述は説明的に過ぎ、やや冗漫で、金椀の水を熱湯にする件《くだり》など説話的興味に走り過ぎていて情趣に欠ける嫌いがあるので、ここはやはり『伊勢物語』を主たる典拠と見たいと思う。また、女の化粧行為を第二段における重要な素材として用いたのは、『伊勢物語』第二三段のもとの大人が「いとよう化粧《けさう》じて」云々とある件(『大和物語』第一四九段にはこの表現はない)との待偶を図ったのであるとされる保科恵氏の指摘(3)も考慮に値するであろう。ただし、前後の段落を略して二段構成とした点、また、妻が出て行く場面に月の明るさが印象深く描かれている点には、『大和物語』に「月のいといみじうおもしろきに」云々とある表現が影響を与えているようにも思われるので、『はいずみ』の作者は『大和物語』第一四九段の伝えをも十分考慮した上で、主に『伊勢物語』第二三段を典拠としてこの物語を構成したと考えたい。

二　三段構成の和歌説話

鈴木一雄氏は、本物語の歌物語的性格を論じられ、この『伊勢物語』第二三段および『大和物語』第一四九段との類似点について、次のように整理しておられる(4)。

1　年来の女と同棲（女は経済的に不如意）。
　いつか新しい女（権力・富力を伴う）ができる。
　　――もとの女の立場の不安定、危機――

2　もとの女の心情が一首の歌にこめられ、男は感動して心がもとの女へ帰る。

――もとの女の愛情の発露、和歌の効果――

3　新しい女の失態・失敗。

男の心は新しい女を全く離れる。

――もとの女の立場の安定、解決――

鈴木氏は、両書の共通部分をこのように三段に分けられ、「三段の構成（危機・最高潮・解決）は、いずれの場合にも骨子となる。もつれた三角関係が一首の和歌によって解決にみちびかれるという筋である」と述べられた。基本的に納得できる見解であるが、1・2は連続した話題であり、そこでひとつの完結を見ている。3は後日談的要素が強いので、これは1・2と3との二段に分けるのが自然であると思われる。解決は第二段の末尾でなされたと考えるべきであろう。とは言え、この後日談に語られるような新しい女の無風流ぶりがもとの女と対比されて男の心を決定付けるというプロットが、二人妻を扱った和歌説話のひとつの典型であったことは、『今昔物語集』第三十巻第十一話や第十二話を見ても明らかである。その意味では第三段をもって完結ということも可能である。

三　『伊勢物語』第四段との類似

本物語が主に『伊勢物語』第二三段に典拠を得た二人妻説話および歌徳説話の要素の強い作品であることは確かである。そして、その第一段には、『伊勢物語』の他の章段を意識していると見られる点も挙げられるのである。

本妻が出て行った後、「月の明き」中で、男が小舎人童の帰りをひとり待っている場面に、次のようにある。

男もあばれたる家に、ただひとりながめて、いとをかしげなりつる女ざまの、いと恋しくおぼゆれば、人やりならず、「いかに思ひ行くらむ」と思ひ居たるに、やや久しくなりゆけば、簀子《すのこ》に足しもにさしおろしながら、寄り臥したり。（四九三頁）

このあたりの描写は、どうも『伊勢物語』第四段で、昔男の密かに通う女が姿を隠してから一年後、女の住んでいた西の対で昔を思い出す件に、「うち泣きて、あばらなる板敷に、月のかたぶくまでふせりて」云々とある描写に通うところがある。傍線部は特に類似する。本物語でも、男はこのまま「月もやうやう山の端近くな」るまで寄り臥していた。月の明るい夜という設定は『大和物語』第一四九段の記事によるかと先に述べたが、そこから『伊勢物語』第四段の連想が及び、それを意識した表現を用いたと認めてよいのではなかろうか。

また、本物語の開巻まもなく、男が新しい女に通うようになったのを女の親が知って男に意見する件に、「妻《め》などもなき人の、せちに言ひしに婚《あは》すべきものを。かく本意にもあらで、おはしそめてしを、くちをしけれど、いふかひなければ」（四八七〜八頁）云々という発言がある。この傍線部「本意にもあらで」という表現は、同じ『伊勢物語』第四段の冒頭に、「むかし、東の五条に、大后の宮おはしましける西の対に、すむ人ありけり。それを、本意にはあらで、心ざしふかかりける人、ゆきとぶらひけるを」云々とある傍線部「本意にはあらで」を想起させる。この語句の解釈には諸説あるが、私は、『はいずみ』の場合と同じく、女の保護者（ここでは大后宮をはじめとする藤原氏一族）の本意ではなくて、と取るべきだと思っている。昔男は女の結婚相手として不本意な人物だったと言っているのであり、だから女をよそに隠してしまったのである。このことについてはかつて論じたことがある。(5)『はいずみ』では、女の親にとって男は婿として不本意であったが、女を隠したりせず、娘を引き取り正妻として扱うことを条件に許したのである。展開は異なるが、この「本意にもあらで」が、『伊勢物語』を意識した表現であることも認めてよいのではないかと思う。なお、女の親が不本意ながらも許したという点は、『伊勢物語』の続く第五段に「あるじ許してけり」とある記述をいくらか意識しているかも知れない。

四　『古本説話集』平中黒塗り譚との関係

以上のごとく、本物語の第一段には『伊勢物語』を意識した表現が見られるのであるが、第二段においては、その典拠として、夙に『古本説話集』に載るいわゆる平中墨塗り譚との関係が言われている。巻上第一九話「平中事」に、次のようにある。やや長くなるが、A・B二段に分けて全文を引用する。(6)

A　今は昔、平中といふ色好みの、いみじく思ふ女の、若くうつくしかりけるを、妻《め》の許《もと》に率て来て置きたり。妻、にくげなる事どもを言ひつゞくるに、追ひ出《い》だしけり。この妻に従ひて、「いみじうらうたし」とは思ながら、え止《と》めず。いちはやく言ひければ、近くだにもえ寄らで、四尺の屏風に押しかゝりて立てり。「世の中の思のほかにてある事。いかにしてものし給ふとも、忘れで消息もし給へ。をのれもさなむ思ふに」など言ひけり。この女は包みなどに物入れしたゝめて、車とりにやりて、待つほど也。「いとあはれ」と思けり。さて出《い》でにけり。とばかりありてをこせたる、

忘らるな忘れやしぬる春霞けさ立ちながら契つる事

B　この平中、さしも心に入らぬ女の許にても、泣かれぬ音《ね》を、空泣きをし、涙に濡らさむ料に、硯瓶《すゞりがめ》に水を入れて、緒《を》をつけて、肘《ひぢ》に懸けてし歩《あり》きつ、顔袖を濡らしけり。出居《でゐ》の方を妻、のぞきて見れば、間木《まぎ》に物をさし置きけるを、出《い》でてのち、取り下《をろ》して見れば硯瓶也。また、畳紙《たゝうがみ》に丁子《ちやうじ》入りたり。瓶の水をいうてて、墨を濃くすりて入れつ。鼠の物をとり集めて、丁字に入れ替へつ。さてもとの様に置きつ。例の事な

れば、夕さりは出でぬ。暁に帰りて、心地悪しげにて、唾《つはき》を吐き、臥したり。「畳紙の物の故《け》なめり」と妻は聞き臥したり。夜明けて見れば、袖に墨ゆゝしげにつきたり。鏡を見れば、顔も真黒《まくろ》に、目のみきらめきて、我ながらいと恐ろしげなり。硯瓶を見れば、墨をすりて入れたり。畳紙に鼠の物入りたり。いと〳〵あさましく心憂くて、そののち空泣きの涙、丁字含《くゝ》む事、止《とゞ》めてけるとぞ。

明らかに前後二段から成り、後半Bの部分が平中墨塗り譚である。『古本説話集』の成立は、平安末期とも鎌倉初期とも言われているが、この説話自体はもっと古くに世に流布しており、『源氏物語』若紫の巻と若菜上巻に引かれている。直接『古本説話集』を典拠にして『はいずみ』が書かれたかどうか判断するのは難しいが、この説話が重要なモチーフになったことは確かだと思われる。『はいずみ』の「目のきろきろとして、またたき居たり」（四九七頁）などという表現は、『古本説話集』の「目のみきらめきて、我ながらいと恐ろしげなり」の表現と関連がありそうだし[7]、掃墨を塗った女の真黒な顔を見た男もまず「いかにせむと恐ろし」（同頁）く思ったとあるのである。

もっとも、『古本説話集』の平中墨塗り譚と『はいずみ』とでは、設定が大いに異なっている。まず、顔に墨を塗ったのが男ではなく女であるし、本妻が浮気な平中をやりこめる目的で、常に持ち歩いていた硯瓶の中に墨を摺り込んであったのに気付かず、空泣きの涙に使ったために顔に墨を塗ってしまったというのに対し、女が男の突然の来訪に慌てて白粉と掃墨をとり違えて顔に塗ってしまったという相違がある。しかしこれはむしろ、巧妙な換骨奪胎と言うべきであろう。男を女に転換したからこそ、墨が硯瓶の中の墨から化粧道具である掃墨に替わったわけである。『古本説話集』では、硯瓶の水の他に丁子という小道具も出ていて、これが鼠の糞に替えられ、平中はそうとは知らずにそれを口に含んでしまってひどく気持ち悪がっている。このあたりは『今昔物語集』巻第三十第一話に載る、本院の侍従に謀られて、丁子を煮た汁と野老《ところ》を練ったものを排泄物に見せかけたものを口にしたという話の影響が窺われるのだが、さすがにそちらは本物語では取り入れていない。滑稽譚ではあるが下品に落ちることなく、無難にまとめたと言ってよかろう。近藤一一氏(8)が「硯の水差に知らぬまに墨を入れられたという、あざむかれた話よりも、この物語の、自らの過失から、しかもむきになって塗りまくった大失敗の方が、はるかに罪がなく、誰を恨みようもない所が、却って明るい爆笑を生むというものであろう」と言われた通りの効果を上げている。このように、『はいずみ』の第二段は、『古本説話集』の上巻第一九話の後半Bの説話を巧みにアレンジして物語に仕立てているのである。

五　『はいずみ』の二段構成と『古本説話集』平中説話との類似

ところで、ここで改めて先の『古本説話集』上巻第一九話を眺めると、その前半Aが二人妻説話であることが注意される。これは『大和物語』第六四段とほぼ同文的内容の和歌説話であるが、平中が本妻のもとへ若い女を連れて来て同居させたところから話が始まる。本妻は実に気丈で、ついには女をいびり出してしまう。平中は本妻に頭が上がらず、留めることもできずに女は出て行ってしまう。後半Bの話と相まって、本妻の逞しさ、したたかさが強調され、逆に平中の色好みとしてははなはだ情けない恐妻家ぶりが対比的に描かれているのである。

こうして見ると、この前半Aの話も『はいずみ』の第一段と内容的に似ていることがわかる。同居することになった二人妻の一方が身を引くという話である点が共通しているが、設定は全く逆になっている。ここでは本妻のもとへ新しい女を同居させた後、本妻が後妻を追い出してしまうのに対し、『はいずみ』では同居前に本妻の方が身を引くことになる。この説話で出て行く後妻は実家に帰るのか、それとももとの宮仕え先へでも戻るのか、荷物をまとめた後、車を取りにやってその到着を待つ。『はいずみ』では、出て行く本妻は身寄りがなく、もとの使用人のもとへ身を寄せようとするが、車の用意もできず、男に借用を頼んで待つが、男は車ではなく馬をよこす。これも対照的である。また、こちらでは、男が本妻が怖くて見送りはおろか別れの挨拶も屛風に寄りかかってその陰から立ったままこっそり交わす始末、一方『はいずみ』では、不憫に思った男は「送りに、われも参らむ」（四九二頁）と言うが、本妻は丁重に断って小舎人童ひとりに送らせて出て行くことになる。出て行った女からしみじみとした歌が男に届けられる点は共通するが、こちらでは、『はいずみ』のように女を連れ帰ったりできるはずもない。

かように、両者はプロットが類似しておりながら、極めて対照的に描かれているのである。これは、さきの後半Bにおける墨塗り譚と『はいずみ』第二段との関係に似てはいないだろうか。どうも『はいずみ』の第一段も、『古本説話集』の前半Aを意識しつつ、それを巧みに換骨奪胎したものであるように思える。すなわち、『はいずみ』の構成は、『古本説話集』に載る平中説話の構成に倣っていると考えられるのである。このことは、『伊勢物語』第二三段に似た歌徳説話の話型に紛れて見えにくいのか、従来あまり問題にされていないようであるが、早く萩谷朴氏は、(9)『はいずみ』を「伊勢物語の筒井筒説話と、大和物語第六四段と、平中墨塗り譚とを綜合して墨塗りの役柄を男から女へ振り替えた」作品と規定されている。この見解にはもっと注目してよいと思う。もっとも、萩谷氏は、『古本説話集』の伝える平中墨塗り譚は本来の形ではなく、「むしろ、後世の説話者流が、既に散逸した平中墨塗り譚にあてて、新たに奇巧を加えて贋作し、かつそれを平中説話として信用させるために、大和物語第六四段の和歌的説話に接合したものと思われるのである」と述べられ、さらに、「大和物語第六四段との接合は、むしろ堤中納言物語集『はいずみ』にヒントを得たものか」と言われて、逆に『はいずみ』の方が『古本説話集』の話の構成に影響を与えた可能性を提唱されている。興味深い見解ではあるが、ここでは『古本説話集』のような説話の形が『はいずみ』の構成のヒントになったと考えたい。

六　『源氏物語』古注釈書に見える平中黒塗り譚

さて、上述のごとく『古本説話集』上巻第一九話のごとき平中説話の二段構成をモチーフのひとつとして『はいずみ』が作られたとすると、やはり直接『古本説話集』の伝えによったのかと思いたくなるが、ここで注意すべきは、平中の二人妻説話と墨塗り譚とがセットで語られるのは『古本説話集』が唯一ではなかったと見られることである。前述のごとく、平中墨塗り譚は『源氏物語』に関連記事があるところから、古注釈書のいくつかがその内容に言及している。次のようなものである。

①『源氏釈』（前田家本）末摘花(10)

平中、みる女ごとになくけしきを見せんとて、すゞりがめにみづをいれて、ぐしてめをぬらしけるを、女こゝろえてそのかめにすみをすりていれたりけるをしらで、れいのやうにしてかへりけるをみて、女、

われにこそつらさを君がみすれども人にすみつくかほのけしきは

②『源氏物語奥入』（定家自筆本）末摘花(11)

平中が妻哥云〻

我にこそつらさは君がみすれども

人にすみつくかほのけしきよ

③『紫明抄』巻二・末摘花(12)

我にこそつらさは君が見すれども人にすみつくかほのけしきよ　平中妻哥

④同・巻七・若菜上

平仲定文は女のもとにゆきてなくまねをして、硯の水入をふところにもちて、目をなんぬらしける

⑤異本『紫明抄』巻三・末摘花(13)

源言文宇治大納言物語

へいちうが見る女ごとになくけしきを見せんとて、すゞりのかめに水をふところに入てめをぬらしける。女心えてそのかめにすみをすり入たりけるをしらで、れいのやうにして返たりけるを見て、女

我にこそつらさを君が見するとも人にすみつゝかほのけしきよ　伊行

⑥『河海抄』巻三・末摘花(14)

宇治大納言物語云、平仲定文《イ无》は、女のもとにゆきてなくまねをして、硯の水入をふところにもちて目をなむぬらしけるを、女心えて墨をすりて入たりけるをしらで、又ぬらしければ、女かゞみをみせてよめる

我にこそつらさは君がみすれども人にすみつくかほのけしきよ

大和物語にも此事あり。

⑦同・巻十三・若菜上

平仲（定）文、女ごとに心ざしあるよしをみえんとて、硯の瓶に水を入てもちて目をぬらしてなくまねをしけりといへり在末摘(花)巻

⑧『源氏和秘抄』三・末摘花(15)

たいらのさだ《（ふんイ）》やと云人、女に心ざしあるけしきをみえんとて、硯のかめに水を入て、それにてめをぬらしてなくまねをしけり。女心得てすみをすりて入けるを、へいちう《（それイ）》れをばしらで、れいのやうにめをぬらしけ

れば、おもてすみになりにけり。その時女のよめる

我にこそつらさをきみがみすれども人にすみつくかほのけしきよ

すみつくといふは、又よのをんなにつく事をいへるなり。

いずれも同じ典拠に基づいて要約したものと考えられる。その典拠とは、⑤の異本『紫明抄』の注記と⑥の『河海抄』に見える『宇治大納言物語』であるらしいが、この書の実体はまったく不明であるから、いかなる形で記録されていたかは判断できない。そこで、⑥の『河海抄』が末尾に「大和物語にも此事あり」と記していることが注目される。もちろん『大和物語』の現存諸伝本にはこの説話を載せるものはない。しかしながら、中世において『大和物語』に平中墨塗り譚を持つ本があったらしいのである。もしそうならば、私は、第六四段に続けて記されていたのではないかと思う。すなわち、ちょうど『古本説話集』上巻第一九話と同様の形をなしていたのだろうと考えるのである。この場合、墨塗り譚は本来の『大和物語』にあった記事ではなく、第六四段の後に注記として書き込まれたものが本文化したものと推測される。それは、この墨塗り譚が散逸『宇治大納言物語』や『古本説話集』などにおいて、平中の本妻が新妻を追い出す二人妻説話とつねにセットで語られていたから、そういう注記・書入れないし増補がなされたのだと思う。『古本説話集』のような二段構成の平中説話は、おそらく『宇治大納言物語』や『大和物語』のある本にも載っており、そういう形で流布していたのであろう。このことに関しては、かつて『大和物語』の特異章段を考察した際に言及したことがある。(16)『はいずみ』の作者は、『伊勢物語』第二三段とともに、世にポピュラーであった二段構成の平中説話を下敷きにして、物語を作り上げたのである。なかなかの手際だと言ってよかろう。

七　『源氏物語』古注釈書における平中黒塗り譚の解釈

ところで、先に掲げた古注釈書の伝えは、六種ともに「我にこそ…」の歌を有している。しかしながら、この歌は、『古本説話集』の記事には存在しない。これに関して、萩谷氏は、『古本説話集』の伝える墨塗り譚の本来性を疑う立場から、「源氏物語奥入以下、平中の欺瞞を暴露するために硯瓶に墨をすり入れたのは、通う先の女であって、顔に墨がついたまま帰って来た平中を見て、他所に隠し女のあることを悟るのが本妻であるのに、古本説話集においては、本妻が、平中の浮気をたしなめる為に、硯瓶に墨をすり入れておいたのを、平中が気づかずに持って出て、翌朝、顔を黒くして帰り、自分で鏡を見て驚くという反対の趣向に変え、しかも、墨のついた顔を本妻にしろ隠し妻にしろ女に見つけられるというもっとも重要な滑稽さを失っている」と指摘され、さらに、「墨をすり入れる役割を本妻のものとしてしまった為に、本妻がよんだ歌として奥入以下が掲げている『人にすみつく顔のけしきよ』の歌を容れるところがなく、これを締め出さねばならなくなっている」と述べられた。しかし、この読みには疑問を感じざるを得ない。

確かに、諸書の伝える墨塗り譚では、硯瓶の中に墨を摺り入れたのは「妻」ではなく「女」であるが、どうも不自然な気がする。「我にこそ…」の歌が本妻の歌であることは疑いない。[17] 浮気ばかりして自分につらい目をみせるあなただけれど、それにしても人に住み付いて気を惹こうと空泣きをしたために顔に墨が付いてしまったとはね、と快哉を叫んでいる歌だからである。これは本妻のしくんだことがまんまと図に当たって、してやったりという気持ちになったゆえに詠まれた歌ではあるまいか。その意味でむしろ『古本説話集』のような伝えにこそふさわしい。他の女がしくんで、本妻にとっては偶発的に起きたことだというのでは、喜びよりもまず驚きや狼狽の方が先立つだろう。

思うに、諸書の記事にある「女心えて」の「女」は、歌の詠者を示す「女」と同様、本妻を指すと見るべきであろう。あるいは「女」は本来妻のことを「め」と表記したのが誤られたのかも知れない。①の『源氏釈』や⑤の異本『紫明抄』の伝えは二つの「女」を本妻と見るとわかりやすいが、⑥の『河海抄』と⑧の『源氏和秘抄』では、「れいのやうにしてかへりける」というような帰宅を示す記述がないので、通う先の女がしくんで詠歌したように見える。これはおそらく両書の要約に不備があると言うべきであろう。とにかく、そう考えれば諸書の伝えは『古本説話集』と基本的に同じになる。萩谷氏の言われるように、墨を摺り入れたのを通う先の女と取る必要はなく、それを本妻に変えたために歌の置き所がなくなったなどという理解も不要になるのである。『古本説話集』が「我にこそ…」の歌を記さないのは、歌を含めて本妻の反応を記すべき部分が何らかの理由で欠落したものと見るのが無難であろう。それが転写上の単純なミスによる脱落なのか、編者が採録した際に犯した不手際かはわからないが、平中墨塗り譚が本来この歌を伴って伝えられていたことは間違いない。だからこそ歌物語たる『大和物語』にも収められ得たのであり、それが平中ではなく本妻の詠歌であることも、前半の二人妻説話にも家を出て行った女の歌のみ存することと呼応しているように思われるのである。

ところで、『はいずみ』の第一段に、本妻の詠んだ歌として、「わが身かくかけ離れむと思ひきや月だに宿をすみはつる世に」（四九一頁）という歌が出ている。傍点部「すみ」は「澄み」と「住み」との掛詞であるが、米田（井上）新子氏は、これを第二段における「はいずみ」の「すみ」を暗示する表現と見、その連想を自然に導くために介在したのが、諸書に見える平中墨塗り譚の中の「人にすみつく」という「住み」と「墨」との掛詞を用いた「我にこそ…」の歌だったのではないかと言われた[18]。そうであれば、作者が典拠としたのは『古本説話集』そのものではなく、「我にこそ…」の歌を含んだ歌物語としての平中墨塗り譚だったということになる。それは、散逸した『宇治大納言物語』か、あるいは『大和物語』のある本であったかも知れない。

おわりに

以上のように、『はいずみ』は、『伊勢物語』や平中説話を典拠としつつ自在にアレンジして構想されており、やはり歌物語に関心の強い作者の手によるよく出来た短編物語だと言えよう。他に、本稿では論じる余裕がなかったが、作中の「いづこにか送りはせしと人問はば心はゆかぬ涙川まで」(四九三頁)の歌が『伊勢物語』異本系第四〇段にほぼ同じ形で出ていることをどう理解するかも、本物語の典拠に関する大きな問題である。それについては今後の課題としたい。

【注】

(1)『はいずみ』本文の引用は「新編日本古典文学全集」17『落窪物語・堤中納言物語』(平12 小学館)による。傍線等は引用者。以下同じ。

(2)『伊勢物語』『大和物語』本文の引用は「新編日本古典文学全集」12『竹取物語・伊勢物語・大和物語・平中物語』(平6 小学館)による。傍線等は引用者。以下同じ。

(3)保科恵氏「対偶構成の素材展開――勢語井筒と掃墨物語――」『解釈』第三九巻第六号(平5・6)。

(4)鈴木一雄氏『堤中納言物語序説』(昭55 桜楓社)。

（5）拙稿「『伊勢物語』第四段解釈断章・二題」『大分大学教育学部研究紀要』第九巻第二号（昭62・10）。拙著『平安朝歌物語の研究〔伊勢物語篇〕〔平中物語篇〕〔伊勢集巻頭歌物語篇〕』（平19　笠間書院）所収。

（6）『古本説話集』本文の引用は「新日本古典文学大系」42『宇治拾遺物語・古本説話集』（平2　岩波書店）による。

（7）稲賀敬二校注・訳の「完訳日本の古典」27『堤中納言物語・無名草子』（昭62　小学館）所収本脚注に指摘あり。注1掲出書頭注にも。なお、「きらめきて」は、原本「きろ《ら》めきて」とある。

（8）近藤一一氏「「はいずみ」の方法」『愛知淑徳大学国語国文』第二号（昭54・3）。

（9）萩谷朴氏『平中全講』（昭34　私家版・昭53　同朋舎復刊）。以下、萩谷氏の説はすべて同書による。

（10）引用は『源氏物語大成』第七巻（昭31　中央公論社）による。ただし、私に濁点および読点を付すなどの処理を施した。以下同じ。

（11）同右。

（12）玉上琢彌編、山本利達・石田穣二校訂『紫明抄・河海抄』（昭43　角川書店）による。ただし、私に濁点および句読点を付すなどの処理を施した。以下同じ。

（13）『源氏物語古注釈大成』第七巻（昭53　日本図書センター）による。ただし、私に濁点および句読点を付すなどの処理を施した。

（14）注12に同じ。

（15）中野幸一編『源氏物語古注釈叢刊』第二巻（昭53　武蔵野書院）による。ただし、私に濁点および句読点を付すなどの処理を施した。

（16）拙稿「『大和物語』特異章段考——石野広通『和歌感応抄』所引の一章段を中心に——」『国文学攷』第一一三号（昭62・3）。拙著『平安朝歌物語の研究〔大和物語篇〕』（平12　笠間書院）所収。

（17）『紫明抄』には説話部分がなく「我にこそ…」の歌のみを載せるが、そこに「平仲妻哥」と傍注がある（注12掲出書による）。本妻の歌として理解されていた証左であろう。

（18）米田新子氏「人に『すみつく』かほのけしきは」――平中の妻と『はいずみ』の女――」『国文学攷』第一四二号（平6・4）。

『海人の刈藻』の『源氏物語』受容

はじめに

中世王朝物語が、平安朝物語、とりわけその最高峰たる『源氏物語』の著しい影響下にあることは文学史の常識である。いずれの作品も、構想・プロット・人物造型・文体・和歌表現等、さまざまな点で『源氏物語』を強く意識し、その文芸的手法や様式を多大に取り込んでいる。それがために、これら中世に作られた王朝風擬古物語は『源氏物語』の模倣あるいは二番煎じの域を出ないものとされ、「源氏亜流物語」の称で呼ばれてさほど文学的価値を見出されることはなく、研究者にも長く等閑視されてきた。が、昭和の末ごろからようやくこうした日蔭者の中世擬古物語群にも光があてられるようになり、信頼できる本文が活字化されるとともに、校本・対校本の類が作成され、また注釈的研究の成果も世に出始めた。平成七年（一九九五）から刊行が始まった「中世王朝物語全集」全二十三巻は、現存するすべての作品に全訳を付すという画期的なものである。こうした企画が研究の推進力となって、これからは個々の作品についてさまざまな角度からの考察が加えられ、研究が大きく進展することが期待される。これまでマイナス評価を受けがちであった『源氏物語』等先蹤物語の受容のあり方に関しても、改めて詳細に分析することによって、新たな意義付けがなされるようになるであろうと思う。

物語に限らず、文学作品が先行諸作品の影響を受けるのは当然のことである。まして『源氏物語』のような大傑作の後にあって、その大きな影響を免れ得るものではない。それにしても、中世王朝物語の作者たちは『源氏物語』の世界を積極的に作中に再現しようとしているように見える。無論それで『源氏物語』を超えるような作品が作り出されようはずはない。しかし、かくも熱心に『源氏物語』の模倣に執心したというのは、何か確固たる意図があってのことではないかという気がする。そのことについて私なりに考えてみたいと思うのである。

さて、『海人の刈藻』も『源氏物語』の影響の著しい中世王朝物語のひとつである。本稿ではこの作品を取り上げて、作者がいかに『源氏物語』の世界を作中に取り込んでいるかを、具体的・個別的に検討してみたい。その作業を通して、中世王朝物語作者の『源氏物語』取りの方法や意図が少しでも明らかになればと思う。なお、現存本『海人の刈藻』は、『無名草子』や『風葉集』などに見える同名の作品とは別のものであり、基本的な筋や主要な登場人物名は変わらないものの、『風葉集』以後に改作されたものと考えられている。改作の問題に関しては種々の議論があるが、ここでは立ち入らず、ともかくも現存する作品『海人の刈藻』を考察の対象とする。

本作品は四巻からなる中編物語であるが、ひと口に言えば、時の帝の寵愛厚い女御に思いをかけて密通した主人公が、秘密の子を儲け、煩悶の末に出家遁世し、ついには即身成仏を遂げるという筋である。この大きな枠組みの設定には、明らかに『源氏物語』の光源氏と藤壺の宮との密通、また柏木と女三の宮との密通事件が影響を及ぼしている。女が帝の寵妃である点は前者に似、男の苦悩から死に至る展開は後者に似る。もちろん主人公の出家・即身成仏は『源氏物語』にはないプロットであり、不義の子を男が手元に引き取る点も異なっている。しかし基本的な物語の構想が『源氏物語』の密通事件のバリエーションであることは紛れもない。が、ここではこうした大きな視点ではなく、叙述の細部に分け入って『源氏物語』との関連を探ってみようと思う。物語の展開に添って、梗概をたどりながら具体的に比較検討を加えていく。『源氏物語』本文の引用には小学館「新編日本古典文学全集」本を用い、『海人の刈藻』の本文は「中世王朝物語全集」第二巻『海人の刈藻』(平7 笠間書院)により、各項の見出しの下に巻数と同書の節番号を掲げた。

一 巻一

(1)小柴垣の垣間見〔巻一⑦〕 物語第一年十一月、時の関白左大臣の子息権大納言(後の関白太政大臣)は、宮中の宿直所で按察使の大納言の長男頭の中将と語り合った翌朝、馬を駆って北山あたりの雪見に出る。その途次、かねてから噂に高く関心を寄せていた頭の中将の妹たちを偶然垣間見ることになる。原文には次のようにある。

随身の乗りたる馬にうち乗り給ひて、少納言御供にて、蓮台野・船岡山・北山・知足院などの雪御覧じけるに、随身・童など走り参り、不動堂の方尊げにて、心細く静やかに行なひつけたるさましたり。馬は大門に引き立てて、うちに入りて、ここかしこ覗き給ふに、御堂より北、道より東の方に小柴垣わたして、檜皮葺の屋も多かり。

ここは頭の中将の継母である按察使の大納言の北の方の父故治部卿の堂なのであった。頭の中将の妹大君と中の君は、方違えの物忌のためここに滞在していたのである。これは明らかに『源氏物語』若紫の巻の紫の上垣間見場面を意識したものである。季節も状況も異なってはいるが、場所が北山あたりの僧侶の住居である点は類似している。しかも、まず目についたのが「小柴垣」であることも重要である。若紫の巻で光源氏が目を留めたのも、小柴垣を「うるはしうしわたし」た僧坊であった。供人に所有者の名を知らされ、最初に見つけたのが童であることも同じである。この描写から読者は、光源氏にとっての紫の上のごとき、権大納言にとって終生の伴侶となるべき女性の出現を予測するであろう。作者はその効果を狙ったのである。恋物語の始まりとしていかにもふさわしい場面設定だと言えよう。

(2)葵祭の日の髪削ぎ〔巻一⑬〕第二年正月、権大納言は按察使の大納言の大君と結婚し、翌月には早くも懐妊の兆しが見える。その年の葵祭の日、権大納言の居所では、物見に出ようと、大君をはじめ女房たちの髪削ぎが行なわれる。

祭の頃などは少し隙《ひま》ありて、人々も「物見に」などいざなひ行く。大納言殿は、近衛使《こんゑづかひ》は頭の中将なりければ、ことさらに、「上も見給へかし。御心も慰み侍らん」など聞こえ給ひて、御髪削《みぐしそ》ぎ給ひて、「千尋《ちひろ》」と祝ひ聞こえ給ふついでに、「誰々も」などのたまふ。

これは『源氏物語』葵の巻の記事によった場面設定である。葵祭の日、光源氏は紫の上を物見に誘い、髪削ぎを提案、「まづ、女房、出でね」と、女の童たちの髪を削がせ、紫の上の髪は自ら削ぐ。そして「削ぎはてて、『千尋』と祝ひきこえ」て、「はかりなき千尋の底の海松《みる》ぶさの生ひゆく末は我のみぞ見む」と詠む。実は、この場面で権大納言が詠んだ「知るらめや削ぐ手もたゆき黒髪の生ひ行く末は結び籠《こ》めつと」と少将の君の「限りある千尋《ちいろ》の底の海松《みる》ぶさも我が黒髪の末と知らなむ」との唱和は、葵の巻のこの光源氏の歌を念頭に置いて作られたものと見られるのである。

他にもこの葵祭の件《くだり》には、葵の巻を意識したと思われる叙述が散見する。すなわち、懐妊中の大君が人に勧められて物見に出るのも葵の上が斎院の御禊見物に出かけたのに似るし、雑踏の中で三位の中将の車に女（後の江内侍）が端童《はしたわらわ》を使って文を送るという設定も、光源氏の車に女車から扇の端に書いた歌を贈った源典侍の振舞に似る。この時の女の歌、「おしなべて八十氏人《やそうぢびと》のかざすなるあふひの光見るぞ嬉しき」は、源典侍の「はかなしや人のかざせるあふひゆゑ神のゆるしの今日《けふ》を待ちける」と光源氏の「かざしける心ぞあだに思ほゆる八十氏人になべてあふひを」との贈答を踏まえたものと見られるのである。作者は読者たちが『源氏物語』葵の巻のこれらの場面を重ね合わせて読むことを期待してこの件を書いたのであろう。これも十分に効果を上げていると言えよう。

(3)ものにおそはるる心地（巻一⑯）　同年七月七日、一条院の養子新中納言（後の大将）は、按察使の大納言の中の君に対する恋慕の情を抑え切れず、ついに彼女の寝所に侵入する。屛風の蔭から覗くと、中の君は乳母子の中将の君とともに宵寝をしているところであった。

奥の方《かた》より大人しき人の声して、「扇の風に霧晴れて。中将殿、聞き給ふや」と言へど、答《いら》へもせず。「寝入り給へりけるか」とて、あなたへ行《ゆ》くめり。「かかる折ならでは、またいつかは」と、あはれに嬉しくて、さし寄りてかき抱《いだ》きて御帳《みちやう》に入り給ふ。

女君、ものにおそはるる心地しておどろき給へば、男の、馴《な》れ顔に装束をさへ解きて添ひ臥して、何やかやとのたまふに、ひたぶるによそなる人とは思しも寄らで、「この近き権大納言にや」と思ふに、せん方《かた》なく、悲しともおろかなり。

この場面は、『源氏物語』の帚木の巻を念頭に置いていよう。光源氏は紀伊守の邸へ方違えに出かけた夜、守の父伊予介の若い後妻空蟬の寝所に忍び入る。突然のことに空蟬は、「物におそはるる心地して、『や』とおびゆれど、顔に衣《きぬ》のさはりて音にも立て」なかったとある。そして、空蟬に近く仕える女房を同じ「中将の君」と言い、この光源氏侵入場面の直前には、「『中将の君はいづくにぞ。人げ遠き心地してもの恐ろし』と言ふなれば、長押《なげし》の下《しも》に人々臥して答《いら》へすなり」というような一文もある。「中将の君」と呼ばれる女房は『源氏物語』に六名登場するが、熱心な読者なら、その名を聞いただけで光源氏の空蟬侵入場面を想起することができるであろう。

また、同時にこの場面の描写は、若菜下巻における柏木の女三の宮との密通場面も踏まえていることがわかる。同巻には、「宮は、何心もなく大殿籠りにけるを、近く男のけはひのすれば、院のおはすると思したるに、うちかしこまりたる気色見せて、床《ゆか》の下《しも》に抱きおろしたてまつるに、物におそはるるかとせめて見開《あ》けたまへれば、あらぬ人なりけり」とある。これも「物におそはるる」気持ちがしたという表現が共通し、相手を夫の光源氏かと思ったというのも、本場面で中の君が当初、姉大君の夫である権大納言ではないかと思ったというのに似る。なお、同様の描写が巻二の新中納言（もとの三位の中将）と藤壺の女御との密通場面に見えるが、改めて後述する。

⑷**小野の里の住まいの情景**〔巻一㉓〕　同年十月、権大納言・三位の中将らは、関白左大臣の弟である山の座主の病気見舞のために比叡山に登る。その途中、小野のあたりで時雨に遇い、風情ある家に立ち寄って雨宿りをする。

道すがら、神無月二十日頃なれば、紅葉かつ散り、面白き所々御覧ずるに、小野といふ所に、小柴垣、遣水して、心殊《こと》なる家居《いへゐ》のほどにて、時雨はらはらとしける。

ここは近江守むねただの別邸で、三位の中将はかつて葵祭の日に文を寄こした女とここで再会し、その素姓を知る。『源氏物語』で小野の里が舞台となるのは夕霧の巻と手習の巻であるが、この件《くだり》の叙述は、夕霧の巻の記述を意識していると見られる。夕霧は亡き友人柏木の未亡人落葉の宮に恋心を抱くが、宮は母一条の御息所の病気療養のため小野の山荘に移る。その住まいのさまが「はかなき小柴垣もゆゑあるさまにしなして、かりそめなれどあてはかに住まひなしたまへり」云々と描写されている。作者はこの夕霧の巻の情趣を借りてこの小野の里の情景を記しているのであろう。

ところで、この段には、遣水で手を洗っている権大納言の前に「大きなる童」が「黄なる袙《あこめ》」を着て現れ、「端《つま》焦がしたる扇」を差し出し、「これにて御手拭《のご》はせ給へ」と言う場面がある。その扇には「女の手にて、あてに」歌が記されていた。これは『源氏物語』の夕顔の巻で、大弐の乳母の病気見舞に訪れた光源氏が隣家の板塀に咲く白い花に目を留め、折らせたところ、「黄なる生絹《すずし》の単《ひとへ》袴《ばかま》長く着なしたる童のをかしげなる」が出て来て、「白き扇のいたうこがしたる」を差し出して、「これに置きてまゐらせよ」と言う、その扇には歌が「をかしうすさび書き」されていたという有名場面を彷彿とさせる。権大納言に歌を贈ったのはむねただの中の君であったが、読者はここで光源氏と夕顔の出会いのごとき劇的な邂逅を期待するであろう。そしてこの女性の行末に関心を強くするはずなのである。

(5)誰が習はしの人の心ぞや〔巻一㉕〕 山の座主見舞の帰途、一行は再び小野の里のむねただの別邸に立ち寄って京に戻る。権大納言は帰宅して北の方に会うと、土産に持ち帰った紅葉の枝とともに、女から贈られた扇の歌を見せる。北の方が浮気を恨む歌を口にすると、権大納言は、「誰《た》が習はしの人の心ぞや。うつろふも、まろは知らざりけりな。習ひ聞こえん」と逆に恨み言を言う。自分は浮気心など知りもしないのに、そんな嫉妬心は誰に教わったのか、自分の方こそあなたに教わりたいものだという意であるが、これは『源氏物語』澪標の巻の光源氏と紫の上とのやりとりを意識したものである。明石から帰京した光源氏が明石の君との関係、そして女児が生まれたことを語る。紫の上は嫉妬して顔を赤らめ、「もの憎みはいつならふべきにか」と恨む。光源氏は笑って、「そよ、誰《た》がならはしにかあらむ。思はずにぞ見えたまふや。人の心より外《ほか》なる思ひやりごとしてもの怨《ゑ》じなどしたまふよ。思へば悲し」と言い、しまいには涙ぐむのである。読者にこの印象的な場面と重ね合わせて読ませるべく、作者はこうした類似表現を用いたのであろう。また、この段には、権大納言が、自分と関係のあった女人の中で、源宰相の娘（後の御匣殿）が人柄がよく思い出深い由を語り、「今なども、かけかけしからぬ筋にて、時々訪《とぶら》ひ聞こえん、けうとからじや」と言う場面が続く。これはやはり澪標の巻で、光源氏が明石の君のことを「人柄のをかしかりしも、所がらにや、めづらしうおぼえきかし」などと言うのに似る。さらに同巻には、光源氏が六条の御息所出家の報を聞いて、「かけかけしき筋にはあらねど、なほさる方のものをも聞こえあはせ人《びと》に思ひきこえつるを」云々と思うという記事がある。かようにこの段には澪標の巻との類似表現がちりばめられているのである。

二　巻二

(6)乱り心地かきくらす〔巻二⑤〕　第三年春頃から疫病が流行し、死者が続出する。六月頃には按察使の大納言の北の方が発病し、九月初めには重態となった。十日頃、縁者が集まって嘆いていると、北の方は人払いして権大納言を枕頭に呼び、苦しい息の下から三の君の後見を託す。権大納言は固く約束する。

さらでだにあはれ深く情けある御本性《ほんじやう》にて、涙も堰《せ》きかねつつ、ためらひて、「何ごとも世に廻《めぐ》らひ侍らんほど、いづれをもおろかなるまじきに、とりわき姫君の御ことは、一日《ひとひ》も中宮の仰せ言侍りき。さらに変はるけぢめも侍らず。ただ御覧じ果てざらん人々の御末こそいと言ふかひなく」とて、絞《しぼ》りもあへず泣き給へば、「さらば、乱り心地かきくらすやうになん」と聞こえ給へば、大納言出で給ふ。

この場面は『源氏物語』の二つの場面を意識して叙述されている。ひとつは、椎本の巻で姫君たちの将来を案じた宇治の八の宮が薫に後見を託す場面である。八の宮に「亡からむ後、この君たちをさるべきもののたよりにもとぶらひ、思ひ棄てぬものに数まへたまへ」と言われた薫は、「世の中に心をとどめじとはぶきはべる身にて、何ごとも頼もしげなき生ひ先の少なさになむはべれど、さる方にてもめぐらひはべらむ限りは、変らぬ心ざしを御覧じ知らせんとなむ思ひたまふる」と答えている。言葉遣いの類似がはっきりしている。もうひとつは、御法の巻において紫の上が光源氏と明石の中宮に最後の別れをする場面である。両人と対面し和歌を交わした紫の上は、「今は渡らせたまひね。乱り心地いと苦しくなりはべりぬ。言ふかひなくなりにけるほどといひながら、いとなめげにはべりや」と言って几帳を引き寄せて臥し、そのまま不帰の客となる。按察使の大納言の北の方の最後の言葉は、この紫の上の言葉と実によく似ている。作者は『源氏物語』のあわれ深い二つの場面を融合させてこの場面を綴ったのである。それに気付いた読者ははたと膝を打ったに相違ない。一見何げない取り込みの妙を味わいたいところである。

⑺玉裳にかづき埋もれたり〔巻二㉒〕第五年十二月二十八日、按察使の大納言の三の君が女御として入内する。初めて帝の近くに参った翌朝、典侍が後朝《きぬぎぬ》の文を届けてくる。女御の返歌を待つ間、典侍は盛大なもてなしを受ける。

御使《つかひ》は、殿・宰相の中将もてはやし給ふ。玉裳《も》にかづきうづもれたり。

禄として豪華な裳がかずけられたのを「玉藻」にかけて「玉裳」と表現したのであろうが、この「玉裳にかづきうづもれたり」という言いまわしは、『源氏物語』宿木の巻に見える印象深い表現である。匂宮は心ならずも夕霧の六の君と結婚することになり、夕霧邸に迎えられて一夜を過ごす。その翌朝後朝の文を届けた使者が戻って来た時のさまを「海人の刈るめづらしき玉藻にかづき埋《うづ》もれたるを、さなめりと人々見る」と記している。この表現を借用したものであることは明らかである。宿木の巻では、中の君を嘆かせた匂宮は懸命に慰めており、この縁組みは決して幸せな結婚ではない。そういう場での表現を本物語の作者は藤壺の女御入内の場面に用いている。花やかな限りの入内風景ではあるが、ことによると女御のその後の苦悩を暗示する意味がこの「玉裳にかづきうづもれたり」にはこめられているのであるかも知れない。宿木の巻の表現には「海人の刈る」玉藻とあって、本物語の題号に通じるところがあるのも興味深い。

⑻輦車の宣旨が下って宮中を退出〔巻二㉜〕第六年六月頃、按察使の大納言が発病する。七月の初めからは重態となり、女御を退出させるべく関白を通じて申し入れるが、帝はなかなか許そうとしない。

今はひたすら頼み難きよし奏し給ふにぞ、からうじて七月十六日に御暇《いとま》賜はりてまかで給ふ。昼より藤壺にわたらせ給ひて、とく帰り給ふべきことをのみ返す返す頼め契らせ給ふ。

日が暮れて出だし車が準備され、いよいよ退出の時となっても、帝は「おぼつかなからんこと返す返す」仰せられ、別れを惜しむ歌を詠む。女御もそれに返歌し、「思したる御気色のあはれ知らぬにもあらねば、かへりみがちにてまかで給ふ」のであるが、その際、「輦車《てぐるま》の宣旨《せんじ》下《くだ》りて出で給ふさま、よそほし」と記されている。

この哀切な別れの場面は、『源氏物語』桐壺の巻における桐壺の更衣退出場面の焼き直しであること明白である。重病の更衣の里下りを帝はなかなか許さなかったが、母君が泣く泣く奏上して、ようやく退出することになる。帝は、「来《き》し方行《かたゆ》く末《すゑ》思しめされず、よろづのことを泣く泣く契りのたまは」せて、「輦車の宣旨などのたまはせても、また入らせたまひてさらにえゆるさせたまはず」というありさまであった。こちらは帝の寵妃たる更衣自身が重病なのであるが、本物語では、やはり寵愛深い女御の実父の病気ゆえの退出である。とは言え、別れを惜しむ帝の心情には両者相通じるものがあろう。桐壺の巻ではこれが二人の永遠の別れとなる。この物語では本人の病気ではないから終の別れとなるような状況ではないが、桐壺の巻の叙述と重ね合わせて読む時、読者は何やら不吉な予感を抱くであろう。女御の里下りによって何らかの不幸な事件が出来するのではないかとの予見が頭をよぎる。作者はそういう効果を狙ったのかも知れない。ちなみに、「輦車の宣旨」の語の用例は『源氏物語』全編で桐壺の巻のこの一例のみである。それだけ印象深い語であり、この場面にそれが用いられていることは、読者に桐壺の巻を想起させるのに実によく効いていると言えよう。

(9)烏帽子押し入れて病人が対面〈巻二㉝〉　按察使の大納言邸では女御の退出を待ち受けて、すぐに対面となる。

寝殿に御しつらひして入れ奉り給ふ。

按察殿も、苦しき心地に、烏帽子《ゑぼうし》押し入れ、装束《さうぞく》引きかけ給ひて、宰相の中将にかかりておはしけるが、御几帳を少しかかげて見奉り給ふ。

女御の見舞とあって、按察使の大納言は居ずまいを正して会うのであるが、そのさまは実に苦しげであった。この病床での対面場面、簡略な描写ではあるが、『源氏物語』柏木の巻における柏木と夕霧との対面の場面を意識していようと思われる。女三の宮との密通後、罪の意識におびえ憔悴した柏木は重病の床に臥し、親友夕霧の見舞を受ける。その場面の描写に、「『などかく頼もしげなくはなりたまひにける。(中略)』とて、几帳のつまを引き上げたまへれば、『いと口惜しう、その人にもあらずなりにてはべりや』とて、烏帽子ばかり押し入れて、すこし起き上がらむとしたまへど、いと苦しげなり」とある。烏帽子に髪を押し入れて服装をつくろう病人、几帳を少し引き上げて対面する見舞人、両物語では人物の立場も状況も異なるけれども、この場の表現は柏木の巻から借りたものであろう。対面後の描写も似ている。「按察殿、『今はあなたにわたり給へ。近しと思ひ聞こゆるなん頼みある』とて、『休まん』と思したれば、みなあなたにわたり給ふ」と本物語にあるが、柏木の巻には、「言はまほしきことは多かるべけれど、心地せむ方なくなりにければ、『出でさせたまひね』と、手かきこえたまふ。加持まゐる僧ども近う参り、上、大臣《おとど》などおはし集まりて、人々もたち騒げば、泣く泣く出でたまひぬ」とある。柏木の巻はひたすら暗い状況であるが、比較して本物語の方はかなり明るい。描写は似ていてもトーンは随分と違う。これも換骨奪胎の妙と言ってよいであろう。

⑽**やうやう鳥の音聞き出づる**〔巻二㊳〕 按察使の大納言の病気は幸いにも快癒し、女御は宮中に戻ることになった。十月一日と日取りが決められたが、院の新中納言(もとの三位の中将)は、この年の春、藤壺で女御の姿を垣間見て以来、心わき返る思いで恋着し、悶々とした日々を送っていた。九月末、按察使の大納言邸を訪れた新

中納言は、人少ななのを幸いと女御の居所に立ち寄り、忍び入る。この場面の描写は、前述の通り、巻一における新中納言（現大将）による按察使の大納言の中の君の寝所への侵入場面に酷似している。女御をかきくどくさまなどは本段の方が詳細に描かれ、より迫真性を増しているが、それだけにやはり、この場面の描写も直接・間接に『源氏物語』若菜下巻の柏木と女三の宮との密通場面に強く影響を受けたものであることがわかる。

女御はものに襲はるる心地し給ひて、御衣《ぞ》押しくくみぬれば、ものも見えず、御声も出でず、惚《ほ》れ惑ひ給へるに、装束《さうぞく》をさへ引き解きて、袿《うちき》姿の男の懐かしげなるが、ものも言ひあへず、ただ泣き惑ひたるありさま、「夢にこそ」としひて思しなせど、……

若菜下巻には、「物におそはるるかとせめて見開《あ》けたまへれば」云々、また「わななきたまふさま、水のやうに汗も流れて、ものもおぼえたまはぬ気色」云々、「この人なりけりと思すに、いとめざましく恐ろしくて、つゆ答《いら》へもしたまはず」などとある。同巻の事件は紫の上が病気のため二条院に移され、人少になった六条院で起きたが、本物語では按察使の大納言の病気が癒え、人々が安心して気を許したところで起こったという点が対照的である。また、柏木が女房小侍従の手引きを得て侵入したのに対し、新中納言は誰の手引きもなく自力で近づき、後で女房の大納言の君に発見されて追い立てられる。これも顕著な相違点である。このあたりが本物語の独自性と言えようか。

ところで、新中納言を帰した後の記述に、

明くるを待つほど、千代《ちよ》を経《ふ》る心地するに、やうやう鳥の音《ね》聞き出でたるぞ嬉しき。

という女房たちの心情を叙した一文がある。これはどうやら、『源氏物語』の夕顔の巻で、夕顔がなにがしの院で物の怪に襲われた後の光源氏のさまを描いた一節に、「夜の明くるほどの久しさは、千代を過ぐさむ心地したまふ。からうじて鶏《とり》の声はるかに聞こゆるに」云々とあるのを意識した表現であるらしい。そう言えば、夕顔の巻には、怪しい女の姿を夢に見た光源氏が「物に襲はるる心地して、おどろきたまへれば」云々とあり、また夕顔のぐったりしたさまを「なよなよとして、我にもあらぬさまなれば」、「ただ冷えに冷え入りて」などと記しているが、本段には女御のありさまを叙して、「果て果ては我にもあらぬ御さまになり行き給ふ」、「ただ弱りに弱り給へば」などとある。夕顔の巻の叙述をも参考にしていることがわかる。本物語の作者はよほど『源氏物語』の文章表現に精通し、自在にあやつることのできる人物だと思われる。

三　巻　三

⑾目を押しする幼児を見て泣き笑い〔巻三㉖〕　第七年暮れ近く、心の憂い深い新中納言は、藤壺の女御のもとへ送っても空しく返された手紙を見て我が身を恨み、養母大宮のもとで女御との間に生まれた秘密の子に会う。

あなたへ参り給へば、宰相の乳母《めのと》、若君を抱《いだ》き出でたるに、光るやうにうつくしげなる。ただ今寝起き給へるにや、目押しすりて、けぶたげなる顔の匂ひ、それかと見ゆるに、もよほさて、(中略)「まことは、よしや。ほだしにこそ」と、涙は浮きながらうち笑ひ給ふ。若君、何心なく高やかに笑ひ、物語し給ふ。

けむたそうに目をこすっている幼児の顔が母女御に似ているのを見て、新中納言は涙をこらえきれず、思わず泣き笑いをしてしまう。この子ゆえになかなか出家に踏み切れないでいるのであった。この場面は、『源氏物語』御法の巻で、死期近い病床の紫の上が幼い匂宮と最後の対面をする場面を念頭に置いて書かれているのではないかと思う。紫の上はやや気分のよい折に匂宮を枕頭に呼び、「まろがはべらざらむに、思し出でなんや」と問う。匂宮は「いと恋しかりなむ」と答え、紫の上を誰よりも大事に思っているのだと言う。そして、「目おしすりて紛らはしたまへるさまをかしければ、ほほ笑みながら涙は落ちぬ」と書かれている。匂宮が目をこすったのは湧いてくる涙を見られまいと紛らすためであり、本物語とは事情が違うが、いたいけな幼児が目を押しするさまを見て、死を予測し、または出家を考えている保護者が泣きながら笑うという設定は共通するものがある。これも本物語作者の手際よい換骨奪胎と見られよう。

⑿大人しくおはすれば恥ぢらひて〈巻三㉙〉　同年十二月十日、春宮が元服し、その夜、帥の大納言の姫君が添臥となり、女御として入内した。この年春宮は十一歳、女御は五、六歳の年長であった。

十二月十日、御元服ありて、やがて女御参り給ふ。十六七ばかりにて、大人しくおはすれば、慎ましげに恥ぢらひておはする御ありさまを、何心なくて、「ただ今は幼きほどの御遊びがたきならましかばよかりなん」と思し召すべし。されど、日々におはしまして、御遊びどももあるべし。

女御が大人びているので春宮は気おくれして恥じらっている。女御の方は今のところは遊び相手をすればよいのだと心得ているようだが、春宮は毎日女御のもとへ出かけて遊んでいるという。この二人の取り合わせは、『源氏物語』の絵合の巻に描かれた斎宮の女御（秋好中宮）と冷泉帝との関係に似る。光源氏の養女として入内した斎宮の女御は二十二歳、冷泉帝は十三歳であるから九歳の年長であった。「人知れず、大人は恥づかしうやあらむと思しけるを、いたう夜更けて参上《まうのぼ》りたまへり」と同巻にあり、帝は大人である女御に会うのはきまりが悪かろうと心配している。が、冷泉帝にはすでに権大納言（もとの頭の中将）の姫君が弘徽殿の女御として入内しており、こちらは一歳の年長で、「上もよき御遊びがたきに思《おぼ》いたり」（澪標の巻）とあって、似合いの年頃であった。冷泉帝は斎宮の女御の入内後もなじんだ弘徽殿の女御の方に出かけて「うちとけたる御童遊び」をすることが多かったが、斎宮の女御が絵をよくすることから、絵の好きな冷泉帝の心は次第に斎宮の女御へと傾いてゆく。本物語では、後に関白内大臣の姫君が成長を待って入内することが予定されており、あくまで帥の大納言の姫君は脇役に過ぎず、『源氏物語』の冷泉帝後宮における秋好中宮の役割が期待できる人ではない。実際、このあとこの人は全く登場することがないのであるが、この場面ではあたかも斎宮の女御と弘徽殿の女御の両方を合わせたような描き方がなされているところが面白いのである。

四　巻　四

⒀ **通ふらん心の末よやよいかに**〔巻四⑥〕　第八年九月初旬、出産を控えて里下り中の藤壺の中宮のもとへ帝から歌が届けられ、中宮がそれに返歌して二組の贈答が交わされる。帝からの二首目の歌は、「一方《ひとかた》に通ふ心を身にしめてよそのあはれは知らぬ秋かな」というものであった。恨み言の多さに閉口しつつも中宮は返歌する。

　例の恨みさせ給ふこと多きを、「むつかし」と御覧じて、

　　通ふらん心の末よやよいかに問へばぞもろき萩の下露

　とあるを、うち笑ませ給ひて御覧ず。

この中宮の歌は、『源氏物語』の明石の巻に見える明石の君の歌を意識して作られたものと見られる。入道にしきりと娘を売り込まれた光源氏は、ついに屈して手紙を送る。最初の返事は娘が恥じらうので入道が書いたが、翌日光源氏が再び贈った「いぶせくも心にものをなやむかなやよやいかにと問ふ人もなみ」という歌には、かろうじて明石の君が返歌する。「思ふらん心のほどややよいかにまだ見ぬ人の聞きかなやまむ」という歌である。「手のさま書きたるさまなど、やむごとなき人にいたう劣るまじう上衆めきたり」と評されている。明石の君の

歌は、贈歌の「やよやいかに」の語を受けて、まだ見ぬ人の心中を疑っているのであるが、本物語の中宮の歌は明らかにこの歌の上の句の表現を借り、帝の贈歌の「通ふ心」という語を受けて秋の風物を詠み込んだ形になっている。『源氏物語』に親しんでいる読者なら、ちょっと珍しい「やよいかに」の語をこの歌に見出した時、ピンときてニヤリとするに違いないのである。

⒁**主人公の舞う青海波と若君たちの舞**〔巻四⑨〕　同月下旬、藤壺の中宮の若宮出産後七日目に帝の行幸があった。この日の催しの目玉は、新中納言と式部卿の宮の三位の中将とによる青海波の舞、それに関白の子息たち（大若宮と小若宮）の舞であった。

若君だち・上達部、みななき手を尽くし給ふなかに、式部卿の宮の三位の中将・院の新中納言、青海波を舞ひ給ふ、似るものなくめでたし。（中略）その次に、殿の君だち舞ひ給ふぞ、またさしつぎの見物《みもの》なりける。大殿・内の大臣《おとど》は御涙堰《せ》きあへ給はず。

この新中納言の晴れ舞台の設定は、『源氏物語』の紅葉賀の巻における朱雀院行幸に先立つ試楽の際に行なわれた光源氏と頭の中将による青海波の舞を意識したものであろう。そして殿の君だちの舞は、行幸当日、承香殿の女御腹の第四皇子が秋風楽を舞ったことを踏まえていることは、同巻に、「承香殿の御腹の四の皇子《みこ》、まだ童にて、秋風楽舞ひたまへるなむさしつぎの見物なりける」とある記事との相似から明らかである。また、この童舞は、藤裏葉の巻で、六条院への行幸の折、太政大臣（もとの頭の中将）の十歳ばかりの末の息子が殿上童たちの舞の中でとりわけ美しく舞ったという記事を踏まえてもいようか。この時、光源氏と太政大臣はともに紅葉賀の巻での自分たちの青海波の舞のことを思い出している。本物語でも、後に新中納言が出家したあと、三位の中将からこの時ともに青海波を舞ったことを回想する歌が贈られる（巻四㉑）が、それも藤裏葉の巻の記事に類似していないこともない。自分との間の不義の子を宿した藤壺の宮の前で舞う紅葉賀の巻の光源氏の心中と、密通して秘密の子をなしている藤壺の中宮の出産祝いに出家の決意を秘めて「今日を限り」と思って舞う本段の新中納言のそれとはまさに通い合うものがある。読者にもそれは十分に感じ取られたことであろう。

⒂夜深く起きて手水を召して念誦する（巻四⑬）同年十一月一日頃、新中納言は二度の長谷寺参籠中に見た霊夢に現れた僧の姿をまた夢に見、出家を促される。

「さればよ、まことに世のありさまの定め難く、ほどなき身に、いつまで」と心あわたたしく、仏の諫《いさ》めも嬉しく、「さすがあはれも多く、ほだしある心地するを、『心汚し』と見給ふらん」と思して、夜深う起き給ひて、御手水《てうづ》召して念誦《ねんじゆ》し給ひて、御装束《さうぞく》ひき繕《つくろ》ひ、内裏《うち》に参り給へば、……

こうして新中納言はいよいよ出家の意を固めて、帝をはじめゆかりの人々に最後の対面をすべく出かけるのであるが、ここに何げなく書かれた「夜深う起き給ひて、御手水召して念誦し給ひて」という一節は、『源氏物語』須磨の巻に類似表現がある。光源氏の須磨での侘び住まいが語られる場面に、「また起きたる人もなければ、かへすがへす独りごちて臥したまへり。夜深く御手水まゐり、念誦などしたまふも、めづらしきことのやうにめでたうのみおぼえたまへば」云々とある。この類似は偶然ではあるまい。流竄《るざん》の境遇を嘆き侘びる光源氏と、出家を決意して別れを告げに出かける新中納言とは、情況はまったく違っているが、心中の嘆きには共通するものがあるであろう。ここにこうした類似表現を用いたのは、本物語の作者がどこかで流謫の光源氏の心境とこの日の新中納言の心境とを重ね合わせようとしたからなのではなかろうか。

⑯文反故を破り火に入れる〔巻四⑮〕

その日、帰宅した新中納言は、大宮と若宮に最後の対面をし、自室で文《ふみ》反故《ほご》の類を処分する。

さて、我が御方におはして、見苦しき反故《ほんご》ども破《や》り給ふに、たびたび書き尽くし給ひし文《ふみ》のそのまま返りてうち置かれたるを引き破《や》り給ふとて、

我のみぞ山路《やまぢ》深くは尋ね行《ゆ》く人のふみ見ぬ道のしるべに

とて、続き落つる御涙を払ひつつ、火に入れ給へば、ほどなく昇りぬる煙も、「いつの折にか」とあはれにて、……

重大な決心をして身辺整理のため文反故の類を処分する場面は作り物語にはよく描かれるが、『源氏物語』では幻・浮舟両巻に見えている。幻の巻では、紫の上の一周忌が過ぎ、年末になって、年が明けたら出家しようと心を決めて身辺を整理する光源氏の姿が描かれる。「落ちとまりてかたはなるべき人の御文ども、『破《や》れば惜し』と思されけるにや、すこしづつ残したまへりけるを、もののついでに御覧じつけて、破らせたまひなどするに」云々とあり、とりわけ紫の上の手紙を破らせるには深い感慨を禁じ得ないが、かたわらに歌を書きつけてみな焼かせてしまう。また、浮舟の巻では、薫と匂宮との間に板挟みとなって苦悩した浮舟が死を決意し、匂宮からの手紙類を処分する。「むつかしき反故《ほぐ》など破《や》りて、おどろおどろしく一《ひと》たびにもしたためず、灯台の火に焼き、水に投げ入れさせなどやうやう失ふ」とある。いずれも主要登場人物の運命の大きな転換点であり、物語のストーリー展開の節目を迎えようとする場面である。新中納言が文反故を破り焼却する姿に接して、本物語の読者は光源氏や浮舟の場面をこれに重ね合わせつつ、緊張して事態の展開を見守ることになるわけである。

⒄**新中納言遺愛の笛**〔巻四⑯〕　その夜未明、ついに新中納言は出家を敢行し、比叡山に登って剃髪する。翌朝、自室の床の上に置かれた三通の置き手紙が発見される。斎宮・大宮・大将に宛てられたものだが、そのうち斎宮宛てのものには笛が添えられていた。手紙には、藤壺の女御との間に生まれた若君を法師にして山の座主に奉るよう書かれ、笛のことにも触れてあった。

この笛は、故院、大将のいまひとつも大人しくて、欲しがり申されしに、「これは思ふことあり」とて、我に賜はせたり。こころざしかたじけなくて、五つの年より身を放ち侍らぬなり。法師なりとも、形見に賜はせよ。

新中納言は、物語開始早々から笛の名手として描かれていた。巻一冒頭近くで催された殿上の音楽会の場面には、「三位の中将（今の新中納言）の笛の音、今宵は殊に雲居を響かしたるに、上も人々も涙落とし給ふ」（巻一⑤）とあり、巻四⑪には、関白の次男小若君に笛を教える場面も描かれている。こういう新中納言であってみれば、我が子に笛を形見として遺すこともさもありなんと思われる。そこで想起されるのが、『源氏物語』の横笛の巻で、落葉の宮の母御息所から柏木遺愛の笛を贈られた夕霧の夢枕に柏木が立ち、笛は薫に伝えるべきものであることを暗に仄めかす件《くだり》である。結局笛は光源氏の手を経て薫に伝えられる。柏木は少年時代より笛の名手とされ、薫は柏木と女三の宮との間の不義の子である。まさに新中納言は柏木であり、若君は薫なのである。柏木はすでに世になく、薫は光源氏のもとにあるから、伝達は複雑な過程を取らざるを得なかったが、本物語では、若君は新中納言方におり、新中納言自身も病死ではなく出家という形をとったため、置き手紙という比較的単純な方法で伝達がなされ得たのである。ドラマ性では『源氏物語』に遠く及ばないが、作者は物語開巻当初から周到に準備して伏線を張り、ここで横笛の巻の換骨奪胎を試みたというわけなのであろう。本段で斎宮への手紙の奥に記された新中納言の「伝へてしうきねをしのべ笛竹のこの別れこそ世にたぐひなき」の歌も、横笛の巻で夕霧の夢に現れた柏木が詠んだ「笛竹に吹きよる風のことならば末の世ながき音《ね》に伝へなむ」の歌を意識したものと考えられる。

⒅**菊花に添えて贈られた歌**〔巻四㉑〕 比叡山の聖の室《むろ》で修行生活を始めた新中納言は、ある朝、手紙の添えられた花が届けられているのを見つける。

　山には、明け方の行なひ過ぎて、書院《しよゐん》の花瓶《はながめ》に花を挿《さ》し置かれたり。「誰《たれ》ならん」と引き開《あ》けて見給へば、

　　人の世をあはれと聞くも悲しきにあはれひたすら亡き身ともがな

とあり。大宮の御方に、宮の君と言ひし人なり。時々見給ひし人なるべし。「昨日、三位の中将の使《つかひ》に添へておこせけり」とぞ見給ふ。

　宮の君は一条院の大宮に仕える女房で、新中納言の愛を受けていた女性であろう。彼の出家を悲しみ、三位の中将の手紙を届けた使者に託してそっと手紙を寄こして来たのである。これも『源氏物語』に類例がある。葵の巻で、葵の上が死去して悲しみにくれる光源氏のもとに、ある朝、菊の枝に付けられた文が届けられる。「ならはぬ御独り寝に、明かしかねたまへる朝ぼらけの霧《き》りわたれるに、菊のけしきばめる枝に、濃き青鈍《あをにび》の紙なる文《ふみ》つけて、さし置きて往《い》にけり」とある。開けて見ると六条の御息所の筆跡で、「人の世をあはれと聞くも露けきにおくるる袖を思ひこそやれ」との歌が記されていた。本段の宮の君の歌はこの歌と上の句がほぼ一致しており、明らかにこの歌を典拠として作られたものである。本段には手紙を付けた花の名は記されていないが、「聞

く」には「菊」が掛けられていると見られるから、やはり菊の花であろう。宮の君は光源氏にとっての六条の御息所ほど重要な存在ではないが、本段の挿話はこの六条の御息所の振舞と重ね合わせられることにより、読者にひときわあわれ深い印象を与えることになるのである。これも換骨奪胎の妙と言ってよかろうと思う。

⒆**八十瀬の波を誰かは**〔巻四㉕〕　出家した翌年の三月十五日、新中納言は即身成仏を遂げる。その知らせを聞いていちばん嘆いたのは斎宮であった。五月三日にとり行なわれた四十九日の法要の日、斎宮は悲しみを新たにする。

斎宮は、この君のかく行なひ給ふを、後の世の光と頼もしく思し召されつるを、「八十瀬《やそせ》の波を誰《たれ》かは」と嘆かせ給ふに、「なかなかかくてこそ、いとど御しるべならめ」と慰め聞こゆ。

この斎宮の言葉、「八十瀬の波を誰かは」は、『源氏物語』の賢木の巻における光源氏と六条の御息所との贈答によっていると思われる。斎宮となった娘に伴って伊勢に出発した六条の御息所に、一行が二条院の前を通りかかった時、光源氏は榊の枝に挿して「ふりすてて今日は行《ゆ》くとも鈴鹿川八十瀬の波に袖はぬれじや」という歌を贈る。返歌は翌日届けられ、「鈴鹿川八十瀬の波にぬれぬれず伊勢まで誰《たれ》か思ひおこせむ」とあった。本段の斎宮の言葉は、直接にはこの六条の御息所の返歌を引いたものである。「伊勢まで誰か思ひおこせむ」、すなわち、新中納言亡き今、かつて伊勢斎宮であった自分のことを思いやり導いてくれる人は誰がいようかと言っているのである。彼女は父一条院の崩御により早く斎宮を退下して都にいるけれども、前の斎宮としてのゆかりから、作者はこの賢木の巻の歌を引歌として彼女の言葉を記したのであろう。なかなか巧みな引歌技法だと言えよう。

を造営する。

⒇嵯峨野の御堂の造営〔巻四㉖〕

物語第十年頃、関白の父大殿（もとの関白左大臣）は出家を考え、嵯峨野に御堂を造営する。

大殿は、太皇太后宮の御さま変はりぬるもさかさまなる心地し給ひて、年ごろ思しわたる。「嵯峨野の御堂など造りて」と御心設《まう》けせさせ給へば、殿の、「姫君の春宮へ参り給はんことも近く、若君の御元服など過ぎて」と申し給へば、留《と》まらせ給ふ。

この時は関白の制止によって出家を思いとどまった大殿であったが、後年、思いを遂げ北の方とともに嵯峨野に住む。ここで大殿が「嵯峨野の御堂」を造ったというのは、『源氏物語』の絵合・松風・若菜上各巻に見える光源氏の嵯峨野の御堂をモデルにした設定だと思われる。絵合の巻には、光源氏が冷泉帝の成長を見届けたら出家しようと強く思い、「静かに籠りゐて、後の世のことをつとめ、かつは齢《よはひ》をも延べん」と、「山里ののどかなるを占めて、御堂を造らせたまひ」云々とある。松風の巻に至って、この御堂が嵯峨野に造られたことがわかる。光源氏はここで行なわれる念仏会を機会に、大堰に住む明石の君を訪れることになるのであるが、御堂造営の動機は、光源氏の場合も本物語の大殿の場合もほぼ共通していると言えよう。読者はここで大殿が嵯峨野に御堂を造るという記事を読むと、すぐに光源氏の造った御堂を連想し、その風雅を想像することができるわけなのである。

おわりに

以上、二十項目にわたって『海人の刈藻』に見られる『源氏物語』を意識した表現や場面設定などを指摘し、その効果や作者の狙いについて考察してきた。これらの他にもまだ『源氏物語』との関連が想起される箇所は存在する。たとえば巻一⑱に語られる梅壺の女御の母である藤大納言の北の方が心むくつけき人で、兵部卿の宮の女御が物の怪にわずらっているという噂は、葵の巻における六条の御息所の生霊事件を思わせ（六条の御息所は後の梅壺の女御の母である）、また巻二㊳で藤壺の女御に新中納言が密通した翌朝、姉大君が「大方は親がり給へど、殿など近づき参り給へるにや」と、夫の関白が通じたのではないかと疑う件《くだり》は、光源氏と養女玉鬘との危ない関係を思わせる。さらに巻四⑧の藤壺の中宮の出産場面は、やはり葵の巻での葵の上の夕霧出産場面を思わせるし、巻四㉗で朱雀院の一の宮が元服して一品兵部卿となり、早くも好色めいた性質を見せはじめたという件は、匂兵部卿の宮の人柄を連想させる。

こうして物語の随所に『源氏物語』の影が見え隠れしているわけであるが、それらはそれぞれ読者に『源氏物語』の場面を重ね合わせ対比させることにより、一種の音声多重効果を生んでいる。なかなかの換骨奪胎の妙を見せているのであって、『海人の刈藻』の作者の力量はかなりのものであると言ってよい。

これは見方を変えればこういうことであろう。『海人の刈藻』の作者自身が『源氏物語』の熱心な読者であったことは疑いないが、作者が予想する物語の読者たちもまた『源氏物語』の愛好者であったに相違ない。彼らは物語を読み進めながら、これは『源氏物語』のあの場面を取ったものだとか、あの事件・あの人物の再現だとか、あるいはあの歌を踏まえた表現だとかいうことを見つけるのを大きな楽しみとしたのであろう。あたかも謎やクイズを解く楽しみのように。『源氏物語』の有名場面が巧妙に取り込まれているのを見ては拍手喝采し、容易には気づかないところに『源氏物語』との類似表現を発見しては悦に入る、そんな享受方法が『海人の刈藻』に限らず中世王朝物語一般にはあったのではなかろうか。そういう読者の欲求に答えるべく、中世王朝物語の作者たちは力を尽くして効果的かつ技巧的に趣向をこらした『源氏物語』取りを試みたのであろう。『源氏物語』

にはない新しい要素を何か加えて新味のある物語を作るとともに、『源氏物語』の世界をいかにうまくアレンジして作中に取り込むかということが彼らの腕の見せ所であったと言ってよいかも知れない。そういう観点で見れば、中世王朝物語の『源氏物語』模倣は、決してマイナス評価のみを与えて済むものではないであろう。要は、どれほど換骨奪胎が成功しているかということだと思うのである。

もちろん、物語取りの対象は『源氏物語』ひとつに限らない。他の有名物語も同じである。『海人の刈藻』にも、『源氏物語』以外の先行物語類との類似場面も少なからず見出され、とりわけ『夜の寝覚』を意識したかと見られるものが目につく。その他、巻一⑬に描かれた葵祭の日の関白と斎院のやり取りは、『古本説話集』上巻第一話や『栄花物語』『大鏡』等に見える大斎院と道長との逸話に似るなど、説話や歴史物語との関連も指摘できるが、それらについては別に論じる機会を得たいと思う。

〔補記〕辻本裕成氏「王朝末期物語における源氏物語の影響箇所一覧」(『調査研究報告』第七号 平8・3)には、『海人の刈藻』の『源氏物語』影響箇所が一覧されている。また、近時、藤井由紀子氏が、「原動力としての『源氏物語』――『海人の刈藻』の創作姿勢をめぐって――」(『国語と国文学』平21・12)、「現存『海人の刈藻』の性格――『源氏物語』享受を視点として――」(伊井春樹編『日本古典文学研究の新展開』〈平23 笠間書院〉)の二論文において、『海人の刈藻』の『源氏物語』影響箇所を精査され、その『源氏物語』受容の方法と意義について斬新な論を展開されている。あわせて参照されたい。

『松陰中納言物語』の『伊勢物語』引用について

はじめに

中世王朝物語が先行の物語の強い影響下にあることは改めて言うまでもない。中でも最も影響力の大きいのが『源氏物語』であることはもちろんである。いずれの作品においても『源氏物語』の影響箇所は容易に指摘することができる。それは時に露骨かつ執拗なまでに表われる。中世王朝物語群が『源氏物語』の模倣、あるいは亜流として低い評価しか与えられて来なかった所以もそこにある。しかし、そういった『源氏物語』世界の再現・再生産は、当時の物語享受者の好みや要求を反映したものであって、必ずしも作者の没個性・独創性のなさばかりがその理由ではあるまい。中世の物語作者たちは、『源氏物語』の世界をさまざまな形で自作に取り入れることによって、読者を喜ばせようとしたのに違いない。そして、その取り込み方が巧みであれば、大いに読者の喝采を浴びたことであろうと思うのである。

もちろん、先行物語として中世王朝物語に積極的に取り込まれたのは『源氏物語』だけではない。たとえば

『狭衣物語』は『源氏物語』と並ぶ傑作として中世の読者たちに大いに愛好された。中世王朝物語の中には『源氏物語』よりも顕著な形で『狭衣物語』の影響が表われている作品もある。『あきぎり』などはその最たるものである。

『源氏』『狭衣』と並んで重要な影響作品として挙げられるのが『伊勢物語』である。すでに『源氏物語』の中にも大きな影響を与えたこの歌物語作品は、中世王朝物語においてもその影を色濃く落としているものが少なくない。私はこれまでにいくつかの物語について引歌表現を調査してきたが、その過程で『伊勢物語』の歌がいかにしばしば引用されているかを実感せざるを得なかった。

本稿では、中世王朝物語の中でも比較的成立の時代が下ると見られる『松陰中納言物語』(全五巻)を取り上げて、物語中に表われた『伊勢物語』の影響箇所について考察する。『伊勢物語』の引用と思われる箇所を出現順に挙げ、覚書風にコメントを加える。それによって、作者の先行物語摂取の方法の一面が明らかになればと思う。

なお、『松陰中納言物語』本文の引用は、市古貞次・三角洋一編『鎌倉時代物語集成』第五巻(平4 笠間書院)により、引用文の後に、括弧して該当ページ数と行数を記す。ただし、句読点や引用符など、一部表記を私見により改めた場合がある。『伊勢物語』本文の引用は、小学館「新編日本古典文学全集」本による。表現が一致ないし類似する箇所には、『松陰中納言物語』には実線で、『伊勢物語』には点線で、それぞれ私に傍線を付す。また、『古今集』以下歌集の引用ならびに歌番号はすべて『新編国歌大観』による。

一　第一（山の井〜ぬれぎぬ）

〔1〕「人をしづめて」（第一①「山の井」）

○人をしづめて、侍従御袖をひきて、「おさな君はそこにこそゐ給はんづれ。われもやがてかへりこん」とて、いれたてまつる。（五五・11）

藤内侍の寝所に乳母の侍従が山の井中納言を手引する場面である。「人をしづめて」とは、人々が寝静まるのを待っての意。この表現は、『伊勢物語』第六九段に、

女、人をしづめて、子一《ねひと》つばかりに、男のもとに来たりけり。…（中略）…
野に歩《あり》けど、心はそらにて、今宵だに人しづめて、いととくあはむと思ふに、…

とあるのを意識したものと見られる。『後撰集』巻六・秋中・三三四に、「秋の夜は人をしづめてつれづれとかきなすことのねにぞなきぬる」（よみ人しらず）とあり、『源氏物語』夕顔巻にも、「夜深きほどに、人をしづめて出で入りなどしたまへば」云々（新編全集本・①一五三頁）とあって、特に珍しい言い回しとは言えないが、有名章段に見える印象的な表現なので、『伊勢物語』を踏まえた表現と認めてよいと思われる。なお、同じ表現が〔11〕にも再出する。

〔2〕「**藤のしなひ**」（第一②「藤のえん」）

○その松に藤のしなひの、世にためしなうながう咲かゝり、色ことなるが有けり。（五六・12）

「松陰中納言」の異名の由来となった松陰邸の庭の池のほとりの松に咲きかかった藤のさま。ここに帝の行幸を得て藤花の宴が催されることになった。このあたりの描写は、『伊勢物語』第一〇一段の、

その花のなかに、あやしき藤の花ありけり。花のしなひ、三尺六寸ばかりなむありける。

を意識したものと見られる。『枕草子』「木の花は」の段に、「藤の花は、しなひ長く、色濃く咲きたる、いとめでたし」（新編全集本・第三五段）とあるように、藤の花房を「しなひ」というのは常套表現だが、その長さを強調した表現が類似しているので、これの引用と見る。

〔3〕「**みたらしのみそぎ**」「**ありはら也けるおとこ**」「**身もほろびなん**」（第一③「ぬれぎぬ」）

○また少将の君は、大納言のみむすめのみたらし川にみそぎし給ふをかいま見給ひて、

いかにせんうき俤をみたらしのみそぎを神のうけぬためしに

とよみをくられしを、…（中略）…

「さればよ、うき恋のためしには、ありはら也けるおとこのたえ入し思ひも身にしられてこそ。かくばかりうき名のたちやすき物とはかけても思はざりき」とて、…（中略）…

右馬頭の「さしたることもあらざるに、おほけなき事をこそ。身もほろびなん」とおもひ給へるけしきを見給

ふて、…（六〇・3〜14）

竹川少将がぬれぎぬ事件の陰謀に加わった理由を述べた場面。ここでは集中的に『伊勢物語』の引用が見られる。まず、少将が松陰大納言の娘に贈った「いかにせん」の歌は、第六五段の、

恋せじとみたらし河にせしみそぎ神はうけずもなりにけるかな

を本歌としたものである。この歌は、『古今集』巻十一・恋一・五〇一にも「読人しらず」として載るが、後に「ありはら也けるおとこのたえ入し思ひも」云々とあることから、『伊勢物語』を念頭に置いていると考えられる。その「ありはら也けるおとこ」の語は、同じ第六五段に、

殿上にさぶらひける在原なりける男の、まだいと若かりけるを、この女あひしりたりけり。

とあるのを引いたものだが、続く「たえ入し思ひ」は、第六五段ではなく、第四〇段に、

男、泣く泣くよめる。

いでていなばたれか別れのかたからむありしにまさる今日は悲しも

とよみて絶え入りにけり。親あわてにけり。なほ思ひてこそいひしか、いとかくしもあらじと思ふに、真実《しんじち》に絶え入りにければ、まどひて願《ぐわん》立てけり。今日のいりはひばかりに絶え入りて、またの日の戌《いぬ》の時ばかりになむ、からうじていきいでたりける。

などとあるのをさすものと思われる。そして、その後に「身もほろびなん」とあるのは、竹川少将の告白を聞いた右馬頭の心中表現の一部だが、これは第六五段に、

女、「いとかたはなり。身も亡びなむ、かくなせそ」といひければ、

とあるのを意識したものと考えられる。このあたり、『伊勢物語』の表現が第六五段を中心に自在に引用されていることが知られる。

〔4〕「**千夜を一夜になせりとも**」（同）

○都の御名残のつきさせ給ふまじき事なりければ、千夜を一夜になせりとも、明ゆく空はうらめしからまし。（六四・7）

配所へ旅立つ松陰大納言の心中を忖度した草子地。「千夜を一夜になせりとも」というのは、『伊勢物語』第二二段の、

秋の夜の千夜を一夜になせりともことば残りてとりや鳴きなむ

の歌を踏まえた引歌表現である。

〔5〕「**さらぬわかれ**」（同）

○御かたちのいとちいさうなるまゝに、やがて霧にうづもれたまへば、さらぬわかれの御心地ぞし給へる。（六五・1）

配所隠岐嶋へと旅立って行く松陰大納言を楼の上から見送る藤内侍の心境を述べた箇所である。この「さらぬわかれの御心地」というのは、『伊勢物語』第八四段に、

老いぬればさらぬ別れのありといへばいよいよ見まくほしき君かな

かの子、いたううち泣きてよめる。

世の中にさらぬ別れのなくもがな千夜もといのる人の子のため

とある贈答に出てくる言葉で、「さらぬ別れ」とは死別をさす。この贈答は、『古今集』巻十七・雑上・九〇〇～九〇一にも「業平朝臣のははのみこ」と業平の歌として載っている。

〔6〕**「うづらなくらむ野辺」**（同）

○まだきしぐれの程もしらるゝいなり山の紅葉、うづらなくらむ野辺もあとになりて、ふしみのさとにとゞませ給へり。（六五・2）

先の〔5〕に続く文である。ここからは配所へ赴く松陰大納言の道中を記した、和歌的文飾に富んだ道行文になっている。言うまでもなく「うづらなくらむ野辺」とは深草の里をさし、『伊勢物語』第一二三段にある「深草にすみける女」の歌、

野とならばうづらとなりて鳴きをらむかりにだにやは君は来ざらむ

によっている。『古今集』では、巻十八・雑下・九七二に「よみ人しらず」として載る。もっとも、「野辺」の語を重視すれば、この歌を本歌として詠まれた俊成の自讃歌「夕されば野べのあきかぜ身にしみてうづら鳴くなりふか草のさと」（『千載集』巻四・秋上・二五九）の方を直接には意識しているのかも知れない。

〔7〕「かきくらす心のやみ」（同）

○淀のわたりをしたまふに、朝霧のいとふかく立わたりて都の山も見えわかねば、行さきとをき旅の空をおぼしやらせたまひて、

かきくらす心のやみにたちそひて行衛にまよふ淀の川霧（六五・5）

同じ道行文の一節である。この歌の表現は、『伊勢物語』第六九段の昔男の歌、

かきくらす心のやみにまどひにき夢うつつとは今宵さだめよ

によっていると考えられる。同歌は、『古今集』巻十三・恋三・六四六に、末句を「世人さだめよ」として載る業平歌である。

二　第二（あづまの月〜車たがへ）

〔8〕「心つく」（第二④「あづまの月」）

○いとらうたげに、御心ざまのゆうにおはしましければ、よばふ人あまたありけれども、あづまの人にみせんはいとほゐなき事におぼして、玉だれのうちにのみ過したまひけるを、右衛門のかみに心つけたまひけれども、「打いでん事もいかゞおぼすらん」とおもひ過し給ひけるに、（六七・5）

第二④「あづまの月」の章には、『伊勢物語』のいわゆる東国章段（第一〇段〜第一五段）からの引用が目立つ。この場面は、下野（下総の誤か）守の北の方が養女としている前右馬頭の娘の結婚相手に松陰大納言の弟の右衛門督を考えていることを述べた部分である。「右衛門のかみに心つけたまひけれども」とあるのは、『伊勢物語』第一〇段に、

父はこと人にあはせむといひけるを、母なむあてなる人に心つけたりける。

とある箇所の表現を借りたものであろう。「よばふ人あまたありけれども、あづまの人にみせんはいとほゐなき事におぼして」、母親が都人に目を付けるという状況がまさに合致している。

〔9〕**「さがなきえびす心」**（同）

○いとはづかしげにひきかづき給へるを、「など月を見給はぬにや。あづまにはかたぶく影を見すつる事のあるや」との給はすれば、「さがなきえびす心も、月にはいとゞみえなむ物を」とほのかにのたまふも、おかしく聞ゆ。（六九・11）

右衛門督と前右馬頭の娘との逢瀬の場面である。恥じらった女が、東国育ちの自分の心を「さがなきえびす心」と卑下している。この語は、『伊勢物語』第一五段に、

女、かぎりなくめでたしと思へど、さるさがなきえびす心を見ては、いかがはせんは。

とある表現によっている。これも東国章段の一つで、陸奥国の「なでふことなき人の妻《め》」の心をさして言ったものである。

〈10〉「めぐりあふべき空」（同）

○御かへし、

名残あるこよひの月にたぐへつゝめぐりあふべき空なわすれそ（六九・16）

先の場面で、夜明け近くに右衛門督が詠んだ歌への女の返歌である。この歌は、やはり『伊勢物語』の東国章段の一つ、第一一段の、

忘るなよほどは雲居になりぬとも空ゆく月のめぐりあふまで

の歌を踏まえたものと考えられる。〈13〉にも同様の例がある。なお、この歌は『拾遺集』巻八・雑上・四七〇に橘忠幹の歌として載っているが、この前後に東国章段の言葉が多く引かれていることから、『伊勢物語』の引用と見るべきだと思われる。

〈11〉「人をしづめて」（同）

○「あひみての後こそ物はかなしけれ人めをつゝむ心ならひにこよひはいとゝく人をしづめて」と有けれども、いかにせんとも思ひわき給はず。（七〇・7）

右衛門督が琴の緒に結び付けて女に恋文を送った場面である。先の〈1〉と同様、「人をしづめて」の語は『伊勢物語』第六九段に出る言葉を意識したものである。特にここでは、

今宵だに人しづめて、いととくあはむと思ふに、

云々の記事を念頭に置いていると考えられる。

〔12〕「**よろこぼひて**」（同）

○「この絵はおもしろふ書なしたれば、とのに見せさせ給へ。さもあらばちいさきいぬをたまひぬべけれ」とうちえませ給へば、よろこぼひて、（七〇・10）

女が幼い弟を文使いとして右衛門督に扇に書いた歌を届けようとする場面である。ここに出てくる「よろこぼひて」の語は、『伊勢物語』の東国章段の中の第一四段に、

男、京へなむまかるとて、

栗原のあねはの松の人ならばみやこのつとにいざといはましを

といへりければ、よろこぼひて、「思ひけらし」とぞいひをりける。

とある表現を引いたものと見られる。「よろこぼふ」は、「喜ぶ」の未然形に継続の意の接尾語「ふ」が付いた「喜ばふ」の転と言うが、他の王朝文学作品に所見のない特異な語である。『松陰中納言物語』の作者はわりにこれを好んだらしく、後出の〔23〕でも用いている。

〔13〕「**めぐりあはんほど**」「**わするなよ**」（第二⑤「あしの屋」）

○中将、

めぐりあはんほどはいつともしら波のあはれをかけよ行末の空

つゐにほゐとげ給はざりしかなしさを、人しれずの給はす。少将、

わするなよ雲の浪路はへだつとももとともにみし夜の月とおもはゞ（七三・9）

父の流謫に連座する形で須磨に蟄居することになった松陰中将と、鳥羽まで見送りに来た山の井少将との贈答である。この両歌には、先の〔10〕と同様、『伊勢物語』第一一段の、

忘るなよほどは雲居になりぬとも空ゆく月のめぐりあふまで

の歌が本歌として踏まえられていると考えられる。「つゐにほゐとげ給はざりしかなしさ」とは、山の井少将の同腹の妹に対する松陰中将の恋心がかなわなかったことをさす。

〔14〕「しぞうの官人」（同）

○北の方は、かくひきわけ給へるを、なをねたましくおぼして、はりまのくにのしぞうの官人に、ゆかりのおはしけるがまいりけるに、（七五・10）

山の井中納言の北の方が、芦屋に住む美しい継娘（山の井少将の同腹の妹）を憎む余りに、播磨国の祗承の官人に盗ませようと企む場面である。「祗承の官人」と言えば、『伊勢物語』第六〇段に、

この男、宇佐の使にていきけるに、ある国の祗承の官人の妻《め》にてなむあると聞きて、

云々とあるのが思い出される。状況に特に類似点があるわけではないが、継子を落ちぶれさせる目的で盗み出す

役を担わせるにあたって、落ちぶれて祗承の官人の妻になったというこの話が連想されて、「祗承の官人」が設定されたのであろう。

〔15〕「ひとりのみはあらざる物を」（第二⑥「車たがへ」）

○「君のつれぐ〵ならんをみるだにうたてけれ。中納言はせちに思ひたまへらるゝとはきゝつれども、ひとりのみはあらざる物を、宰相中将はいとたのもしきかたもあるらんなれば、それをこそおもひつけつれ。まづゆきたまふて、心ざしのほどもきゝ給ふて、暮つかた御むかへにわたり給へ」（八二・8）

藤内侍に恋慕する宰相の中将と通じた女房少納言が内侍の連れ出しを画策する気配を察した頭の中将が、逆に少納言を欺いて車たがえを図る場面である。ここで、宰相の中将のライバルである山の井中納言が独身ではないことをさして「ひとりのみはあらざる物を」と言っている。この表現は、明らかに、『伊勢物語』第二段で、西の京に住む女について、

その女、世人《よひと》にはまされりけり。その人、かたちよりは心なむまさりたりける。ひとりのみもあらざりけらし。

と言っているのを借りたものである。山の井中納言には、芦屋の姫君を虐待した嫉妬深い北の方がいたのである。

三　第三（むもれ水〜ねの日）

〔16〕**「ついぢのくづれ」**（第三⑦「むもれ水」）

○少将に「立よるべき所のあなれば、有つるやうにもてなし給へ」とて、頭中将、田鶴君ばかりを具し給ふて、ついぢのくづれよりいらせ給へり。（八六・14）

竹川少将邸を訪れた春宮が、ひそかに松陰邸に移る場面である。ここで、「ついぢのくづれ」から入ったというのは、言うまでもなく、『伊勢物語』第五段に、

みそかなる所なれば、かどよりもえ入らで、わらはべの踏みあけたるついひぢの崩れより通ひけり。

とある場面を踏まえた設定である。あるじなき松陰邸の荒れた様子を表現したものだろう。

〔17〕**「あばらなるいたじき」「おきもせずねもし給はぬ」**（第三⑧「文あはせ」）

○御心よせの治部のつぼねまいりて、「おまへに人あまたさぶらふなれば、しづめてこそ御むかへにまいりさぶらはめ。そのほどはこれに」とて、あばらなるいたじきに、ふりたるしとねをしきてまいらす。そのほどいと久しかりければ、

むぐらふの庭にたもとをかたしきて露にはぬるゝ君をおもへば

とうちながめさせたまへるに、「人をこそしづめさぶらへ。御道しるべを」とて、御袖をとりて、かうらんの

もとにたゝせたてまつる。「かなたへまはりて、つま戸をはなちてん」とてゆく。戸のすきまよりのぞき給へば、ともし火かすかに木丁のほかにみえて、おきもせずねもし給はぬ御けはひのいとあてやかにみえ給ひぬ。
（九一・5）

車たがえ事件で老女房侍従を邸に留めていることを春宮にからかわれたのを紛らわすために宰相の中将が語った話で、前斎宮に懸想していた左兵衛督が、心寄せの女房治部の局の手引で逢瀬を設定してもらう場面である。案内された「あばらなるいたじき」というのは、『伊勢物語』第四段の、

うち泣きて、あばらなる板敷に、月のかたぶくまでふせりて、去年を思ひいでてよめる。

という件《くだり》の表現を利用したもの。そして、「おきもせずねもし給はぬ御けはひ」の部分は、第二段の、

おきもせず寝もせで夜を明かしては春のものとてながめくらしつ

という歌を引歌とした表現である（この歌、『古今集』では、巻十三・恋三・六一六に業平の歌として載る）。さらに言えば、左兵衛督が詠んだ「むぐらふの」の歌は、第三段の、

思ひあらばむぐらの宿に寝もしなむひじきものには袖をしつつも

の歌の用語を意識して使ったもののようにも思える。また、〔1〕と〔11〕で扱った「人をしづめて」の語がここにも使われていることも注目される。「あばらなるいたじき」に関して言えば、この後にも、「あばらなる板まよりしらみそめて」（九二・2）という表現がある。結局、この治部の局は狐が化けたものであって、左兵衛督はまんまと騙されたのであったという。『源氏物語』蓬生の巻に想を得て作られたとおぼしい中世王朝物語『別本八重葎』を連想させる話である。

〔18〕「みつといひつゝ七とせばかり」（第三⑨「おきの嶋」）

○むつきたちしより、いかめしき事のみありつる物をして、我御よはひをゆびおらせ給へるに、みつといひつゝ七とせばかりの春をゝくりつるに、かばかりいとまありつる事こそなかりつれ。（九五・10）

隠岐嶋で流謫の生活を送る松陰大納言が、新年を迎えて、これほど暇のある正月は今までになかったと感慨に耽ける場面である。この「みつといひつゝ七とせばかり」という言い方は、『伊勢物語』第一六段に載る紀有常の歌、

手を折りてあひ見しことをかぞふれば十といひつつ四つは経にけり

を意識したものである。「十といひつつ四つは経にけり」は、通常、十年を四回繰り返し、四十年が経過したことを意味すると解されているが、ここの「みつといひつゝ七とせばかりの春をゝくりつる」は、時間の経過ではなくて松陰大納言の年齢を言ったものである。「みつといひつゝ七とせ」を三年を七回繰り返したの意とすると、三×七で二十一歳になったということになるが、それでは、成人した子を持つ松陰大納言の年齢にしては若過ぎる。したがって、「みつ」を三十歳の意とし、それに「七とせ」を加えて三十七歳になったことを意味するという考え方（神野藤昭夫氏「松陰中納言物語」『体系物語文学史』第五巻）の方がよさそうである。『伊勢物語』の「十といひつつ四つ」を、十プラス四で十四年と解する説も古来あるので、その理解に従えば、ここも三十プラス七で三十七ということになる。ただし、三十歳を「みつ」と言うのは不審で、「みそ」あるいは「みそぢ」とあるべきであろう。あるいは誤写があるのかも知れない。

〔19〕**「みるをとりて、かしはの葉にもりて」**（同）

○名残の浪にうちよせるける《ママ》みるをとりて、かしはの葉にもりて浦人のまいらせけるを、あざりのもとへをくらせ給ひて、

ながれよるかたもあら南うきみるの物おもふ身にうきをみよとて（九九・6）

五月雨の頃、配所の松陰大納言は、阿闍梨の訪れも間遠になって、心の晴れ間がない。そんな折、浦人が海松を柏の葉に盛って献上してきたので、大納言は来訪を促す歌を添えて阿闍梨のもとへ贈ったという場面である。海松と柏の取り合わせと言えば、『伊勢物語』第八七段に、

その夜、南の風吹きて、浪いと高し。つとめて、その家の女《め》の子どもいでて、浮き海松《みる》の浪に寄せられたるひろひて、家の内にもて来ぬ。女方より、その梅松を高坏にもりて、かしはをおほひていだしたる、かしはにかけり。

という記述がある。これは津の国芦屋の里でのことであって、舞台も状況も異なるが、『伊勢物語』の場面をそれとなく巧みに引用した表現と言ってよいであろう。

四　第四（うゐかぶり〜やまぶき）

〔20〕**「まだ何ごとをもかたらはぬに」**（第四⑮「やまぶき」）

○さらぬだに春の夜の明やすかるべきに、あかつきちかき程なりければ、まだ仍《何》ごとをもかたらはぬに、みすの

ひま〱しらみあひければ、中将、

よこ雲の嶺にわかるゝ名残とてしほるゝ袖に有明の月

返し、

うつゝとも夢ともわかぬわかれ路は袖にやどらぬ有明の月（一二四・7）

今は成人して三位の中将になっている松陰大納言の子息田鶴君が、女院御所で行なわれた舟遊びの折に舟の中から山吹の花を所望した女と契った場面である。夢のような逢瀬であったが、はかなく暁近くになった。「まだ何ごとをもかたらはぬに」というのは、春の夜の短さを強調した表現であるが、これは『伊勢物語』第六九段に、

男、いとうれしくて、わが寝《ぬ》る所に率《ゐ》て入りて、子一《ねひと》つより丑三《うしみ》つまであるに、まだ何ごとも語らはぬにかへりにけり。

とある部分の引用である。三位の中将はまさしく斎宮と夢のような時間を過ごした昔男と同様な心境だったということであろう。そして、女が男に返した歌に「うつゝとも夢ともわかぬ」とあるのは、同じ段で斎宮が詠んだ、

君や来《こ》しわれやゆきけむおもほえず夢かうつつか寝てかさめてか

の歌と表現が類似している。これも意識されているのであろう。

五　第五（花のうてな〜宇治川）

〔21〕**「さゝげ物、山のうごき出たらんやうに」**（第五⑯「花のうてな」）

○そのほかのさゝげ物、山のうごき出たらんやうに見ゆるに、（一二八・8）

松陰内大臣（帰京後、大納言から内大臣兼右大将に昇進）が僧都（隠岐嶋の阿闍梨）のために造営した御堂の落成記念に催された法華八講の場面。弘徽殿女御や女院も列席して行なわれ、多くの捧げ物が提出されたので、まるで山が動き出したように見えたと言う。この「さゝげ物、山のうごき出たらんやうに見ゆる」という表現は、『伊勢物語』第七七段に描かれた文徳女御多賀幾子の法要の場面に、

人々ささげ物奉りけり。奉り集めたる物、千ささげばかりあり。そこばくのささげ物を木の枝につけて、堂の前に立てたれば、山もさらに堂の前に動きいでたるやうになむ見えける。

とある部分を引用したものである。同じ盛大な仏事の場面であり、「堂」や「さゝげ物」の語が共通することから、『伊勢物語』のこの段に連想が及び、印象的な比喩表現を借りたのであろう。先の第八七段を踏まえた表現の例〔19〕などと同様、その引用はなかなか巧みで、相当『伊勢物語』に親しんだ人物の所為と思わざるを得ない。

〔22〕**「都鳥にも事とひて」**（同）

○「とをきあづまのはてまでも、おもかげばかりのさそはれてこそさぶらへ。此世にだにもあらましかば、都鳥にも事とひてなぐさまめ」とて打なかせ給へば、（一二九・17）

左遷先の東国から帰京した按察使（もとの山の井中納言）を自邸に招いた松陰内大臣が、消息不明の娘（芦屋の姫君、実は松陰の子息右大将の妻になっている）の安否がさぞ気になっていることでしょうと言ったのに答えた場面。

「遠い東国にいても娘の面影はいつも目の前にちらついていた。せめて生きていてくれさえしたら、都鳥にでも安否を尋ねて心を慰めるのですが」と言っている。この「都鳥にも事とひて」のフレーズは言うまでもなく『伊勢物語』第九段の、

名にしおはばいざ言問《こと と》はむみやこどりわが思ふ人はありやなしやと

の歌を引いたものである。『古今集』では、巻九・羇旅・四一一に業平の歌として載る。東国にあって遠く離れて行方の知れない娘の安否を気遣う按察使の思いは、隅田川で「わが思ふ人はありやなしや」と都鳥に尋ねた昔男の心境にまさにぴったりだったのである。

〔23〕「**よろこぼひて**」（第五⑱「宇治川」）

○やがてめされければ、よろこぼひてまいり給ひぬ。（一四〇・4）

山吹の女に付き添っていた母親の尼君が、昔親しく仕えていた二位殿（藤内侍）が召している由を告げられ、喜んで参上したという場面。その隙に三位中将（田鶴君）は山吹の女との再会を果たす。ここで用いられている「よろこぼひて」の語は、すでに〔12〕にもあった通り、『伊勢物語』第一四段の用語である。ここの舞台は東国ではなく宇治であるが、幼い童君の提案した計略にまんまと乗せられた尼君のさまをやや揶揄的に表現したものと考えられる。

〔24〕「あねはの松」（同）

○「けふ君のふるさとへおもはずまかりてさぶらへ。あねはの松をこそ」とのたまはすれば、（一四六・7）

入水を図った山吹の女を偶然助けて自邸に住ませている三位の中将が、彼女と側近の侍女弁の君とを再会させる場面である。「あねはの松をこそ」というのは、同じ『伊勢物語』第一四段に載る、

栗原のあねはの松の人ならばみやこのつとにいざといはましを

の歌を踏まえた表現と見られる。下の句の意味を取って、山吹の女の古里である宇治から弁の君を都への土産に連れて来たと言っているのであろう。この歌は『古今集』巻二十・東歌・一〇九〇では、初二句が「をぐろさきみつのこじまの」となっているから、『伊勢物語』の方を引いているのは間違いない。「あねはの松」には、弁の君が山吹の女の後を追って入水して一緒に助けられた童君の姉であることをも響かせているのかも知れない。

おわりに

以上、全部で二十四箇所を指摘した。同じ表現を複数回にわたって引用している例もあれば、一箇所にいくつもの表現をたたみかけるように引用している例もある。かくのごとく『松陰中納言物語』には『伊勢物語』の引用が際立って多く見られるのであり、その手際にはなかなか見事と言ってよいものがある。改めて、作者は『源氏物語』に劣らず『伊勢物語』を愛好していた人物だと思われるのである。

『伊香物語』と紫式部伝説

はじめに――『伊香物語』のあらすじ

『伊香《いかご》物語』は、『今昔物語集』巻十六第十八話に載る観音霊験譚「石山の観音、人を利せむがために和歌の末を付けたる語」に取材した室町時代物語の一作品である。ややなじみの薄い作品なので、はじめにおおよその梗概を記すと、次の通りである。(1)(2)

どの帝の御代であったか、近江の国伊香郡の郡司に「いみじうゆたけき者」があった。その妻は容貌の美しさが比類ないばかりか、心やさしく情があって、風流心も豊かで、あらゆる才に秀でていたので、そのあたりの男で思いをかけない者はなかったが、貞操堅固でいささかもうわついたそぶりを見せることはなかった。

その国の国司がそのことを聞いて、なんとかしてその妻を得たいと思い、謀りごとをたくらんだ。国司は郡司を館に呼んで酒肴を振る舞い、酔わせた上で、国司の言には必ず従うとの言質を取る。そして、勝負をして、自分が負けたら所領の半分を分け与えよう、もし勝ったら「よきもあしきも知らね、汝が妻を我に得さすべし」と持ちかける。国司は文机から硯を取り寄せ、何やら書いて文箱に入れて厳重に封印し、「この内には和歌の本なん書きてあるぞ。この末を同じ心に詠み合はせよ。汝が家に持て帰り、開かずして、これに添え、七日といふに持て参るべし」と言う。すなわち、今歌の上の句を書いて文箱に封印した、この下の句を七日以内に作って持って来い、もしうまく続いたらただちに国を分け与えよう、そうでなければ妻を寄こせというのである。郡司はあまりの難題に呆然として泣く泣く家路につく。

家では妻が夫の帰りが遅いのを案じて琴を弾いたり歌を詠んだりして待っている。夜半過ぎに帰った夫がものも言わずさめざめと泣くのを見て、怪しんで理由を問う。事の次第を聞いた妻は、このような難題は人の心をもって思い巡らしても甲斐はない、仏菩薩、とりわけ大悲観世音の力に頼るべしと提案し、「この国の内にまします石山寺の観世音こそ殊に霊験いちじるし。まことにもて頼み給へ」と勧める。そこで夫は、その日から精進し、三日目の早朝に出発して石山寺に参詣し、一心に祈りつつ、その夜は内陣に泊まる。ところが仏の告げがないばかりか、国司に襲われて妻を奪い取られ、ひどくさいなまれる夢を見る始末。落胆して堂を下り帰路につく。

さて楼門にさしかかったところで、郡司は、三、四人の供の女を連れて参詣する「いとけだかき上臈の、面は白く光るやうにて、まみのあたりうちけぶりたる」女に出会う。何を嘆くかと問われた郡司は、ためらった末に事情を打ち明ける。すると女はするすると男のもとへ近づいて、「それぱかりのことはいとやすかりけるものを。とく語らざりける人かな。その和歌の末は、『みるめもなきに人の恋しき』と言ひやるべし」と言った。大いに喜んだ郡司は名を問うたが、女ははっきりと答えず、堂の方へと歩み去る。

こうして郡司は、これはまさしく観世音菩薩が助けて下さったのだと感謝しつつ、かの歌を口ずさみながら帰宅する。待ち迎えた妻も話を聞いて大喜びである。郡司は教えられた下の句を紙に書き、包んで封をした。

さて、七日目の夕方、国司の館に参ると、衆人環視のもと文箱が開けられた。取り出された上の句が「近江なる伊香の海のいかなれば」と高々と吟じられ、続いて下の句が「みるめもなきに人の恋しき」と読み上げられると、見事な恋歌が出来上がった。

驚いた国司がどうして思い至ったのかとしきりに問い責めるので、郡司は観音の教えに従ったことを白状する。しかし国司は武士に二言はないと約束通り半国を与え、郡司は末永く栄えたという。最後は和歌の徳、仏道信心の尊さを讃える言葉で結ばれる。

一　下の句を教えた女の素姓は誰か

さて、以上のごとくで、筋は『今昔物語集』の話とまったく一致するのであるが、本作品では観音霊験譚の枠組みの中で和歌の徳をも強調しており、同時に理想的な妻の像をも鮮明に描いている。また、人妻に横恋慕して謀りごとを巡らした国司であったが、潔く負けを認めて最大限に尽くすところには好感が持てる。かように人物描写が豊かである上に、文章も装飾的な美文調で、引歌や典拠を踏まえた表現も多く、『今昔物語集』の文章からすっかり脱して、なかなかすぐれた一編となっている。相当教養ある作者の手になる作品であろうと思われる。

ところで、この作品を読んで最も興味を惹かれるのは、郡司が和歌の下の句を教わった女に素姓を訊く場面である。原文には次のようにある。

「さるにても、君はいづこにおはする御方。御名をば何と申すぞ。承りてこそ重ねてよろこびも申さめ」と言へば、「武蔵野のゆかりの草もかりそめの名なれば、いかでそれとうち出でん。折節は御堂の東のつまに住むぞ。よくこそ問ひける」とうち笑み給ふ顔の光、衣の匂ひ、移るばかりにかうばしくて、堂の方へ歩み給ひしが、立ち隔たる朝霧に隠れて見失ひぬ。

「それにしても、あなたはどちらにいらっしゃるお方なのですか。お名前は何とおしゃいますか。それをお聞きして改めて御礼も申し上げたいのです」と郡司が言うと、女は、「武蔵野のゆかりの名を持っておりますが、それも仮りの名ですから、どうしてそれと口にできましょう。時々はこの石山寺の御堂の東の端に住んでおります。よくぞ尋ねて下さった」と、何やら謎めいた返事をしてうち笑むのである。この部分、『今昔物語集』では、

これは観音の示したまふなりけりと思ひながら、「君はいづこにおはする人にか。いかでかこの喜びは申し尽すべき」といへば、女房、「いさや、われをば誰とかいはむ。思ひ出でてうれしくこそは」とて寺の方《かた》へ歩び去りぬ。

とあって、やはり女は名のらないが、自分は石山観音の化身であることをほのめかしているように読める。そして、武蔵野のゆかりの草も」云々および、「折節は御堂の東のつまに」云々の言葉はこちらにはなく、『伊香物語』のオリジナルであることがわかる。

「武蔵野のゆかりの草」とは何か。それはおそらく『古今集』巻十七・雑上・八六七に題しらず・よみ人しらずで載る「紫のひともとゆゑにむさしの の草はみながらあはれとぞ見る」の歌によった表現で、紫草をさすものと思われる。女はかりそめに紫草の名を持つと言っているのである。紫草は歌句のごとく「紫」と称するから、この女の名は「紫」なのである。そして彼女は、「折節は御堂の東のつまに住む」という。石山寺の本堂の東の端と言えば、紫式部が籠って『源氏物語』の着想を得たと伝えられる有名な「源氏の間」のあるあたりである

（正確には東南の端であるが）。

つまり、女は、自分は紫式部であると言っているのである。しかしその名はかりそめの名であるから口にはしたくないと言う。これは紫式部が実は観音の化身であるという発想に基づくものにほかならないであろう。そして、時々は石山寺に住んでいるというのは、「源氏の間」が残されているように『源氏物語』の執筆が石山寺においてなされたという伝承によっているわけである。

二　紫式部観音化身説と石山寺参籠伝説

紫式部が観音の化身であるとする説は、早く平安末期成立の『今鏡』打聞第十「作り物語の行方」に、

女の御身にて、さばかりのことを作り給へるは、ただ人にはおはせぬやうもや侍らむ。妙音・観音など申すやむごとなき聖たちの女になり給ひて、法《のり》を説きてこそ、人を導き給ふなれ。(3)

とあって、紫式部堕地獄説に対する反論という形で、女の身であれほどの物語を書いたのは常人ではないからで、妙音菩薩や観音菩薩などが女に姿を変えて現れ、仏法を説いて人を導いているのだと言っている。以後、紫式部観音化身説は中世の『源氏物語』注釈書類においてしばしば言及され、たとえば、『源中最秘抄』下巻には、

あるいは石山の観音の御誓ひにて作り出だしたりとも言へり。あるいは作者観音の化身とも云へり。(4)

とあり、また南北朝期の四辻善成著『河海抄』巻一「料簡」にも、

あるいはまた作者観音化身なりと云々。(5)

という説を記している。

紫式部の石山寺参籠伝説も、中世以来広く流布していた。代表的なものとしては、同じ『河海抄』巻一「料

簡」の冒頭に、

この物語のおこりに説々ありといへども、西宮左大臣安和二年大宰権帥に左遷せられ給ひしかば、藤式部幼くより馴れ奉りて思ひ嘆きける比、大斎院選子内親王 村上女十宮より上東門院へ「めづらかなる草子や侍る」と尋ね申させ給ひけるに、『宇津保』『竹取』やうの古物語は目馴れたれば新しく作り出だして奉るべきよし式部に仰せられければ、石山寺に通夜してこの事を祈り申しけるに、折しも八月十五夜の月湖水に映りて、心の澄みわたるまゝに物語の風情空に浮かびけるを、忘れぬさきにとて、仏前にありける大般若の料紙を本尊に申し受けて、まづ須磨・明石の両巻を書きはじめけり。これによりて須磨の巻に、「今宵は十五夜なりけりと思し出でて」とは侍るとかや。のちに罪障懺悔のために般若一部六百巻をみづから書きて奉納しける、今にかの寺にありと云々。

とある記事がよく知られている。『源氏大鏡』上巻冒頭にも同様の伝えが記されており、『石山寺縁起』にも観音化身説を伴って載せられている。室町時代物語では『紫式部の巻』（別名『石山物語』）にも取り込まれていて、さらには近世の絵草子『新板紫式部』にも見えることが伊井春樹氏によって紹介されている。(6)

三　石山観音の化身となった紫式部

この紫式部観音化身説と石山参籠伝説が合体すると、当然ながら、紫式部は石山観音そのものの化身であるとする伝承が形成されるわけである。そういう伝承がいつ頃起こったかは明らかでないが、慶長七年（一六〇二）成立の『源氏物語』注釈書『玉栄集』には、

何をわきまふることもなく、仏法をも心がけず、ただ五欲にのみ着して罪業深き人を、縁より引き入れて仏

道に入らしめんために、石山の観音、女人に生まれ紫式部となり、これを作り給ふ。(7)

とあって、明らかに紫式部を石山の観音の化身と見ている。また、これより早く、寛正五年(一四六四)以前の成立と見られる謡曲『源氏供養』の結語部分にも、

よくよく物を案ずるに、よくよく物を案ずるに、紫式部と申すは、かの石山の観世音、仮りにこの世に現れて、かかる源氏の物語、これも思へば夢の世と、人に知らせん御方便、げに有難き誓ひかな。思へば夢の浮橋も、夢の間の言葉なり。夢の間の言葉なり。(8)

とあり、室町中期の十五世紀中頃にはそういう理解があったことが知られる。同様の考え方は、延宝四年(一六七六)刊の近松門左衛門作とされる浄瑠璃『源氏供養』にも受け継がれている。

それでは、この『伊香物語』の成立時期はというと、『室町時代物語大成』第二巻(横山重・松本隆信編)の解題では「その文章には近世風の色合が感じられる」とされているが、近世初期まで下るものかどうかは明らかでない。中世末期の成立ではないかと思うが、いずれにせよ謡曲『源氏供養』のような理解に基づいて作られた設定と考えてよさそうである。

四　『伊香物語』の時代設定と『長谷寺霊験記』

ところで、本作品に出てくる紫式部は、石山観音の化身であるにしても、現にその時代を生きている女房紫式部として登場するのか、それとも歴史上名高い紫式部の姿を借りて観音が現れたに過ぎないのかということが気になるが、どうであろうか。つまり本作品の時代設定の問題である。

本作品の冒頭は、「いづれの御帝の御時にや」と、明らかに『源氏物語』桐壺の巻の起筆を意識した表現で始

まっているが、いつのことだとは明記していない。粉本となった『今昔物語集』の説話の冒頭も「今は昔、近江の国に伊香の郡の司なる男ありけり」とあるのみで、時代設定は明らかではない。しかし、私は、この作品は一条朝を念頭に置いて書かれたものであり、登場する紫式部は当時まさに生きていて、石山寺の御堂に籠っては『源氏物語』を執筆していた頃のこととして書かれていると見たいと思う。

　その根拠として挙げたいのは、やはり『今昔物語集』の説話と同想の話を載せる『長谷寺霊験記』第二十話の記事である。同話は相当簡略化された記述であり、男を郡司ではなく国の庁官としていること、また、かつて妻の母が信仰していた石山の観音が夢想により母に長谷の観音に帰依するよう勧めたことから夫婦でともに長谷寺に参詣したことになっているなど相違点も多いが、基本的には同内容の話であると言ってよい。ここでは冒頭が「一条院御宇ニ近江国ノ庁官源ノ雅基ト云ケル者、ミメ吉妻ヲ持タリケリ[9]」とあって、はっきりと一条天皇の御代のことだと書いている。また、長谷寺に参詣したのは、「長保二年ノ春ノ比」と年次まで明記しているのである。国司の名は「藤原ノ永頼」となっているが、実在の藤原永頼は貞嗣流尹文の息で、山井三位と号し、寛弘二年（一〇〇五）十月十日に出家して、同七年（一〇一〇）七月に没した（『尊卑分脈』）。『権記』長保二年（一〇〇〇）六月二十日の条に「近江介永頼朝臣」と見え、同書寛弘元年（一〇〇四）正月五日の条には、「近江守永頼」が仁寿殿造営の功で従三位に叙されたことが見えている。長保二年正月十七日に藤原輔正が近江守に任じている（『公卿補任』）から、永頼は正しくは介であるが、参議であった輔正はおそらく遥任で、事実上永頼が国司の役を務めていたものと思われる。なかなかしっかりした時代設定だと言えよう[10]。

　『伊香物語』の作者は『長谷寺霊験記』の記事により、この話を一条天皇の御代のことと理解し、石山観音の化身たる紫式部を現存人物として登場させることを考えついたのであろうと思う。紫式部石山参籠伝説の年次については『石山寺縁起』をはじめ諸書の伝えには記載がない。ただし、現在石山寺では何を根拠にしてかはわからないが寛弘元年のこととしている。[11]長保二年より四年後のこととなるが、いずれにせよ一条朝で、この頃紫式部が時々石山寺に籠って『源氏物語』を執筆しており、伊香郡の郡司に観音の霊験を伝えたという設定は読者を納得させることのできるものであったであろう。

おわりに

以上のように考えると、『伊香物語』の作者は、さまざまな紫式部伝説はもとより『長谷寺霊験記』などの関連説話にも通暁した人物であって、相当な知識人であったことは間違いない。紫式部を登場させながらあえて名のらせず、謎めいた言葉を発して立ち去らせたのは、読者に対して問いかけたクイズであったのであろう。「どうです、この女が誰だかおわかりかな」というわけである。市古貞次氏[12]はこの作品を「石山寺の霊験談、歌徳説話、解謎談」と規定されたが、謎解きという点に関してはこのような趣向も凝らされていることを見逃すべきではなかろうと思う。もっともこの謎は、わかる者にはわかるのだと最後まで種明かしがなされないので、ややもすると読者は謎かけの存在にも気づかないままになる可能性もあるわけである。

【注】

（1）『今昔物語集』の説話の表題および本文の引用はすべて佐藤謙三校注「角川文庫」『今昔物語集　本朝仏法部　下巻』（昭30　角川書店）による。

（2）『伊香物語』本文の引用はすべて『室町時代物語大成』第二巻（昭49　角川書店）所収本文による（底本は天理図書館蔵本）。ただし、清濁を示し、適宜句読点を改め、漢字をあてるなどの処理を加えた。
（3）引用は竹鼻績訳注「講談社学術文庫」『今鏡（下）全訳注』（昭59　講談社）による。
（4）引用は『源氏物語大成』第七巻（池田亀鑑著、昭31　中央公論社）による。ただし、清濁を示し、適宜句読点を施し、漢字をあてるなどの処理を加えた。
（5）『河海抄』本文の引用はすべて玉上琢彌編、山本利達・石田穣二校訂『紫明抄　河海抄』（昭43　角川書店）による。ただし、清濁を示し、適宜句読点を施し、漢字をあてるなどの処理を加えた。
（6）伊井春樹氏『源氏物語の伝説』（昭51　昭和出版）。なお、本稿の執筆に際しては同書の記事を参考にするところが多かったことを明記して学恩に感謝する次第である。
（7）引用は簗瀬一雄・伊井春樹編「碧冲洞叢書」第87輯『源語研究資料集』（昭44　私家版）による。ただし、清濁を示し、適宜句読点を施し、漢字をあてるなどの処理を加えた。
（8）引用は伊藤正義校注「新潮日本古典集成」『謡曲集　中』（昭61　新潮社）による。ただし、適宜句読点を施した。
（9）引用は永井義憲校「古典文庫」72『長谷寺験記（異本）』（昭28　古典文庫）による。
（10）なお、永正十一年（一五一四）成立の『雲玉和歌抄』（四四二〜四四三の連歌の詞書）にも類話が見えており、概ね『長谷寺霊験記』の記事に近いが、堀川院の時代とし、俊頼が登場するなど相違点もあり、また独自の伝えとなっている（徳田和夫氏『お伽草子研究』〈昭63　三弥井書店〉参照）。
（11）石山寺発行の小冊子『紫式部と石山寺』（改定版　平3）。
（12）市古貞次氏『中世小説の研究』（昭30　東京大学出版会）。

III　引歌表現考

『海人の刈藻』引歌考

はじめに

中世王朝物語は、完全な形でないものも含めて二十数作品が現存しているが、作者に関しても成立時期に関しても、明らかなものはほとんどない。外部資料による実証が不可能な場合は、内部徴証による推定に頼らざるを得ない。その際、着目される手掛りのひとつに作品中の引歌表現がある。引歌を検討することによって、物語の成立時期を推定したり、作者の和歌的好尚や教養のレベルを推測して作者像に迫ったりすることが可能な場合があるのである。

そうした物語のひとつ『海人の刈藻』については、『無名草子』が批評し、『拾遺百番歌合』や『風葉集』に採歌された古本が、その後、かなり筋に忠実で、かつ作中の和歌を総入れ替えする形で改作されたものとおぼしく、個々の引歌表現も古本の段階から存在したものか改作時に加えられたものかは判別し難い。しかしながら、現存本の引歌表現を精査することは、改作の時期や古本の作者あるいは改作者について考えるための何らかのヒントにはなることと思われる。
これまで本物語の引歌表現について詳しく調査された先行研究には、宮田和一郎氏（「海人のかるも」『国語・国文』第六巻第一〇号　昭11・10）と大橋千代子氏（「「あまのかるも」の引歌」『文学論叢』第三八号　昭43・3）の論考があり、『新古今集』以後の集に関しては、改作時期推定の立場からなされた樋口芳麻呂氏（『平安・鎌倉時代散逸物語の研究』昭57　ひたく書房）の考証がある。本稿は、三氏の研究の驥尾に付して、若干の追加や補正を加えつつ、現存本『海人の刈藻』の引歌表現を改めて調査し整理してみようとするものである。

一　散文部分の引歌表現

まず、散文部分における引歌表現と認められる箇所の本文を物語の巻序を追って掲げ、引歌と考えられる歌を示す。物語本文の引用は、『鎌倉時代物語集成』第一巻（市古貞次・三角洋一編　昭63　笠間書院）所収本により、引用文の下に当該ページ数（漢数字）と行数（算用数字）を示した。和歌の引用と歌番号はすべて『新編国歌大観』によった。

〈巻一〉

①もゝしきの大宮人もいとまある心ちして（一七五・2）

○新古今集・巻二・春下・一〇四

題しらず　　赤人

ももしきの大宮人はいとまあれや桜かざしてけふもくらしつ

（＝万葉集・巻十・一八八七・作者不記、下句「梅《ウメ》乎《ヲ》挿頭而《カザシテ》　此間《ココニ》集有《ツドヘリ》」）

※宮田・大橋・樋口氏指摘。

②いづれをも、御心のやみに、うつくしうみたてまつらせ給（一七五・11）

○後撰集・巻十五・雑一・一一〇二

太政大臣の、左大将にてすまひのかへりあるじし侍りける日、中将にてまかりて、ことをはりてこれかれまかりあかれけるに、やむごとなき人二三人ばかりとどめて、まらうどあるじさけあまたたびののち、ゑひにのりてこどものうへなど申しけるついでに　兼輔朝臣

人のおやの心はやみにあらねども子を思ふ道にまどひぬるかな

（＝大和物語・第四五段）

※親の子を思う盲目の愛情を表す「心の闇」の語は極めて慣用的な表現であるが、もともとはこの兼輔歌によったもの。以下、巻一⑥・⑩・⑪に三例重出。

③梅のたちえやしるかりつる（一七七・13）

○拾遺集・巻一・春・一五

冷泉院御屏風のゑに、梅の花ある家にまらうどきたる所　平兼盛

わがやどの梅のたちえや見えつらん思ひの外に君がきませる

※宮田・大橋氏指摘。

④世のうきめみえぬ山ぢも、たづね給べきひとふしにこそ侍らめ（一八五・17）

○古今集・巻十八・雑下・九五五

おなじもじなきうた　もののべのよしな

よのうきめ見えぬ山ぢへいらむにはおもふ人こそほだしなりけれ

※宮田・大橋氏指摘。巻一⑨に重出。

⑤三葉四葉のとのづくりに（一八八・11）

○古今集・仮名序・いはひうた

このとのはむべもとみけりさき草のみつばよつばにとのづくりせり

（＝催馬楽・呂歌・此殿）

※巻二㉒に重出。

⑥いとかなしく、御心のやみにおぼしなげく（一九一・17）

▽巻一②に同じ。

⑦あふぎの風にきりはれて（一九三・1）

○拾遺集・巻十七・雑秋・一〇八九

（天禄四年五月廿一日、円融院のみかど一品宮にわたらせ給ひて、らんごとらせ給ひけるまけわざを、七月七日にかの宮より内の大ばん所にたてまつられける扇

にはられて侍りけるうす物に、おりつけて侍りける）
元輔
天の河扇の風にきりはれてそらすみわたる鵲のはし
※宮田・大橋氏指摘。
⑧なれはまさらぬ（一九七・3）
○新古今集・巻十一・恋一・一〇五〇
（題しらず）
人麿
みかりするかりばのをののならしばのなれはまさらでこひぞまされる
（＝万葉集・巻十二・三〇六二・作者不記）
※宮田・大橋・樋口氏指摘。
⑨中納言のありさまは、いかなるみえぬ山ぢに思ひいり給はんも（一九八・4）
▽巻一④に同じ。
※宮田氏指摘。
⑩さても御心のやみにも（一九八・8）
▽巻一②に同じ。
⑪心のやみに、かうばかりもいひいでけりと（一九八・11）
▽巻一②に同じ。
※大橋氏は、金葉集（二度本）・巻九・雑上・五七一・平忠盛朝臣「おもひきやくもゐの月をよそに見てここ

ろのやみにまどふべしとは」を引歌とされるが、従い難い。
⑫神無月廿日ごろなれば、もみぢかつちり、おもしろき所〴〵御らんずるに（二〇〇・16）
○新古今集・巻五・秋下・四三七
和歌所にて、をのこども歌よみ侍りしに、ゆふべのし
かといふことを　藤原家隆朝臣
したもみぢかつ散る山の夕しぐれぬれてやひとり鹿のなくらむ
※樋口氏指摘。大橋氏は、後拾遺集・巻五・秋下・三六一・清原元輔「もみぢちるころなりけりな山ざとのことぞともなくそでのぬるるは」を引歌とされるが、「かつ散る」の語がなく、従い難い。
⑬しぐれのうへにあられるふるなり（二〇一・2）
○自讃歌・右衛門督通具・五六
冬の夜のね覚ならひしまきの屋の時雨のうへにあられふるなり
※これに付けられた「神な月とも知る人ぞしる」は典拠不明。即興の唱和か。
⑭たのもしきつゐのよるせには思べかりしかど（二〇四・4）
○古今集・巻十四・恋四・七〇七
返し　なりひらの朝臣
おほぬさと名にこそたてれながれてもつひによるせはありてふものを
（＝伊勢物語・第四七段）
⑮むかしは袖に（二〇五・15）

○新勅撰集・巻七・賀・四五六
題しらず　よみびとしらず
うれしさをむかしはそでにつつみけりこよひは身にもあまりぬるかな
※宮田・大橋・樋口氏指摘。巻四㉛に重出。

⑯かぎりあれば（二〇六・1）
○後拾遺集・巻十七・雑三・九七八
蔵人にてかうぶり給けるによめる　源経任
かぎりあればあまのはごろもぬぎかへておりぞわづらふくものかけはし
※宮田・大橋氏指摘。

〈巻二〉

⑰けふはちとせのかげもすみぬべく（二〇九・16）
○古今集・巻七・賀・三五六
よしみねのつねなりがよそぢの賀にむすめにかはりて
よみ侍りける　そせい法し
よろづ世を松にぞ君をいはひつるちとせのかげにすまむと思へば
※宮田・大橋氏指摘。

⑱さらでだにせこが衣のうらさびしく、ものがなしきに（二一五・7）

○古今集・巻四・秋上・一七一
題しらず　よみ人しらず
わがせこが衣のすそを吹返しうらめづらしき秋のはつ風
※宮田・大橋氏指摘。ただし、直接には、『源氏物語』篝火の巻に「初風涼しく吹き出でて、背子《せこ》が衣もうらさびしき心地したまふに」（「新編日本古典文学全集」本③二五六頁）云々とあるのによると思われる。
⑲中納言の、とりのねきこえぬ山みちもとめけんも、ことはりにこそ（二一六・17）
○新後撰集・巻九・釈教・六八一
久安百首歌に、釈教　大炊御門右大臣
世の中をいとふあまりに鳥の音もきこえぬ山のふもとにぞすむ
（＝久安百首・一八六）
または、次の歌を引くか。
○新続古今集・巻八・釈教・八四三
人人かは堂にて、勧学会おこなひける時、おなじ品、
入於深山　藤原仲実朝臣
鳥のねもきこえぬ山にきたれどもまことの道は猶とほきかな
（＝続詞花集・巻十・釈教・四四四）
※宮田氏が仲実歌を指摘。
⑳いとゞふるさと野とやなりなん（二一七・12）

○古今集・巻十八・雑下・九七一

深草のさとにすみ侍りて、京へまうでくとてそこなりける人によみておくりける　（なりひらの朝臣）

年をへてすみこしさとをいでていないばいとど深草のとやなりなむ

（＝伊勢物語・第一二三段）

※宮田氏指摘。

㉑かくて、をくりむかふるとしなみに（二二三・12）

○拾玉集・巻二・二六三六

身のうへにおくりむかふる年なみをかけても人のさとらぬぞうき

㉒二条までひろくついぢつかせて、三ば四ばの御とのづくり（二二四・1）

▽巻一⑤に同じ。

㉓水のしらなみ（二二五・4）

○古今集・巻十四・恋四・六八二

（題しらず）　よみ人しらず

いしま行く水の白浪立帰りかくこそは見めあかずもあるかな

※宮田氏指摘。大橋氏は、玉葉集・巻十五・雑二・二〇六五・赤染衛門「消えはてぬ雪かとぞみる谷川のいはまをわくる水のしら波」を引くとされるが、従い難い。巻三㊻・㊾に二箇所重出。

㉔みずもあらず、見もせぬ人の御ありさまに心をくだき給て（二三〇・1）

○古今集・巻十一・恋一・四七六

右近のむまばのひをりの日、むかひにたてたりけるくるまのしたすだれより女のかほのほのかに見えければ、よむでつかはしける　在原業平朝臣

見ずもあらず見もせぬ人のこひしくはあやなくけふやながめくらさむ

（＝伊勢物語・第九九段、大和物語・第一六六段）

※宮田・大橋氏指摘。

㉕たへぬは人の（二三二・1）

○後撰集・巻十二・恋四・八八二

みくしげどのにはじめてつかはしける　あつただの朝臣

けふそへにくれざらめやはとおもへどもたへぬは人の心なりけり

※宮田・樋口氏はともに、新千載集・巻十五・恋五・一六三八・前参議雅有「まれにてもあひ見ばとこそ思ひしにたえぬは人のうらみなりけり」を引歌とされるが、宰相の中将の後朝の文である点からも、「たへぬ」の仮名遣いからも敦忠歌の方がふさわしいと思われる。

㉖したのかよひはしり給はず（二三四・1）

○源氏物語・宿木・七〇九・薫

深からずうへは見ゆれど関川のしたのかよひはたゆるものかは

㉗わきかへる思ひに、そなたのかぜもなつかしくて（二三四・9）

○新千載集・巻十一・恋一・一〇三九
百首歌たてまつりし時、寄風恋　　二品法親王尊胤
しるべとはたのまずながら思ひやるそなたの風のつてぞまたるる

㉘行てはかへるものゆへに（二三四・11）
○古今集・巻十三・恋三・六二〇
（題しらず）　　（よみ人しらず）
いたづらに行きてはきぬるものゆゑに見まくほしさにいざなはれつつ
（＝伊勢物語・第六五段）
※宮田・大橋氏指摘。元永本・唐紙巻子本・六条家本等第二句「行てはかへる」。

㉙あふにかへつる身ぞとおぼしとりぬれば（二三五・13）
○新古今集・巻十二・恋二・一一四四
題しらず　　権中納言長方
こひしなむおなじうきなをいかにしてあふにかへつと人にいはれん
※宮田氏は、古今集・巻十二・恋二・六一五・とものり「いのちやはなにぞはつゆのあだ物をあふにしかへばをしからなくに」を引歌とされるが、助動詞「つ」を伴う点から長方歌の方がふさわしかろうと思う。

㉚しのぶのみだれやるかたなき物思ひの（二三六・3）
○新古今集・巻十一・恋一・九九四
女につかはしける　　在原業平朝臣

かすがののわかむらさきのすり衣しのぶのみだれかぎりしられず（＝伊勢物語・第一段）

※宮田・大橋・樋口氏指摘。巻四㊼に重出。

㉛つくば山をわけいり侍（二三七・3）

○新古今集・巻十一・恋一・一〇一三

（題しらず）　源重之

つくば山はやましげ山しげけれどおもひいるにはさはらざりけり

※宮田・大橋・樋口氏指摘。

㉜心ぼそくてなき給も、とふにつらさのまさるならんかし（二三九・15）

○続古今集・巻十八・雑中・一六八八

建長三年九月十三夜十首歌合に、山家秋風　入道前右大臣

ふくかぜもとふにつらさのまさるかなぐさめかぬる秋のやまざと

※宮田・樋口氏指摘。

〈巻三〉

㉝これは、ながれてのちの御なの心ぐるしさ（二四七・2）

○新千載集・巻十三・恋三・一四〇〇

恋歌とてよませ給うける　院御製

しづむべき身をば思はず涙川ながれて後の名こそをしけれ
※宮田・樋口氏指摘。ただし、引歌表現ではないとも考えられる。

㉞しづみつるほどに、このめは春の（二四七・6）
○千五百番歌合・第十七番右・三四・忠良卿
けふよりやこのめもはるのやまかぜにさくらが枝も花をまつらむ
※宮田・大橋氏はともに、古今集・巻一・春上・九・きのつらゆき「霞たちこのめもはるの雪ふれば花なきさとも花ぞちりける」を引歌とされるが、春の雪の場面ではないので、忠良歌の方が適当だろう。

㉟さればぞ、くもではなれ侍らず（二四八・16）
○後撰集・巻九・恋一・五七〇
返し　（よみ人しらず）
うちわたし長き心はやつはしのくもでに思ふ事はたえせじ
※宮田・大橋・樋口氏ともに、続古今集・巻十一・一〇四四・続人不知「こひせんとなれるみかはのやつはしのくもでにものをおもふころかな」を引歌とするが、「くもではなれ侍らず」と「くもでに思ふ事はたえせじ」の表現の類似から後撰集歌の方が適当と思われる。なお、大橋氏は、直前の「八《ヤツ》はしを行かよはんよりは、雲井のすまひ、などか心やましき」（二四八・15）の部分についてこの後撰集歌を引歌としておられるが、いかがかと思われる。

㊱「月やあらぬ」などひとりごち（二四九・7）
○古今集・巻十五・恋五・七四七

五条のきさいの宮のにしのたいにすみける人にほいにはあらでものいひわたりけるを、む月のとをかあまりになむほかへかくれにける、あり所はききけれどえ物もいはで、又のとしのはるむめの花さかりに月のおもしろかりける夜、こぞをこひてかのにしのたいにいきて月のかたぶくまであばらなるいたじきにふせりてよめる　在原業平朝臣

月やあらぬ春や昔の春ならぬわが身ひとつはもとの身にして

（＝伊勢物語・第四段）

※宮田・大橋氏指摘。

㊲おなじ雲井の空もなつかしくおぼへ給へば（二五〇・4）

○続古今集・巻十・羈旅・八八二

崇徳院にたてまつりける百首に、旅歌　待賢門院堀川

ふるさとにおなじくもゐの月を見ばたびのそらをやおもひいづらん

㊳「やどのこずゑ」などうちながめて（二五〇・14）

○拾遺集・巻六・別・三五一

ながされ侍りてのち、いひおこせて侍りける　贈太政大臣

君がすむやどのこずゑのゆくゆくとかくるるまでにかへりみしはや

※宮田氏が『校註あまのかるも』（昭23 養徳社）の頭注に指摘。大橋氏は、玉葉集・巻十四・雑一・一八三八・皇太后宮大夫俊成「花さかぬやどの梢に中中に春となつげそうぐひすの声」を引歌とされるが、従い難い。巻三㊴に重出。

㊴やどのこずゑをさへうちながめ（二五二・9）

▽巻三㊳に同じ。

㊵五月雨ひまなきころは、いとゞ御袖のみかさもまさりつゝ（二五三・5）

○源氏物語・浮舟・七四九・浮舟

つれづれと身を知る雨のをやまねば袖さへいとどみかさまさりて

㊶心のやみにいとゞかきくれ給も（二五七・12）

○古今集・巻十三・恋三・六四六　　なりひらの朝臣

返し

かきくらす心のやみに迷ひにき夢うつつとは世人さだめよ

（＝伊勢物語・第六九段）

㊷見るに心はと、いまぞおぼえ侍（二五九・12）

○源氏物語・紅葉の賀・八八・光源氏

よそへつつ見るに心は慰まで露けさまさるなでしこの花

※樋口氏指摘。宮田・大橋氏はともに、新古今集・巻八・哀傷・七八二・清慎公「をみなへしみるに心はなぐさまでいとどむかしの秋ぞ恋しき」を引歌とするが、不義の子を見て心慰まないという場面の類似から、

樋口説に従う。

㊸かれたる枝のためしにや（二六〇・1）

○千載集・巻十九・釈教・一二三八

観音のちかひをおもひてよみ侍りける　前大納言時忠

たのもしきちかひは春にあらねどもかれにしえだも花ぞさきける

※宮田氏は、新続古今集・巻八・釈教・八一六・清水観音の「梅の木のかれたる枝に鳥のゐて花さけさけとなくぞわりなき」を引歌とされるが、時代的に見て千載集歌の方がよい。なお、この歌はもともと千手経に見える観音の功験譚であり、梁塵秘抄・巻二・法文歌・三九にも「万《よろづ》の仏の願《ぐわん》よりも　千手の誓ひぞ頼もしき　枯れたる草木もたちまちに　花咲き実熟《な》ると説いたまふ」（「新編日本古典文学全集」本による）とあるから、必ずしも特定の引歌を考えなくてもよいように思う。

㊹たがつらさをか（二六〇・2）

○続古今集・巻十一・恋一・一〇〇四

建長二年歌合し侍りしに、忍恋　太上天皇

とはぬをもたがつらさにかなしはてんかたみにしのぶこころくらべに

※宮田・大橋・樋口氏指摘。

㊺ますだはいかにくるしう思ひ給らん（二六〇・6）

○拾遺集・巻十四・恋四・八九四

（題しらず）　（よみ人しらず）

ねぬなはのくるしかるらん人よりも我ぞます田のいけるかひなき
※宮田・大橋氏指摘。
㊻日にそへて、いやましなる水のしら波を（二六二・9）
▽巻二㉓に同じ。巻三㊾にも重出。
※宮田氏指摘。
㊼こんよのあまとなりて、かづくみるめを（二六二・11）
○古今六帖・第五・こむよ・三一三〇・作者不記
このよにて君をみるめのかたからばこんよのあまとなりてかづかん
㊽あまのかるもにすむむしの、われからつらき人おほくなげきわび給（二六二・12）
○古今集・巻十五・恋五・八〇七
（題しらず）　典侍藤原直子朝臣
あまのかるもにすむむしの我からとねをこそなかめ世をばうらみじ
（＝伊勢物語・第六五段）
※宮田氏指摘。
㊾水のしらなみなる御おぼえに（二六五・8）
▽巻二㉓・巻三㊻に同じ。
※宮田氏指摘。
㊿「なにゝしのぶの」と、かつは心やましきものゝ、涙ぞさきにたつ（二六八・8）

○後撰集・巻十六・雑二・一一八七
兼忠朝臣母身まかりにければ、兼忠をば故枇杷左大臣の家に、むすめをばきさいの宮にさぶらはせむとあひさだめて、ふたりながらまづ枇杷の家にわたしおくるとてくはへて侍りける　兼忠朝臣母のめのと
結びおきしかたみのこだになかりせば何に忍の草をつままし
※宮田・大橋氏指摘。

〈巻四〉

51むかしは袖に（二七三・17）
▽巻一⑮に同じ。
※宮田・大橋・樋口氏指摘。
52あはれともいふ人なくてと、涙ぐみ給（二七五・8）
○新撰六帖・第六・せみ・二二二八・作者不記
あはれともいふ人なしにうつせみの身をいたづらになきくらすらん
53さらでだに秋はさびしき夕まぐれに、おぎのうはかぜうちそよぎ、はぎのした露あやにくにもろきおり〳〵は（二七六・10）
○和漢朗詠集・巻上・秋・秋興・二二九

あきはなほゆふまぐれこそただならねをぎのうはかぜはぎのしたつゆ 義孝少将
（＝義孝集・四）
※宮田氏指摘。大橋氏は、千載集・巻四・秋上・二六六・藤原季経朝臣「夕まぐれをぎふくかぜのおときけばたもとよりこそ露はこぼるれ」を引歌とされるが、その本歌たる義孝歌の方が適当である。

㊿4「ちりをだに」とてうちあふぎ給て（二八三・10）
○古今集・巻三・夏・一六七
となりよりとこなつの花をこひにおこせたりければ、をしみてこのうたをよみてつかはしける　みつね
ちりをだにすゑじとぞ思ふさきしよりいもとわがぬるとこ夏のはな

㊿5をくれさきだつならひ、つねのことにこそ（二八七・8）
○続千載集・巻十九・哀傷・二〇六四
（題しらず）　前大僧正源恵
夢の世をみてぞおどろくうつつにておくれさきだつならひ有りとは
または、右の歌の本歌と考えられる次の歌を引くか。
○新古今集・巻八・哀傷・七五七
題しらず　僧正遍昭
するのつゆもとのしづくや世中のおくれさきだつためしなるらん
※宮田・樋口氏ともに遍昭歌を指摘。

56やそせのなみをたれかは（二九四・3）
○源氏物語・賢木・一四一・六条御息所
鈴鹿川八十瀬の波にぬれぬれず伊勢まで誰か思ひおこせむ
※宮田氏指摘。大橋氏は、詞花集・巻二・夏・六五・皇嘉門院治部卿「さみだれの日をふるままにすずか河やそせのなみぞこゑまさるなる」を引歌とされるが、「誰か」の語を有する源氏物語歌がよい。
57かゝるしのぶのみだれに、うき身はいできにけり（二九八・10）
▽巻二30に同じ。
※宮田・大橋氏指摘。
58夢としりせばと、したはしくのこりおほくおぼしける（二九九・1）
○古今集・巻十二・恋二・五五二
題しらず　小野小町
思ひつつぬればや人の見えつらむ夢としりせばさめざらましを
※宮田・大橋氏指摘。

以上、散文部分に見られる引歌表現として、五十八例が挙げられた。明らかな古歌の引用であるものはともかくとして、これらの中には、必ずしも引歌表現と断言できるものばかりではなく、引歌と認めてよいか迷うものも若干含まれている。今後のより詳しい検討を挨ちたい。

二　和歌における本歌・先蹤歌

次に、本物語中の和歌に関して、本歌としているか、あるいは念頭に置いて詠まれていると考えられる先蹤歌を挙げてみる。これらも引歌表現に準じて扱うことが可能であろう。次の十例が挙げられる。

〈巻一〉

(1)かぎりあるちいろのそこのみるぶさもわがくろかみのするゑとしらなむ（一八九・10）

○源氏物語・葵・一一〇・光源氏

はかりなき千尋の底の海松ぶさの生ひゆく末は我のみぞ見む

※宮田氏指摘。

(2)をしなべて八十うぢ人のかざすなるあふひのひかりみるぞうれしき（一九〇・12）

○源氏物語・葵・一一三・光源氏

かざしける心ぞあだに思ほゆる八十氏人になべてあふひを

※宮田氏指摘。以上の二首を含む葵祭の日の記事は『源氏物語』葵の巻によるところが多く、いわゆる物語取りである。

(3)まきの戸はさすよもなくてまちみるとしぐれすぎなばとひこしもせじ（二〇三・1）

○古今集・巻十四・恋四・六九〇

（題しらず）　（よみ人しらず）

君やこむ我やゆかむのいさよひにまきのいたどもささずねにけり

〈巻二〉

(4)たちかへりしぐれふるさといかならむ心は君にたぐへてぞこし（二一八・1）

○古今集・巻八・離別・三七三

あづまの方へまかりける人によみてつかはしける　いかごのあつゆき

おもへども身をしわけねばめに見えぬ心を君にたぐへてぞやる

(5)みても猶おぼつかなきはよのなかの人の心のをくのしら雪（二二五・6）

○続後撰集・巻三・春下・一四五

（題しらず）　小式部内侍

見ても猶おぼつかなきは春の夜のかすみをわけていづる月かげ

(6)たのめをくしめぢがはらの露程もあはれをかけて君だにもとへ（二三七・7）

○新古今集・巻二十・釈教・一九一六・清水観音

なほたのめしめぢがはらのさせもぐさ我がよの中にあらむかぎりは

※樋口氏は、この歌と次の一九一七「なにかおもふなにとかなげく世中はただあさがほの花のうへの露」の二首を併せて本歌とされる。

〈巻三〉

(7)かれ木にも花のさくてふ寺にきてたのめしことのかひなからめや《やなからん》 (二六〇・10)

▽散文部分の引歌表現の巻三㊸に同じ。

(8)ともすれば風にみだるゝかるかやのしどろもどろに物ぞかなしき (二六一・9)

○古今六帖・第六・かるかや・三七八五・作者不記

まめなれどよき名もたたずかるかやのいざみだれなんしどろもどろに

〈巻四〉

(9)かよふらん心のすゑよやよいかにとへばぞもろきはぎの下露 (二七七・14)

○源氏物語・明石・二二七・明石の君

思ふらん心のほどややよいかにまだ見ぬ人の聞きかなやまむ

(10)雲井までおひのぼるべきわか松をみてもしづえをおもひわするな (二八二・6)

○風葉集・巻十・賀・七二九

むすめのはかまぎに、中宮こしゆはせ給ふとて、雲ゐまで枝かはすべきとの給はせける御かへし　かはぎりの中宮新中納言

雲ゐまで生ひのぼるべきわか松のこや枝かはすはじめなるらん

三　『海人の刈藻』の引歌表現

以上のように、引歌表現五十八例と本歌十例を合わせて六十八例が指摘できた。このうち、先学三氏によって指摘されていないものが二十八例ある。逆に、宮田・大橋氏がともに引歌表現とされた巻三の「つねにの給なるに、いかにいひてか」（二四六・14）は引歌表現とは認めず、また宮田氏が指摘された巻二の「つきせぬ御なみだ、たきのよどみよりけなり」（二二一・12）と、同じく巻二の「返〻くやしう、とりかへさまほしけれど、かひなし」（二二九・4）、巻四の「さ月はいむ月なり」（二七五・3）も特定の歌を引いた表現とは認めなかった。大橋氏も他に数例の引歌表現を指摘しておられるが、適切かどうか疑問があり、いずれも引歌表現とは認めなかった。

これら六十八例を、引歌・本歌の出典別に一覧すると、次のようになる（重出歌もそれぞれ一例に数え、複数の引歌または出典を掲げたものもそれぞれ一例として数えた）。

〔勅撰集〕

○古今集（二〇例）④⑤⑨⑭⑰⑱⑳㉒㉓㉔㉘㊱㊶㊻㊽㊾54⃝58⃝(3)(4)（④・⑨、⑤・㉒、㉓・㊻・㊾は重出）
○後撰集（七例）②⑥⑩⑪㉕㉟㊿（②・⑥・⑩・⑪は重出）
○拾遺集（五例）③⑦㊳㊴㊺（㊳・㊴は重出）
○後拾遺集（一例）⑯
○千載集（二例）㊸(7)（重出）

○新古今集（九例）①⑧⑫㉙㉚㉛55 57(6)（㉚・57は重出）
○新勅撰集（二例）⑮51（重出）
○続後撰集（一例）(5)
○続古今集（三例）㉜37 44
○新後撰集（一例）⑲
○続千載集（二例）㉗㉝
○新続古今集（一例）⑲

〔私撰集・私家集・百首歌・歌合・歌謡等〕

○万葉集（二例）①⑧
○古今六帖（二例）47(8)
○和漢朗詠集（一例）53（他に、巻一に漢詩句の引用一例あり）
○続詞花集（一例）⑲
○新撰六帖（一例）52
○義孝集（一例）53
○拾玉集（一例）㉑
○久安百首（一例）⑲
○千五百番歌合（一例）㉞
○自讃歌（一例）⑬

○催馬楽（二例）⑤㉒（重出）

〔物語〕

○伊勢物語（九例）⑭⑳㉔㉘㉚㊱㊶㊽㊼（㉚・㊼は重出）

○大和物語（五例）②⑥⑩⑪㉔（②・⑥・⑩・⑪は重出）

○源氏物語（七例）㉖㊵㊷㊻(1)(2)(9)

○風葉集（一例）(10)（※散逸物語『川霧』の作中歌）

代々の勅撰集では、『古今集』の二十例が最も多く、次いで『新古今集』の九例、さらに『後撰集』の七例、『拾遺集』の五例と続く。これは和歌の規範としての三代集および『新古今集』の重要性から言って当然の結果であろう。十三代集では、『新続古今集』の一例は『続詞花集』の歌であるから例外として、『新千載集』の二例が最下限となる。樋口氏の調査でも引歌の下限は同集であり、さらに本物語所載歌に同集所収歌の歌句と一致するものが目につくことから、氏は「現存本の作者が『新千載集』に親しんでいたために、自歌を物語中にはさんでゆく際に、知らず知らず『新千載集』の歌の影響を受けてしまったものかもしれない」と考えられ、現存本を『新千載集』（延文四年〈一三五九〉成立）以後まもなくのころの成立と推定しておくのが最も穏やかではなかろうか」と説かれた（前掲書）。基本的にこの説は認めてよいと思われるので、現存本の成立を『新千載集』成立以後で次の『新拾遺集』（貞治三年〈一三六四〉十二月成立）以前とすると、延文五年（一三六〇）から貞治三年（一三六四）までの五年の間に古本から改作本が作られたと憶測することが一応は可能であろう。

ところで、本物語の引歌・本歌を通覧して注目されるのは、先行物語中の和歌を引いたもののうち、『伊勢物語』の歌の多さである。重出歌を一首含むものの九例というのは、『源氏物語』歌の七例よりも多いのである。本物語も中世王朝物語の通例にもれず『源氏物語』の圧倒的な影響下にあり、プロットの構築から表現の細部に至るまで『源氏物語』の模倣や換骨奪胎は多々指摘できるのだが、こと引歌に関する限りは『源氏物語』よりも『伊勢物語』を典拠としたものの方が多い。もっとも『伊勢物語』歌の引歌はすべて『古今集』か『新古今集』に入集しているから、勅撰集の方を典拠としたとも考えられよう。しかしながら、引歌以外にも本物語には『伊勢物語』を意識したかと思われる表現がまま見られるのである。

たとえば、巻二で、江内侍が三河守との結婚を逃れて中宮に出仕したことを「つゐに八はしをのがれて、中宮へまいりぬ」(二二三・1)と言い、巻三で、新中納言が江内侍と対面した折に「八《ヤツ》はしを行かよはんよりは」(二四八・15)と言い、「くもではなれ侍らず」(二四八・16)と答えるのも、『後撰集』の歌を引く(巻三㉟参照)以前に、もともと『伊勢物語』第九段の表現を踏んでいる(『古今集』四一〇番歌の詞書には「くもで」の語は見えない)。また、巻三で、長谷寺に籠った新中納言が「この思ひやめ給へ」(二四七・12)と祈る場面も、『伊勢物語』第六五段で、恋に苦しむ昔男が「いかにせむ、わがかかる心やめたまへ」と神仏に祈ったという話に基づいている。さらには、本物語の題号の由来とされている「あまのかるもにすむむしの我からとねをこそなかめ世をばうらみじ」という『古今集』歌も、他ならぬその『伊勢物語』第六五段に載る歌なのであり(巻三㊽参照)、考えようによれば、本物語の題号も、直接には『古今集』ではなく『伊勢物語』によって、主人公の悲恋を象徴する語として命名されたのであるかも知れない。ついでに言えば、「あまのかるも」「我から」の語は、『伊勢物語』では第五七段にも「恋ひわびぬあまの刈る藻にやどるてふわれから身をもくだきつるかな」という一首が載っており、作品中でもかなり目立つ歌語である。第六五段の歌は女の詠んだものであるが、第五七段では昔男の歌であるから、ことによると本物語の作者は第五七段をも意識して『海人の刈藻』の題号をつけたのであるかも知れない。

これらは中世において『伊勢物語』が『源氏物語』と並ぶ古典として物語の作者・享受者層に極めて重要視されていたことの反映とも見られるが、ここまで顕著だと、本物語作者の好みの問題と言うべきであろう。題号までをからめると、この『伊勢物語』趣味は改作者の段階ではなく、すでに古本の作者に備わっていたということになるが、これはまったくの憶測に過ぎない。

おわりに

引歌・本歌というのは、あくまで物語の成立年代や作者像を推定するための手掛りとなるひとつの内部徴証でしかないのだが、それを検討することによって、およそ以上のようなことが想像された。今後はさらに多方面からの考察を試みなければならないが、ひとまずここまでの報告にとどめたい。

〔付記〕本稿における引歌・本歌の調査結果は、拙著「中世王朝物語全集」②『海人の刈藻』（平7　笠間書院）の注釈に取り入れている。あわせ参照されたい。

『八重葎』引歌表現覚書

はじめに

中世王朝物語『八重葎《やえむぐら》』は、辛島正雄氏(1)によると四百字詰原稿用紙に換算して約九十枚の分量であり、少々長めの短編、あるいはこぢんまりした中編の物語であると言ってよい。主人公中納言のわずか一年間の恋愛生活を語ったものに過ぎず、登場人物名も十数名と少なく、官位の昇進がまったくないなど、作り物語としてはまことに単純な筋立てである。しかしながら、この点に関しては、今井源衛氏(2)が「登場人物にも無駄が少く、また脇道にも入らず、しかも首尾一貫して、よく整っているのである」と言われたように、構想の緊密性という点から概ね高く評価されている。さらに今井氏は、「紙幅に比して、引歌数や和歌数が多い点も目立つのであり、而もその技巧はかなり上等であって、文体や歌体にほとんどあらわな破綻を見せていないのは、その才能の凡でないのを察せしめる」と言われ、作者の和歌的な知識・教養の高さをも強調されているのである(3)。確かに物語本文中の和歌三十二首というのは、ほぼ同規模の作品である『しのびね物語』の十九首、『兵部卿物語』の十四首、『木幡の時雨』の二十二首などに比べてかなり多いと言えよう。また、作中の引歌表現については、本物語の代表的な伝本である静嘉堂文庫蔵本において、引歌・引詩表現とおぼしき箇所に本文と同筆と見られる墨筆の拘点が二十七箇所にわたって付されていることからも、早くから注目されていたことが知られるのである。

今井氏はこれら拘点箇所に関して具体的な引歌を考証され、さらに拘点のない箇所についても引歌表現と見なされる表現を詳しく調査された。その成果はまず『文学研究』第五五輯（昭35・3）に掲載された論文「『八重葎』に就いて」に発表され、その翌年に刊行された古典文庫本『やへむぐら』（昭36　古典文庫）の解題に取り込まれた。さらに、その後、『王朝末期物語論』（昭61　桜楓社）に所収の「『八重葎』論」へと発展し、いくらかの補足や訂正がなされている。その結果、今井氏は、四十五箇所の引歌・引詩表現を指摘され、また十首の和歌について本歌あるいは類歌を指摘された。これによって本物語作者の引歌・引詩の手際はほぼ明らかになったのであるが、私見によれば、引歌表現と思われる箇所をまだ若干追加することができそうなので、ここでは、まさに今井氏の研究の驥尾に付して、本物語の引歌表現について覚書ふうに私見を示してみようと思う。

なお、本稿における物語本文の引用は静嘉堂文庫蔵本により、私に適宜漢字をあて、仮名遣いを正して清濁を示し、また句読点や引用符を付すなどの処理を加えた。引用の末尾に、当該丁数と古典文庫本のページ数を示した。また、典拠となった和歌の引用と歌番号は、すべて『新編国歌大観』によった。

一　「花の盛りを秋風の吹く」

◎嵯峨野もはるばると見わたされて、霧の絶え間の女郎花などは、絵に描きたらんにも劣るまじき。「花の盛りを秋風の吹く」など、「誰に語らん」とをかし。（5オ～5ウ・六三）

今井氏に指摘はないが、この部分は明らかに、

○後撰集・巻六・秋中・三四一

(題しらず)　(よみ人も)

をみなへし花のさかりにあき風のふくゆふぐれを誰にかたらん

の歌による引歌表現である。第二句を「花のさかりを」とする『後撰集』の伝本は管見に入らないので、底本の誤写であろうか。

二「心の闇」

◎かつは心の闇に惑はぬ親はあるまじげなれば、必ず数まへられ給はん(12ウ・七五)

親の子を思う情をさして「心の闇」と言うのは、あまりにも常套句的な表現であるので、いちいち引歌表現として取り上げるのも煩わしいし、作者にも引歌という意識がどの程度あったか疑問であるから、今井氏はあえて引歌には挙げられなかったのであろうが、言うまでもなくこれは、

○後撰集・巻十五・雑一・一一〇二

太政大臣の、左大将にてすまひのかへりあるじし侍りける日、中将にてまかりて、ことをはりてこれかれまかりあかれけるに、やむごとなき人二三人ばかりとどめて、まらうどあるじさけあまたたびののち、ゑひにのりてこどものうへなど申しけるついでに　兼輔朝臣

人のおやの心はやみにあらねども子を思ふ道にまどひぬるかな

（＝大和物語・第四五段・六一・堤の中納言の君）

の歌によるものである。本物語では、もう一箇所、

◎思ひそめし本意をも遂げて、迷ひ給ふらん心の闇のしるべをもし奉り（32ウ・一〇七）

の部分にも同じ表現がある。末句、『後撰集』では大抵の伝本が「まどひぬるかな」であるが、『大和物語』には「まよひぬるかな」とある本も多い。この歌は、作者兼輔の曽孫である紫式部が『源氏物語』の中で頻繁に引歌・本歌として用いたため、後の物語でもしばしば使われたものと考えられる。

三　「忍ぶ草摘むべき忘れ形見もなければ」

◎忍ぶ草摘むべき忘れ形見もなければ、しる所などもよそのものになりて心ぼそかりければ（13オ・七六）

「忍ぶ草摘むべき忘れ形見もなければ」というのは、姫君の叔母と亡夫肥後の守との間に子がないことを言ったものであるが、今井氏はここに、『狭衣物語』巻三・一〇三・（狭衣）の、

忍ぶ草見るに心は慰まで忘れ形見に漏る涙かな

の歌を典拠として挙げておられる。しかし、ここはむしろ、

○後撰集・巻十六・雑二・一一八七

兼忠朝臣母身まかりにければ、兼忠をば故枇杷左大臣の家に、むすめをばきさいの宮にさぶらはせむとあひさだめて、ふたりながらまづ枇杷の家にわたしおくる

とてくはへて侍りける　　　　　　　　　　　　　　　兼忠朝臣母のめのと

結びおきしかたみのこだになかりせば何に忍の草をつままし

の歌を引いたものと見たほうがよいのではないかと思う。「かたみのこだになかりせば」と仮定法で言ったものを「忘れ形見もなければ」とその逆の状況に転じて表現したものであろう。「忘れ形見」の語にこだわれば『狭衣物語』の歌の方がふさわしいようでもあるが、「忍ぶ草摘む」や「なければ」という表現の類似から見て、『後撰集』歌の方がよりふさわしかろうと思われる。『狭衣物語』の歌は『伊勢集』（七九）の「をみなへしみるに心はなぐさまでいとどむかしの秋ぞこひしき」を踏まえていることが指摘されているが、同時にこの『後撰集』歌をも念頭に置いて作られているのではなかろうか。「形見の子」を「忘れ形見」と言い換えた点は『狭衣物語』の歌によったと考えてよいかも知れない。なお、この『後撰集』歌と同想の歌として、

○拾遺集・巻二十・哀傷・一三一〇

めなくなりてのちに、子もなくなりにける人を、とひにつかはしたりければ　　　　　　　　よみ人しらず

如何せん忍の草もつみわびぬかたみと見えしこだになければ

という歌もある。この歌は後にも引歌として用いられている歌であり（第十六節参照）、「なければ」という表現の一致から、この歌を典拠とした可能性もあろう。

四　「君によりてを」

◎君によりてを、遠き恋路の苦しさをもならひたれば（14オ・七八）

今井氏はここに、『万葉集』巻十三・相聞・三三〇二の、

大船之《オホブネノ》　思憑而《オモヒタノミテ》　木始己《コシオノレ》　弥遠長《イヤトホナガク》　我念有《ワガオモヘル》　君尓依而者《キミニヨリテハ》　言之故毛《コトノユヱモ》　無有欲得《ナクラモガナト》　木綿手次《ユフタスキ》　肩荷取懸《カタニトリカケ》　忌《イ》戸乎《ハヒヘヲ》　斎穿居《イハヒホリスヱ》　玄黄之《アメツチノ》　神祇二衣吾祈《カミニゾワガイノル》　甚毛為便無見《イトモスベナミ》

の歌を典拠として挙げておられるが、これはいかがかと思う。この場の文意にあまりそぐわない歌であるし、三三〇二番歌は、その前の三三〇〇番歌とともに三二九八番歌の異伝歌であって、三三〇〇番歌にも「君尓依者《キミニヨリテハ》」の句があるのであるから、とりたてて三三〇二番歌のみを典拠とするのはいささか妙である。

私見によれば、ここは、

○伊勢物語・第三八段・七三・(男)

君により思ひならひぬ世の中の人はこれをや恋といふらむ

の歌を引いているのではないかと思う。初句の「君により」では「君によりてを」との対応がやや弱いようではあるが、「恋」と「恋路」、「思ひならひぬ」と「ならひたれば」の対応関係があるので、この歌を引歌と認めてよいのではなかろうか。本物語に『伊勢物語』の歌を引く例が多いことも併せ考えられよう。

五　「つひに流れ出づる涙」

◎おとなしの里つくり出づるや。さるは、つひに流れ出づる涙もあらんを(15ウ・八〇)

「おとなしの里つくり出づるや」の部分について今井氏は、『拾遺集』巻十二・恋二・七四九の題しらず・よみ人しらず歌、

恋ひわびぬねをだになかむ声たてていづこなるらんおとなしのさと

を典拠に挙げておられる。これはその通りであろうと思う。しかしながら、「つひに流れ出づる涙もあらんを」の部分に関しては引歌の指摘がない。ここは同じ『拾遺集』に続いて載る、

○拾遺集・巻十二・二・七五〇

しのびてけさうし侍りける女のもとにつかはしける

もとすけ

おとなしのかはとぞつひに流れけるいはで物思ふ人の涙は

の歌を引いていると見なければならない。「おとなしのさと」が「おとなしのかは」に変わっているのであるが、ここでは『拾遺集』に並んで載る二首の歌によって中納言の会話を展開させているのである。そのことは、これを受けて発せられた女房の言葉に、

◎まして若き人は、川と流れずといふ事なくや侍らん（15ウ・八〇）

とあって、やはり『拾遺集』七五〇番歌を引いた受け答えがなされていることによっても知られるのである。

六　「その水上は」

◎ただその水上は御前ぞ知らせ給ふべき（15ウ・八〇）

これは、先の引用部分の直後にある女房の会話中の言葉なのであるが、今井氏は、鹿嶋（堀部）正二氏[4]の説に一応従って、『続後拾遺集』巻十二・恋二・七六〇の西行法師歌、

色ふかき涙の川の水上は人をわすれぬ心なりけり

を典拠として掲げられたが、「この和歌はどうみても適合するとは思われない。さらに他によりふさわしい本歌

を探索すべきものではなかろうか」と疑問を表明しておられる。私もこの西行歌を引歌とするのは躊躇せざるをえない。といってこれぞというべき典拠をも見出しえないのであるが、一応、

○詞花集・巻十・雑下・三六八

題不知　　　　　　　　　　　　　　賢智法師

なみだがはそのみなかみをたづぬればよをうきめよりいづるなりけり

あたりが候補に挙げられるのではないかと思う。この歌は恋歌でなく厭世感を述べた雑歌なのでどうかとは思うが、若い女房たちが川のように涙を流している、その原因はあなた（中納言）が振り向いてくれないという片思いの恋のつらさ（「よをうきめ」）故だということはあなたがいちばんよくご存じのはずですわ、と言っているのだと見ることができようかと思うのであるが、どうであろうか。しばらく後考に挨ちたい。

七　「玉のうてなも八重葎」

◎「玉のうてなも八重葎」とは、よくも言ひける古言かな（20ウ・八八）

ここは『八重葎』という本物語の題号の由来にも関わると見られる重要な部分であるが、今井氏は、『拾遺集』巻二・夏・一一〇に題しらず・よみ人しらずで載る歌、

けふ見れば玉のうてなもなかりけりあやめの草のいほりのみして

を典拠に挙げられた上で、「なほ典拠として疑問がある」と断わっておられる。(5) ここはやはり、「玉のうてなも八重葎」までが古言を直接引用した表現と見るべきで、すでに塩田公子氏(6)が指摘されたごとく、

○古今六帖・第六・むぐら・三八七四

なにせんにたまのうてなも八重むぐらいづらんなかにふたりこそねめ

の歌を引用したものであろう。この歌は勅撰集には採られていないが、『夫木抄』巻三十六・雑部十八・一七一三七にも、

なにせんにたまのうてなもやへむぐらはへらんやどにふたりこそねめ

という形でよみ人しらずとして採られている。また、『源氏物語』夕顔の巻の「あはれに、いづこかさしてと思ほしなせば、玉の台《うてな》も同じことなり」（「新編日本古典文学全集」本・①一三六頁）とある部分について、『河海抄』以下多くの古注がこの歌を引歌として挙げていることからも、この歌がよく知られた古歌であったことがわかるのである。

八　「それかあらぬか」

◎忍ぶとすれど、をのづから「それかあらぬか」と気色見る人あらんに（20ウ〜21オ・八八）

「それかあらぬか」以下の文意は、今井氏の口語訳(7)によると、「中納言かどうかなどと様子をうかがう人もあろうし」ということになるが、この「それかあらぬか」には何か引歌がありそうである。八代集の中では、『古今集』の次の二首が候補となろうか。

○古今集・巻三・夏・一五九

題しらず　　　　よみ人しらず

こぞの夏なきふるしてし郭公それかあらぬかこゑのかはらぬ

○古今集・巻十四・恋四・七三一

（題しらず）　　（よみ人しらず）

かげろふのそれかあらぬか春雨のふる日となればそでぞぬれぬる

しかしながら、両首ともどうもこの場面にぴったりとは来ない気がする。ここは、姫君と打ち解けて語り合う中納言が、二人が出会う仲立ちとなった箏の琴を前にして、琴の音を聞き付けられて二人の忍ぶ仲を人に知られることを案じているくだりである。音を判断のより所としていることからは一五九番歌の方がよさそうだが、琴の音をほととぎすの声にたとえることはなさそうだし、この場面の季節は正月である。やはり疑問なしとしない。

ところが、他にこういう歌がある。

○兵部卿物語・一・何の中将（兵部卿の宮）

たそかれにそれかあらぬかことのねのしらべかはらできくよしもがな

『兵部卿物語』の主人公兵部卿の宮が、西の京で箏の琴の音をしるべにして偶然垣間見た姫君に初めて送った手紙に書き付けた歌である。「黄昏時のこととて、あなたがどなたなのかよくわかりませんでした。改めて琴の調べをゆっくりお聞かせ願いたいものです」という意であり、琴の音に導かれて男が女の存在を知り興味を示すという状況は極めてよく合っている。どうやらここは、この歌を引いているのではないかと思う。『兵部卿物語』も作者・成立時期ともに不明であるが、辛島正雄氏(8)によって『徒然草』の影響が認められることが指摘され、南北朝期の成立と考えられている。『八重葎』にも早く鹿嶋（堀部）正二氏(9)によってやはり『徒然草』の影響が言われているから、ほぼ同時期の成立と言ってよかろうか。その上、辛島氏(10)が指摘されたように、『八重葎』『兵部卿物語』両作品に『山路の露』の影響が考えられるのであるから、この二つの物語はかなり密接な関係を有しているように思えるのである。『兵部卿物語』が『八重葎』より若干早めの成立であれば、『八重葎』が『兵部卿物語』の作中歌を引くということも十分ありうるのではないかと思われる。さらに勇み足を承知で言えば、両作品の作者あるいは作者圏が同一であるということもまんざら考えられないわけではない気もするのである。

九　「さらぬ別れ」

◎さらぬ別れは世の常なれば、あながち嘆き沈むべきにもあらず（32オ〜32ウ・一〇七）

「さらぬ別れ」という言葉も極めて熟した表現で、避けられない別れ、すなわち死別を意味する語として常套的に使われている。しかし、もとはと言えば、

○古今集・巻十七・雑上・九〇〇〜九〇一

　業平朝臣のははのみこ長岡にすみ侍りける時に、なりひら宮づかへすとて時時もえまかりとぶらはず侍りければ、しはすばかりにははのみこのもとよりとみの事とてふみをもてまうできたり、あけて見ればことばはなくてありけるうた

老いぬればさらぬ別もありといへばいよいよ見まくほしき君かな

　返し　　　　　　　　　　　　　　　　　なりひらの朝臣

世中にさらぬ別のなくもがな千世もとなげく人のこのため

（＝伊勢物語・第八四段・一五三〜一五四・母、子（男））

の贈答によって歌語として定着したのである。やはり引歌として挙げてもよいであろう。『源氏物語』では、夕顔・松風・若菜上の各巻に引かれている。ここでは中納言が母君との死別を思う箇所で「さらぬ別れ」と言っているのであるから、なおのこと本歌に近いわけである。また、この語は、後にも、

◎後れ先立つ悲しさは、さらぬ別れに慰めて、忘れ草も繁るものなり（35オ・一一一）

云々とあって、再び用いられている。

十　「蔭の小草の露」

◎なにの数といふべくもあらぬ蔭の小草の露のあはれにかけとめられて（32ウ〜33オ・一〇八）

今井氏に指摘はないが、「蔭の小草」「露」の語の使い方から見て、

○新勅撰集・巻十二・恋二・七一三

（題しらず）　（伊　勢）

み山木のかげのこぐさは我なれやつゆしげけれどしるひともなき

の歌を引くものと考えられる。もっとも、「蔭の小草」の語は「狭衣物語」特有の用語でもあり、巻三に、「蔭の小草にしも生ひ初めけんよ」（「新編日本古典文学全集」本・②一二一頁）などとあり、同巻には、

吹き迷ふ風のけしきも知らぬかな麻生《をふ》の下なる蔭の小草は

という宮の中将の歌もある（巻三・一三一、同書・②一七〇頁）。『八重葎』への『狭衣物語』の顕著な影響は、辛島氏[11]が詳しく説かれた通りであるが、ここでは『狭衣物語』の歌よりも『新勅撰集』の伊勢歌の方を引歌と考えるべきであろうと思う。

十一　「名に負ふ難波の葦」

◎「かれなん名に負ふ難波の葦と申す」と教ゆるを聞き給ふままに（37ウ・一一六）

これは引歌とは言えないかも知れないが、和歌の世界で早くに「難波の葦」を著名にしたのは、

○古今集・巻十二・恋二・六〇四

（題しらず）　　　　　　　　　　　つらゆき

つのくにのなにはのあしのめもはるにしげきわがこひ人しるらめや

の歌であろうかと思う。この船人の言葉にも、まずはこの歌あたりが念頭におかれていたのではないかと考えられるのである。一応、引歌に準じて扱ってよいのではないだろうか。なお、第十三節参照。

十二　「憂きに堪へける命」

◎さは、たちまちに流れ出でぬも、「憂きに堪へける命にや」と口惜し（38ウ・一一七）

この部分について、今井氏は、『千載集』巻十三・恋三・八一八の題しらず・道因法師歌、

おもひわびさても命はあるものをうきにたへぬは涙なりけり

と、『新古今集』巻十三・恋三・一二二八の同じく題しらず・殷富門院大輔歌、

なにかいとふよもながらへじさのみやはうきにたへたる命なるべき

の二首を典拠として挙げておられる。道因法師の歌は『百人一首』にも採られて著名であるが、「憂きに堪へける命にや」という表現は、古歌に言うつらさに堪えた命とかいうのがこれなのか、と「命」が「憂きに堪へ」た

ことを問題にしているのであるから、「命」が堪えているのと対比して「涙」が「うきにたへ」られないことを取り立てて嘆いている道因の歌はあまりふさわしくないであろう。その点、「うきにたへたる命」そのものを詠んだ大輔の歌の方が典拠としてよさそうに思える。ただ、この歌では、そういつまでもつらさに命は堪えられないはずだと言っているのであるから、これにも少々問題がある。つらさに堪えきった命を詠んだ歌のほうがよりふさわしかろう。そこで、

○千載集・巻十四・恋四・八四三

ひさしくまうでこざりける人の、おとづれたりける返事につかはしける　　小式部

おもひいでてたれをか人のたづねましうきにたへたる命ならずは

あたりが注目される。この歌は、『奥儀抄』・一九七にも、

思ひいでてとふ言のはをたれみましうきにたへせぬいのちなりせば

という形で作者無名歌として載っているが、『千載集』の形がよい。「命」が「うきにたへ」たおかげで、足が遠のいていた男が訪れたことを喜んでいるのであるが、本物語では、堪えたからといって中納言との再会は望むべくもない、にもかかわらず死ねないのは、小式部歌にあるような「憂きに堪へける命」の例かと「口惜し」く思っているのではなかろうか。小式部歌を引歌の有力候補としたいと思う。

十三　「難波の葦の吹き寄らん風」

◎難波の葦の吹き寄らん風のつてにも聞き給ふやうはあらんを（40ウ・一二〇）

「難波の葦」に「風」とくれば、やはり有名な、

○新古今集・巻六・冬・六二五

（題しらず）　　　　　　　　　西行法師

つのくにの難波の春はゆめなれやあしのかれはに風わたるなり

の歌を念頭に置いていると見るべきであろう。もっとも、この部分より早く、姫君の詠んだ歌に、

◎津の国の難波の葦を吹く風のそよかかりきと君に伝へよ（37ウ～38オ・一一六）

というのがある。ここですでにこの西行歌が意識されていると見てよかろう。なお、前述の第十一節の例についても貫之歌と同様この歌あたりも意識されていたことであろう。

十四　「いづれか先に」

◎ふりゆく庭の景色にも、「いづれか先に」とまづ思さるるに（51オ・一三六）

「いづれか先に」には何か引歌がありそうである。降る雪と我が命といずれが先に消えることだろうか、というような意味の歌があればふさわしいのであるが、なかなか適当な歌がない。かろうじて、次のような歌が見出された。

○新古今集・巻三・夏・二八三

延喜御時月次屏風に　　　　　　壬生忠峯

なつはつるあふぎと秋のしら露といづれかまづはおかむとすらむ

これでは、肝心の引用部分が「いづれかまづは」とあって具合が悪い。しかしながら、この歌は『六華集』巻

二・夏・五四七にやはり忠岑歌として載っており、下の句は「いづれかさきにおきまさるらん」となっている。とは言え、夏の扇を置くのと露が置くのとどちらが早いかということではやはりこの場面にふさわしくない。その点、

○新古今集・巻十八・雑下・一七八八

題しらず　　　　　　　　　　清慎公

みちしばのつゆにあらそふわが身かないづれかまづはきえむとすらむ

の歌は内容的にはふさわしいのであるが、やはり「いづれかまづは」とあるところが気になる。「いづれか先に」という異文によったのかも知れないが、これも後考に挨ちたい。なお、

○為家千首・秋・四〇九

あさがほのはかなきつゆのやどりかないづれかさきにあだしののはらの歌もあるいは候補に挙げられようか。

十五　「もの思ふごとにながめられ給ふ」

◎もの思ふごとにながめられ給ふ御心には、まして大かたならざらんや（51オ・一三七）

今井氏に指摘はないが、これは明らかに、

○古今集・巻十四・恋四・七四三

（題しらず）　　　　　　　　　さかゐのひとざね

おほぞらはこひしき人のかたみかは物思ふごとにながめらるらむ

の歌によった表現である。「もの思ふごとにながめられ給ふ」のは「日は入り果てぬれど光はなほ残れるに、薄黄ばみたる雲のたなびきたる空」なのであるから、間違いなかろう。

十六　「忍ぶの草も摘みわびぬべけれど」

◎忍ぶの草も摘みわびぬべけれど、なほありけん有様のゆかしきを、詳しく聞こえ給へ（63ウ・一五七）

これも今井氏には指摘がないが、先にも掲げた、

○拾遺集・巻二十・哀傷・一三二〇

めなくなりてのちに、子もなくなりにける人を、とひにつかはしたりければ　　よみ人しらず

如何せん忍の草もつみわびぬかたみと見えしこだになければ

の歌を引いた表現と見られる。偲ぶ対象が子ではなく亡き恋人の姫君であるところが本歌とは違っているが、この歌を典拠としたと見て問題ないであろう。

十七　作中和歌に関する先行歌

最後に、本文中の引歌表現とは別に、作中和歌の中で、特定の先行歌を踏まえて作られていると考えられるものについて考えたい。これも今井氏が、「典拠となった本歌あるいは類歌の推定しうるもの」として、すでに十例について十三首の本歌または類歌を挙げておられる。それにほぼ尽くされた感はあるが、私見により若干例を付け加えてみる。ただし、ここでは和歌を列挙するに留める。

◎散らぬ間はここに千歳もをぐら山見で過ぎがたき峰の紅葉ば（5オ・六二）

○壬二集・初心百首・秋・四一

かるかやの身にしむ色はなけれどもみで過ぎがたき露の下をれ（＝同集・一〇五八）

◎うつるなよよそふるからに色も香もあはれも深き花とこそ見れ（31ウ・一〇六）

○後拾遺集・巻二十・雑六・一一八九

維摩経十喩のなかに此身芭蕉のごとしといふ心を

前大納言公任

風ふけばまづやぶれぬるくさのはによそふるからにそでぞつゆけき

◎津の国の難波の葦を吹く風のそよかかりきと君に伝へよ（37ウ〜38オ・一一六）

○狭衣物語・巻一・四四・（飛鳥井の女君）

早き瀬の底の水屑となりにきと扇の風よ吹きも伝へよ

＊辛島氏の指摘による。なお、第十三節参照。

◎思ひきやかき集めたる言の葉を底の水屑となして見んとは（42ウ・一二四）

＊辛島氏はこの歌も同じ『狭衣物語』四四番歌を念頭においたものとされる。

◎恋しとも言はれざりけり山吹の花色衣身をし去らねば（43オ・一二四）

○古今集・巻十九・雑体・俳諧歌・一〇一二

（題しらず）　素性法師

山吹の花色衣ぬしやたれとへどこたへずくちなしにして

＊これについてもすでに辛島氏に指摘がある。

◎みるめかるかたな厭ひそかばかりに濡るるは海人の袖とこそ見れ（45オ・一二七）

○後撰集・巻十・恋二・六五〇

　題しらず　在原元方

みるめかるなぎさやいづこあふごなみ立ちよる方もしらぬわが身は

○新古今集・巻十二・恋二・一〇八〇

（題しらず）　業平朝臣

みるめかる方やいづくぞさをさしてわれにをしへよあまのつり舟

（＝伊勢物語・第七〇段・一二九・男）

◎今はただむなしき空をあふぎつつたなびく雲を形見とや見ん（51ウ・一三七）

○万葉集・巻十四・相聞・三五四一

於毛可多能《オモカタノ》　和須礼牟之太波《ワスレムシダハ》　於抱野呂尓《オホノロニ》　多奈婢久君母乎《タナビククモヲ》　見都追思努波牟《ミツツシノハム》

◎淀むやと待ち来しものをそこはかと見るに涙のたぎまさりけり（62オ・一五四）

○古今集・第十六・哀傷・八五四

　これたかのみこの、ちちの侍りけむ時によめりけむうた

たどもとこひければ、かきておくりけるおくによみて

かけりける　とものり

ことならば事のはさへもきえななむ見れば涙のたぎまさりけり

◎今更に海人の栲縄《たくなは》繰り返し泡と消えにし人を恋ふらん（66ウ・一六二）

○古今六帖・第三・たくなは・一七七九～一七八〇

いせのうみのあまのたくなはくりしあへば人にゆづらんと我がおもはなくに

伊勢のうみの千ひろたくなはくりかへしみてこそやまめ人の心を

○御堂関白集・八

御前に御覧じて、心ぐるしくものはこのといへとのた

まはすれば、御けしきさやになどとて

恨みてもあまのたくなはくりかへし思ひたゆべき事のすぢかは

○千五百番歌合・千百二番・右・二二〇三・通光卿

君が代はあまのたくなはくりかへしはまのまさごをかずにとるとも

おわりに

以上のごとく、今井氏の研究に導かれつつ、『八重葎』の引歌表現について私なりの考察を加えてみた。その結果、今井氏が挙げられた引歌・引詩表現四十五箇所に対して、新たに十八箇所を加えることができ、認定箇所の違いを差し引きして合計五十七箇所の引歌・引詩表現を指摘することができた。ただし、その中には認定の的確でないものも含まれていようし、私自身疑問を残さざるをえなかったものもある。また他に見落としたものもあるかも知れない。今後も注釈的研究を進めながら、より確実なものにしていきたいと思う。

それにしてもこれだけの小品の中に五十七箇所もの引歌・引詩表現というのはいかにも多い。私はかつて『海

人の刈藻』に関して同様の調査を試みたことがあるが、その結果得られたのは約二倍半の分量の全四巻でほぼ同数の五十八箇所であった。[12] これはやはり作者の引歌表現に対する関心の高さを示すものであろう。また、そうした関心は主人公の造型にも反映しているようである。たとえば、中納言が有馬の湯からの帰途、住吉のあたりを逍遥し、三津の寺を訪ねるくだりに、「村雨のほろほろとかかりければ、『名にはかくれぬ』と貫之がかこちけん古言思し出でられて」云々とあって詠歌、さらに、「寺のさまはいとあはれに、年ふりたる軒の板間に忍ぶの露しげきを、小法師ばらのうち払ひ出で入るも、はしたなきほどにはあらず見ゆるに、例の古言まづ思し出でて」『和漢朗詠集』の漢詩を口ずさんでいる（59オ・一四九〜一五〇）。このように何かというと古歌や古詩を思い出す性癖のある主人公を設定したのは、とりもなおさず作者がいかに古歌・古詩の引用にこだわっているかを如実に示すものであろう。そういう意味で、本物語の引歌・引詩の実態を詳しく検討することは、作者像に迫る上においても有効だと思われるのである。

【注】

（1）辛島正雄氏「『八重葎』物語覚書——中世物語における『狭衣物語』受容の問題と『八重葎』の位置——」『文学研究』第八二輯（昭60・3）。のち、『中世王朝物語史論』下巻（平13 笠間書院）所収。

（2）今井源衛氏「『八重葎』論」『王朝末期物語論』（昭61 桜楓社）所収。以下、今井氏の説は、特に注記しない限り、直接には同論文による。

（3）神野藤昭夫氏も本物語の引歌の多さに注目され、「その技巧も質的に悪くないものである」と作者の技量を評価されている（『研究資料日本古典文学』第一巻「物語文学」〈昭58　明治書院〉の「やへむぐら」の項）。

（4）鹿嶋正二氏「散佚物語「八重葎」に就いて」『国語国文』第四巻第七号（昭9・7）。

（5）古典文庫本『やへむぐら』（昭36　古典文庫）の［附注］。

（6）塩田公子氏「『八重葎』題名考」『岐阜女子大学紀要』第一九号（平2・3）。

（7）注（5）掲出書。

（8）辛島正雄氏「『兵部卿物語』の成立時期をめぐって」『文献探究』第一三号（昭58・12）。のち、注1掲出書所収。

（9）注（4）に同じ。

（10）注（8）に同じ。

（11）注（1）に同じ。以下の辛島説の典拠はすべて注（1）に同じ。

（12）拙稿「『海人の刈藻』引歌考」（本書所収）。

〔付記〕本稿初出発表後、田村俊介氏の労作「『八重葎』注釈」(上)・(中)・(下)（『富山大学人文学部紀要』第49号〈平20・8〉・第50号〈平21・2〉・第51号〈平21・8〉）が公刊された。『八重葎』についての初めての詳細な注釈である。引歌表現について、本稿を取り入れて下さった部分もあり、紹介すべきところが多いが、煩雑になるので、論中にいちいち言及することはしなかった。御寛恕いただきたい。

『あきぎり』引歌表現考

はじめに

厳島神社の宮司、野坂家の所蔵になる残欠の物語が、金子金治郎博士によって『野坂本物語』の仮題で紹介され、一群の擬古物語の中に加えられたのは、昭和三十六年（一九六一）のことであった（「野坂本物語解題」『国文学攷』第26号　昭36・11）。そして、それから二十余年経った昭和五十八年（一九八三）に、厳島からほど近い山口県柳井市の村上家の蔵書に『あきぎり』の内題を持つ上下二冊の完本が存在することが福田百合子氏によって報告され、書名とともにその全貌が知られるようになった（「『あききり』（柳井・村上家蔵――飜刻と考察――その一」『山口女子大学研究報告』第8号　昭58・3）。以来、福田氏の手で、本文の全文翻刻、野坂本との校合、作中和歌の考察などの基礎的研究がなされるとともに、昭和六十三年（一九八八）には『鎌倉時代物語集成』第一巻（市古貞次・三角洋一編　笠間書院）に校訂本文が収められて、いっそう研究の便宜が計られた。その頃、御伽草子との交渉から改作説を提示する辛島正雄氏の成立論（「擬古物語とお伽草子の間――新出『あきぎり』物語をめぐって――」『文学』昭63・1）が出、それを批判する東原伸明氏の論（「野坂本物語（あきぎり）」『体系物語文学史』第五巻〈平3　有精堂〉）なども出て、物語史上の位置付けについて議論がなされてきた。しかしながら、本文研究に関しては、村上家本に多数存する傍書や行間書き入れの検討など、基礎的な分析もまだ成されていない現状で、そのためにも両本の早い複製刊行が待たれるところである。

今回、私は、『あきぎり』本文研究の一環として、作中の引歌表現の調査を試みた。引歌表現の検討は、作者の和歌的教養の度合いや文章表現力を計る目安になるだけではなく、成立時期や他作品との影響関係を考察する重要な手がかりになることもあって、すでに金子博士（「野坂本物語」『物語の系譜――浅茅と芦刈――』〈啓文社　昭42〉所収）をはじめ諸先学によってある程度なされているが、網羅的な調査報告はまだないようなので、先学の研究を参考にしつつ、本文中の引歌表現と考えられる箇所をなるべく多く取り上げてみた。

物語本文の引用は『鎌倉時代物語集成』により、末尾にその頁数（漢数字）と行数（算用数字）を示した。また、和歌の引用は特に注記しない限り『新編国歌大観』により、歌番号も同書によった。物語本文中の引歌表現とおぼしき箇所には実線で傍線を付し、引かれたと思われる歌の該当表現には点線で傍線を施した。引歌であると認定しきれない場合は、参考歌として掲げた。

なお、すでに諸家の指摘がある通り、『あきぎり』には露骨と言わざるをえないほど『狭衣物語』の詞章が随所に取り込まれている。その中には『狭衣』の引歌表現をそのまま取り込んだものも少なくなく、それらは『あきぎり』独自の引歌表現とは区別する必要がある。本稿では、明らかに『狭衣』の引歌表現の利用とみなされるものについては、本文引用の後に☆印を付し、また、そのままではないが、『狭衣』にも類似の引歌表現が存在するものには＊印を付して参考に供した。

一　『あきぎり』本文の引歌表現――《上巻》

◎わがかよひぢのせきもりはすへぬにやと心やすくて（六―6）

○古今集・巻十三・恋三・六三二・在原業平（＝伊勢物語・第五段・六）

ひとしれぬわがかよひぢの関守はよひよひごとにうちもねななむ

※このあたり、「ついぢなどもくづれて、かどならぬかよひぢも、いとおゝし」（五―13）、「ついぢのくづれよりいりたまひて」（六―5）など、『伊勢物語』第五段を踏まえた表現が多い。

◎ぬねよはなくてなどうちながめて、みないりぬる（七―6）

○引歌未詳。

◎さしもながきよなれども、あふ人からとかやきゝしも（八―10）

○古今集・巻十三・恋三・六三六・凡河内躬恒

ながしとも思ひぞはてぬ昔より逢ふ人からの秋のよなれば

◎いつならひけるこいの心ぞやなど、うちながめたまひても（九―8）

○後撰集・巻十・恋二・六〇三・紀友則

わが心いつならひてか見ぬ人を思ひやりつつこひしかるらん

※あるいは、「きみによりおもひならひぬよのなかの人はこれをやこひといふらむ」（続古今集・巻十一・恋一・九四四・在原業平＝伊勢物語・第三八段・七三）を引くか。

◎しらぬむかしは」などかきながし給へる御ては（九―16）

○引歌未詳。参考歌「あまの戸のあくる日ごとにしのぶとてしらぬむかしはたちもかへらず」（拾遺愚草・巻上・一五九九）

◎なべてうきよとうきたちて（一〇―六）

○引歌未詳。

◎まくらのしたのきり〴〵すはわれのみとなきいでたるに（一一―12）

○千載集・巻五・秋下・三二九・藤原兼宗

秋のよのあはれはたれもしるものをわれのみとなくきりぎりすかな

◎「これやちぎりの」など、やうやう見しり給ふ（一二―6）

○引歌未詳。

◎つらゆきが「いもがりゆけば」とよみけんもおもひいでられて（一三―8）☆

○拾遺集・巻四・冬・二二四・紀貫之

思ひかねいもがりゆけば冬の夜の河風さむみちどりなくなり

◎人めもくさもかれのみまさりて、いとゞ心ぼそきを（一三―12）☆

○古今集・巻六・冬・三一五・源宗于

山里は冬ぞさびしさまさりける人めも草もかれぬと思へば

◎「こざらましかば」と、うちかたらひ給て（一三―12）☆

○引歌未詳。

※『源氏物語』常夏の巻にも、「『来ざらましかば』とうち誦《ず》したまひて」（「新編日本古典文学全集」本・③二三

三頁）とある。

◎とりべののくさとも、さこそおぼしなげくらめと、あはれなり（一七—2）

○引歌未詳。参考歌「ふる里をなほ恋しとやおもふらんそなたへなびくとりべのの草」（朗詠百首・八九）。

◎まくらもとこもうくばかりにてぞおはします（一七—9）

○新葉集・巻十二・恋二・七六七・二品法親王深勝

涙川枕もとこもうくものを身はいかなればしづみはつらん

◎かずならぬ身はうきくさにたとふれどさそふみづだにをとなかるらん（一九—11）

○古今集・巻十八・雑下・九三八・小野小町

わびぬれば身をうき草のねをたえてさそふ水あらばいなむとぞ思ふ

◎げにきのふけふとおもふほどに、むなしくひかずもすぎゆき（二〇—5）

○古今集・巻十六・哀傷・八六一・在原業平（＝伊勢物語・第一二五段・二〇九）

つひにゆくみちとはかねてききしかどきのふけふとはおもはざりしを

◎いまはおもはじなどつらくおぼし入たる人も（二〇—7）

○引歌未詳。

◎「これやわかれの」と、心ぼそくかなしければ（二〇—17）

○引歌未詳。参考歌「つねよりもはぎのあさつゆしげきかなこれやわかれのなみだなるらむ」（祐子内親王家紀伊集・一八）、「逢ふまでの後の命もたのまねばこれやわかれのかぎりなるらん」（頓阿句題百首・二九五）。

◎よろづ物のみかなしくて、そらもいかゞと、つねははづかしく（二一—8）

○新古今集・巻八・哀傷・八四二・右大将忠経
たれもみな涙の雨にせきかねぬ空もいかがはつれなかるべき
◎身をうのはなのゆきかなみかとさきみだれたるに（二二―10）
○引歌未詳。参考歌「神やまの身をうのはなのほととぎすくやしくやしとねをのみぞなく」（古今六帖・第四・二一八八）、「かくちのやかたなのやまのかたきしに雪か花かと浪ぞよせくる」（古今六帖・第二・一二五七）。
○引歌未詳。
◎ほととぎすのおとづれ《る》るにも、たれをしのびてなど、もろともになきくらし給ふ（二二―11）
◎あるゆふぐれのことゞ〱しきほどに（二二―11）
○新勅撰集・巻十四・恋四・八八一・よみ人しらず
ゆふされば みちたどたどし月まちてかへれわがせこそのまにも見む
※「ことゞ〱しき」は「たど〱しき」の誤写であろう。初二句、万葉集・巻四・七一二には「夕《ユフ》闇《ヤミ》者《ハ》路《ミチ》多《タ》豆《ツ》多《タ》頭《ツ》四《シ》」とあり、古今六帖・第一・三七一には「夕やみは道たどたどし」とある。
◎いとゞいなぶちのたきはさはぎまさりて（二二―4）☆
○引歌未詳。狭衣物語・巻一に「なかなかいな淵の滝も騒ぎ増さりて」（「新編日本古典文学全集」本・①二五頁）とある。
◎たゞうき身のためは、見えぬ山ぢのみこそよからめ（二二―5）＊
○古今集・巻十八・雑下・九五五・物部良名
よのうきめ見えぬ山ぢへいらむにはおもふ人こそほだしなりけれ

◎やまなしとのみ、おもひわづらひ給ふ（二二―6）＊

○古今六帖・第六・四二六八

よのなかをうしといひてもいづこにか身をばかくさん山なしの花

※『しぐれ』にも、「思へどもなをぞ悲しきいかゞせん身をかくすべき山梨の花」「山梨と思ひな侘びそもろともに深き谷にも身はかくしてん」の贈答がある（「新日本古典文学大系」本・一九頁）。

◎あくがるゝわがたまとまでみゆるかなおもふ《ひ》にもゆるよはのほたるは（二二―13）

○後拾遺集・巻二十・神祇・一一六二・和泉式部

ものおもへばさはのほたるを《も》わがみよりあくがれにける《いづる》たまかとぞみる

◎御心のうちは、しのぶもぢずりと、くるしくおぼしみだるゝ（二二―16）

○古今集・巻十四・恋四・七二四・河原左大臣（＝伊勢物語・第一段・二）

みちのくのしのぶもぢずりたれゆゑにみだれむと思ふ我ならなくに

◎心をつくして、いりぬるいそのなげきひまなく（二三―13）＊

○拾遺集・巻十五・恋五・九六七・坂上郎女

しほみてば入りぬるいその草なれや見らくすくなくこふらくのおほき

◎ともすれば、山のあなたへのみ心をかけたまへれば（二三―15）＊

○古今集・巻十八・雑下・九五〇・よみ人しらず

みよしのの山のあなたにやどもがな世のうき時のかくれがにせむ

◎ねぬにあけぬといひけん人の心もうらやましくて（二四―8）☆

○和漢朗詠集・巻上・夏夜・一五三
なつのよをねぬにあけぬといひおきしひとはものをやおもはざりけむ

◎「たつをだまきの」と、くちずさみ給ひてもながめくらし給ふ（二六―2）☆

○僻案抄・三二
おく山にたつをだまきのゆふだすきかけておもはぬ時のまぞなき

◎とをちのさとにたつけぶり、かすかにたなびきて（二六―4）

○引歌未詳。参考歌「雲かかる十市のさとのかやり火はけぶりたつともみえぬなりけり」（堀河百首・四八九・師時）。

◎見まくほしさにはいざなはれつゝ（二八―12）＊

○古今集・巻十三・恋三・六二〇・よみ人しらず（＝伊勢物語・第六五段・一二二）
いたづらに行きてはきぬるものゆゑに見まくほしさにいざなはれつつ

◎「とを山どりの、さてのみやむべきにこそ」と（二八―12）☆

○後撰集・巻十・恋二・六七九・元良親王
逢ふ事はとほ山どりのかり衣きてはかひなきねをのぞみなく

○古今六帖・第二・九二三
雲のゐるとほ山鳥のよそにてもありとしきけばわびつつぞぬる

◎此世ばかりとのみくちなれ給ひて（二八―13）

○引歌未詳。参考歌「きみこふる心のやみをわびつつは此世ばかりとおもはましかば」（千載集・巻十五・恋五・

九二五・二条院讃岐）。

◎此あきは、むしのねしげきあさぢはらにのみ、なきくらしたまひて（二八―15）

○後拾遺集・巻四・秋上・二七〇・道命法師

ふるさとはあさぢがはらとあれはてて夜すがらむしのねをのみぞなく

○狭衣物語・巻三・一〇〇

古里は浅茅が原に荒れはてて虫の音しげき秋にやあらまし

○引歌未詳。参考歌「鈴虫の声のかぎりを尽しても長き夜あかずふる涙かな」（源氏物語・桐壺・三）。

◎「まことにながき夜」とう《く》ちく《ず》さみ給ふ御さまぞ（二九―3）

○引歌未詳。参考歌「よしさらばつらき人ゆゑくたしてん身をうらみてもぬれぬ袖かは」（新千載集・巻十五・恋五・一六四〇・寂蓮法師）。

◎つらき人ゆへと、かきたるにし人のつらさは（三〇―8）

○引歌未詳。

◎ちゞのやしろをひきかけてちぎり給ひし事も（三〇―9）

※『源氏物語』総角の巻に、「千々の社をひきかけて、行く先長きことを契りきこえたまふも」（『新編日本古典文学全集』本・⑤三三七頁）とあり、『紫明抄』等は「ちかひつることのあまたになりぬればちぢのやしろもみみなれぬらん」を引歌とする。

◎これもながきかたみにやとおぼしめすも、いまはあだなれば、これなくはとて（三〇―17）

○古今集・巻十四・恋四・七四六・よみ人しらず（＝伊勢物語・第一一九段・二〇一）

かたみこそ今はあたなれこれなくはわするる時もあらましものを

◎見えぬ山ぢへとのみおぼしこがるれど（三一—7）＊

○古今集・巻十八・雑下・九五五・物部良名

よのうきめ見えぬ山ぢへいらむにはおもふ人こそほだしなりけれ

※（二二—5）に既出。

◎いとゞわが身はいつかとながめくらしたまふに（三二—7）

○引歌未詳。

◎さとふきまはしたるこがらしは、こひのつまなる心地して（三二—7）

○狭衣物語・巻一・四一（集成・上・一一九頁）

夕暮の露吹き結ぶ木枯や身にしむ秋の恋のつまなる

◎いまぞかべにそむけるともしびかゝげなどして、もちてまいりて（三二—12）

○和漢朗詠集・巻上・夏・一四四

背壁灯残経宿焔《かべにそむけたるともしびはしゆくをへたるほのほをのこせり》　開箱衣帯隔年香《はこをひらけるころもはとしをへだてたるかをおびたり》　白

◎うきはうからずと、なか〱いかゞせんと申はんべりしに（三五—3）

○引歌未詳。参考歌「わすれなむとおもふ心のかなしきはうきもうからぬものにぞありける」（大和物語・第一四三段・二三〇・在次の君）、「世の中のうきもうからず思ひとけばあさぢにむすぶ露の白玉」（西行法師家集・三九七）。

※『浜松中納言物語』巻一に、「かかるべき契りにこそは、とおぼすには、憂きも憂からぬためし、あはれにおぼして」（「新編日本古典文学全集」本・七五頁）、『とりかへばや物語』巻一末尾に、「さはれ、かくと世をか

りそめに思ひなすには憂きも憂からず、となむ」(『新編日本古典文学全集』本・二五六頁)とある。

◎われもかなしく、よそのたもとまでもいとつゆけし(三五―16)

○続後撰集・巻十八・雑下・一二五一・藤原兼輔

ふぢ衣よそのたもとと見しものをおのがなみだをながしつるかな

○栄花物語・巻九・いはかげ・七五・僧都の君(隆円)

君まさぬ宿に住むらん人よりもよその袂は乾くよもなし

◎又いつかはなど、ありのすまひもは〻《か》なくて(三六―9)

○源氏釈・桐壺・一

あるときはありのすさみににくかりきなくてぞ人はこひしかりける

○古今六帖・第五・二八〇五

あるときはありのすさびにかたらはでこひしきものとわかれてぞしる

※本文「ありのすまひ」は「ありのすさひ」の誤写と考えられる。

◎うきなかくさんくまもあるまじきにやと(三六―15)

○狭衣物語・巻二・五四

吹き払ふ四方の木枯心あらばうき名を隠す雲(深川本等「隈」)もあらせよ

◎をばながもとのおもひぐさなどは、なほうちまねきたるも(三六―17)

○万葉集・巻十・二二七四(=続後拾遺集・巻十一・恋一・六三一・よみ人しらず)

道辺之《ミチノヘノ》　乎花我下之《ヲバナガモトノ》　思草《オモヒグサ》　今更尓何《イマサラナニノ》　物可将念《モノカオモハム》

◎「たれをしのびて」とおぼしつゞけられて（三六―17）
○引歌未詳。
※（二一―11）に既出。
◎われはかり物おもふ人、又もやあるらんと、おぼえ給ふにも、さはむかしもかゝるためしにや、「おもへばみづのしたにありけり」とながめたまひけん、そめどのゝ御心のうちも、いまぞおぼししりぬる。
○伊勢物語・第二七段・五九
我ばかりもの思ふ人は又もあらじと思へば水の下にもありけり
※『伊勢物語』第二七段では歌の詠者を「女」とのみ記す。「そめどの」は、染殿后のことで、中世の『伊勢物語』注釈にこの段の女を染殿后とする説があり、それに基づいて書かれたものであろう。ちなみに、『和歌知顕集』では「五条后」とし、『冷泉家流伊勢物語抄』（書陵部蔵本）や『千金莫伝』（広島大学蔵本）、『定家流伊勢物語註』（慶応図書館蔵本・架蔵岩藤みのる氏旧蔵本）などでは「二条后」としている。
◎むねにたくものけぶりたちまさりて、おぼしこがるゝに（三八―10）
○後拾遺集・巻十二・恋二・七〇六・藤原実方
うらかぜになびきにけりなさとのあまのたくものけぶり心よわさは
◎かけても人は、もろかづら、おぼしよらぬ物ゆへ（三八―10）
○続千載集・巻十一・恋一・一〇五四・賀茂師久
我ばかりおもふもくるし玉かづらかけても人はしらじものゆゑ
◎「いかにしのぶの」と、うちながめ給ひても（三八―11）

○引歌未詳。参考歌「はては又いかにしのぶのすり衣いまだにかかる露のみだれを」（新葉集・巻十一・恋一・六七八・藤原経高）。

◎せきのたまみづ、ながれあふこともあるまじきにや（三八―11）☆

○引歌未詳。

◎日にそへてなみだにまさるこひかはのそでのしがらみせきしあへねば（三八―14）

○拾遺集・巻十四・恋四・八七六・紀貫之

涙河おつるみなかみはやければせきぞかねつるそでのしがらみ

◎ふるのふすまのためし、とまるまくらだになければ（四〇―16）

○狭衣物語・巻三・八三

塵つもる古き枕を形見にて見るも悲しき床の上かな

※『鎌倉時代物語集成』に「…ためしとまる、まくらだに…」とある読点の位置を改めた。「ふるのふすま」は「ふるきふすま」の誤写か。あるいは、『しぐれ』に、「棹に掛けたる夜の衾、並べし枕も一つに取りひそめたる有様」（『新日本古典文学大系』本・四一頁）とあるのを意識した表現なら、「よるのふすま」の誤写かも知れない。これは「衾をば畳みて棹に掛け、並べし枕の一になるをこそ嘆きしに、今は取りひそめてぞ置き給ふ」（同・二五頁）とある記述を承けたもので、『しぐれ』では「（夜の）衾」・「枕」が一種のキーワードとして用いられている。なお、『源氏物語』葵の巻には、「旧《ふる》き枕故《ふる》き衾《ふすま》、誰と共にか」という「長恨歌」の一節（新撰朗詠集・下・七三三所収）を引く。これを意識した表現とも見られる。

◎「たねまきて人もたづねぬ」など、ふるきよしあることを（四一―12）

○狭衣物語・巻二・五七
雲井まで生ひのぼらなん種まきし人も尋ねぬ峰の若松
○石清水物語・上・一三
たねまきし人も尋ねぬ姫こ松おひ行く末ぞ誰かみるべき
※辛島正雄氏指摘（前掲論文）。

二　『あきぎり』本文の引歌表現――《下巻》

◎おもふことといはでむなしくとしをへばたにのむもれ木くちはてねとや（四五―6）
○千載集・巻十一・恋一・六五一・藤原顕輔
思へどもいはでの山に年をへてくちやはてなん谷の埋木
◎「むろのやしまのけぶりならでは」とのみおぼしこがるゝぞ（四五―8）☆
○詞花集・巻七・恋上・一八八・藤原実方（＝三奏本金葉集・巻七・恋上・三七八・藤原実方）
いかでかはおもひありともしらすべきむろのやしまのけぶりならでは
◎ひめぎみは、「うきはためしも」とおぼしなげくに（四五―10）
○狭衣物語・巻三・九五
夢かとよ見しにも似たるつらさかな憂きは例もあらじと思ふに
○続古今集・巻十四・恋四・一二九九・平政村
あはざりしむかしをいまにくらべてぞうきはためしもありとしらるる

◎たゞかゝるさまをかへて、見えぬ山ぢとのみおもひしに（四五―12）＊
○古今集・巻十八・雑下・九五五・物部良名
よのうきめ見えぬ山ぢへいらむにはおもふ人こそほだしなりけれ
※（二二―5）・（三一―7）に既出。
◎なにゝしのぶのあけくれは（四六―3）
○後撰集・巻十六・雑二・一一八七・兼忠朝臣母の乳母
結びおきしかたみのこだになかりせば何に忍の草をつままし
◎くものはたての物おもはしさは、さめやるかたなし（四六―7）＊
○古今集・巻十一・恋一・四八四・よみ人しらず
夕ぐれは雲のはたてに物ぞ思ふあまつそらなる人をこふとて
◎さは「ゆめとしりせば」と、いとかなし（四六―13）
○古今集・巻十二・恋二・五五二・小野小町
思ひつつぬればや人の見えつらむ夢としりせばさめざらましを
◎げにあふにしかへばと、かゝる事にや。をしからぬ身を」など（四七―16）＊
○古今集・巻十二・恋二・六一五・紀友則
いのちやはなにぞはつゆのあだ物をあふにしかへばをしからなくに
◎御そでをさへとらへて、そでのしがらみせきかねたり（四八―4）☆
○拾遺集・巻十四・恋四・八七六・紀貫之

涙河おつるみなかみはやければせきぞかねつるそでのしがらみ

※（三八―14）に既出。

◎さてむなしくたにのむもれ木とくちはてなんも（四八―11）

○千載集・巻十一・恋一・六五一・藤原顕輔

思へどもいはでの山に年をへてくちやはてなん谷の埋木

※（四五―6）に既出。

◎よそながら見たてまつるにこそ、あらばあふせのするゑもたのまれしを（四八―12）

○拾遺集・巻十一・恋一・六四六・よみ人しらず

いかにしてしばしわすれんいのちだにあらばあふよのありもこそすれ

○続千載集・巻十二・恋二・一二〇二・法印定為

たえぬべき命を恋の恨にてあらばあふ世の末もたのまず

※「あらばあふせの」は、「あらばあふ世（よ）の」の誤読であろう。直接には続千載集歌を引いている。

◎「をのゝしのはら」と心にもあらず、いはれ給ふ（四九―1）☆

○古今集・巻十一・恋一・五〇五・よみ人しらず

あさぢふのをののしの原しのぶとも人しるらめやいふ人なしに

○後撰集・巻九・恋一・五七七・源等

あさぢふのをののしの原忍ぶれどあまりてなどか人のこひしき

◎心のうちは「しのぶもぢずり」とみえたり（五〇―6）＊

○古今集・巻十四・恋四・七二四・河原左大臣（＝伊勢物語・第一段・二）

みちのくのしのぶもぢずりたれゆゑにみだれむと思ふ我ならなくに

※（二二―16）に既出。

◎いまゝで御らんぜざりしいにしへさえ、とりかへさまほしくおぼしめす（五〇―12）

○源氏釈・若菜下・二六八

とりかへすものにもがなやいにしへをありしながらのわが身と思はん

◎「うつせみの」とのみ、ちうなごんのきみはおぼしほれて（五五―3）＊

○万葉集・巻十二・二九七二

虚蟬之《ウツセミノ》　宇都思情毛《ウツシゴコロモ》　吾者無《ワレハナシ》　妹乎不相見而《イモヲアヒミデ》　年之経去者《トシノヘユケバ》

○源氏物語・空蟬・二五

空蟬の羽におく露の木がくれてしのびしのびにぬるる袖かな

◎いかなるいわほのなかなり共、いま一たびはとたのみもありなんと（五五―5）

○古今集・巻十八・雑下・九五二・よみ人しらず

いかならむ巌の中にすまばかは世のうき事のきこえこざらむ

◎おもふ心にいざなはれつゝ、うちにのみ候たまへば（五五―13）

○古今集・巻十三・恋三・六二〇・よみ人しらず（＝伊勢物語・第六五段・一二二）

いたづらに行きてはきぬるものゆゑに見まくほしさにいざなはれつつ

※（二八―12）に既出。

◎「なにゝむかしをしのぶ」などおぼせども（五六―1）
○続千載集・巻十六・雑上・一七一八・法印宗円
たち花のはなもにほはぬ宿ならばなににむかしをおもひ出でまし
◎うきにたえせぬ身もうらめしく（五六―4）
○引歌未詳。参考歌「思ひいでてとふ言のはをたれみましうきにたへせぬいのちなりせば」（奥儀抄・一九七・無名）。
※ただし、この歌は「憂きに堪へせぬ」であり、「憂きに絶えせぬ」と考えられるここの本文には合わない。
◎しのぶのみだれ、くるしきほどなり（五七―3）
○新古今集・巻十一・恋一・九九四・在原業平（＝伊勢物語・第一段・一）
かすがののわかむらさきのすり衣しのぶのみだれかぎりしられず
◎心はのにも山にも、けふやあすやと、あくがれたまへば（五九―16）＊
○古今集・巻十八・雑下・九四七・素性法師
いづこにか世をばいとはむ心こそのにも山にもまどふべらなれ
◎かげだにいまはとおぼえしかども（六〇―14）
○引歌未詳。
◎たゞもにすむむしのわれからとのみかなしく（六〇―15）＊
○古今集・巻一五・恋五・八〇七・藤原直子（＝伊勢物語・第六五段・一二〇）
あまのかるもにすむむしの我からとねをこそなかめ世をばうらみじ

◎こよひまでのなげきのえだ(の)しげ(き)さ(ま)なく（六〇—17）＊

○引歌未詳。参考歌「わがおもふ人はたそとはみなせどもなげきのえだにやすまらぬかな」（蜻蛉日記・下・二六一・道綱）。

◎おもひにはげにたましいもあくがるゝにや（六一—10）☆

○後拾遺集・巻二十・神祇・一一六二・和泉式部

ものおもへばさはのほたるを《も》わがみよりあくがれにける《いづる》たまかとぞみる

※（二二—13）に既出。

◎たへはてにしあまのかるものこゝろづきなさは（六二—15）☆

○古今集・巻十五・恋五・八〇七・藤原直子（＝伊勢物語・第六五段・一二〇）

あまのかるもにすむむしの我からとねをこそなかめ世をばうらみじ

※（六〇—15）に既出。

◎なか〳〵なる物おもひのはなのみ、さきまさりて（六三—6）☆

○古今六帖・第四・二一九二・凡河内躬恒（＝躬恒集・二七三、貫之集・八四七）

くさもきもふけばかれゆく秋かぜにさきのみまさるものおもひのはな

◎まして此御身どもには、身はこがらしとのみおぼしほれて（六三—15）

○新古今集・巻十四・恋四・一三二〇・藤原定家

きえわびぬうつろふ人の秋の色に身をこがらしのもりのした露

◎なみだのつゆはそでよりほかにをきわたす心ちして（六四—2）☆

○後撰集・巻十八・雑四・一二八一・藤原忠国

我ならぬ草葉もものは思ひけり袖より外におけるしらつゆ

◎人しれぬおもひにつゐに身をかへば心のやみになをやまよはん（六五—1）＊

○後撰集・巻十五・雑一・一一〇二・藤原兼輔（＝大和物語・第四五段・六一・堤の中納言の君）

人のおやの心はやみにあらねども子を思ふ道にまどひぬるかな

◎たがひにそでをしぼりつゝ、かなしと見えたり（六五—12）

○後拾遺集・巻十四・恋四・七七〇・清原元輔

ちぎりきなかたみにそでをしぼりつつすゑのまつ山なみこさじとは

◎もろこしのよしのゝ山をゆめならでとありとも（六六—10）

○古今集・巻十九・俳諧・一〇四九・藤原時平

もろこしのよしのの山にこもるともおくれむと思ふ我ならなくに

◎人のとふまでなりにけるを、はづかしけれど（六六—11）☆

○拾遺集・巻十一・恋一・六二二・平兼盛

しのぶれど色にいでにけりわが恋は物や思ふと人のとふまで

◎さりながらも、いわにもまつはおふるためしなくやある（六七—12）☆

○古今集・巻十一・恋一・五一二・よみ人しらず

たねしあればいはにも松はおひにけり恋をしこひばあはざらめやは

◎をのづからあらばあせふも、まつに心をかけたまゑかし（六七—12）＊

○新古今集・巻十二・恋二・一一四五・殷富門院大輔

あすしらぬ命をぞおもふおのづからあらばあふよをまつにつけても

※「あふせ」は「あふ世」の誤読であろう。狭衣物語・巻二に、「あらば逢ふ夜のかぎりだになく」（『新編日本古典文学全集』本・①二七六頁）とあるのは、拾遺集・巻十一・恋一・六四六・よみ人しらず「いかにしてしばしわすれんいのちだにあらばあふよのありもこそすれ」（四八―13に既出）を引くと見られるが、ここでは、言葉の近似から、新古今集歌を引いたものと考えられる。

◎たれもちとせの松ならぬ身は、おくれたてまつるべきかは（六七―14）

○古今六帖・第四・二〇九六

うくもよにおもふこころにかなはぬかたれもちとせのまつならなくに

◎たゞあさがほのはなのつゆ、日かげまたぬほどにて（六八―2）

○引歌未詳。参考歌「我ならでしたひもとくなあさがほのゆふかげまたぬ花にはありとも」（新勅撰集・巻十三・恋三・八二一・在原業平＝伊勢物語・第三七段・七一）。

◎おもふにきえぬならひなれば（六八―4）

○古今集・巻一五・八〇六・よみ人しらず

身をうしと思ふにきえぬ物なればかくてもへぬるよにこそ有りけれ

◎いつかわが身のと、いとゞあぢきなふ（六八―9）

○引歌未詳。参考歌「ながづきのなごりををしといひひていつかわが身の秋にわかれん」（続後撰集・巻十六・雑上・一〇八四・寂身法師）。

◎「なみだよ、さのみ物なおもひそ」と、うちはらひてしのび給へども（六八―15）

○引歌未詳。参考歌「うき世をばあらればあるにまかせつつこころよいたくものなおもひそ」（続古今集・巻十五・恋五・一三三七・西行法師）。

◎かけひのみづのをとづれも、たえぐ＼にのみおはしまししかば（六九―5）

○詞花集・巻八・恋下・二五八・高階章行女

おもひやれかけひのみづのたえだえになりゆくほどのこころぼそさを

○新千載集・巻十四・恋四・一四五五・全仁親王

絶えねただかけひの水の音信よ中中袖はぬるるものゆゑ

○参考歌「何とただ懸樋の水のたえだえにおとづれ来ては袖ぬらすらん」（横笛草紙）、辛島正雄氏指摘（前掲論文）。

◎するのつゆ、もとのしづくをくれさきだつためし（六九―11）＊

○新古今集・巻八・哀傷・七五七・僧正遍昭

するのつゆもとのしづくや世中のおくれさきだつためしなるらん

◎いきのまつばら、いきたる人もをそければ（六九―13）

○拾遺集・巻十八・雑賀・一二〇八・藤原後生女

けふまではいきの松原いきたれどわが身のうさになげきてぞふる

◎きのふけふとはおぼえざりしに、いとゆめの心ちして（六九―13）＊

○古今集・巻十六・哀傷・八六一・在原業平（＝伊勢物語・第一二五段・二〇九）

つひにゆくみちとはかねてききしかどきのふけふとはおもはざりしを

※（二〇―5）に既出

◎うきにたえせぬいのちのつれなさは（七〇―3）

○引歌未詳。参考歌「思ひいでてとふ言のはをたれみましうきにたへせぬいのちなりせば」（奥儀抄・一九七・無名）

※（五六―4）に既出。ここも、「絶えせぬ」と「堪へせぬ」の相違に疑問あり。

◎たらちねの心のやみにいとゞしくくらきみちにもいりぬべきかな（七一―15）

○続古今集・巻十九・雑下・一七六九・藤原基良

たらちねのこころのやみをしるものは子をおもふときのなみだなりけり

○拾遺集・巻二十・哀傷・一三四二・和泉式部

暗きより暗き道にぞ入りぬべき遙に照せ山のはの月

※「心のやみ」は、「人のおやの心はやみにあらねども子を思ふ道にまどひぬるかな」（後撰集・巻十五・雑一・一一〇二・藤原兼輔）によった表現（六五―1に既出）。なおこの歌『しぐれ』の、「たらちねの親の心の闇ゆへに暗き道にやなを迷はまし」（「新日本古典文学大系」本・四七頁）に類似する（辛島正雄氏指摘、前掲論文）。

◎たゆふれひのむめはやくさき、きやうろざんのからもゝはいまだひらけぬころなれば（七二―9）

○和漢朗詠集・巻上・柳・一〇六・江納言

大庾嶺《たいゆうれい》之《の》梅早落《むめはやくおちぬ》　誰問粉粧《たれかふんさうをとはむ》　匡廬山《くゐやうろさん》之《の》杏未開《からももはいまだひらけず》　豈趁紅艶《あにこうえんをとめんや》

◎山のあなたへとのみ御心はかよひ給ふに（七二―12）＊

○古今集・巻十八・雑下・九五〇・よみ人しらず
みよしのの山のあなたにやどもがな世のうき時のかくれがにせむ
※（二三—15）に既出
◎ことにあさぎよせめせぬやどのにはのけしきも（七二—17）
○拾遺集・巻十六・雑春・一〇五五・源公忠
とのもりのともみやつこ心あらばこの春ばかりあさぎよめすな
◎「いづくもはるの」といひながら（七三—11）
○引歌未詳。参考歌「あさがすみいづくもはるのいろなれどなほめにかかるみよし野の山」（時広集・一五）。
◎てりもせずくもりもはてぬはるのおぼろ月よのかすみわたるを、にる物なしと、ながめふし給《やり》へるおりしも（七三—12）
○新古今集・巻一・春上・五五・大江千里
てりもせずくもりもはてぬ春の夜のおぼろ月よにしく物ぞなき
※新古今集・五五、千里集・七二とも末句「しく物ぞなき」。『源氏物語』花宴の巻には「朧月夜に似るものぞなき」という形で引かれている。ここはその表現によったのであろう。
◎かゝるうきよには、たゞ見えぬやまぢのみぞこひしき（七四—11）＊
○古今集・巻十八・雑下・九五五・物部良名
よのうきめ見えぬ山ぢへいらむにはおもふ人こそほだしなりけれ
※（二二—5）・（三一—7）・（四五—12）に既出。

◎ありしのぶぐさを、よそののきばにおひいで給ふを（七八―6）
○引歌未詳。
◎ちうぐうは、そでのけしきもしるからんといとつゝましくて（七九―15）
○引歌未詳。
◎あをばまじりのをそざくら、いとめづらしくさきいでゝ（八〇―5）
○金葉集（二度本）・巻二・夏・九五・藤原盛房（＝三奏本・巻二・夏・九九・藤原盛房）
夏山のあを葉まじりのおそ桜はつはなよりもめづらしきかな
◎はるのすゑばのなど、もろ共にながめさせ給ふに（八〇―5）
○引歌未詳。参考歌「さきそめし春の末葉の藤波の心ながくぞ夏にかかれる」（百番歌合　建長八年・三九七番・七九三・三位中将）。
◎あふせもかたきおもひの□《み》まさる心地して（八一―16）
○新千載集・巻一一・恋一・一〇二〇・衣笠前内大臣
恋ひわびぬ逢ふ夜もかたしおく山のいはもとこすげねのみなかれて
※「あふせも」は、「あふ世も」の誤読であろう。新千載集歌も「逢ふ世も」と読むべきか。
◎みたらしがはのみそぎは神《かみ》もうけずのならひも、わが身ひとつにやと（八一―17）
○古今集・巻十一・恋一・五〇一・よみ人しらず（＝伊勢物語・第六五段・一一九）
恋せじとみたらし河にせしみそぎ神はうけずぞなりにけらしも
◎物がなしきにも、わが身ひとり《つ》とのみなきくらし給ふ（八三―7）

○古今集・巻四・秋上・一九三・大江千里
月みればちぢに物こそかなしけれわが身ひとつの秋にはあらねど
◎ほかよりはしらせがほなるそらのけしき（八三—9）
○引歌未詳。参考歌「とやまなるいはかげ紅葉いろに出でて秋はくれぬとしらせがほなる」（殿上歌合　承保二年・二一・美作介道時朝臣）。
◎木《こ》のはをさそふあらしのをとにまぎらはして（八三—9）
○玉葉集・巻五・秋下・八〇五・月花門院
たづねずてけふもくれなば紅葉葉をさそふあらしの風や吹きなん
◎にはのにしきのちりちらずみだれあひたるいろあひを（八三—11）
○和泉式部集・一九四
散りちらずみる人もなき山里の紅葉はやみの錦なりけり
◎さそふあらしのなきほどなり（八三—12）
○玉葉集・巻五・秋下・八〇五・月花門院
たづねずてけふもくれなば紅葉葉をさそふあらしの風や吹きなん
※（八三—9）に既出。
◎あらしにたぐふ木《こ》のはのをとにつけても（八四—7）
○引歌未詳。参考歌「あかつきのあらしにたぐふかねのおとを心のそこにこたへてぞきく」（千載集・巻十七・雑中・一一四九・円位法師）。

◎くる人もまれになりぬるよな〳〵はそでのなみだに月ぞやどれる（八五―二）

○古今集・巻十五・恋五・七五六・伊勢（＝後撰集・巻十八・雑四・一二七〇）

あひにあひて物思ふころのわが袖にやどる月さへぬるるかほなる

○狭衣物語・巻四・一九〇

恋ひて泣く涙にくもる月影は宿る袖もや濡るる顔なる

◎山のあなたへとおぼしたゝぬおりなくなげき給へど（八九―8）＊

○古今集・巻十八・雑下・九五〇・よみ人しらず

みよしのの山のあなたにやどもがな世のうき時のかくれがにせむ

※（二三―15）・（七二―12）に既出。

◎あふにしも身をもいたづらにかうるためしなるに（八九―10）＊

○古今集・巻十二・恋二・六一五・紀友則

いのちやはなにぞはつゆのあだ物をあふにしかへばをしからなくに

※（四七―16）に既出。

○伊勢物語・第六五段・一一八

思ふには忍ぶることぞ負けにける逢ふにしかへばさもあらばあれ

◎つゐにたにのむもれ木《ぎ》にて、さてくちはてなんは（八九―11）

○千載集・巻十一・恋一・六五一・藤原顕輔

思へどもいはでの山に年をへてくちやはてなん谷の埋木

※（四五―6）・（四八―11）に既出。

おわりに

以上、引歌表現（引詩も含む）とおぼしき箇所を、引歌未詳のものや不確かなものも含めて百二十箇所余り指摘したが、まだ見落しもあろうかと思う。なお精細な検討が必要であろう。辛島正雄氏が論じられた御伽草子『しぐれ』との関連については本稿でも若干触れたが、その他、本物語の成立時期や作者圏の問題など、引歌表現の調査結果に絡めて改めて考えてみなければならないことがらは多いが、それらはすべて他日に期したい。

〔付記〕本稿初出発表後、「中世王朝物語全集」①『あきぎり 浅茅が露』（平11 笠間書院）が刊行された。『あきぎり』については、福田百合子氏により全訳と施注がなされている。引歌の認定に関して、概ね本稿と一致するが、異なるところもある。本稿では煩雑を避けて相違点にいちいち言及しなかったので、同書の注を参照されたい。

また、安道百合子氏「コンピュータは引用表現を探せるか――中世物語『あきぎり』における類歌検索および引用表現検索の試みを通して――」（梅光学院大学『論集』第43号 平22・1）、同「中世物語『あきぎり』の引歌表現――コンピュータによる文字列一致検索の結果をふまえて――」（梅光学院大学『論集』第44号 平23・1）は、コンピュータを使用した『あきぎり』の引歌検索の試みである。本稿と福田氏の注にない引歌の指摘もあるので、あわせて参照されたい。

『松陰中納言物語』引歌表現考

はじめに

『松陰中納言物語』は中世王朝物語のひとつで、全五巻十八章からなるやや分量のある物語である。成立は伝本の奥書から鎌倉末期ないし南北朝期と言われてきたが、近年、その筆遣いから見て室町以降まで下る可能性が高いとされるようになった。各章に「山の井」「藤のえん」といった優雅な表題が付されており、これは『源氏物語』や『栄花物語』あるいは『今鏡』や『増鏡』などに倣ったものと考えられる。主人公松陰中納言が、藤内侍をめぐる山の井中納言との鞘当てに端を発して政治的陰謀に巻き込まれて失脚、隠岐島に流されるが、やがて陰謀は発覚、松陰は許されて帰京する一方、陰謀に加担した人々はそろって出家するという筋立てである。これにさまざまなエピソードを加え、各章が短編物語的なまとまりを持って語られている。室城秀之氏が、「複雑な構想・登場人物をよくまとめ、ゆるみがない点など、擬古物語の中でも注目される」と言い、「松陰中納言の失脚に関しての因果応報譚の中に、恋愛譚・継子いじめ譚・神仙譚・霊験譚などをからめた複雑な物語の展開をよくまとめあげている一方、個々の登場人物に対しての深みなどの点では欠けるきらいがある」（『研究資料日本古典文学①物語文学』昭58　明治書院）と言われ、また、桑原博史氏が、「現実描写を志向する方向と、生霊や神鳥の出現、観音の奇蹟などの伝奇的な要素とが、ほどよく一編の中におさまっているのも、作者の手腕をしのばせる」（『日本古典文学大辞典』第五巻　昭59　岩波書店）と言われているように、擬古物語としての評価は概して低くない。確かに、物語の主流が短編の御伽草子化していく中世後期にあって、王朝物語の雰囲気を留めた長編の物語として、『松陰中納言物語』は『夢の通ひ路物語』などとともにその存在を主張している作品と言ってよいであろう。

『松陰中納言物語』も、中世王朝物語の例に漏れず、構想・文章表現・人物造型その他さまざまな点において、先行の王朝物語、特に『源氏物語』の圧倒的な影響下にある。松陰中納言の隠岐島配流とその子中将の須磨謫居には光源氏の須磨・明石への流謫が、松陰の娘弘徽殿の女御の出産時に侍従の生霊が物の怪となって現れる場面には葵の巻が、松陰の子田鶴君の恋人山吹の女の入水事件には浮舟物語がというように『源氏物語』の模倣・影響箇所は枚挙にいとまがない。これらは単に作者の力量不足ゆえの模倣というよりは、当時の読者が『源氏物語』の換骨奪胎を好んだことにもよると思われるのだが、いずれにせよ作者が『源氏物語』をはじめとする王朝物語に精通していたことは間違いない。

作者には、物語だけでなく、和歌に関する素養も並々ならぬものがあったようである。作中には百二十七首の和歌があり、同規模の中世王朝物語と比べても少ない方ではない（ちなみに、『我が身にたどる姫君』は百七十一首、『苔の衣』と『夢の通ひ路物語』はともに九十九首である）。桑原氏が「文章に会話文が少ないのに比し、心中思惟や独白の歌が意外に多く、和歌の教養も深い人の作のようである」（前掲書）と言われる通り、作中和歌が重要な機能を果たしている。そして、筋の展開が速いために事件の叙述を中心とした文章のように見えるが、実は、古歌を踏まえた表現を多用した叙情的な文章も随所に見られ、そこにも作者の和歌的教養の高さが表われているのである。

本物語の引歌表現に関しては、すでに中村忠行氏「『松蔭中納言物語』の成立」（『福田良輔教授退官記念論文集』昭44　九州大学文学部）と斎藤道親氏「松陰中納言物語雑考—その文学史的周辺—」（『古典の諸相—冨倉徳次郎博士古稀記念論文集—』昭44　冨倉徳次郎先生の古稀を祝う会）の先行研究があるが、その後網羅的な調査報告がなされたことはないようである。そこで本稿では、両論文の驥尾に付して、『松陰中納言物語』の本文中の引歌表現と作中和歌の先行詠利用について、できるだけ細かく調査し、結果を報告することにした。

テキストには、市古貞次・三角洋一編『鎌倉時代物語集成』第五巻（平4　笠間書院）所収本（底本は尊経閣文庫蔵本）を用い、引用本文の末尾に章番号（丸数字）と章題、その箇所の頁数と行数を（章題・頁—行）の形で示した。なお、引用に際しては、私に句読点や引用符の位置を改めたり新たに付した場合がある。また、歌集の引用および歌番号はすべて『新編国歌大観』によった。物語本文中の引歌表現とおぼしき箇所には実線で傍線を引き、引かれたと考えられる歌の該当表現部分には点線で傍線を施した。漢詩も和歌に準じて扱った。引歌の典拠には最も重要と思われる歌書を優先して掲げ、必要に応じて他文献における所在を括弧に入れて示した。引歌が複数想定できる場合は並記した。底本の本文に不審がある場合は該当箇所に括弧して注記し、また項目の末尾に※印を付して必要なコメントを加えた場合もある。

作中和歌が利用したと見られる先行詠を指摘したものについては、用例番号をゴシック体にして散文中の引歌表現と区別した。中村・斎藤両氏の論文ですでに指摘されているものについては、引歌または先行詠の引用のあとに［中］［斎］のように記してそのことを明示した。

一　第一（山の井〜ぬれぎぬ）

〔1〕松かげのしらべ《（ぜカ）》にかよふ琴のねの我笛たけにあふよしもがな　（①山の井・五一—10）

○拾遺集・巻八・雑上・四五一・斎宮女御

ことのねに峯の松風かよふらしいづれのをよりしらべそめけん

〔2〕山路より影をさそひていとゞしく月に色そふしらぎくのはな　（①山の井・五三—13）

○千載集・巻五・秋下・三五〇・藤原家隆

さえわたる光を霜にまがへてや月にうつろふ白ぎくのはな　［斎］

〔3〕玉の緒のながきためしに引かへてつれなき松の色をこそみれ　（①山の井・五四—5）

○新古今集・巻八・哀傷・八一五・権大納言長家

たまのをのながきためしにひく人もきゆれば露にことならぬかな

〔4〕御ふみを見せたてまつれば、いかゞおぼしけるにや、「あはずは何を」との給へれば、いとうれしくて、御すゞりをまいらす。（①山の井・五四—6）

○古今集・巻十一・恋一・四八三・読人しらず

かたいとをこなたかなたによりかけてあはずはなにを《（ゝカ）》たまのをにせむ

〔5〕御文のはしにいとちいさう、「はつねのけふの玉はうき」とかき給へり。（①山の井・五四—7）

○古今六帖・第一・子日・三六・大伴やかもち（＝万葉集・巻二十・四五一七）

はつ春のはつねのけふの玉ばはき手にとるからにゆらく玉のを

〔6〕きさらぎやむかしのけふのけぶりとて我ももえなんたえぬおもひに（①山の井・五四—12）

○源氏物語・柏木・五〇一

いまはとて燃えむけぶりもむすぼほれ絶えぬ思ひのなほや残らむ

〔7〕思ひやれ夢のうきはしと絶してなく〳〵かへる道しばの露（①山の井・五六—4）

○新古今集・巻一・春上・三八・藤原定家朝臣

春の夜のゆめのうき橋とだえして峰にわかるる横雲のそら［斎］

○新拾遺集・巻十一・恋一・九九三・皇太后宮大夫俊成女（＝千五百番歌合・二三七五）

思ひねの夢のうき橋とだえしてさむるまくらにきゆる面影［中］［斎］

○玉葉集・巻十七・雑四・二三八六・皇太后宮大夫俊成

わけきつる袖のしづくか鳥部野のなくなくかへる道しばの露［中］

〔8〕道しばの露うちはらふ袖よりも心にかゝるゆめのうきはし（①山の井・五六—6）

○新千載集・巻十二・恋二・一一七〇・よみ人しらず

はかなしや待つほどふけてねぬるよの心にかくる夢のうきはし［中］［斎］

〔9〕我身こそ露とはきえめ残しをく小はぎがもとを風にあらすな（②藤のえん・五八—13）

○源氏物語・桐壺・2

宮城野の露吹きむすぶ風の音に小萩がもとを思ひこそやれ

〔10〕いかにせんうき俤をみたらしのみそぎを神のうけぬためしに（③ぬれぎぬ・六〇—5）

○古今集・巻十一・恋一・五〇一・読人しらず（＝伊勢物語・第六五段・一一九）

恋せじとみたらし河にせしみそぎ神はうけずぞなりにけらしも

〔11〕むさし野の草をみながら吹風になびくを君がこゝろともがな（③ぬれぎぬ・六一—15）

○古今集・巻十七・雑上・八六七・よみ人しらず

紫のひともとゆゑにむさしのの草はみながらあはれとぞ見る

※この歌は、巻第三（⑧文あはせ）に、「むさし野の草を見《ママ》ながらふく風とありけると」（八九—7）・「むさしのゝ風にや」（九二—14）と、何度も引用されている。

〔12〕夕まぐれひとつはなれてとぶ鴈はねぐらさびしきねにや鳴らん（③ぬれぎぬ・六二—16）

○六百番歌合・恋・二十二番左・八二三・顕昭

ゆふまぐれひとつはなれてとぶとりもねにゆく方はありけりとみゆ［中］

〔13〕なれ〳〵し宿の木末に今はとて月やあるじとすみかはるらん（③ぬれぎぬ・六三—12）

○拾遺集・巻六・別・三五一・贈太政大臣

君がすむやどのこずゑのゆくゆくとかくるるまでにかへりみしはや

○玉葉集・巻十四・雑一・一九八一・西園寺入道前太政大臣（＝千五百番歌合・一三八八）

秋をへていくよもしらぬふる郷の月はあるじにすみかはりつつ［中］

〔14〕涙川うき瀬はありとうたかたのきえてぞすまんもとの汀に（③ぬれぎぬ・六四—1）

○新後撰集・巻十二・恋二・九一〇・如願法師

涙川うき瀬にまよふ水のあわのさすがにきえぬ身をいかにせん［中］

〔15〕都の御名残のつきさせ給ふまじき事なりければ、千夜を一夜になせりとも、明ゆく空はうらめしからまし。

（③ぬれぎぬ・六四―7）

○続古今集・巻十三・恋三・一一五七・よみ人しらず（＝伊勢物語・第二二段・四六）

あきのよの千よをひとよになせりともことばのこりてとりやなきなん（③ぬれぎぬ・六四―14）

〔16〕ながれゆく身はそれならでしがらみを心にかくる賀茂の川なみ

○大鏡・左大臣時平・一四・菅原道真

ながれゆくわれはみくづとなりはてぬ君しがらみとなりてとどめよ〔斎〕

〔17〕ながるとも賀茂の川なみ立かへりいま一たびのあふせともがな（③ぬれぎぬ・六四―16）

○千載集・巻十六・雑上・九六九・大斎院中将（＝三奏本金葉集・巻九・雑上・五一九・読人不知）

みそぎせしかもの川なみたちかへりはやくみしせに袖はぬれきや

○玉葉集・巻二十・神祇・二七六七・左京大夫顕輔

わがたのむかもの河波たちかへりうれしきせぜにあふよしもがな〔中〕〔斎〕

○後拾遺集・巻十三・恋三・七六三・和泉式部

あらざらんこのよのほかのおもひいでにいまひとたびのあふこともがな〔中〕

〔18〕御かたちのいとちいさうなるまゝに、やがて霧にうづもれたまへば、さらぬわかれの御心地ぞし給へる。（③ぬれぎぬ・六五―1）

○古今集・巻十七・雑上・九〇〇・業平朝臣のははのみこ（＝伊勢物語・第八四段・一五三）

老いぬればさらぬ別もありといへばいよいよ見まくほしき君かな〔斎〕

○古今集・巻十七・雑上・九〇一・なりひらの朝臣（＝伊勢物語・第八四段・一五四）

世中にさらぬ別のなくもがな千世もとなげく人の子のため

〔19〕まだきしぐれの程もしらるゝいなり山の紅葉（③ぬれぎぬ・六五―2）

○古今集・巻十五・恋五・七六三・よみ人しらず

わが袖にまだき時雨のふりぬるは君が心に秋やきぬらむ

○新古今集・巻六・冬・五七八・清原元輔

冬をあさみまだき時雨《(ママ)》を思ひしをたえざりけりな老の涙も［斎］

〔20〕うづらなくらむ野辺もあとになりて、ふしみのさとにとゞまらせ給へり。（③ぬれぎぬ・六五―2）

○千載集・巻四・秋上・二五九・皇太后宮大夫俊成

夕されば野べのあきかぜ身にしみてうづら鳴くなりふか草のさと［斎］

※俊成歌の本歌は、古今集・巻十八・雑下・九七二・よみ人しらず「野とならばうづらとなきて年はへむかりにだにやは君かこざらむ」（＝伊勢物語・第一二三段・二〇七）。この歌も念頭に置かれている。「うづらなくらむ野辺」とは、深草の里をさす。

〔21〕かきくらす心のやみにたちそひて行衛にまよふ淀の川霧（③ぬれぎぬ・六五―7）

○古今集・巻十三・恋三・六四六・なりひらの朝臣（＝伊勢物語・第六九段・一二七）

かきくらす心のやみに迷ひにき夢うつつとは世人さだめよ［斎］

〔22〕やう〳〵過行給ひつゝ、「人にはつげよ」とながめ給ひつる海づらを見わたさるゝに（③ぬれぎぬ・六五―10）

○古今集・巻九・羇旅・四〇七・小野たかむらの朝臣

わたのはらやそしまかけてこぎいでぬと人にはつげよあまのつり舟［斎］

二　第二（あづまの月〜車たがへ）

〔23〕「もろこしのふなのりすなるやよひの比のながめも、かくまではあらじ」とおぼすに（④あづまの月・六八―7）

○万葉集・巻十九・四一七七・大伴宿祢家持

漢人《カラヒト》毛《モ》　筏浮而《フネヲウカベテ》　遊云《アソブテフ》　今日曽和我勢故《ケフゾワガセコ》　花縵世奈《ハナカヅラセナ》

※この家持歌は、天平勝宝二年（七五〇）三月三日の曲水宴の詠。

〔24〕名残あるこよひの月にたぐへつゝめぐりあふべき空なわすれそ（④あづまの月・六九―16）

○拾遺集・巻八・雑上・四七〇・たちばなのただもと（＝伊勢物語・第一一段・一六）

わするなよほどは雲ゐに成りぬともそら行く月の廻りあふまで

〔25〕あひみての後こそ物はかなしけれ人めをつゝむ心ならひに（④あづまの月・七〇―7）

○拾遺集・巻十二・恋二・七一〇・権中納言敦忠

あひ見てののちの心にくらぶれば昔は物もおもはざりけり

○続後撰集・巻十三・恋三・八三八・中務

あひ見てののちさへもののかなしくはなぐさめがたくなりぬべきかな［斎］

〔26〕かなしさもしのばんこともおもほえずわかれしまゝの心まどひに（④あづまの月・七〇―16）

○続拾遺集・巻十八・雑下・一三三四・平親清女妹

けふまでもながらふべしと思ひきや別れしままのこころなりせば［斎］

※典拠とするにはやや弱いかも知れない。

〔27〕「軒のしのぶも色に出ておかしくさぶらへば」とて（④あづまの月・七一―17）

○新古今集・巻十一・恋一・一〇二七・花園左大臣

わが恋もいまは色にやいでなまし軒のしのぶも紅葉しにけり

※「おとこ君は、しのぶの色に出ける言の葉をおもひあはさせ給ひて」（④あづまの月・七二―3）も、これに呼応した表現。

〔28〕あけぬれば、御車たてまつりて、鳥羽までおはしつるに、山のゐの少将の御をくりにまいらせけるに、御船にめさせ給はんとて、中将、

めぐりあはんほどはいつともしら波のあはれをかけよ行末の空

つゐにほゐとげ給はざりしかなしさを、人しれずの給はす。少将、

わするなよ雲の浪路はへだつともともにみし夜の月とおもはゞ（⑤あしの屋・七三―8）

○拾遺集・巻八・雑上・四七〇・たちばなのただもと（＝伊勢物語・第一一段・一六）

わするなよほどは雲ゐに成りぬともそら行く月の廻りあふまで

※〔24〕にも既出。

○玉葉集・巻二十・神祇・二七八二・後白河院御製

わするなよ雲は都をへだつともなれてひさしきみくまの（にイ）月［斎］

〔29〕都の御恋しうおぼし出され給ひけるにや、「雲ゐのよそふ」とうちあんじ（ずイ）、御涙をうかべさせ給ひけるに（⑤あしの屋・七四―5）

○古今集・巻八・離別・三六七・よみ人しらず
限なき雲ゐのよそにわかるとも人を心におくらさむやは
※東北大学蔵本に「雲ゐのよそにとうちずんじ」とある本文に従う。

〔30〕せき吹こゆる秋風の程は、むしの声々たちそひて、月に心もすみわたりしに（⑤あしの屋・七四―9）
○続古今集・巻十・羈旅・八六八・中納言行平
たび人はたもとすずしくなりにけりせきふきこゆるすまのうらかぜ
※続古今集歌というよりは、『源氏物語』須磨の巻の記事「行平の中納言の、関吹き越ゆると言ひけん浦波」云々を踏まえた表現かと思われるが、「浦波」ではなく「秋風」であるところが続古今歌に近い。

〔31〕思はぬかたへたなびき給へるも、ふかきえにしにこそあれ。（⑤あしの屋・七八―12）
○古今集・巻十四・恋四・七〇八・よみ人しらず
すまのあまのしほやく煙風をいたみおもはぬ方にたなびきにけり

〔32〕かたみとは思はずながらわかるればたもとにつゝむ須磨のうら浪（⑤あしの屋・七九―1）
○古今集・巻八・離別・四〇〇・よみ人しらず
あかずしてわかるるそでのしらたまを君がかたみとつつみてぞ行く

〔33〕関守に心《(よカ)》あらなんわが袖にあかぬわかれは須磨のうら浪（⑤あしの屋・七九―3）
○新続古今集・巻五・秋下・五九九・前中納言為秀
関守もとめぬ日数に秋くれてあり明の月のすまのうら波［中］

〔34〕ふりつもる庭のしら雪は、ふみわくべき人しなければ、さし入月の影のみことゝひがほにさえわたる。（⑥

車たがへ・八三―16）

○新千載集・巻六・冬・七〇六・前参議能清

ふみわくる跡こそなけれ心だにかよはぬやどの庭のしら雪

〔35〕年かへりぬれど、山ざとの心ちし給ひて、鶯の声にのみ、春かと思ひしらせ給へり。（⑥車たがへ・八四―3）

○古今集・巻一・春上・一四・大江千里

うぐひすの谷よりいづるこゑなくは春くることをたれかしらまし

〔36〕見る人もあらざる物をふるさとの軒端の梅よなにゝほふらむ（⑥車たがへ・八四―5）

○続拾遺集・巻一・春上・五〇・鎌倉右大臣

たれにかもむかしをとはんふる郷の軒ばの梅も春をこそしれ

○新古今集・巻十六・雑上・一四四六・大弐三位

梅の花なににほふらむ見る人の色をも香をも忘れぬるよに

〔37〕我ごとく君やこひしき梅の花むかしの春をおもひ出なば（⑥車たがへ・八四―7）

○能因法師集・一八二（源為善歌）

くれなゐのなみだにそむる梅の花むかしの春を恋ふるなるべし

※為善歌は、古今集・巻十五・恋五・七四七・在原業平朝臣「月やあらぬ春や昔の春ならぬわが身ひとつはもとの身にして」（＝伊勢物語・第四段・五）を本歌とすると考えられる。

三　第三（むもれ水〜ねの日）

〔38〕時しあればしられぬ谷の埋木も花にはそれとあらはれにけり（⑦むもれ水・八六―10）

○詞花集・巻一・春・一七・源頼政（＝平家物語（覚一本）・巻一・九）

みやま木のそのこずゑともみえざりしさくらははなにあらはれにけり［中］

〔39〕大納言のしがらみともなりなんものを、世をはゞかる身にしあれば、思ひ過しつれ。（⑦むもれ水・八七―2）

○大鏡・左大臣時平・一四・菅原道真

ながれゆくわれはみくづとなりはてぬ君しがらみとなりてとどめよ

〔40〕など、くもりもはてぬ月を見給はで、たれこめてはおはするぞ（⑦むもれ水・八七―14）

※〔16〕にも既出。

○新古今集・巻一・春上・五五・大江千里

てりもせずくもりもはてぬ春の夜のおぼろ月よにしく物ぞなき

〔41〕かゝるうき身のなげきには、いつかは涙くもらで月も見なんや。をろかなるこそ、中〳〵（⑦むもれ水・八七―16）

○古今集・巻十二・恋二・五五七・こまち

おろかなる涙ぞそでに玉はなす我はせきあへずたきつせなれば

〔42〕晴やらぬ心にまよふうき雲のいかでか月の影をもらさん（⑦むもれ水・八八―4）

○続後撰集・巻十・釈教・六一八・摂政前太政大臣

はれやらぬ心の月に雲まよりこのあかつきぞすみまさりける　［斎］
○続拾遺集・巻四・秋上・二九五・左京大夫顕輔
相坂の関のし水のなかりせばいかでか月の影をとめまし　［中］
※この二首、典拠としてはやや弱いか。
〔43〕あふひ草けふのながめはちはやぶる神代にかへる君が言の葉（⑧文あはせ・九〇―5）
○新千載集・巻十六・雑上・一七七九・常磐井入道前太政大臣
いにしへを思ひつづけてながむれば神代にかへる秋のよの月
〔44〕夏の夜の空しらみわたりて、ほとゝぎすの一声にあくるをしらさせ給へり。（⑧文あはせ・九〇―14）
○古今集・巻三・夏・一五六・きのつらゆき
夏の夜のふすかとすれば郭公なくひとこゑにあくるしののめ
〔45〕むぐらふの庭にたもとをかたしきて露にはぬるゝ君をおもへば（⑧文あはせ・九一―8）
○伊勢物語・第三段・四（＝大和物語・第一六一段・二六九）
思ひあらば葎の宿に寝もしなむひしきものには袖をしつつも
〔46〕ともし火かすかに木丁のほかにみえて、おきもせずねもし給はぬ御けはひのいとあてやかにみえ給ひぬ。
（⑧文あはせ・九一―11）
○古今集・巻十三・恋三・六一六・在原業平朝臣（＝伊勢物語・第二段・三）
おきもせずねもせでよるをあかしては春の物とてながめくらしつ
〔47〕磯の波軒のしぐれのをとにさへ思ひしよりもぬるゝ袖かな（⑨おきの嶋・九三―15）

○新後撰集・巻十八・雑中・一四〇八・藤原基頼
身ひとつのうきにかぎらぬこの世ぞと思ひなせどもぬるる袖かな〔中〕
※ただし、典拠としてはかなり弱いと思われる。
〔48〕いとちいさう木の葉のちりうきたらん程にみゆる物から、ほどなくそれとみえわかるゝも、「古郷人にや」とおぼすに、過行まゝにみえず成行ば、「もろこしへ行舟にやあらん」と、しらぬわかれまであはれとおぼす。（⑨おきの嶋・九四―1）
○後拾遺集・巻八・別・四九九・読人不知
いかばかりそらをあふぎてなげくらんいくくもゐともしらぬわかれを
※「しらぬわかれ」の語を詠み込む歌は他にもあるが、この歌は、詞書に「成尋法師もろこしにわたりはべりてのちかのははのもとへいひつかはしける」とあるので、引歌と認める。
〔49〕海のむかひにみえかくるゝは、八雲たちけん神代につくり給ひし八重垣にや。（⑨おきの嶋・九四―4）
○古今集・仮名序（＝古事記・上巻・一、日本書紀・巻一・一）
やくもたついづもやへがきつまごめにやへがきつくるそのやへがきを〔斎〕
〔50〕うしろのかたは山たかうして、ふきおろす松のあらしの浪につゞきて、都にかよふ夢のせきもりにこそ。（⑨おきの嶋・九四―6）
○新拾遺集・巻九・羇旅・八〇〇・前大僧正実超
故郷にかよふただぢはゆるさなん旅ねのよはの夢の関守
〔51〕神無月の末より雪いといたう降つもりて、つま木をとるべき道をうしなひ、いはまをもとめてくみし清水

も、いつしかこほりにとぢはてられ、冬こそげに物うき事のかずまさるなれ。（⑨おきの嶋・九四―7）

○古今集・巻六・冬・三一五・源宗于朝臣

山里は冬ぞさびしさまさりける人めも草もかれぬと思へば

〔52〕京より御つかひありて、よるのふすまなど奉り給ふとて、

あふことのうつゝならねばさよごろも夢をむかしにかへしてもきよ

御かへし、

しら浪のよるの衣をかへしてもぬれこそまされ夢はむすばで（⑨おきの嶋・九四―8）

○古今集・巻十二・恋二・五五四・小野小町

いとせめてこひしき時はむば玉のよるの衣を返してぞきる

〔53〕今朝よりは此嶋かげもかすみけり我身にたぐふ春やきぬらむ（⑨おきの嶋・九四―17）

○続後拾遺集・巻一・春上・一・前大納言為世

今朝よりや春は来ぬらんあら玉の年立ちかへりかすむ空かな［中］

※これは、典拠としては弱いかと思われる。

〔54〕見わたせば霞の末もかすみけり八重のしほ路の春のけしきは（⑨おきの嶋・九五―3）

○新古今集・巻十七・雑中・一六一一・家隆朝臣

見わたせば霞のうちもかすみけり煙たなびくしほがまのうら［中］［斎］

〔55〕我御よはひをゆびおらせ給へるに、みつといひつゝ七とせばかりの春ををくりつるに、かばかりいとまありつる事こそなかりつれ。（⑨おきの嶋・九五―10）

○伊勢物語・第一六段・二四

手を折りてあひ見しことをかぞふれば十といひつつ四つは経にけり

〈56〉「わかき御心をつくさせ給ふらん」とおぼしやらせ給ひて、なぐさめ給ふらんも、御心のやみにまよはせたまひぬるほどもしられて、いとかなし。（⑨おきの嶋・九六―8）

○後撰集・巻十五・雑一・一一〇二・兼輔朝臣

人のおやの心はやみにあらねども子を思ふ道にまどひぬるかな

〈57〉春すぎて夏はきぬれどいたづらにぬぎこそかへね浪のぬれぎぬ（⑨おきの嶋・九七―5）

○新古今集・巻三・夏・一七五・持統天皇（＝万葉集・巻一・二八）

はるすぎて夏きにけらし白妙の衣ほすてふ天のかぐ山［斎］

○新千載集・巻三・夏・一九一・前大納言為定

春過ぎてけふぬぎかふるから衣身にこそなれね夏はきにけり［中］

〈58〉さみだれに水まさるとも三瀬川みのりの舟のさしてゆくべき（⑨おきの嶋・九九―4）

○続古今集・巻三・夏・二四二・祐盛法師

さみだれにみかさまさりてうきぬればさしてぞわたるさののふなばし［斎］

〈59〉物おもふかたへぞよらめうきみるのうき世の中のならひしれとて（⑨おきの嶋・九九―10）

○新千載集・巻十七・雑中・一九五〇・前右兵衛督為成

彼のうへによるべをたどるうきみるのうき事しらですぐす世もがな［斎］

〈60〉御庭より舟の出入ける程なれば、まくらのしたに海士の釣するためしも思ひ出らる。（⑨おきの嶋・九九―13）

○源氏釈・宿木・三八一
恋をしてねをのみなけばしきたへの枕のしたにあまぞつりする
〔61〕荻の葉のそよぐにをどろかるれども、暑さのいと残りけるまゝに、所をもかへ給はず（⑨おきの嶋・九九—16）
○拾遺集・巻三・秋・一三九・つらゆき
荻の葉のそよぐおとこそ秋風の人にしらるる始なりけれ
○古今集・巻四・秋上・一六九・藤原敏行朝臣
あききぬとめにはさやかに見えねども風のおとにぞおどろかれぬる
〔62〕千さとのほかまでの人の心はさこそ（⑨おきの嶋・一〇〇—17）
○和漢朗詠集・巻上・秋・十五夜付月・二四二
三五夜中新月色《さんごやちうのしんぐゑつのいろ》　二千里外故人心《じせんりのほかのこじんのこころ》　白
〔63〕めぐりあひてみるぞ嬉しき月影もむかしにかへるすまのうら浪（⑨おきの嶋・一〇四—6）
○続古今集・巻十八・雑中・一六六九・月華門院
はまちどりあとをみるにもそでぬれてむかしにかへるすまのうらなみ［斎］
〔64〕三位中将は、松かげ殿のみなみに、ならべて殿づくりし給はんとて、しほがまの浦の絶てけぶりもたゝざりしを、とのより池をほりつゞけさせて、御舟のゆきかよふやうにし給へり。（⑩九重・一〇五—8）
○古今集・巻十六・哀傷・八五二・つらゆき
君まさで煙たえにししほがまの浦さびしくも見え渡るかな

四　第四（うゐかぶり〜やまぶき）

〔65〕さもおはせば、御後の世までも心のやみにまよひぬべければ、ともしびとなりぬべき御わざの事までさたしのたまひて、御涙ぐませたまへば（⑫うゐかぶり・一一一—17）

○後撰集・巻十五・雑一・一一〇二・兼輔朝臣

人のおやの心はやみにあらねども子を思ふ道にまどひぬるかな

※〔56〕にも既出。

〔66〕神ぢ山嶺の朝日のくもりなくのどけき御代にめぐりあふ哉（⑫うゐかぶり・一一三—12）

○続後撰集・巻九・神祇・五三九・荒木田延季

神ぢ山みねのあさひのかぎりなくてらすちかひやわがきみのため［斎］

〔67〕木のまよりもりくる月に心をつくさせ給ひしより（⑬をと羽・一一五—2）

○古今集・巻四・秋上・一八四・よみ人しらず

このまよりもりくる月の影見れば心づくしの秋はきにけり

〔68〕人はいさをば捨山の月を見てなぐさめにけるわが心かな（⑬をと羽・一一五—11）

○古今集・巻十七・雑上・八七八・よみ人しらず

わが心なぐさめかねつさらしなやをばすて山にてる月を見て［斎］

〔69〕打わたす夢（草イ）のはらには、色〻の花咲みだれて、夕露にやどれる影の風にみだるゝこそ、玉ちる計に物思ふ袖のけしきもしらるなれ。（⑬をと羽・一一六—1）

○後拾遺集・巻二十・雑六・神祇・一一六三・きぶねの明神
おくやまにたぎりておつるたきつせに《の》たまちるばかりものなおもひそ

〔70〕少弐のもとへまいりて、うへはむかしの御名残もさぶらふなれば、身をうき草の根ざしの絶にし事をもなげき侍らんと、よすがをもとめてさぶらひしに（⑭みなみの海・一一九―2）

○古今集・巻十八・雑下・九三八・小野小町
わびぬれば身をうき草のねをたえてさそふ水あらばいなむとぞ思ふ［斎］

※斎藤氏が同時に指摘された「待ちわびぬ身をうき草のうきながら逢瀬にさそふ水の便を」（新千載集・巻十三・恋三・一三七二・源盛実）は、この小町歌を本歌としたもの。

〔71〕わくらばにとふ人もがなさつまがたおきのこじまに我はありやと（⑭みなみの海・一二〇―16）

○古今集・巻十八・雑下・九六二・在原行平朝臣
わくらばにとふ人あらばすまの浦にもしほたれつつわぶとこたへよ［斎］

○千載集・巻八・羇旅・五四二・平康頼（＝平家物語（覚一本）・巻二・一五）
さつまがたおきの小島にわれありとおやにはつげよやへのしほかぜ［中］［斎］

〔72〕つらゆきが「みどりなる松にかゝれる」とよめるも、此御庭の池の汀にたてり。（⑬やまぶき・一二一―13）

○新古今集・巻二・春下・一六六・貫之
みどりなる松にかかれる藤なれどおのがころとぞ花はさきける［斎］

※詞書「藤の松にかかれるをよめる」、貫之集（五〇）詞書「池のほとりに藤の花松にかかれる」。いずれも詠作場所は明記しないが、堀川殿との伝承があったか。

〔73〕女君もねられ給はざりけるにや、きぬ引かづき給へるを、おどろかさせ給へど、いらへ給はねば、「花いろ衣ぬしやたれ」とてよりふし給へり。（⑮やまぶき・一二四—5）

○古今集・巻十九・雑体・一〇一二・素性法師
山吹の花色衣ぬしやたれとへどこたへずくちなしにして

〔74〕よこ雲の嶺にわかるゝ名残とてしほるゝ袖に有明の月（⑮やまぶき・一二四—9）

○新古今集・巻一・春上・三八・藤原定家朝臣
春の夜のゆめのうき橋とだえして峰にわかるる横雲のそら

※〔7〕にも既出。

〔75〕うつゝとも夢ともわかぬわかれ路は袖にやどらぬ有明の月（⑮やまぶき・一二四—11）

○古今集・巻十三・恋三・六四六・なりひらの朝臣（＝伊勢物語・第六九段・一二七）
かきくらす心のやみに迷ひにき夢うつつとは世人さだめよ

※〔21〕にも既出。

五　第五（花のうてな〜宇治川）

〔76〕此世にだにもあらましかば、都鳥にも事とひてなぐさまめ（⑯花のうてな・一三〇—1）

○古今集・巻九・羈旅・四一一・在原業平朝臣（＝伊勢物語・第九段・一三）
名にしおはばいざ事とはむ宮こどりわが思ふ人はありやなしやと

〔77〕さそらひし我身の春をかぞふれば花のおもはん事もはづかし（⑯花のうてな・一三一—16）

○古今六帖・第五・名ををしむ・三〇五七
いかでなほありとしらせじたかさごの松のおもはんこともはづかし［斎］
〔78〕立わたる霞はゝれて山の名の朝日いざよふ花のしらくも（⑰はつ瀬・一三三—3）
○新葉集・巻二・春下・九五・右兵衛督成直
たちわたる霞のひまにあらはれぬ山又やまの花の白雲［中］
〔79〕初瀬山尾上の花の咲ぬれば雲にぞこもるいりあひのかね（⑰はつ瀬・一三三—11）
○玉葉集・巻二・春下・一五四・権僧正憲淳
初瀬山をのへの花はかすみくれてふもとにひびく入相の声［中］
○新拾遺集・巻二・春下・一八九・入道二品親王尊円
初瀬山をのへの花はちりはてて入逢のかねに春ぞくれぬる
〔80〕あかでみる花にぞつらきこもり江のはつ瀬の山にいりあひのかね（⑰はつ瀬・一三三—13）
○風雅集・巻十六・雑中・一六五七・民部卿為定
こもりえのはつせのひばら吹きわけて嵐にもるる入あひのかね［中］
〔81〕夕づくひさすやはつせの山ざくらふかきおもひの色にたぐへて（⑰はつ瀬・一三三—15）
○夫木抄・巻四・春四・一二四三・後九条内大臣
ゆふ附日さすやたかきの山ざくら花のひかりぞ空にうつろふ［斎］
〔82〕めぐりあはん空なたのみそみるとてもつゐにはにしの山のはの月（⑰はつ瀬・一三六—13）
○新続古今集・巻八・釈教・八五九・前中納言為相

へだつなよつひには西とたのむ身の心をやどす山のはの雲［中］

〔83〕僧都の御心こそすみもわたらめ、はし姫も衣かたしきてわかつ人（まつ人カ）のあればこそ（⑱宇治川・一三八―6）

○古今集・巻十四・恋四・六八九・よみ人しらず

さむしろに衣かたしきこよひもや我をまつらむうぢのはしひめ

※斎藤氏が指摘された「中絶えむものならなくにはし姫のかたしく袖や夜半にぬらさん」（源氏物語・総角・六六六）と「はしひめのかたしき衣さむしろに待つよむなしき宇治の曙」（新古今集・巻六・冬・六三六・太上天皇）は、ともにこの古今集歌を本歌としたもの。

〔84〕河風のさむくふくらんいづみ川のほとりにて、やせおとろへたる尼の、おとゞを見奉りてさめ〴〵となくをあやしくおぼして（⑱宇治川・一三九―3）

○古今集・巻九・羈旅・四〇八・よみ人しらず

都いでて今日みかの原いづみ河かは風さむし衣かせ山

〔85〕一すぢにうき世をおもひはなれまいらせて、衣かせ山ときこえしすそ野に庵をしめて、三とせがほどこそすみさぶらふなれ。（⑱宇治川・一三九―5）

○古今集・巻九・羈旅・四〇八・よみ人しらず

都いでて今日みかの原いづみ河かは風さむし衣かせ山

※〔84〕にも既出。

〔86〕「けふは都へ」と人〳〵をきさはぐに、御ふみをだに取かはしたまはで、柳の梢のかくるゝまでかへり見たまふ。（⑱宇治川・一四一―11）

○拾遺集・巻六・別・三五一・贈太政大臣
君がすむやどのこずゑのゆくゆくとかくるるまでにかへりみしはや
※〔13〕にも既出。
〔87〕うへの御手にて「ほの〲とあかし」とかゝせたまはするも、いとおかしくこそ。（⑱宇治川・一四二―6）
○古今集・巻九・羈旅・四〇九・よみ人しらず
ほのぼのと明石の浦の朝霧に島がくれ行く舟をしぞ思ふ［斎］
※左注に「このうたは、ある人のいはく、柿本人麿が歌なり」とあり、古来人麻呂の代表作として伝えられた。
〔88〕おもひきや身をうろくづとなしはてゝ宇治のあじろによらん物とは（⑱宇治川・一四三―14）
○保元物語・巻上・二（崇徳院歌）
思ひきや身をうき雲となしはててあらしの風にまかすべしとは
〔89〕けふ君のふるさとへおもはずまかりてさぶらへ。あねはの松をこそ（⑱宇治川・一四六―7）
○伊勢物語・第一四段・二二
栗原のあねはの松の人ならば都のつとにいざといはましを
※覚綱集・四五「みやこまできみをおくらんくり原やあねはの松にわれならずとも」は、この伊勢物語歌を本歌としたもの。

おわりに

以上、本稿では、先学の研究成果も採り入れつつ、全体で八十九箇所の引歌表現および作中和歌の先行詠を指摘した。引歌・本歌として意識されているかどうかやや疑わしいものも中にはあるけれども、物語の分量から言って、八十九箇所という数は決して少ないわけではないであろう。はじめに記したごとく、本物語の作者は和歌的教養の高い人物であることが知られるのである。

典拠とされた歌集を見ると、『古今集』をはじめとする三代集が多いのはもちろんのことであるが、以後の勅撰集では、八代集のみならず二十一代集のほぼ全体にわたっている。南北朝期以降に作られた勅撰集では、『風雅集』〔80〕、『新千載集』〔8・34・43・57・59〕、『新拾遺集』〔7・50・79〕、『新続古今集』〔33・82〕と、『新後拾遺集』を除く各集から歌が採られている。これによれば、本物語の成立は『新続古今集』が編まれた永享十一年（一四三九）よりも後のこととなる。東北大学図書館狩野文庫蔵本には建徳二年（一三七一）の「南陽伯」による奥書があり、本奥書に長元（承元の誤かと言う）元年（承元元年は一二〇七年）書写のことが見えるので、これを信じて鎌倉期あるいは南北朝期の成立と見る説もあるが、室町中期以降の成立と考えるべきであろう。他に『新葉集』〔78〕を典拠とした引歌表現も指摘され、南朝にゆかりの深い人物の手になるという見解も有力になる。

成立や作者の問題については、なおさまざまな角度から考察を加える必要があるので、それらは今後の課題とし、ここでは引歌表現の検討から得られた見通しだけを簡単に述べるにとどめておく。

Ⅳ　本文校訂考

『貝合』本文存疑考・二題

はじめに

先師稲賀敬二先生の生前最後の御著書は、小学館の「新編日本古典文学全集」の『堤中納言物語』の校注であった（平成12年9月刊）。思えば、昭和四十七年八月の「日本古典文学全集」本刊行以来、昭和六十二年一月の「完訳日本の古典」に続いて、二度目の改版である。先生は、版ごとに校注に手を入れられたのはもちろんのこと、解説を大幅に書き換えておられる。旧版「全集」本に示された成立と享受に関する新見を「完訳」では「クイズ的享受論」として展開され、藤原定家編集説に言及、さらに「新編全集」では「短編物語の集合論」に発展、中務・景明の時代、頼通の時代、そして定家の時代と、数段階にわたる成立過程を想定されるなど、自由な発想に基づいた新鮮で刺激的な作品世界の読みを次々と進化させて見せて下さった。同じ作品に対しても、常に弛まぬ探究心を持ち続けていらっしゃったゆえである。

本稿は、「新編全集」本の校注に導かれながら、その中の一編『貝合』に関して、本文上の疑問箇所二点について、試解を提出してみようとするものである。

一　随身は人数に入らない？

『貝合』の冒頭は、蔵人の少将が有明の月に誘われて忍び歩きに出てくるところから始まる。以下に、「新編全集」本により本文を引用する（傍線は引用者、以下、他書の引用についても同じ）。

長月の有明の月にさそはれて、蔵人少将、指貫つきづきしく引きあげて、ただ一人、小舎人童ばかり具して、やがて、朝霧もよく立ち隠しつべく、ひまなげなるに、「をかしからむところの、あきたらむもがな」と言ひて歩み行くに、木立をかしき家に、琴《きん》の音ほのかに聞こゆるに、いみじううれしくなりて、めぐる。（四四五頁）

忍び歩きなので目立たぬように、蔵人の少将は、「ただ一人、小舎人童ばかり具して」出て来たのであった。そして、琴の音がほのかに聞こえる家を発見して大喜びするのだが、門も築地もしっかりしていて、忍び入る隙はない。

門《かど》のわきなど、くづれやあると見けれど、いみじく、築地《ついぢ》など全《また》きに、なかなかわびしく、「いかなる人の、かく弾き居たるならむ」と、わりなくゆかしけれど、すべきかたもおぼえで、例の、声出ださせて随身にうたはせたまふ。（四四五～六頁）

琴の主に興味が惹かれるが、どうしようもないので、例のごとく少将は随身に和歌を吟詠させる。声のよい供人に和歌を吟じさせる例は、「新編全集」本の頭注に記すように、『源氏物語』若紫巻に「御供に声ある人してうたはせたまふ」（引用は「新編全集」本による。以下同じ）とある。この随身も声がよかったのであろう。随身は本来、貴人の護衛のため勅宣により賜る舎人だが、実際にはガードマンとしての仕事以外にも使い走りをしたり恋の仲立ちをしたりというようなこともあったようだ。忠誠心が強いだけでなく、風流を解し、才気のある随身は主人の信頼が篤く、側近の従者としてどこに行くにも随行していたものと思われる。この声のよい随身も蔵人の少将にとって最も信頼のおける従者だったのだろう。

ところが、蔵人の少将は「ただ一人、小舎人童ばかり具して」出て来たとあった。小舎人童だけを伴っていたはずなのに、ここで唐突に随身が現れて歌を吟じるというのはどういうことであろうか。いったいこの随身はいつの間にどこから現れたのか。

このことについて、「新編全集」本の頭注には、「随身が従っているのは当然のこととして略したとも、端役は場面に応じて突然登場させられる物語の方法ともみられる」と記す。この注はすでに旧版「全集」本から存在している。

「随身が従っているのは当然のこととして略した」という見方は、「日本古典文学大系」本（寺本直彦校注）に、「少将は随身二人を賜わる例で、当然随行する故、前には『小舎人童ばかり』として数えぬ」とあり、松尾聰氏『堤中納言物語全釈』（昭46　笠間書院）に、「随身はついてくるのがきまっているので数の外のつもりであろう」とあるのなどによるのだろう。確かに、少将の外出時に随身が従うのは当然だからあえて記す必要はないというのも一理あろう。しかしながら、それは随身が黒衣のような存在で、物語の場面で何ら目立つ言動をすることがない場合ではなかろうか、「例の」とあるごとく、この随身は美声を買われてしばしば歌を吟詠させられており、恋愛に発展するかも知れない出会いの機会を作るという重要な役割を担わされているのだから、少将にとって空気のような存在というわけにはいくまい。しかもこの随身は、翌日、少将がいろいろな貝をちりばめた見事な洲浜を持参した時、和歌を付けたその洲浜を持って随行した由が書かれている。「例の随身に持たせて」と、この歌を吟じさせた随身に持たせたとわざわざ記しているのは、作者がこの随身に存在感を与えていることに他ならない。なのに何の働きもしない小舎人童だけを挙げて、「ただ一人、小舎人童ばかり具して」と言い、随身の存在を無視しているのはいかにも腑に落ちない。

また、「端役は場面に応じて突然登場させられる物語の方法ともみられる」というのも、長編物語の場合ならともかく、『貝合』のような短編で、しかもその直後に登場する随身を、場面に応じて突然登場させたというのはいかがなものか。どうして作者は小舎人童には言及するのに随身には触れないのか。しかもわざわざ「ただ一人、小舎人童ばかり具して」と、ことさら随身を無視したような書き方をしているのは、どうにも納得がいかない。

もっとも、「講談社学術文庫」本（三角洋一訳注）には、「随身にうたはせたまふ」に注して、「琴の調べに心引かれる男がいることを知らせようと、みずから詠んだ歌を、随身の小舎人童にうたわせるのである」と記すから、小舎人童と随身を同一人と解しておられるようである。これも一つの合理的な解釈かも知れない。しかし、『源氏物語』澪標巻に「河原の大臣の御例をまねびて、童随身を賜りたまひける」云々とあるごとく、童の随身もいたようではあるが、恋の歌を朗々と吟詠するこの随身が童であるとはとても思えない。それに、もし童随身ならそう書けばよいのであって、あえて紛らわしく「小舎人童」と書くことはないであろう。

「学術文庫」本は、類似場面の例として『海人の刈藻』巻一にある権大納言の北山の雪見場面を挙げているが、そこには、「随身の乗りたる馬にうち乗り給ひて、少納言御供にて、蓮台野・船岡山・北山・知足院などの雪御覧じけるに、随身・童など走り参り」云々（「中世王朝物語全集」本・一七〜一八頁）とある。随身は決して無視されるような存在ではない。同じ物語では、主人公新中納言の出家場面においても、随行した「御随身なりつぎ」がともに出家するという重要な役割を果たしている。

ところで、貴人の従者として、随身と小舎人童はしばしば併記される。『堤中納言物語』では、『ほどほどの懸想』に、「ましてそのきはの小舎人、随身などは、ことに思ひとがむるも、ことわりなり」（四一三頁）とある。この「小舎人」は「小舎人童」のことと解される。また、『源氏物語』若菜下巻には、源氏の住吉参詣の威儀を記して、「数も知らず、いろいろに尽くしたる上達部の御馬、鞍、馬副《むまぞひ》、随身、小舎人童、次々の舎人などまで、ととのへ飾りたる見物《みもの》またなきさまなり」（『新編日本古典文学全集』本・④一六九〜一七〇頁）とあり、『狭衣物語』巻三にも、賀茂祭を控えて人々が念入りに準備するさまを表現して、「随身、小舎人、雑色の姿、馬、鞍、舎人、その夜の飾りを、いかでめでたうめづらしきさまに、人に優《すぐ》れんと思し営むをばさるものにて」云々（『新編日本古典文学全集』本・②一四五頁）とある。これらの例を思えば、『貝合』のこの冒頭場面も、「ただ一人、小舎人童ばかり具して」ではなく、「随身・小舎人童ばかり具して」とでもあってしかるべきではなかろうか。

二 「ただ一人」は「随身」の誤写か

そこで、想像されるのは、本来「随身・小舎人童ばかり具して」とあったものが、転写の過程で「ただ一人、小舎人童ばかり具して」に誤ったのではないかということである。つまり、「ただ一人」は、「随身」の誤写である可能性がありはすまいかと思うのである。

「新編全集」の底本である島原松平文庫旧蔵桃園文庫本では、「ただ一人」は「たゝひとり」、二箇所の「随身」は「すいしん」とそれぞれ仮名書きされている。榊原家旧蔵桃園文庫本・広島大学蔵浅野家旧蔵本・三手文庫今井似閑本などの諸本も同様である。仮名書き同士では「すいしん」から「たゝひとり」への誤写は考えにくいけれども、たとえば「随身」が「すい人」と当て字で表記されていた場合は「すい人」から「たゝ一人」への誤写は考え得るのではなかろうか。あるいは、「随」の草体を「唯一」と誤って、「随人」を「唯一人」と誤写したということも考えられようか。

この誤写説が成り立つならば、最初から蔵人の少将は随身と小舎人童を伴っていたことになり、その随身が美声を張り上げて和歌を吟詠するという展開は全然唐突ではなくなる。同じ『堤中納言物語』の一編『はなだの女御』の冒頭場面には、「いやしからぬすき者の、いたらぬところなく、人に許されたる」男が、「やむごとなきところにて、物言ひ懸想せし人は、このごろ里にまかり出でてあなれば、まことかと行きてけしき見むと思ひて、いみじく忍びて、ただ小舎人童ひとりして来にけり」（四七一頁）とある。この場合、男は小舎人童だけを連れていて、随身は伴っていなかったのだろう。女たちに歌を詠みかけた時にも、男は自分で「うちうそぶ」いており、随身はまったく出てこない。貴人の外出に随身が伴うのは常識だからわざわざ書かないという説は、やはり受け入れ難いと言わざるを得ない。

三　「十三ばかり」の姫君とは

もう一箇所、本文に関する疑問点を取り上げる。蔵人の少将が「八《やつ》、九《ここのつ》ばかりなる女子《をんなご》」に手引されて「西の妻戸に、屏風押し畳み寄せたるところ」に入り、童の主人である姫君を覗いたところの記述である。

…母屋《もや》の簾に添へたる几帳のつまうちあげて、さし出でたる人、わづかに十三ばかりにやと見えて、額髪のかかりたるほどよりはじめて、この世のものとも見えず、うつくしきに、萩襲の織物の袿、紫苑色など、押

し重ねたる、頬杖をつきて、いとものなげかしげなる。(四四八〜九頁)

と姫君の様子が描写される。問題にしたいのは、傍線を付した「わづかに十三ばかりにやと見えて」という、蔵人の少将が姫君の年齢を推測した部分である。ほんの十三歳くらいに見えたというのである。

「十三ばかり」という本文については諸本まったく異同はない。この年齢について「新潮日本古典集成」本(塚原鉄雄校注)は、「成熟直前の女性年齢。『源氏物語』で、紫の上の新枕は十四歳(葵)、女三宮の輿入は十四、五歳(若菜上)である。恋愛情事の対象となりえない女性年齢」と注する。的確な注であろう。が、「十三ばかり」という本文には少々ひっかかりを感じる。それは、程度を表わす副詞「ばかり」を用いる際の『貝合』作者の筆法である。先に蔵人の少将の手引をした女童を「八、九ばかりの女子」(四四六頁)と表現していることを述べた。『貝合』には、他に次のような表現がある(括弧内は「新編全集」本の頁数と行数)。

・いと好ましげなる童べ、四、五人ばかり走りちがひ(四四六・7)

・十四、五ばかりの子ども見えて(四四八・9)

・いと若くきびはなるかぎり十二、三ばかり(四四八・10)

・このありつるやうなる童、三、四人ばかり(四五一・5)

これらは、いずれも連続する二つの数字を挙げて、副詞「ばかり」で規定する範囲を示した表現である。これらに照らすと「十三ばかり」という表現にはやや違和感がある。これだけが「十三」という数字一つに限定しているのが不自然なのである。ここも前後二つの数字を並べた表現であってしかるべきではなかろうか。

もっとも、『貝合』には、「十ばかりなる男に」(四四九・3)とか「ただ同じほどなる若き人ども、二十人ばかり」(四五三・14)という表現もある。しかしながら、これらは「十」あるいは「二十」というきりのよい数字を挙げて概数を記したものと考えられるので、「十三ばかり」の場合とは異なる。

思うに、「十三ばかり」は、「十一、二ばかり」の誤写なのではないであろうか。「十一二」と書かれた数字を「十三」と誤って写した本が現存諸本の共通祖本になっているのではないかと思うのである。そう考えた方が他の「ばかり」の用法から見て不自然さがない。

こういう「ばかり」の用法は、『貝合』だけに限ったことではなく、『堤中納言物語』の他作品にも次のように見られる。

・清げなる法師二、三人ばかりするて（『このついで』四〇一・13）
・いま少し若やかなる人の、十四、五ばかりにやとぞ見ゆる（『このついで』四〇二・6）
・髪たけに四、五寸ばかりあまりて見ゆる（『このついで』四〇二・7）
・若き人々二、三人ばかり（『このついで』四〇二・10）
・御年のほどぞ二十に一、二ばかり余りたまふらむ（『逢坂越えぬ権中納言』四三四・11）

二番目の例は『貝合』のこの箇所に酷似した表現である。『源氏物語』においても、若菜上巻の冒頭近くに、女三宮の年齢を「そのほど御年十三四ばかりにおはす」とあるごとく、同様の用法は多くの例がある。これらから見てもやはり、『貝合』のこの箇所は「わづかに十一、二ばかりにやと見えて」とあるのが本来であったと見るのがよいと思われる。「十一、二ばかり」では「十三ばかり」よりも一、二歳ばかり若くなるが、それでも「集成」本の注に言う「成熟直前の女性年齢」であることには変わりなかろう。女三宮の輿入れは十四、五歳であったが、実在の中宮彰子の入内はわずかに十二歳であった。また、他作品に「十一、二ばかり」の用例を捜すと、たとえば『風に紅葉』巻一に、女装の若君をさして「十一、二ばかりなる人」（『中世王朝物語全集』本・三五頁）と記している例などが挙げられる。

おわりに

『貝合』の本文に関して、諸本異同のない箇所であり、諸注誤写を疑わない二箇所に関して、いささか大胆な校訂案を示してみた。『堤中納言物語』の現存本はすべて、かなり損傷の多い一本を共通祖本としていると考えられ、校合で解決できない文意不通箇所が少なくない。推測による恣意的な本文校訂は厳に謹むべしという批判は当然あるけれども、たとえば後藤康文氏の一連の論考のように、柔軟な思考であるべき本文の姿を追究する試みも勇気を持って行なう必要があろうと思う。本稿で扱ったのは、作品の主題や本質に関わるものとは程遠いささいな問題だが、正確な作品読解のための一助となればと思う。

『在明の別』本文校訂覚書

はじめに

平安時代最末期の成立と目される物語『在明の別』は、『無名草子』に「今の世の物語」として挙げられた四編の物語の筆頭に記され、『風葉和歌集』には二十首（他に詞書中に一首あり）の和歌が採られるなど、かなり重要な物語として位置づけられていたようである。しかしながら、その伝来は長い間不明であって、戦後になるまで、伝本の存在が知られることはなかった。ところが、昭和二十七年に天理大学附属天理図書館の所有となった西荘文庫旧蔵本の中から『在明の別』三冊が発見されたのである。これが現存唯一の伝本である。

この本は昭和三十年に曽沢太吉氏によって学界に紹介されて以来、研究が積み重ねられてきた。そのうち、本文の校訂に関しては、昭和三十二年から三十三年にかけて曽沢氏と中村忠行氏の校・解題になる『有明の別』上・下（「古典文庫」130・119）が出、次いで、昭和四十四年に大槻修氏による総合的研究書『在明の別の研究』と、翌四十五年にその本文編を独立させたテキスト版『在明の別』が出た（ともに桜楓社刊）。本文編は、厳密な校訂本文と、詳しい頭注を付した最初の注釈書である。さらに大槻氏は、読みやすくした校訂本文に現代語訳を対照させた新書版『有明けの別れ―ある男装の姫君の物語―』(「対訳日本古典新書」創英社)を昭和五十四年に出し、この物語の一般への普及に貢献した。南條範夫氏の小説『有明の別れ』(昭61 講談社、平3 講談社文庫)が書かれたのも大槻氏の著作から想を得てのことという。この間、昭和四十七年には、伝本の写真複製が「天理図書館善本叢書」の一冊として出され(第六巻『あさぢが露・在明の別』八木書店)、容易に原本の筆遣いを披見できるようになった。そして、昭和六十三年には、『鎌倉時代物語集成』(笠間書院)の第一巻に、市古貞次・三角洋一両氏の校訂による新たな翻刻本文が収載された。近々、「中世王朝物語全集」(笠間書院)の第三巻として、全訳を付した新たな注釈が中野幸一・横溝博両氏の校訂で出される予定である。こうして、本文研究に限っても、この四十年ほどの間にかなりの発展を見たことがわかる。

しかしながら、にもかかわらず、『在明の別』の本文がどこまで読み解けているかというと、はなはだ心もとないものがあることもまた事実である。何しろ、伝本が天下の孤本である上に、成立時期から五百年以上も隔たる近世中期の書写本に過ぎない。しかも、流麗な筆跡の美本ではあるが、明らかな誤写や誤脱も目につき、他本との校合や訂正の跡もない。本書の出現はまことに僥倖ではあったけれども、本文の信頼度には隔靴掻痒の感を拭えないのである。曽沢・中村両氏、大槻氏、市古・三角両氏らの校訂は、それぞれに本文批評上の高い見識に基づいた仕事であり、まことに有意義ではあるが、それでもなお、解決しない不審箇所が少なからず残されている。

この点に関して、鈴木一雄氏が、「後世末流の伝写本が一本しか存在せず、しかも少なからざる誤脱が存するといった場合、できるだけ多くの人々によって読解が試みられ、それぞれの結果をたがいに示し合って、さらにその合否妥当を多角的に比較検討するほか、読解安定の方途は望めないのかも知れない。多くの時間を要することである」と述べておられる（「『有明の別れ』ところどころ」『金沢大学国語国文』第六号 昭53・3）のは、まったくその通りだと思う。そういう姿勢で鈴木氏は、『在明の別』の本文解釈上のいくつかの問題点について独自の解釈や本文校訂の案を出されており、非常に有益であるが、残念なことに、主に巻一の初めの部分における疑問箇所を扱った論考一編が発表されただけで、その後続稿は書かれなかったようである。

そこで、本稿では、鈴木氏と同様の問題意識に立脚して、私なりに『在明の別』の本文批判を試みてみたいと思う。鈴木氏の慧眼には及ぶべくもなく、諸先学の驥尾に付す形になるが、この物語の本文読解上に少しでも参考になればと思う。なお、みだりな推測本文の構築は厳しく慎まなければならないことは重々承知しているが、上述のごとき本文状況であってみれば、推測による本文校訂の私案を提出してみるのもまったく意義なしとしないと考えるのである。

本文の引用は、原則として『鎌倉時代物語集成』によるが、当然のことながら「天理図書館善本叢書」の写真版を常に参照した。その他の校訂本文による場合は、その旨を明記する。本文の所在の表記は、原本の丁数と行数により、『鎌倉時代物語集成』のページ数と行数も併記した。

一　巻一

①「あまりにけぢ《か》・くけうらなるかたにすゝみて」（4オ・10、三一一・4）

主人公右大将（実は女性）の美しい容貌を描写した箇所である。前後を記すと、二十歳に三つか四つ足らぬ年ごろの右大将は、「御かたちあかぬ所なくねびとゝのひて、かぎりなくらうたげにうつくしきさまは、千よを一夜まもりきこゆともあくまじき」さまであったが、「あまりにけぢ・く《か》けうらなるかたにすゝ」んでいて、大人の男子としては背丈が低いのがやや気になるのも、今となっては何の不足とも思えないのであったという。当該部分、原文は「あまりにけちく」とあるのを、諸注「か」の字の脱と見て「あまりにけぢかく」と校訂する。しかし、そうすると、大槻氏の訳文に「あまりに親しみやすく、清美なタイプに成長して」とあるような意味になり、「けぢかく」と「けうらなる」の間にどこかちぐはぐな感じがするし、「千よを一夜まもりきこゆともあくまじきを」とある、逆接の接続とも合わないように思える。ここは、親しみやすさよりもむしろ右大将のあまりに高潔なさまを言ったものと見る方がよいのではなかろうか。そこで、原文「けちく」は「けたかく」の誤写で、右大将があまりにも高貴な美しさで、どちらかというと近寄りがたいような雰囲気を持っていることを言ったものではないかと思う。「計多可久」とあった「多可」が「知」に誤写されたものであろう。『源氏物語』玉鬘の巻に、四歳の玉鬘を評して「いとうつくしう、ただ今から気高くきよらかなる御さまを」（「新編日本古典文学全集」本・③八九頁）云々とあるのが参考になろう。

② **「春宮もたち給みこたちをはしまさねば」**（5ウ・4、三一一・16）

大槻氏は、「も」を「に」の誤写と見て、「春宮にたち給ふ皇子たちおはしまさねば」と校訂する。それでもよいかも知れないが、原文「毛」に誤写されそうな「に」の字体は思いつかないので、「春宮にも」の「に（尓）」が脱落したと見る方がよいのではないかと思う。「古典文庫」本や『鎌倉時代物語集成』本は誤写を想定していない。

③「この君ばかりがに（み）ごもり給て」（6ウ・3、三一二・9）

左大臣に男子が生まれず世継がなかったため、さまざまな祈りをした結果、「この君」すなわち女右大将だけが生まれて、神の啓示があったので、女でありながら男子として育てることになったことを説明する箇所である。ここは、諸注「に」を「み」の誤写と見て、「みごもり給て」と校訂する。しかしながら、「この君ばかりが」という格助詞と整合しない感がある。そこで、「かに（可尓）」を「み（美または見）」の誤写と見て、「この君ばかりみごもり給て」と校訂することはできないであろうか。なお、鈴木一雄氏は、「かに」の上に「には」の脱落を想定し、「この君ばかりにはかにこもり給て」とする案を出された。それも一案であろうが、「こもる」だけで母の胎内に宿る意ととれるかどうかは疑問である。

④「みぬ人のかたちをはせぬも」（7オ・1、三一二・13）

女右大将が隠れ蓑を身につけて徘徊し、あらゆる女性のところに忍び入ってその容貌を見たが、我ながら、鏡に写る自分の姿に並ぶような人は見出すことができなかったと言っている部分である。ここは諸注校訂しない箇所だが、「みぬ人のかたちをはせぬも」はどうもわかりにくい。「人のかたち」で一語で、見ない「人のかたち」はまったくいらっしゃらない、という意かも知れないが、ことによると、「かたち」は、「かたも」ないし「かたぞ」の誤写で、「見ない人の所はない」の意になるのではないかと思う。あるいは「かた〴〵」の誤写であるかも知れない。なお、これに続く、「げにかゞみのかげにたぐふばかりの御身ながらも、えぞみいでたまはぬ」も、どこか整わない。「たぐふばかりの」の下に「人」が脱落しているのではないであろうか。

⑤「わかき人のことにつもりあるまじくなどはあらぬさまなるぞ」（7ウ・4、三一三・3）

北の方の目を盗んで、継子の姫君のもとへ忍んでくる左大将をこっそり手引する侍女（のちに「侍従」と呼ばれる）を形容した部分である。諸注疑いをはさまない箇所であるが、「つもり」がわからない。大槻氏は、「うら若い女房で、特に心づもりのなくはないような」と訳し、「つもり」を「心づもり」の意ととるが、それでよいのだろうか。辞書によると、「つもり」には、「予想・推測・想像」などの意はあるが、「心づもり」の意は挙げられない。もしかすると、「つもり」は誤写であって、本来は「さとり」なのではなかろうか。「さとり」は、学問や宗教上の理解について言うことが多いが、もっと一般化して知恵や知識の意でも用いる言葉である。『うつほ物語』吹上・下に、「仲忠世間に悟ありと雖も、彼が時にあはず」（『日本古典文学大系』本・一・三六九頁）とあるのは、仲忠の利発さ、すぐれた理解力を言っている。しかも、このように「さとり」は、「さとりあり」という形で用いられることが多いのである。原文「川毛里」は「佐止里」を誤写したものと考えてよさそうである。すると、「若い女房ではあるが、特に物事の善悪のわきまえがないはずはなさそうなのが」の意になって、わかりやすい。後に、この侍従という女房は、「すこし思ひやりなきわか人にて」（23オ・4、三二二・15）と書かれるが、それもこの「さとり」のなさを言い換えたものであろう。なお、「さとり」の語は、本物語にも、「さすがにとしへぬるみち〳〵のそこいなき御さとりにつけて」（31オ・5、三二七・13）云々、「我御みながら、あまりよにあまるばかりの御さとりのふかさにて」（75オ・2、三五四・8）云々などいくつかの用例がある。なお、この校訂案は、広島大学文学部の平安文学研究会でこの箇所を読んでいたとき、当時四年生の山本奈央さんが発案したものであることを明記しておく。

⑥「日ごろだに心よりほかにた《(こ)》をしきかたにやと、しづ心なかりつるを」（11オ・6、三二五・7）

三位の中将が三条のあばら家の女を訪れていたが、次に中務の宮の北の方のもとへ行くにあたって、別れ際に弁明する場面の一節である。「たをしきかたにや」がよくわからない。大槻氏は、「恋しきかたにや」と校訂し、「あなたが、心に反して、他の恋しいお方へ、心をなびかせているのではないかと、落ち着いた気もしなかったものを」と訳す。「古典文庫」は「た《(こカ)》をしき」と傍記し、『鎌倉時代物語集成』も掲出した通り「た」を「こ」に校訂する。「こをしき」と校訂するのは、「こひし」の古形「こほし」を宛てようというのであろうか。そうであれば、意味は大槻説と同じになるが、「こほし」の用例は『万葉集』など上代の韻文に限られるので無理があろう。「こひしき」と校訂すれば問題ないが、「こひ」を「多遠」と誤写する過程が想定しにくい。これは、大槻氏が〈本文考〉で別解として示されたごとく、「たはしき」の誤写と見る方がよいように思う。「たはし」は「戯し」で、好色な、ふしだらなの意で、『落窪物語』『栄花物語』などに用例がある。こう解すると、「日ごろ逢わない間でさえ、我が意に反して、あなたが誰か好色な男と馴染むのではないかと気が気でなかったのに」の意になる。「多半」を「多乎」と誤読して、「多遠」と書写したのではなかろうか。

⑦「さばかり心もとめざんめる物を、さてもえ思はなれぬよ」（13オ・1、三二六・10）

同じ場面で、三位の中将が帰った後、戸口にすべり寄って泣く女を見ての右大将の感慨である。諸注校訂せず、大槻氏が「あれほど男が気もとめなかったようなのに、それでいて女の方は、諦めることもできないものなのだなあ」と訳すような意にとっているらしい。「とめざんめる」は、「とゞめざんめる」の踊り字が落ちたものかとも思われるが、そうすると、実は、三位の中将が出て行く際に何度も立ち帰って声をかけたり歌を詠んだりする様子を見て、右大将が「げにむげに心とゞめずもみえざんめるを」と思ったことと矛盾する。まるで心を留めていないようには見えないけれども、大して留めてはいなかったのだと言えば言えるが、やはりどこかちぐはぐな感がある。そこで、「心もとめざんめる物を」は、「心もとなかんめる物を」の誤写と考えられないであろうか。「あれほど三位の中将の心は信用できそうにないのに」の意となって、状況に合うように思われる。後に、「さとわかぬ月の心は、たのもしげなかんめる物を」(14ウ・9、三一七・12)とあるのも、ほぼ同内容のことを言っていると考えられる。ただ、「なか」が「めさ」に誤写される過程が想定しにくいのが難点ではある。

⑧「ついぢなどなくて、こなたはかどもなし」(16オ・2、三一八・7)

三位の中将が忍んで行った中務の宮の北の方の住む右大臣の三条の家の様子である。諸本校訂はしないが、「ついぢなどなくて」は不審である。築地がないはずはない。築地があって門がなかったのであるはずだ。すぐ後に「にしのかたにすこしくづれたるかたよせ《(り)》、やをらいりてみれば」とあって、築地の崩れから入ったのであるから、築地はあったのだ。思うに、「なくて」は、「ながくて」の誤写ではなかろうか。「奈可久天」とあったものが、「可」の字は「久」に繋がる場合、あるのかないのか紛らわしくなるので脱したのだと思われる。大槻氏は、この箇所について、「右大臣の住む家にしては、荒廃の度合が激しい」と評された。築地もないのであればまったくその通りだが、さすがに右大臣の家で、築地は長々と築かれていたのである。ただ、少し崩れたところはあった。それは『伊勢物語』第五段で、大后の宮が住むはずの東の五条の家に築地の崩れがあったのと同じことである。

⑨「こよひはゝ女御こ（衍）のき日なりければ」（16・ウ、三一八・15）

中務の宮が、北の方の部屋から少し離れたところで読経にいそしんでいる理由を述べた箇所である。諸注「こ」を衍字と見る。その可能性もあるが、「こ（己）」は「と（止）」の誤写で、「はゝ女御どの」とあるべきかも知れないと思う。同じ人をさした呼称ではないが、後にも「女御どの」（19オ・3、三二〇・5）という表現がある。もっとも、後の例は会話中に出るから「殿」とあるので、ここは地の文なので「殿」は不自然だと言えるかも知れない。

⑩「あまりよにすぐれぬる、かならずなからんずそあなる」（18オ・8、三一九・15）

中務の宮の北の方の女房たちが右大将の噂話をしている場面。大槻氏は、「必ずなからん呪詛あなる」と読み、「余りにすぐれている者には、必ず早く殺してしまえという呪いがかけられるという」と訳している。『鎌倉時代物語集成』が「ずそ」と読むのも、この説を承けてのことであろう。ただ、これでは文末の「なる」が落ち着かない。このあたり、文末が連体形になる場合にはまず上に係助詞「ぞ」が存在する。すぐ後の「いもうとのひめ君、たゞをなじさまにて、丁のうちにぞいつかれ給なる」などがそうである。するとここも「そ」は係助詞「ぞ」ではなかろうか。そうなると、「かならずなからんずとぞあなる」の「と」が脱したものかも知れない。すると、「あまりにもすぐれた者は、かならず命がなくなるだろうと言うようです」の意になるだろう。これでよいかとも思うが、実は、「なからんず」という言い方も、助動詞「んず」の使い方に少々不自然さがある。そこで別案として、「ながゝらず」の誤写かも知れないと思う。というのは、後文に、類似表現として、先の「さとり」の項にも引いたが、「あまりよにあまるばかりの御さとりのふかさにて、なべての人にたがえるは、かならずなに（が）かるまじくや」（75オ・2、三五四・8）があるからである。「なにかるまじくや」は、諸注校訂する通り「ながかるまじくや」の誤写であろうから、ここも「ながゝらずぞあなる」である可能性がある。「んず」でなければ「と」を補う必要はない。踊り字「ゝ」の脱落と「ん」の衍字とを想定しなければならないのでやや苦しいところはあるが、文意は最も自然に通じると思う。少なくとも「必ずなからん呪詛あなる」という強烈すぎる言い方よりはよさそうな気がするのである。なお、巻一には、もう一箇所、類似表現として、「あまりすぐれ給えるは、よにひさしからずや」（63オ・三四七・8）もある。「ひさしからず」は「ながゝらず」を言い換えたものであろう。

⑪**「たゞもろともにをきふして、二人ながら天人にむかはれ給ふべきぞ」**（18ウ・9、三二〇・3）

同じ噂話の中で、右大将と妹の姫君（実は実在しない）とがともに結婚もせずにいることを揶揄的に言ったもの。大槻氏は、原文を「むかくれ」と読んで「むかはれ」と校訂。『鎌倉時代物語集成』は「むかはれ」と読む。ここは文脈上、「二人一緒に天人に迎えられなさるに違いない」の意である。ところが、動詞「むかはる」は、相当する、因果が巡る、などの意であって、文字通り「迎えられる」という意味の用法はないようである。やはりここは、「古典文庫」が、「むかくれ（へらノ誤カ）給ふ」と傍記するように、「むかへられ給ふ」を誤写したものと見るべきであろう。「可へられ」の連綿が「可くれ」と誤写される可能性は大きいと思われる。

⑫**「げにたまさかならむなかに、あさからずしもあるまじけれど」**（19ウ・5、三二〇・11）

中務の宮の北の方との別れ際に名残を惜しむ三位の中将の様子の描写である。大槻氏は、「対訳日本古典新書」

の脚注で、「このあたり誤写あるか。『あさからずしもあれど』または『ふかからずしもあるまじけれど』か」と言われる。確かにこのままでは「愛情が浅くないわけではあるはずがない」の意となって、理屈が合わない。作者の錯誤かも知れないが、誤写ならば、「あさからずしもあるべけれど」がもとの形だろう。「邊」または「遍」が「満之」に誤写される可能性は小さくない。ただし、文としては「あさくしもあるまじけれど」の方が自然ではある。

⑬「いるにしも、心づきなさは思ひあまりおはしにけり」（22オ・三二二・4）

左大将の北の方の連れ子の姫君は、継父左大将の子を身ごもった。そのことを女房の侍従から知らされた姫君が愕然として、「いかでけふをすごさぬわざもがな」と嘆く場面である。『鎌倉時代物語集成』は疑問を呈さないが、「古典文庫」は「いるにし（マヽ）も」とママ注記する。大槻氏は、「このあたり脱文あるか」と注し、〔補注〕に、「『いる』は、『帳台に入る』の意か。後文の『上は、いつよりもうきたるあやしき御気色に、さりげなくて目をつけ給へりければ』へ続く場合、このあたりに、北の方が左大将と姫君との間に不審感を持つくだりがあるべきで、そうしないと前文の『つゆさる気色も知り給はぬなるべし』と前後矛盾してしまう。やはり、このあたり脱文と考えるべきか」と記す。ただ、脱文があるかどうかは微妙である。姫君が御帳台の中に入る意とされるのも一案ではあるが、それよりも、左大将が姫君の部屋に入る意と取って、自らの懐妊を知った後、左大将が入ってきたので、姫君は嫌悪感を抱いても余るものがあったという意なのではあるまいか。後文に「をとゞはいとなれがほにいりふして」とあるのが参考になろう。ただし、敬語がないのがやや気にはなる。あるいは「いるにしも」は「いかにも」の誤写である可能性もあろうかと思う。「る」は「可」と紛らわしい字形で書かれているし、

「し」は「か」から「も」に繋がる線を誤読したものかも知れないのである。これで、左大将への嫌悪感がいかにも余るほどだったの意になる。なお、後文とのつながりから言えば、姫君に妊娠の事実を知らせた侍従は、そのことを左大将にも知らせたのではなかろうか。それで左大将は「いつよりもうきたるあやしき御気色」になり、北の方に目を付けられたのであろう。これでは、秘密の露見も時間の問題である。

⑭「まをにまぎるべくもあらぬ御うしろで、さばかりとみてければ、『よ(に)・ついにかくれあるまじと思つれど、こはいかにしなしつるよぞ(と)』・むねはしりて思へど」（22ウ・6、三二二・11）

夫左大将の浮ついた態度に不審感を抱いた北の方は、帳台の後ろに隠れて様子を伺っていた。すっかり油断した左大将は馴れ馴れしく帳台の中に入り、しきりと恨み言を言う。その時、侍従が、薄暗がりの中に立つ北の方の姿を見てとって狼狽する場面である。「よ」の後と「ぞ」の後の二箇所に脱字を想定するのは、諸注一致するところである。「古典文庫」は、「よ」の後に「も脱カ」と注記し、「よも」と校訂する案を出す。大槻氏の校訂は掲出した『鎌倉時代物語集成』と同じで、「よに」「ぞと」と補って読む。「対訳日本古典新書」の訳を記すと、

完全に、まぎれもない北の方の御うしろ姿を「あれこそ北の方——」と見てとったので、

「左大将と姫君との不倫は、いずれは露見してしまうものと思ってはいたが、こうなった以上、左大将ご夫婦の間柄は、これで終わりとなることだろうが、一体どうとりつくろへ(ママ)ばよいのであろう。」

と、胸さわぎするが、

とあって、かなり言葉を補って意訳している。私見では、次のように校訂してみたいと思う。

まほにまぎるべくもあらぬ御うしろで、さやかにみて、「さればよ。ついにかくれあるまじと思つれど、こ

はいかにしなしつるよ」と、むねはしりて思へど

「さばかりとみてければ」では、「それだけと見てとったので」の意となり、よく通じない。おそらく、「さ者可利止」は、「さ屋可尓」を誤写したものであろう。「みてければよ」の部分は、「みて、さればよ」が正しいのではないか。「左」を「遣」に誤ったのだと思われる。そして、「いかにしなしつるよぞ」は、語法上、下に「と」を補うよりも、「そ」を「と」の誤写と見る方がよかろうと思う。少々大胆な校訂ではあるが、これで文意は、

十分に、紛れようもない北の方の御うしろ姿をはっきりと見て、（侍従は）「そら見たことか。結局は隠しきれまいと思っていたけれど、これはまたどうしちゃったのかしら」と、胸がどきどきして思ったが

となって、この場の文脈としてふさわしいと思うのである。

⑮「なをしなどかたへはぬぎすべし給える、いとしるからんを思ふに、いみじくあきれ給える（り）」（23ウ・2、三二三・2）

北の方に見られていることを知った左大将は、人はいないと安心して直衣など半分脱いでしまっているので、継子の姫君と情交に及ぼうとしていることは一目瞭然だろうと思うと、ひどく呆然としてしまったというのである。『鎌倉時代物語集成』はこのように「いとしるからんを」と読むが、原文は明らかに「いとしかるらんを」である。「古典文庫」は、「いと△（ゝ脱カ）しかるらんを」として「いとゞ」と校訂する案を示し、大槻氏もそれに従っている。しかし、ここは『鎌倉時代物語集成』のごとく「いとしるからん」とあるのが正しく、「る」と「か」が誤って顚倒したものと考えられる。『鎌倉時代物語集成』には校訂の注記がないので、注記を落としたものかた

またまミスプリントで正しい形になったのかわからないが、結果としてそれでよいと思う。「いみじくあきれ給える」の部分は、「古典文庫」や大槻氏のごとく「給えり」と読んでもよい字形である。

⑯「おとこはいといみじくあきれて」（29ウ・3、三二六・14）

姫君の失踪について北の方に詰問されて、驚きあきれる左大将のさま。原本「おとこ」とあるが、左大将は、他の箇所では基本的に「をとゞ」と呼ばれている（たとえば、21オ・6、22ウ・2、27ウ・5、28オ・8など）ので、ここも「をとゝ」の誤写と見るべきであろう。物語では、恋愛ないし情交場面などでは、「男」「女」と呼ばれることは常のことであり、本物語でも、左大将が北の方に見られたことを知って慌てて出て行ったあとの継子の姫君を「女」と呼んでいる（24オ・2）のだが、ここは情交場面ではないので、左大将をそれに合わせて「おとこ」と呼ぶ理由はない。諸注校訂しない箇所ではあるが、誤写の可能性を指摘しておく。

⑰「しばしつゝみ給所ありて、いつしかもちらし給はず」（30ウ・3、三二七・7）

右大将は、左大将の継子の姫君を自邸に引き取り妻としたが、世間には公表しなかったという箇所である。この「いつしかも」がわからない。いつになったらと待ち望む意を表わす言葉だが、ここにはあてはまらない。大槻氏の「対訳日本古典新書」の訳は、「しばらくは包み隠しなさる訳があって、早々には世間に披露なさらない」とあるが、「いつしかも」が「早々には」の意になるとは思えないし、そうだとしても、先の「しばし」と重複感がある。この箇所、諸注は存疑としないが、誤写がありそうである。私見では、「いさゝかも」の誤写ではないかと思う。原文「以川之可毛」とあるが、もともと「以佐ゝ可毛」とあったのを「以津之可毛」と誤読したのであろう。これなら、「少しも世間に漏らしなさらない」の意になって、わかりやすいのである。

⑱「いろめかしきあまりは、かばかりならん女をみん時と、よそうるかたは」（31ウ・6、三二八・1）

右大臣や左大臣の君達などの色好みたちが、右大将をみて、これほどの容貌の女に逢う時はどんないい思いをすることだろうと思うという箇所であるが、「あまりは」が落ち着かない。諸注指摘しないが、「あまりに」の誤写の可能性があろう。

⑲「十ばかりになり給ふまで、人にしらせ給はざりしを、あまりの御心どもとて、人に（脱文アルカ）ありしかど」（35ウ・10、三三〇・12）

主人公女右大将が生まれたことを、父左大臣は十歳ばかりになるまで世間に秘していたということを述べた箇所である。ちょうど丁の切れ目にあたる「人に」の下に脱文を疑うのは大槻氏が最初で、掲出した『鎌倉時代物語集成』は、それを踏襲したものである。しかし、ここは脱文を想定する必要はなく、「ありしかど」を「あかしゝかど」の誤写と見ればよいのではないかと思う。原文は「あかしかと」とも読める字体である。「し」の下に踊り字が脱落したのであって、本来は「人にあかしゝかど」とあった。すなわち、「女右大将の誕生を十歳程になるまで人に知らせなかったが、それではあんまりだというので、その存在を人に明かしたのだが」の意だと思うのである。

⑳「などかいとうとくのみもてなさるゝを、かくの・《（み）》いみじうつれなきかはりには、うらみんよ」（53ウ・9、三

四一・11）

帝が女右大将の魅惑的な美しさに我慢できず引き寄せて口説く場面での発言の一部である。掲出部分の直前の文を含めて、「自分たちは幼い頃から隔てなく親しくしてきたというのに、どうして疎遠にばかり振舞うのか。こんなにつれなくばかりする代償としては、恨んでやるぞ」というような意味であるようだ。「かくの」の後に「み」を脱すると見て補うのは、諸注一致している。しかしながら、それではどうも文脈がねじれてくる。「などか」を承ける部分は連体形で結ばれるはずである。すると、「などかいとうとくのみもてなさるゝ」でいったん文を切るべきではなかろうか。次の「をかくの」は、「とかくの」の誤写で、「何くれのひどく冷たい仕打ちのお返しには」の意と考えられないだろうか。あるいは、「をり〳〵の」の誤写で、「折にふれての」の意であるかも知れない。いずれにせよ、「み」を補わない本文校訂を想定したいところである。

㉑「めぐりあふひかりまでとはかけずともしばしもやとをありあけの月」（59オ・1、三四四・13）

帝と契った後、宮中を退出する際、かねてより女右大将に関心を寄せており、歌を詠みかけてきたことのある承香殿の女に、今度は右大将から、「わするなよゝな〳〵みつる月のかげめぐりあふべきゆくゑなくとも」と詠みかけた。これに答えた女の返歌である。諸注校訂はしない。大槻氏の「対訳日本古典新書」の訳は、「将来めぐり会う光とまでは期待をかけ得ないにしても、ほんのしばしでもこの宿に足をとどめていただきたいもの」とある。これから先逢う機会はなくとも、自分のことを忘れないでくれという右大将の歌に対して、逢うことまでは期待しないにしても、しばらく顔だけでも見せて下さいと言っているわけである。ただ、そういう意になるにしても、下の句「しばしもやとをありあけの月」は、語法上不可解である。大槻氏は「しばしも宿を」ではなく、「しばしもや戸を」と表記するが、これもわからない。大槻氏の訳文の通りならば、「しばしもやどれ」とありたいところである。「を（遠）」は「れ（連）」の誤写ではないか。あるいは、「せ（世）」の誤写で、「しばしもやどせ」と他動詞で表現したものかも知れない。「遠」と「世」は字形が相似していて誤写がしばしば起こるので、「しばしもやどせ」が本来である可能性の方が大きいであろうか。

㉒「心よりほかに、としごろといふばかりか、なれきこえぬるも、ちぎりなきには侍らじを」（69ウ・3、三五一・3）

男としての暮らしを捨てる決心をした女右大将が、妻の対の上に別れを告げる気持ちをこめて語る場面である。長年あなたと馴れ親しんで来たのも前世の因縁があったからだろうと言っているのだが、「いふばかりか」が不自然な表現である。大槻氏や『鎌倉時代物語集成』は校訂しないが、「古典文庫」は、「としころといふはかりか（はノ誤カ）なれきこえぬるも」と注記して、「いふばかりは」と校訂する案を出している。それでも意味は通じるが、私見では、「か」の上に「し」が脱落していると見て、「としごろといふばかり、しかなれきこえぬるも」と校訂したいと思う。「思いの外のことでしたが、長年という程、こうして親しんできましたのも」という意味になって最も自然であろうと思う。大槻氏は「か」を疑問の係助詞として処理しておられるようだが、語法として不自然だと言わざるを得ないだろう。

㉓「をのづからあはつかなかりし御もてなしにのみ、心しみにしかば」（73オ・6、三五三・6）

女に戻って幻の妹になりすまし、女御として入内した女右大将が、今の境遇になじめず、男時代を懐かしむ件《くだり》である。諸注校訂しないが、「あはつかなかりし」は妙である。形容動詞「あはつかなり」の連用形であるから「あはつかなりし」でなければならない。「か（可）」は衍字である。「あはつかなり」は、軽率なとか軽々しいとかの意とされるが、『在明の別』では、本来女でありながら男として人前に出て交じらうような生活を「あはつか」と表現しているようだ。同じ巻一に、「さま〲とりあつめ、さもあはつかにうかれける身のありさまかなと、いとぞなげかれまさりぬる」（15ウ・1、三一八・2）とあるのも、同様に女右大将が男として生きる自分の境遇を嘆いたものである。掲出箇所を大槻氏は、「おのずから女御としての、気の重苦しいご待遇にばかり心をひきしめてこられたので」と訳すが、「あはつかなりし御もてなし」は女御としての待遇を言っているのではない。過去の助動詞「し」「しか」を用いていることからも明らかなように、男時代を回想して言っているのである。

㉔「たゞ月ごろにむかしのこと、人たゝりにけるほど、あはれにしのびがたくのみおぼさる」（74オ・6、三五三・17）

懐妊中の里住みの手持ちぶさたに、女御（女右大将）が、男装時代に書いた古い手紙類などをこっそり取り寄せて見て感慨にふける場面である。「人たゝりにけるほど」の部分、「古典文庫」は、「人たらす《り》に《（マヽ）》けるほと」とする。原本は、確かに「人たらす《り》にけるほと」とあって、「す」に見せ消ち符号を付けて「り」と傍書している。「ら」は「ゝ」とも読める字形である。大槻氏は、ここを「人たがひにける程」と校訂し、「ただ月ごろに、あの男装のこと、あっという間に、いまは女御として変身してしまったことなど」云々と訳す。逐語的な訳でないのでわかりにくいが、「人たがひにける」で、男装の右大将から女御に変身してしまったことを言うと解したようである。それなら「身を変へたる」とでもあるはずで、その解釈はちょっと無理ではなかろうか。と言って、

『鎌倉時代物語集成』のごとく「人たゝりにけるほど」と読んでも意味が通じない。そこで、私見によれば、「人」は「へ」の誤写（上の「と」との連続で、今のままでも「へ」と読めば読める字体である）で、上から続けて「むかしのごとへだゝりにけるほど」と読むべきであろうと思う。ただほんの数箇月のうちに、遠い昔のように男装時代が隔たってしまったことを思うと、しみじみと感慨を禁じ得ないというのである。

二　巻二

①「あけぬよのやみながらはるけんかたなかりし給（御）なげきも、ゝ（衍）ほどなくゆきかはるとし月にそえて」（1オ・2、三七一・1）

巻二の冒頭文の一節である。右大将死去（実は架空の妹と入れ替わって入内し、今は女院になっている）の後、無明長夜のごとく晴らしようのなかった人々の嘆きも、移り行く年月に従って、二人の遺児（左大臣と中宮）の世話に専念することによってすっかり慰んだという文脈である。「給」を「御」の誤写とし、踊り字「ゝ」を衍字として校訂するのは諸注一致している。ただし、私見では、前者はその通りだと思うが、後者については、「もゝ」の前に「と」が脱落したと考えたい。すなわち、「御なげきどもゝ」と校訂するわけである。右大将の死去を信じて嘆く人々はもちろん複数であるから「御なげき」を複数形にする方が合理的であるし、後の「御心のうちどもにうちかはり」の複数形とも合致するのである。

②「女はさしもゝおぼしたらずや」（17オ・10、三八一・2）

源氏入道の住む西山の邸で中務卿宮の北の方と逢った左大臣が、二度目の逢瀬の後、二人の関係が世間に漏れて噂になることを気にして思い乱れているのに対して、北の方はそれほどまでは世間体を気にしていないのだろうか、という記述である。なぜか諸注校訂していないけれども、語法上は「さしもおぼしたらずや」でよい。踊り字「ゝ」は衍字と見なすべきであろう。

③「いかなればかくのみよをかりそめに思たらん」（29ウ・2、三八八・8）

女院が左大臣に、右大臣の大君との縁談を勧めた場面で、密かに女院を慕う左大臣が涙を流して「いかなるにか侍らん、さらにひさしくよにながらふべき物とも思給《（へ）》はぬに、人のためも中〳〵なることやと、いとをしさにこそ」と自身の短命を覚悟しているようなことを言って紛らわしたのを承けて、左大臣の特異な身の上を知る女院が心配している記事である。ここも諸注校訂案を示さないが、語法的には「思（ひ）たるらん」と、原因推量の助動詞「らん」を用いるのが自然である。この直後に女院が左大臣に向かって発した言葉に、「などかくゆゝしきことをのみきかせ給らん」とあるのは、全く同じ構文である。「る」が脱落したものと考えたい。

④「むかしいま、人の心のひくかたしことなれば、をのづからおぼすゝぢなどあるにやとこそ思すべすを、かゝることにのみくちなれ給なん心うき」（30オ・5、三八八・14）

同じ場面で、女院は左大臣に、短命の予感を理由に結婚しないなどと自分を卑下する必要はないと言った後でこのように言う。大槻氏はここを「昔と今とでは、女性に対する好みも違うでしょうから、あなたにはあなたの、自然お思いの筋などもあるのでは、とただ私は黙ってみてきましたが、そのような不吉なお考えにばかり、口ぐせになっておられることがどうも心配です」と訳しておられる。ほぼ的確な訳であると思う。ただし、「思

すべす」の部分に関して、頭注に「黙って私（女院）はみて来たが」と記し、補注に、

古典文庫本（下、43頁）は、「おほすゝちなとあるにやとこそ、思すへす《（きノ誤カ）》を、かゝることにのみ、」とあるが、原本のままで宜しいのではなかろうか。「つきづきしう宣ひすべして出で給ひなむとす」（源氏、逢生《ママ》）。

と、『源氏物語』蓬生の巻の用例を示して解かれるのにはやや問題がある。蓬生の巻の用例は、諸本多く「のたまひすへして」とあるが、大島本や承応版本・『湖月抄』本などには「のたまひすくして」とある。他に、若菜下巻に、「おほかたの侮りにくきあたりなれば、えしも言ひすべしたまはでおはしましそめぬ」という「言ひすべす」の用例がある（ただし「いひすぐし」とある本もある）。「すべす」か「すぐす」か問題があるが、古注以来「言ひすべす」は言い逃れをする意とされている。しかし「思ひすべす」は『源氏物語』をはじめ諸書に用例を見ず、「言ひすべす」の言い逃れをする意を「思ひすべす」に応用することも困難である。大槻氏が解釈されるように、この箇所が「黙ってみてきた」の意であるならば、「思ひすべす」ではなくて「思ひすぐす」であるべきだろう。「思ひすぐす」ならば、心にとめずにそのまま過ごす意、または気にはしながらもそのままにしておく意で、この場面にふさわしい。『源氏物語』夢浮橋の巻に、「かばかり聞きて、なのめに思ひ過ぐすべくは思ひはべらざりし人なるを」云々とあるのなどが似た用例である。したがって、この箇所は、「をのづからおぼすゝぢなどあるにやとこそ思（ひ）すぐすを」と校訂すべきであると考える。なお、「思すべきを」と校訂する案を示す古典文庫本の傍記は、「思す」という敬語の用法からしても不適当である。

⑤「かきもはらはぬなをしのむねに、ほろ〳〵とつらぬきをつるを御らんずるまゝに、そこはかとおぼしわかれず、我もうちこぼれさせ給」（31オ・2、三八九・6）

これも同じ場面、女院に懇々と諭される左大臣が、心に秘めた女院への恋心からこぼれる涙をかき払うこともせず、直衣の胸にぽろぽろとふりかかるさまを女院が見ていると、思わず知らず自分も涙をこぼしたという記述である。この「つらぬきをつる」が理解しがたい。大槻氏は「貫き落つる」と読み、「直衣の胸にほろほろとつらぬき落ちるのを」と訳されるが、直衣の胸に涙が貫き落ちるというのはどういうことか。直衣の胸の部分に涙がこぼれかかって、布地を通り抜けて下に落ちるということだろうか。しかし、身につけている直衣に涙が浸透して通過していく様子が外から見えるわけでもなかろう。古典の類型表現では、涙は袖にふりかかるものだが、濡れた袖から漏れるとは言っても貫き通るとは言わない。時には濡れずに溜まって月を宿したりもする。おそらく「つらぬきをつる」には誤写があるのだろうと思う。ひとつの可能性は、涙の雫が次から次へと落ちかかる意で、「つゝきをつる」とあったものが、踊り字「ゝ」が「ら」に誤写されて「つらきをつる」となり、さらに「ぬ」の誤脱と見て補入された結果「つらぬきおつる」となったという経緯である。文字のつながり方は近いが、「続き落つ」という語の用例を知らない。もうひとつの可能性は「こほれをつる」の誤写と見る考え方である。これなら、この場面の少し前にも「ほろ〱とこぼるゝを」(29ウ・2、三八八・8)とあるように涙がこぼれ落ちるさまをそのまま表現したものとなる。難点は、「こほれ」と「つらぬき」の間には誤写が想定しがたいことだが、案外「こほ連」の草体は「つらぬき」と字形が似てくるのではなかろうか。決め手はないが、ここは「こぼれをつる」が本来の形である可能性が大きいだろうと思う。

⑥「所せきあめのむつまし(か)さにぞ、かへりたる御なをしのいろもまぎらはされける」(31ウ・1、三八九・11)

その直後、左大臣が朱雀院の御前に出た場面である。院が近づく足音を聞いた左大臣は、「あまりみぐるしき御なみだもそらをそろしくて、すべりいで給」うたのだが、召されて対面することになったのである。左大臣は、女院への恋心から流した涙で直衣がひどく濡れているのを見咎められるのが怖かったのだが、折からの大雨で濡れた衣を紛らわすことができたというのである。「むつましさ」を「むつかしさ」に校訂するのは、大槻氏も『鎌倉時代物語集成』も同じ（「古典文庫」は「マヽ」と傍記するのみ）だが、「かへりたる」の部分は諸注疑いを入れない。大槻氏は「ぬれ返った直衣の色は」と訳しておられる。しかし、「かへりたる」で濡れた意を表わせるものであろうか。直衣が翻ったの意ならあり得るが、翻るのは裾であって、涙に濡れた胸のあたりは翻りようがない。それに、「かへりたる」のは直衣ではなくて「御のをしのいろ」なのである。涙に濡れて色が返ったという言い方は日本語として成り立たない。ここはどうしても「かはりたる」でなければならないだろう。涙にぐっしょり濡れて直衣の色が変わっているのを、激しい雨に濡れたせいにしてごまかしたというのである。これは「ハ」が「ヘ」に誤写された結果生じた誤りと考えられる。

⑦「この大将どのをば、うちの大とのとこそ申せや」といふを」（36ウ・3、三九二・15）

頭の中将らに誘われて宇治川のほとりに紅葉狩りに出かけた左大臣は、粟津のあたりに紛れ出て垣間見して歩く。そこで女房たちの話し声を耳にする。この家は、かつて三位の中将（今の右大将）の愛人であった三条の女とその娘が隠れ住んでいる所であった。ひとりの女房が、大将殿が近くに逍遙に来ているとの噂を聞いて、主人の夫である右大将ではないかと思い、忘れられた存在の女主人を思って泣くのだが、他の若い女房が、「これは左大臣どのとこそ申なれ。もとの関白どのゝ御ことか」と言ったのに続けて発した言葉である。逍遙に来ているのは左大臣殿（左大将を兼任していた）で、主人の夫であった人とは別人、その人は内大臣と申しますと言っているのである。しかし、この「申せや」が落ち着かない。この場合「や」は詠嘆の終助詞と解され、「こそ——已然形」の強調構文のあとにくる例としては、「すべて神の社こそ、捨てがたく、なまめかしきものなれや」（『徒然草』第二四段）などがあるが、ここの「申せや」はどうも違和感がある。大槻氏が「三条の上さまのお相手の方は、いま内大臣と申し上げねば……」と不可解な訳をしているのもこうした違和感ゆえであろう。ここは、直前の「これは左大臣どのとこそ申なれ」と同様に已然形の結び「申せ」で止めてよいところである。そうすると、これは「申せなといふを」の誤写ではないかと思う。左大臣が最初に聞いた女房の言葉の末尾が、「『……大将どの〻御をうゑ《（せ）》うし給とこそいふなりつれ』などいへば」とあるのと同じく、「『……この大将どのをば、うちの大とのとこそ申せ』などいふを」と校訂してみたいのである。

ところで、この直前の「もとの関白どの〻御ことか」という言葉は、大槻氏が「もとの関白殿の御子とか」と読むのに従うべきだと思うが、「もとの関白殿」は准三后となった太政大臣のことであり、左大臣の表向きの祖父である。孫であるはずの左大臣を「御子」と言っているのは、発言者の思い違いでないならば、関白が亡き息子（右大将、実は今の女院）の子左大臣を養子にしていたことを示すものであろう。

⑧「けふも院、うちとまぎれ給ことおほくて、いそぎ給える御かへりをだに、くる〻までえみ給はず」（41ウ・7、三九六・4）

粟津の家で三条の女の娘（のちの四条の上）と再びの逢瀬を持った左大臣が、帰京後、公務繁忙でなかなか逢いに行けないことを嘆く場面の一節である。大槻氏は、「けふも、院、内と紛れ給ふこと多くて、急ぎ給へる御帰りをだに、暮るるまでえ見給はず」と読んで、「きょうも、左大臣は、院や宮中に参内するなど、公け事に紛れなさることが多くて、急ぎなさるお帰りでさえも、日が暮れるまで、四条の上とお逢いすることがおできでない」と訳しているが、前半はともかく後半が判然としない。この日左大臣は深夜まで帝に引き留められ、「日が暮れるまで」どころか、結局この夜は粟津へ逢いに行くことができなかったのである。この混乱はおそらく「くるゝまでえみ給はず」とある本文に問題があるせいである。それに、「いそぎ給える御かへりをだに」の部分も、「急ぎなさるお帰りでさえも」と訳したのでは何のことだかわからない。

思うに、「御かへり」は「御帰り」ではなく「御返り」で、粟津の女への返歌をさすのであろう。つまり後朝の歌である。男から先に贈る後朝の歌を「御返り」と言ったのは、その日の有明の別れに歌を詠みあったためで、左大臣としては、その時の女の歌にさらに返歌するつもりであったのだろう。すると、「くるゝまでえみ給はず」は、「くるゝまでえし給はず」が正しい形なのではないかと思えてくる。すなわち、左大臣は朝から院や内裏での公務にとり紛れて、急いで贈るつもりだった女への返歌さえ日が暮れるまでできなかったというのだ。日が暮れてから手紙を遣ったあと、公務を終えて、さあ行こうと思うと、また帝のお召しがあって、深夜まで離してもらえない。「ねひとつ」になってやっと解放されたが、今さら行くわけにもいかず、「さらばふみをだに。いまひとたびやらざりけるよ」とわびしく思って手紙を書くのである。「ふみをだに」のあと、『鎌倉時代物語集成』は読点で下に続けるが、句点で切るべきであろう。「行けないならせめて手紙なりと送ろう。ゆうべ手紙を遣ってからあと、何も言って遣らなかったことだよ」と悔やんでいるのである。これは、「し給はず」が「ミ給はず」と誤写されて生じた誤りであろう。

⑨「ひきあぐるよりをしあけて、ゝあしすりとかや、みどりこのねをやたてそえ給らん」（44オ・1、三九七・12）

西山の源氏入道の隠棲地で、左大臣は偶然中務卿宮の北の方母娘と出会い、ゆくりなくも北の方と契りを交わした。その後、北の方は夫の中務卿宮に強引に自邸に連れ帰られ、左大臣との逢瀬はかなわなくなる。激しい恋慕の情に燃える北の方からの手紙が届くが、人目を忍ぶ気持ちの強い左大臣はつれない返歌をした。それを読んだ北の方の反応を書いた箇所である。大槻氏は、「をしあけて」を「おしあてて」と校訂して、「引き開くるより、押し当て、手足すりとかや、嬰児の音をやたて添へ給ふらん」と読み、「中務卿宮北の方は引き開けるや否や、自分の涙を袖に押し当てて、手足をあがいて、とかいうふうに、まるで赤子が泣きわめくように、声を立てて嘆きなさる」と訳している。『鎌倉時代物語集成』は「ひきあくる」を「ひきあぐる」と読むが、これは「ひきあくる」で、左大臣から届いた手紙を開ける意と解するのが妥当だろう。そして、「をしあけて」は、『鎌倉時代物語集成』・「古典文庫」ともに校訂しないが、大槻氏のように「おしあてて」と校訂するのがよいと考えられる。ただし、それは「自分の涙を袖に押し当てて」というよりは、袖を顔に押し当てて、あるいは手紙を顔に押し当てて、の意ととるのが正確であろう。巻一に見える「女はまさりざまにをしあてゝ」（巻一・17オ・3、三一九・2）とか「ゆゝしきまでぞをしあてゝ、せきやらせ給はぬ」（76オ・5、三五五・4）などの表現も同様で、特に後者は女御（もとの女大将）の返歌を読んだ帝の反応の記述で、この場面とよく似ている。

さて、「ゝあしすりとかや」の部分である。「古典文庫」は踊り字「ゝ」に「衍字カ」と傍記するが、『鎌倉時代物語集成』には傍書がない。大槻氏は前掲のごとく「手足すり」と読むが、はたして「手足すり」なる語が存在するものであろうか。「足ずり」の語は、『伊勢物語』第六段の「足ずりをして泣けどもかひなし」や、『平家物語』巻第三「足摺」の条でよく知られている。悲しみや怒りのために足を地に摺りつける意だとか、地団太を踏んで悔しがるさまだとか、足を摺り合わせて嘆くことだとか、解釈は一定しないが、幼児がだだをこねるさまに似た動作を表わす語であるようだ。『源氏物語』では、総角の巻に、宇治の大君の死に遭った薫の様子を「足摺りもしつべく、人のかたくなしと見むこともおぼえず」と記し、蜻蛉の巻にも、浮舟の失踪を知った右近のさまを「足摺りといふことをして泣くさま、若き子どものやうなり」と描写する。これらはすべて「足摺り」であって「手足摺り」ではない。手と足を同時に摺り合わせたりすると、それは悲しみの動作というよりも滑稽にしか見えないであろう。やはりここは「足摺り」でなければならないだろう。「古典文庫」のように踊り字「ゝ」を衍字と考えるのもよいが、先の「をしあけて」の誤写と併せて考えると、「をしあけて」の「け」を衍字と見、「をしあてゝあしすりとかや」を本来の形とするのがよいのではないかと思う。この場合、「け」は単なる衍字ではなく、「をしあてゝ」の対立本文「をしあけて」を想定し、「て」の傍らに「け」と注記したものが本文化したのであるかも知れない。

⑩「ありしよりけなる物思ひそひて、あけるめなき御なみだなれど」（47ウ・7、四〇〇・2）

左大臣が右大臣の大君と結婚したことを知った三条の女が、娘の四条の君のことを思って嘆く場面である。諸注疑問を呈していないけれども、「あけるめなき御なみだ」がよくわからない。「あけるめなき」とはどういうことか。「開ける目なき」か。涙で目が開けられないような状態をいうにしても妙な表現で、それなら「あくるめなき」とあるべきだろう。大槻氏は「夜の明けぬような、常に心は闇の涙であるけれども」と訳され、「明ける目なき」と解釈されているようだが、それでも語法上は「明くる目なき」でなければならない。ここには必ずや誤写が存在しているであろう。「あくるよなき」であれば大槻氏の解釈のような意味になりそうだが、それでも「あくるよなき御なみだ」ではどこか言葉足らずな感が否めない。そこで、いささか大胆な誤写想定だが、文意が最も通りやすいのは、「あけくれひまなき御なみだ」であろうと思う。何かの錯誤で「くれひま」が「るめ」と誤写されたことになるのだが、たとえば「暮暇」と漢字で書かれていたくずし字が変体仮名「累免」と誤読されたというようなこともないとは言えなかろうと思うのである。

⑪「みちのほとり、かぜさ《（ま）》ぜさへいみじくふきて、さらにめもみえず」（51ウ・2、四〇二・13）

左大臣は、物の怪に悩む身重の中宮の祈禱要請のため、横川の聖を迎えに行く。聖には下山を断られるが、左大臣は山での祈禱を頼んで帰途につく。その時、折からの雪がいっそう激しく吹雪になって難儀するという場面である。「みちのほとりかせさせさへ」という部分には間違いなく誤写があるので、諸注校訂案を示している。『鎌倉時代物語集成』は掲出のように「かせさぜ」と読んで「さ」を「ま」の誤写と考え、「道のほとり、風交ぜさへいみじく吹きて」と解釈する。「風交ぜ」は雨や雪に風がまじって吹くことをいう歌語だが、「風まぜに雪はふりつつしかすがに霞たなびきはるは来にけり」（『新古今集』巻一・春上・八・よみ人しらず）、「春べとはおもふものから風まぜにみ雪ちる日はいともさむけし」（『風雅集』巻一・春上・三八・伏見院御歌）、「風まぜにみ雪ふりしく山ざとのあさのさごろもいかにさゆらん」（『新千載集』巻十六・雑上・一八二九・平泰時朝臣）、「時雨れてぞ中中はるる風まぜに木のはふるよの山のはの月」（『新拾遺集』巻六・冬・六三五・左近中将善成）、「かぜまぜにむらさめふりてかたをかのならのはがくれをしかなくなり」（『万代集』巻五・秋下・一〇九三・朝恵法師）、「みやこいでてあさこえゆけばかぜまぜにゆきふりむかふころもかせやま」（同・巻十七・雑四・三三五八・俊恵法師）などの例からも明らかなように、「風まぜに――雪（木の葉）降る」というような形で用いられる語である。したがって、「さ」と「ま（万）」の誤写は想定しやすいけれども、「風まぜさへ吹く」という言い方は成立しがたいと言わざるを得ないのである。

「古典文庫」には、「みちのほとり、かせさせ（ゆきノ誤カ）さへ、いみしくふきて」とあり、「させ」を「ゆき」の誤写かとしている。つまり「風雪さへいみじく吹きて」と考えるわけだが、「風雪吹く」という言い方が成り立つかどうか疑問である。大槻氏は、「道の程にも、風さへいみじく吹きて」とし、「「みちのほとり」を「に」の誤写と見て改め、さらに「も」を補う」「「かせさせさへいみしく」を衍字と見て抹消する」（傍線大槻氏）と三箇所校訂された。これも一案ではあるが、誤写想定が複雑である。私見では、大槻説をやや簡略化して、「させ」は衍字、「ほとり」の「り（里）」を「雪」の誤写であると考えたい。すなわち、「道の程、雪、風さへいみじう吹きて」が本来の形だろうと思うのである。雪と風を並べるのは、すぐ後に「ゆきかぜさらにやまねば」という表現があることによる。

⑫「むかしかう三位どのにさぶらひししもづかえだつ物ども」（60ウ・3、四〇八・5）

四条の家に通う左大臣に関心を持つ内大臣に、「むかしよりつかひならし給えるさぶらひ」が情報を提供する場面である。それは、昔三位殿に仕えていた下仕えめいた者が、左大臣の通っている四条の家に出入りしているという耳寄りな情報であった。「三位どの」はかつて三位の中将であった内大臣のことを言うらしい。が、その前の「かう」が不明である。「古典文庫」はここに「マ、」と傍記する。大槻氏は「から」と改め、「昔から」と校訂する。しかしながら、「昔から」では、昔から今までの意になり、「さぶらひし」という過去の助動詞と合致しない。『鎌倉時代物語集成』には注記がないので、「かう」のままで「かく」の音便形とでも解するのであろうか。私見によれば、この「かう」は「とう」ないし「たう」の誤写で、「藤三位殿に候ひし」が本来の形なのではないかと思う。「藤三位殿」はすなわち内大臣のことで、彼は関白右大臣の息であるから当然藤原氏である。

「三位」は何人もいるので、彼は「藤三位殿」と呼ばれて区別されていたと考えるのである。「むかしよりつかひならし給えるさぶらひ」が面と向かって言う呼称としてはやや他人行儀な感はあるが、そういう表現は可能であろうと思う。

⑬「さぶらふ人〱の心まで、はゆく、さだすぎつゝましきことを、いとゞおぼしほれて、さらにとけぬ御けしきなり」（63ウ・5、四一〇・3）

久しぶりにかつての夫内大臣と再会した三条の女が、さだ過ぎた自分を恥じてなかなかうち解けないさまを記述した箇所である。三条の女は三十代後半あたりの年齢であろうか、かつて三位の中将に愛された頃の若さがなくなったことで、内大臣の従者の心中を思ってまでも恥ずかしく、ますます「おぼしほれ」たという。この「おぼしほれて」は「思し惚る」であろうから、思い詰めてぼんやりする、あるいは放心する意となる。しかしながら、いくら盛りを過ぎてしまったことが恥ずかしくとも放心してしまうというのはいかがであろうか。ここは遠慮して積極的になれない、気弱なそぶりをいう表現であるべきであろう。

思うに、「おぼしほれて」は、実は「おぼしゝほれて」の誤写で、「思し萎れて」、すなわち気がめいって元気が出ないさまを言ったものではないか。つまり、踊り字「ゝ」が誤脱したと考えるのである。「思ひ萎る」の語は、巻一に、死去と公表された右大将を偲んで嘆く随身たちの様子を描いた「したしくつかふまつりし御ずいじんのをのこどもなど、かなし、いみじとのみ思しをれわたるを」（80ウ・5、三五七・16）云々という用例がある。

三　巻三

① 「かゝる御やまひどもに、なべてのよ、しづ心なくさはぎしほどに、ごけい、まつりなども、たゞことのもとはえなくてすぎゆく」（3ウ・6、四一九・5）

中務卿宮の北の方の生霊のため、右大臣の大君と四条の上はともに病に苦しむが、調伏にあい、北の方の死去に伴って回復に向かう。こうした病気騒ぎのため世間が落ち着くことなく騒然としているうちに、斎院の御禊や賀茂祭なども、何の見ばえもなく過ぎていった、ということを言っているようだが、「ことのもと」がひっかかる。大槻氏は「本来そうあるべきことが」と注されるが、納得し難い。「事の本」は、ものごとの由緒・由来、または昔からの習慣の意で用いられる語であるから、ただ由緒ある行事というだけで、の意であろうか。それならば、「ことのもとにて」とか「ことのもととて」とでもありたいところであるから、「にて」や「とて」の脱落と考えるのも一案だが、それでも「ことのもと」自体がどうも落ち着かない。ここに誤写があるのではないかと思う。

たとえば、「ものごとに」とあったのが「ことのもと」と誤写されたということは考えられないだろうか。「こと」と「も」は字形が似ており、しばしば誤写される。誤写された結果「こと」と「も」が入れ替わり、さらに「に」が「と」に誤って生じた本文なのではないかと思うのである。「ものごとに」であれば、御禊や祭など華やかな行事をはじめとして、何ごとも見ばえせず過ぎていったということで、文脈がよく通じるのである。

② 「いみじうよはげなる御けしきをみたてまつるを(と)て、ひをいとあかうとりよせたれば」（4ウ・4、四一九・14）

臨月を迎えて母屋から廂に移った中宮の顔を、真実の父である内大臣が見て確かめる場面である。ひどく弱々しげな中宮の様子を看ようと世話係の女房が灯火を近づけたため、奥行きのない廂の間なので内大臣の目に中宮の顔がはっきり見えたというのである。「みたてまつるをて」の部分は、大槻氏も「……とて」と校訂する。「古典文庫」は「みたてまつらせて」の誤写かと傍記するが、「とて」案の方がよいであろう。ここで問題にしたいのは、その後の「ひをいとあかうとりよせたれば」の部分である。諸注疑問を呈する箇所ではないが、「あかう」が気になる。大槻氏は「明かう」と読み、「灯を大変明るく取り寄せて」と訳すが、「明かう取り寄す」という言い方は不自然ではないか。近く取り寄せた結果明るくなるのであろう。したがって、ここは「ちかうとりよせたれば」とあるべきである。「ち」が「あ」に誤写されたのだ。『源氏物語』にも、若菜上巻に、「灯近くとり寄せて、この文を見たまふに、げにせきとめむ方ぞなかりける」とあり、また横笛の巻に、「上も御殿油近く取り寄せさせたまて、耳はさみしてそくりつくろひて、抱きてゐたまへり」、夕霧の巻に、「かく例にもあらぬ鳥の跡のやうなれば、とみにも見解きたまはで、御殿油近う取り寄せて見たまふ」などとあるのが参考になるであろう。なお、この校訂案は、広島大学大学院の演習における岡（現姓小川）陽子さんの発案であることを記しておく。

③「あまうゐはよろづをしとられたてまつりて、わが御みゆか《（ゝ）》しうおぼさるれば、ひるはさしいで給はず」（7ウ・10、四二一・16）

中宮が無事第一皇子を出産し、喜びにわく太政大臣邸では、盛大に産養いが催される。七日の間は女院も太政大臣邸に留まり、いっそう賑やかである。そんな中で、この邸に住む尼上、すなわち対の上は、祝儀の場に墨染の出家姿の身は縁起でもないと思われるので、昼間は遠慮して表に出ず、夜になるとわずかに顔を出すというのである。「ゆかしう」が「ゆゝしう」の誤写であるのは、『鎌倉時代物語集成』と大槻氏が校訂される通りであろう。同様の誤写は他の箇所にも見られ、たとえば、巻一の「よとゝもにあやうくゆかしくのみおぼしたる御けはひを」（60オ・5、三四五・8）も、諸注校訂案の指摘はないけれども、ここと同様「ゆゝしく」の誤写と考えられる。

ところで、問題は「よろづをしとられたてまつりて」の部分である。大槻氏はここに「中宮から、むりやり部屋を全部とられなさって」と注しておられるのだが、いくら盛大な産養いのためとは言え、広い太政大臣邸で、娘の中宮が出家した母の部屋を全部取り上げてしまって母は居場所がなくなったというのはいかがなものだろうか。『落窪物語』巻三に、「天下の親にて、おのが家おし取らるる人やある」とあるように、「をしとられ」の本文に従う限りは無理に奪われる意に取らざるを得ない。おそらくここには誤写があるのであろう。思うに、もともとは「おしけたれたてまつりて」とあったのではないであろうか。「けた（介多）」が「とら（止良）」に誤写されたと考えるわけである。出家して静かに暮らしていた尼上は、中宮の出産祝いでごったがえす邸内の賑やかさにあらゆる点で圧倒されてしまったというのである。『源氏物語』澪標の巻に、「春宮の御母女御のみぞ、とり立てて時めきたまふこともなく、尚侍の君の御おぼえにおし消たれたまへりしを」云々とある類である。

④「けふぞ女院かへらせ給て、おぼしをきてたる」（8ウ・5、四二二・7）

皇子が誕生して八日目、一連の産養いが終わって、この日女院が帰る予定になっていると言う。『鎌倉時代物語集成』は疑問を示さないが、「かへらせ給て、おぼしをきてたる」は、落ち着かない表現である。大槻氏は「給」の後に「と」が誤脱していると見て、「帰らせ給ふとて、思し掟てたる」と校訂されている。「古典文庫」

には「女院かへらせ給て、おほし《(マヽ)》をきてたる」と傍記があるが、校訂の意図は不明である。大槻氏の校訂でもよさそうだが、それよりもむしろ、「て」を「へく」の誤写と見て、「女院かへらせ給べくおほしをきてたる」が本来の形であると考えたい。「へく」と「て（天）」は字形が相似していて誤写しやすいし、これより少し後に、「院へまかでさせ給べくおほしめしをきてさせ給べし」（12オ・7、四二四・11）という類似表現があるのも参考になろう。

⑤「権中納言、三位の中将など、とらへたてまつりて、まどろひいで給」（21オ・8、四二九・11）

内大臣が亡くなり、その臨終を看取って悲しみにくれる父関白が「あしをそらにてよろぼいゝで給ほど、御くるまにもえたてまつらず」というありさまなので、子息の権中納言や三位の中将らが腕をつかんで、支えられながら出て行ったというのである。この「まどろひいで給」という箇所は、諸注疑問を提示していないけれども、意味不明である。大槻氏は、ここを「関白はまどろい出なさる」と、そのままに訳しておられるが、「まどろふ」という動詞は辞書に見えない語である。誤写があると考えざるを得ないだろう。

そこで、「まどろひ出づ」では意味不明だが、「まどひ出づ」でも「まろび出づ」でも通じることに注意したい。これはおそらく、「まとひいて給」の「と」の右に「ろ」と異文注記されていたものが誤って本文に取り込まれて「まとろひいて給」となったものか、あるいは逆に「まろひいて給」の「ろ」の右に「と」と注記されていたものが本文化したものかであろうが、より可能性が大きいのは前者だろうと思う。

⑥「こよひうちいでんにつゝましければ、なつかしうかたらひよりて、すべりいづるもいとはしたなくおぼさ

る〻心のをに、かたはらいたくて、やをらまかで給えるに」（35ウ・9、四三八・12）

左大臣は、かつて自分と縁談があったのに実現しなかった関白の姫君（実は左大臣の異母姉、今は東宮に入内して宣耀殿の女御となっている）に恋心を抱き、東宮御所に立ち寄って宣耀殿をうかがう。そこで偶然出会った女房の少将と語らい、契りを交わすのだが、本来の目的である女御への手引の依頼を今口にするのはさすがに憚られて、睦言を交わしただけで少将のもとをすべり出るといううきまりの悪い仕儀となった。さて「心のをに、かたはらいたくて、やをらまかで給えるに」という部分は、本当は恋しい女御に逢いたいのに行きがかり上少将と契ってしまったという良心の呵責から少将を気の毒に思ってそっと出て行ったというのであり、文脈上「心のをに〻」とあるべきところである。『鎌倉時代物語集成』は校訂案を示さないが、「古典文庫」が「に脱カ」と傍記するように、踊り字「〻」が脱落したものと考えたい。大槻氏は、「心の鬼は」と校訂されるが、「に」の方がよいであろう。巻二にも「いと〻しらまほしけれど、あまりとはんも心のをにあひなくて、いひまぎらはし給ぬ」（6オ・6、三七四・2）と同様の表現があるが、大槻氏はそこでは「心の鬼に」と「に」を補って校訂されているのである。

⑦「をなじ女御、宮す所ときこゆれど、あながちに宮に思ひつき〻こえ給える御よはひ、はたいとはるかにまさり給へり」（37ウ・7、四三九・15）

再び宣耀殿に紛れ入った左大臣は、女御に迫るが、女御は衣をひきかぶって床の下にすべり降りたりして許さないのであえなく失敗する。ここは、気丈に操を守った女御を、姉の対の上と比較して賞賛している草子地の一部である。姉君はひどく心が幼かったからか、義父左大将や義理の兄三位の中将と間違いを冒した。しかし、妹の女御はしかるべき節々にはとてもよく分別を弁えている人だと言って、掲出の文辞になる。ここを大槻氏は、「同じ女御、御息所と申し上げるけれども、一途に東宮をお慕い申し上げておられたお齢のほどは、東宮に比べても大層のことまさっておられたのであった」と訳されるが、「お齢のほどは」以下が何のことやらわからない。確かに、すぐ後の文中に、「みやにはなゝとせばかりかこのかみにてをはする」とあって、女御は東宮より七歳ほども年上であったという。しかしながら、ここで問題にしているのは東宮との年齢差ではなく、他の女御や御息所たちに比べて、宣耀殿の女御がはるかに一途に東宮を慕う気持ちが強かったということであるはずである。おそらく「御よはひ」というところに誤写があるのであろう。推測するに、ここは「御けはひ」が正しい形なのではなかろうか。同じ女御や御息所と言っても、宣耀殿の女御は「あながちに宮（東宮）に思ひつきゝこえ給える御けはひ」がとてもはるかにまさっていたというのであろう。「け」が「よ」に誤写された結果、はるかに姉さん女房であることを強調したかのように誤解されてしまったのである。

⑧「かたへはをいの御、おなじことにや」（42オ・9、四四二・13）

大堰に隠棲する入道太政大臣が病床に臥し、孫にあたる帝が見舞のため行幸する。帝が帰ったあと入道は、国母である「女院の御宿世」を繰り返し口にし、「いまはたゞごくらくのむかへはなちては、まつことなきを、猶いかであすの行けいまで」（『鎌倉時代物語集成』は「猶」以下を太政大臣の発言とするが、私に改めた）と、もはや極楽からの迎えを待つ以外に思い残すことはないのだが、やはり明日の東宮の行啓を迎えるまでは生きていたいと言い、「心ぎたなし」と草子地で批評されている。この入道の言葉の前に「かたへはをいの御、おなじことにや」とあるのである。諸注校訂案を示さないが、「をいの御」がわかりにくい。「御」の後には名詞が省略されていると考えることもできるが、やはり何か脱落があるのだろう。「おなじことにや」は、大槻氏が指摘されるように、「老いぬればおなじ事こそせられけれきみはちよませきみはちよませ」（『拾遺集』巻五・賀・二七一・源順）を引歌としており、老人が同じことを繰り返して言ったりしたりすることをさす。ここでは「こと」は「言」で、同じことばかり口にすることを言うようだ。すると、「をいの御」は、齢をとったせいで、とでもいう意味になろうから、「御」の後には「け（故）」あたりが脱落していると考えられるのではないかと思う。女院の宿世を讃える一方では、齢のせいか、今はこの世に未練はないが明日の行啓までは生きていたいと、何度も同じことを繰り返して言うと言っているのである。

⑨「御いのり・ど《(な)》のしるしにや、廿日ごろよりをどろ〳〵しくなやませ給事なく、いとしづかながらはてさせ給ぬ」（45オ・9、四四四・10）

手を尽くした祈禱のおかげか、太政大臣はひどく苦しむこともなく大往生したと言う。ここで「御いのりとのしるしにや」とある原文には明らかに誤脱があるので、『鎌倉時代物語集成』は「な」を補って、「御いのりなどのしるしにや」と校訂している。「古典文庫」も「な脱カ」と傍記し、大槻氏も同様に「御祈りなどのしるしにや」と校訂しておられる。それで問題ないとも思うが、私見ではあえて別案を提示したい。それは、「と」の後に「も」が脱落したと見て、「御いのりどものしるしにや」と校訂する案である。さまざまな祈禱が行なわれたであろうから、「御いのりども」と複数形であるのはむしろ自然である。同じ巻三に、「さまぐ〵の御いのりどものしるしにや、さすがにやうく〵をこたりあひ給へれば」（3ウ・4、四一九・4）とあるのなどが参考になろう。もちろん「など」の用例もあるのであって、巻二に、「さのみおぼされば、いのりなどをこそかさねてもせさせ給はめ」（30オ・2、三八八・13）というような記事が見える。

おわりに

以上、『在明の別』の巻一において二十四箇所、巻二において十三箇所、巻三において九箇所、合計四十六箇所の本文存疑箇所に関して校訂案を提出してみた。これらはいずれも推測による試案に過ぎず、ただちに本文を改訂すべきだとまで主張するつもりはない。たとえ本物語のように現存伝本が孤本であっても、その本文を極力尊重すべきであるのは当然である。しかしながら、一方で伝流過程において少なからず損傷が生じていることも明らかなのであるから、現存本の本文に拘泥するあまりに、いかにも不自然な解釈に陥ってしまうことがよいとも思えない。本来のあるべき本文の追究は、ある程度納得できる誤写過程の想定を阻むものではないと思う。そのような試みが多くの研究者によってなされることにより、相互に吟味・批判されてより蓋然性の高い本文批評が確立していくだろうと考えられるので、あえて私見を提示してみた次第である。

なお、この他にも、明らかに誤写や脱落、あるいは何らかの錯誤がありそうだとは思うものの、今のところ解答の案さえ考えつかないところがいくつもある。たとえば、巻一巻頭の前置のような部分に見える男君の官職「きみえ□の大夫」の欠字部分に何を補うべきか、あるいは、初雪の朝に随身たちの姿を見て女御（女右大将）が詠んだ二首の歌の間に小字で書かれた「みぎはともあるならば」（81オ・8、三五八・6）という傍書の意味、また、「などてかさしもゝあらん」（85ウ・5、三六一・4）や「よの人もなまびんなかりし心ち、とく〳〵ひきかへなびきゝこえたり」（95オ・1、三六六・16）などの部分の校訂案も出せないのである。本文解釈上の疑問点まで加えればさらに多数の問題を残している。今後さらに検討を加えてみたいと思う。

改作本『夜寝覚物語』本文校訂覚書——巻一の場合——

はじめに

平安朝物語『夜の寝覚』には、中世に作られた改作本が存在しており、主に原作本の中間と末尾にある欠巻部分の内容推定の資料として重宝されるとともに、改作の方法を検討することで中世における王朝物語享受の一様相を知る手がかりとして利用されている。

改作本は、中村秋香旧蔵の五冊本が金子武雄氏によって翻刻・紹介されてその全貌が知られた（『古典文庫』88・90『夜寝覚物語（異本）』上・下〈昭29・30 古典文庫〉）。そのため改作本を「中村本」と呼びならわしているが、本稿では中村秋香旧蔵本をもって中村本と称する。他に、三条家旧蔵本が三冊現存し、巻一と巻三が宮内庁書陵部に、巻二が神宮文庫に所蔵されている。中村本が全巻揃っているのに対し、三条家本は巻三までの残欠本であり、巻一も冒頭の八丁分を欠くことから、中村本が用いられているのである。しかしながら、書写年代は三条家本の方が古く、本文的にも三条家本がまさっている。両本は各面の最初と最後の文字が同じになるように書写されていることからも極めて近い関係にあると見られ、おそらく三条家本は中村本の親本であると考えて差し支えない。したがって、本文を校訂する際には中村本よりも三条家本を優先するのが適当である。

中村本には本文の不審箇所に多くの傍注が施されていて読解の助けになるのだが、三条家本の本文を参照することによって疑問が解消される箇所も少なくない。これらは中村本書写時に生じた誤写と考えられる。三条家本と異同がない箇所はそれ以前に誤写が生じたものと見なされるが、現段階では推測本文による校訂しか方法がない。また、三条家本に欠けている巻四・五と巻一冒頭部分については中村本の本文に頼って読解するしかないわけだが、中村本に傍注が付されていないところにも不審箇所は多々存する。

本稿では、主として三条家本の本文（山岸徳平・鈴木一雄編「古典研究会叢書」『夜寝覚物語』〈昭49 汲古書院〉の影印による）によりつつ、基本的に中村本との間に異同がなく、かつ、中村本の傍注および二種類の翻刻（金子武雄著『物語文学の研究』〈昭49 笠間書院〉、市古貞次・三角洋一編『鎌倉時代物語集成』第六巻〈平5 笠間書院〉）において校訂案が傍記されていない箇所について、誤写の可能性を指摘し校訂案を提示しようとするものである。なお、ここでは巻一のみを対象範囲とすることにした。対照に用いた原作本は、鈴木一雄校注「新編日本古典文学全集」28『夜の寝覚』（平8 小学館）によった。引用文に施した傍線や傍点は引用者によるものである。

一 「見めことがらのいひしらずうつくしう」

最初に取り上げるのは、三条家本の冒頭欠落部分なので、中村本から引用する。第3丁裏8行目～9行目に、

見めことからのいひしらすうつくしうおはするゆへにや

云々とある。八月十五日の夜、端近くで月を眺めながら箏の琴を弾く中の君の様子を描写した箇所である。「見

めことから」は、「見め」と「ことがら」を並列したものと思われるが、「ことがら」では意味が通じ難い。ここはおそらく「ことから」ではなく「ひとから」とあるべきところであろう。「人柄」は多く人物の性格を言うが、時に外見の様子を言うこともある。原作本巻一で、大納言に昇進した男君が思い余って中の君のもとに進入する場面に、「たそかれのほどの内暗なるに、ただ内に入る気色、人がらの、紛るべくもあらぬを」（九九頁）云々とある。これは大納言の姿形を「人がら」と言った例である。したがって、ここは「ひ」を「こ」に誤写したものと見て、

　見め・ひとがらのいひしらずうつくしうおはするゆゑにや

と校訂したい。

二　「ぬしはゆかしくてや、おしいり給ぬ」

次に取り上げるのは、九条で、中の君の弾く箏の琴の音を耳にした男君（中納言）が、竹林の中から邸内に侵入する場面である。第11丁表7行目〜8行目に、

　さうのことのねぬしはゆかしくてやおをしいり給ぬ

とあるのだが、このままでは後半の文意が不通である。この部分、中村本では、

　さうのことのねぬしは《の》ゆかしくてやおしいり給ぬ

とあって、「を」の字がなく、「は」の字の右に「の」と傍書がある。『鎌倉時代物語集成』（以下、『集成』と略す）の翻刻には「さうのことのねぬしは《（墨）が》ゆかしくてや、おしいり給ぬ」とあって、傍書を「か」と読んでいるが、「の」がよかろうと思う。金子氏の翻刻では「さうのことのねぬしは《（のカ）》ゆかしくてや、おしいり給ぬ」とあり、傍

書を参考にして「（のカ）」と傍注している。

傍書はともかく、後半の解釈だが、金子氏も『集成』も同様に「ゆかしくてや、おしいり給ぬ」と読点をつけている。すなわち、中納言は箏の琴の音の主を知りたく思ってか、中に押し入りなさった、と解釈しているのである。しかしながら、「押し入る」という強い表現には少々違和感がある。思うに、ここは、「や、おしいり給ぬ」ではなくて、「やおらいり給ぬ」とあるべきところではなかろうか。三条家本は「やおをしいり給ぬ」とあるから、「お」と「を」の間に「ら」が脱落したと見て、もともとの本文は「やおらをしいり給ぬ」であったと推測することも可能であるが、三条家本は「やお」で改行され、「をしいり給ぬ」が次行になっているので、行頭の「を」は書写時に生じた衍字と見なすのが妥当であろう。すなわち、三条家本以前の段階で「ら」を「し」と誤写して「やおしいり給ぬ」の本文が生じ、三条家本で衍字が発生して「やおをしいり給ぬ」となった、そして中村本では衍字の「を」が省かれて「やおしいり給ぬ」という形になったと考えられるのである。したがって、ここは、

さうのことのね、ぬしはゆかしくて、やをらいり給ぬ

と校訂したい。原作本のこの箇所には「箏の琴は、弾くらむ人ゆかしく心とどまりて、やをら入りたまへれど」（二八頁）とあるのが有力な根拠になろう。

なお、中村本には、この箇所の少し後の、男君が中の君の部屋に忍び込む場面にも、「のきのかけにそひてやをし《ヒ》（ら歟）入給ふ」（12丁裏3行目〜4行目）とある。「し」を見せ消ちにして「ら歟」と傍書するように、ここも「やをら入給ふ」とあるべきところが「ら」を「し」に誤写して「をし入給ふ」の本文になっているのである。ここは三条家本では「のきのかけにそひて入給ふ」とあり、「やをら」と傍書で補入しているので、中村本段階での誤

写である。原作本にもやはり、「月影のかたに寄りて、やをら入りたまひにけり」(三〇頁)とある。

三 「いし山のしる人もひきかへて」

先の中納言が中の君と契る場面に続く第14丁裏2行目〜4行目に、

いたつらにいし山のしる人もひきかへてへんのせうしやうにさため給ふかうらめしさに

云々という記事がある。中の君を但馬守の三の君と誤認している中納言が、三の君と石山で出会った宮の中将のふりをして、帰り際に対の君に向かって、石山での契りを違えて三の君が弁の少将と結婚することになったことを恨んで見せているところである。

宮の中将は三の君と石山で知り合いになったのだから「いし山のしる人」でもよさそうに見えるが、「いし山のしる人」という表現はどうも落ち着かない。おそらく「しる人」は、本来「しるへ」とあったのが誤写されたのであろうと思う。「いし山のしるべ」なら、石山の道案内、すなわち石山観音のお導きの意となり、そのような仏の結んでくれた縁に背いて但馬守が三の君と弁の少将の縁談を進めていることを恨んだ表現としてスムーズに解されるのである。連綿で「へ」と「人」が紛らわしく記されるのはよくあることである。ちなみに原作本では、この箇所は「石山の御伝へをひき違へ、弁少将に定まりたまふが恨めしさに」(三四頁)とある。

四 「なにのうれしさにかつくろひしたてもあらん」

正月一日、大君方の花やかさをよそに、病に臥し沈む中の君のところでは晴れ着を着る気にもなれないでいる。そんな様子を、

ねうはうたちもなにのうれしさにかつくろひしたてもあらん

と表現している（第38丁裏1行目〜2行目）。「つくろひしたても」の部分、中村本も同じだが、このままでは「つくろひ」「したて」はともに名詞で並列されていることになる。しかしそれは不自然で、「なにのうれしさにか」との続きからは「つくろひしたて」は動詞であるべきである。すると、下の「もあらん」と自然に接続するためには、「つくろひしたてゝ」と踊り字を補う必要がある。したがって、ここは踊り字の脱落と見て、

ねうばうたちも、なにのうれしさにか、つくろひしたてゝもあらん

と校訂したい。いったい何が嬉しくて着飾り整えていられようか、の意である。もっとも、「し」を衍字と見て、「つくろひたてゝもあらん」とするとなお自然な表現になるが、そこまで校訂する必要はあるまい。

五　「あさましといかりの給てもの〳〵給はず」

中の君と姉大君の夫である男君との仲が噂になり、嫉妬にかられた大君から苦渋の胸の内を訴えられた兄左衛門督が広沢に隠棲する父入道に中の君のことをあしざまに報告する場面である。左衛門督の話を聞いた入道の反応として、第78丁裏10行目〜第79丁表1行目に、

あさましといかりの給てもの〳〵給はすしはらくありて

云々と記されている。中の君が姉の夫と情を通じているという衝撃的な話を聞かされた入道は怒って「あさまし」とおっしゃったきり絶句して何もおっしゃらなかったというのである。左衛門督の話は多分に中の君方に対する悪意を含んだものであったから、それに乗せられて温厚な入道も思わず怒りを露わにしたということなのであろうが、その後「しばらくありて」口にした言葉からは困惑ととまどいは感じられても怒りの感情は感じられ

ない。しばらくものを言わなかった間に怒りの感情を鎮めたのであろうか。

原作本には入道が怒りを含んだ言葉を発する記述は見られず、ここは改作本独自の入道の人物像が感じられる場面である。しかしながら、「いかりの給」という表現はどこか落ち着かない。誤写がある可能性を考えたくなる。そこで、原作本の該当部分の記事を子細に眺めてみると、次のようにある。

……聞きたまふ心地、世のつねならず、あさまし。とばかり、もののたまはず、御気色うち変はりて（一七八～一七九頁）

左衛門督の話を聞いた入道が「あさまし」と思ったという点は改作本と同じである。そして「とばかり、ものものたまはず」とあるのも、改作本の「ものもの給はずしばらくありて」という記述と合致している。続く「御気色うち変はりて」というのは、怒りのために顔色が変わったともとれるが、そうではなくて、「新編日本古典文学全集」本の頭注に言うように「顔色が青ざめる」ことで、ショックのせいで顔面蒼白になったさまを言うととるべきである。やはり原作本では入道は怒ってはいないのである。

そこで気になるのが二重傍線部「とばかり」の語である。これを参考にすると、改作本の「といかりの給て」は「とはかりの給て」の誤写ではないかと思われてくる。三条家本も中村本もはっきり「いかり」と書かれているが、「ハ」の字と「い」の字が紛らわしいのは写本の常である。そうなると、ここは、

「あさまし」とばかりの給てものもの給はず。しばらくありて

と校訂されることになる。原作本の「とばかり」はしばらくの間の意であり、改作本の「とばかり」は、とだけという限定を表す用法で意味は異なるが、改作本の作者は原作本にある「とばかり」の語を用いつつ意味を転用したのであろう。したがって、改作本でも実は入道は怒ってはいないのである。たとえ中の君に落度があったと

しても、入道には溺愛する中の君に怒りの感情を抱くということは考えられないことだったであろう。

六　「心のいけにくるゝ心ちして」

前項に続く場面で、左衛門督の話を聞いた後の入道の心境を記述した箇所（第79丁裏10行目〜第80丁表2行目）に、

　この事きゝ給てのちはうたかひなきはちすの御ねかひも心のいけにくるゝ心ちしておほししつみたるに

云々とある。この左衛門督の話をお聞きになって後は、入道はそれまで疑いなかった極楽の蓮台の上に往生するという御本願も心の池にくれてしまう気持ちがして思い沈んでいらっしゃるのに、という意であろうが、「心の池」が引っかかる。上の「うたがひなきはちすの御ねがひ」という表現から「蓮」の縁で「池」の語が用いられているのだろうとは察することができる。また、「心の池」という表現は、用例は少ないものの歌語として存在する。『後撰集』巻十一・恋三・七九一に、

　を山田のなはしろ水はたえぬとも心の池のいひははなたじ

とあるよみ人しらず歌が初例であり、「蓮」との連想で用いられた例としては、かなり時代が下るが、細川幽斎の『衆妙集』六六二に、

　法のはなさらにひらくる蓮こそ心の池の根ざしなりけれ

という歌がある。和歌の用例以外に、謡曲「実盛」にも「埋れ木の人知れぬ身と沈めども、心の池の言ひがたき、修羅の苦患《くげん》の数々を、浮べて賜《た》ばせ給へとよ」とあることが知られている。改作本の作者もこれらの用例を背景に「心の池」の語を使用したのだと考えることはできる。

　しかしながら、気になるのは「心のいけにくるゝ心ちして」とある、「くるゝ」との接続の不自然さである。

「心の池のいひ（械＝言ひ）ははなたじ」とか「心の池の根ざしなりけれ」などはごく自然に繋がっているが、「くるゝ」は「暮るゝ」または「暗るゝ」で、暗くなる意であろうから、池との連想関係が弱いのである。そこで、「心の池」が誤写である可能性を考えると、「くるゝ」に自然に連想が働く語として「心の闇」という慣用表現が思い起こされる。

言うまでもなく、「心の闇」は、『後撰集』巻十五・雑一・一一〇二に載る藤原兼輔の歌、

人のおやの心はやみにあらねども子を思ふ道にまどひぬるかな

を典拠として広く用いられた歌語で、子を愛するあまりに惑う親の心を表現したものである。これをあてはめると、「心のやみにくるゝ心ちして」で、子を思う親心で目の前が真っ暗になる気持ちがして、の意となり、最愛の娘中の君の醜聞を耳にしたために父入道の心が激しく惑っているさまを表すのにまことにふさわしいのである。

原作本を見ると、該当箇所は、

このこと聞きて後は、わりなく、おぼし澄ます蓮の上の御願ひも、さしおかれ、起き臥し乱れて（一八〇頁）

とあって、同じような行文であるが「心の池」にあたる語はない。ところが、その直前に、

かの御身より、いと恨めしきぞ、あはれなる御心の闇なるや。（同頁）

という記述があるのである。左衛門督の話を聞いて父入道は、スキャンダルを起こした中の君自身よりもそれを吹聴する左衛門督の方を恨めしく思ったのであって、それはまことにいたわしい「心の闇」であることよ、と入道の盲目的な親心を批評した草子地である。これから考えるに、改作本の作者はこの「心の闇」の語を続く部分の記述に使用したのであろう。したがって、ここは、

この事きゝ給てのちは、うたがひなきはちすの御ねがひも、心のやみにくるゝ心ちして、おぼししづみたるに

と校訂するのが適当と考えられる。「やみ」から「いけ」への誤写は三条家本以前に、「蓮」と「池」の連想によって生じたのであろう。

おわりに

近年の中世王朝物語研究の気運の高まりとともに、改作本『夜寝覚物語』も、単なる原作本『夜の寝覚』の欠巻部分復元のための資料としてではなく、ひとつの独立した物語作品として読まれ、研究されて、文学史上に意義づけられるようになりつつある。

しかしながら、その本文の状況はと言うと、はなはだ心もとないものがある。冒頭部分と巻四・五を欠くものの、室町末期頃の書写とされ、唯一の完本である中村本よりも優れている三条家本においても相当数の誤写や不審箇所が存在する。中村本においてはさらに多く、明治期に所蔵者の中村秋香が付したとおぼしき傍注を頼りに読んでいるのが現状であるが、早急に、三条家本と中村本の本文を丹念につき合わせ、校合によって不審が解消しない箇所については慎重な本文批判を行なった上で推測本文を立てるなどして、信頼できる校訂本文を作り上げる必要があろうと考える。

本稿はそのためのまことにささやかな試みではあるが、改作本『夜寝覚物語』の本文研究の一助となるところがあればと思って提示した次第である。

※中村本『夜寝覚物語』本文の引用は、同本を金子家から寄託されている国文学研究資料館所蔵のマイクロフィルムによった。複写を許可していただいた国文学研究資料館に記して御礼申し上げます。また、『後撰集』『衆妙集』の引用は『新編国歌大観』第一巻・第九巻（昭58・平3　角川書店）に、謡曲「実盛」の引用は「新編日本古典文学全集」58『謡曲集①』（平9　小学館）にそれぞれよった。

付録

『海人の刈藻』登場人物総覧

【凡　例】

1　『海人の刈藻』の登場人物を現代仮名遣いによる五十音順に掲げた。ただし、見出しの人物名の振り仮名は歴史的仮名遣いによった。

2　人物の呼称は必ずしも最高官位によらず、最も一般的に用いられている呼称、あるいはその人物を代表すると思われる官職名によった。ただし、帝は退位後の呼称によった。

3　主要な別称または官職名は空見出しとして掲げ、採用した呼称を矢印で指示した。

4　同一の呼称または官職名で異人のある場合には、登場順に呼称の下にⅠ、Ⅱ…の数字を付して区別した。人物解説中にも必要に応じてこの数字を付した呼称を用いた。

5　人物名の次の〔　〕内に、物語中での別称を列挙した。

6　人物解説のはじめに、出自や人物関係等、簡単に系図的な説明を加えた。

7　人物解説中の年次は、「中世王朝物語全集」②『海人の刈藻』（平成7年　笠間書院）付載の年立によった。

8　人物解説は、物語の展開に沿って行動を中心に行なった。そして当該場面を（　）内に記したが、これは「中世王朝物語全集」②『海人の刈藻』に準拠する。丸数字が巻数、その次の算用数字が巻ごとの節番号である。人物解説中の本文引用も同全集によった。

9　本文・呼称に疑問がある場合、人物解説の後に＊印を付して、その旨を注記した。

10　物語の底本には宮内庁書陵部蔵本（『桂宮本叢書』『鎌倉時代物語集成』「中世王朝物語全集」所収本の底本）を用いた。

【ア　行】

○**阿闍梨**《あざり》Ⅰ　〔男子・稚子・若君・按察の若君・阿闍梨の君〕　按察の大納言Ⅰの三男。山の座主の弟子。母は按察の上Ⅱ。蔵人の少将Ⅰ・中の君（大将の上）・三の君（中宮Ⅱ）の同母弟。物語開始時八歳。第一年十一月、権大納言（関白Ⅱ）が北山にて按察の姫君たちを垣間見た時、倶舎の誦を読んでいる（①7・8）。第二年四月、賀茂祭の日、按察の上Ⅱの歌を大君夫妻に伝える（①13）。同年十一月、山の座主の病気の頃、弟子として山に住む（①23・24）。権大納言（関白Ⅱ）、日頃より俗人にして殿上させることを按察の上Ⅱに望む（②4）。第三年冬、按察の上Ⅱの四十二日の法要に、山の座主とともに参る（②10）。第六年秋、按察の大納言Ⅰの病気に、枕頭で加持（②35）、また同年十二月、藤壺の女御（三の君）の病気に治部卿の律師とともに加持（②42）。翌年二月、藤壺の女御（三の君）の懐妊を大君（殿の上）から告げられ、祈禱（③1）。そして出産間近くなった女御の側で祈禱に励む（③14）。

○**阿闍梨**《あざり》Ⅱ　→御匣殿《みくしげどの》の阿闍梨《あざり》

○**按察**《あぜち》**の上**《うへ》Ⅰ　〔失せにし人、中将の母君〕　出自不明。物語開始時すでに故人。按察の大納言Ⅰとの間に大君（殿の上）と頭の中将Ⅰを儲け、死去。＊頭の中将Ⅰの言葉に、「このわづらふ人とありし（大君）を残し置きて失せにし人ののちは、この治部卿の律師の妹に侍る人まうで来て、また今、妹二人、なにがしと蔵人の少将と四人侍りき」（①6）とあって、按察の上Ⅰの腹には大君一人と書かれているが、後に治部卿の律師の言葉として、「はじめの腹に、頭の中将と娘一人産み置きて、幼きほどにかくれ侍りにけるを」（①9）とあり、また按察の上Ⅱの言葉として、「中将の母君のなだらかなりしゆゑにや、五つ・三つの御ほどに見そめ聞こえし御乳母たちの心ばへもあらまほしうて、弁の乳母まで蔵人の少将同じごとに生ほし立て、中将の乳母、田舎へ下りしも、心安く見置きてありし」（②4）とあって、頭の中将Ⅰを按察の上Ⅰの腹としている。今、最初の例を誤りと見、後者を正しいと解する。

○**按察《あぜち》の上《うへ》**Ⅱ〔母なる人、治部卿の律師の妹、按察の大納言の北の方、按察の北の方、後の親、母、母上、上、按察殿の上、故上、按察の故上〕按察の大納言Ⅰの二番目の北の方。蔵人の少将Ⅰ・中の君・三の君・阿闍梨Ⅰの母。故治部卿の娘。治部卿の律師の姉。左衛門督の妻となった妹がいる。権大納言Ⅰと大君との結婚成立後、後朝の文の返歌を代作する（①11）。賀茂祭の頃、大君に歌を贈る（①13）。七月七日、新中納言Ⅰ（大将Ⅰ）と中の君との密会を知り、苦悩（①17・18）。翌朝、按察の大納言Ⅰには事実を隠して二人の結婚を勧め（①18）、大君に相談（①20）。按察の大納言Ⅰが結婚を承諾すると安心する（①22）。十一月十日頃、大君に姫君誕生、大いに喜ぶ（①26）。翌年六月頃より病悩（②3）。八月頃には重病となり、三人の娘に戒めを告げる（②4）。九月初旬には重態、十日頃、権大納言Ⅰに三の君のことを託し、逝去（②5）。人々悲しみに沈み、岩蔭にて葬送。治部卿の律師の世話で奈良の大僧正が呼ばれる。三十五日は新中納言Ⅰ、四十二日は大君、四十九日は按察の大納言Ⅰがそれぞれ法要を営む（②8・10）。翌年二月、大君の若君（大若君）誕生に際して追慕され（②13）、秋には一周忌の法要（②17）。十一月、三の君が大嘗会の女御代となった時に追慕され（②21）、女御（三の君）の不義の子（若君）懐妊の際にも追慕される（③1・2）。対の御方の身のこなしが似ていると評され（③23）。女御の立后が取り沙汰された際にも追慕される（③31）。また第八年二月、按察の大納言Ⅰが内大臣に昇進した際にも追慕され（④2）、中宮の若宮出産後、帝の行幸を迎えた際にも追慕される（④9）。この上なく理想的な北の方として描かれる。

○**按察《あぜち》の上《うへ》**Ⅲ〔藤中納言の北の方、継母の上、上、母上、北の方、按察殿の上〕按察の大納言Ⅰの三番目の北の方。出自不明。はじめ藤中納言の北の方。第二年の賀茂祭の頃、夫藤中納言を疫病のため失う（②3）。藤中納言との間に二人の娘と兵衛佐なる男子を儲けている。大君は頭の弁の妻。第六年春頃、按察の大納言Ⅰの後妻となる（②25）。怒りっぽい性格で、声が大きく、按察の上Ⅱに比べて欠点が目立つ。中の君の結婚に期待をかけているが、宰相の中将Ⅱ（頭の中将Ⅰ）が中の君と関係を持った翌朝、その残り香を怪しむが気付かない（②27）。その後、按察の大納言Ⅰの病気見舞を口実に宰相の中将Ⅱは頻繁に中の君と逢うが、依然気付かない（②35）。ところが、翌年夏、宰相の中将Ⅱの手紙を発見、激怒して侍女の侍従を打擲、中の君をも強く叱責する（③12）。按察の大納言Ⅰにそのことを語って非難、按察は女御のもとへ逃げ帰る（③13）。が、後には中の君と宰相の中将Ⅱの仲を許して丁重にもてなし、生まれた姫君をかわいがる（③24）。根は善人だが教養・たしなみに欠ける物語中異色の人物。

○**按察《あぜち》の大納言《だいなごん》**Ⅰ（按察・大納言・按察殿・殿・内大臣・内のおとど・内大臣殿）出自不明。頭の中将Ⅰ・蔵人の少将Ⅰ・阿闍梨Ⅰ・大君（殿の上）・中の君（大将の上）・三の君（中宮Ⅱ）の父。按察の上Ⅰとの間に頭中将Ⅰと大君を儲けるが死別、のち按察の上Ⅱとの間に、蔵人の少将Ⅰ・阿闍梨Ⅰ・中の君・三の君を儲ける。他に三の君の乳母、大弐の乳母との間に大納言の君がある。四条に豪邸を構えている。三人の娘の一人を帝（冷泉院Ⅱ）の女御にと按察の上Ⅱが望むが、中宮Ⅰに遠慮して応じない（①6・9）。第二年正月、権大納言（関白Ⅱ）と大君の結婚に同意（①11）。同年七月、新中納言Ⅰ（大将Ⅰ）が中の君に押し入った翌日、按察の上Ⅱに両人の結婚を勧められる（①18）。権大納言Ⅰ（関白Ⅱ）にも勧められ、結婚を承諾（①22）。十一月十日頃、大君の長女の誕生を大いに喜ぶ（①26）。翌年正月、新中納言Ⅰ（大将Ⅰ）と中の君の結婚を喜び（②1）、一条院で大宮Ⅰに会う。六月より按察の上Ⅱ病悩、心配のため痩せ細る（②5）。九月十日頃、按察の上Ⅱが死去し、前後不覚となる（②6）。葬送の時にもあるかなきかの有様（②7）。四十九日の法要を自ら主催し（②10）、翌日もなお悲しみ深く、大君と贈答（②11）。一周忌にも娘たちとともに追慕の歌を詠む（②17）。翌年、大嘗会の女御代に三の君が参り、懸命に世話をする（②21）。十二月十八日、三の君の入内につき従い世話をする（②22）。翌年春頃、故藤中納言の北の方を後妻に迎え、故北の方との人柄の相違にとまどう（②25）。六月頃、病気になり、君達の見舞を受ける（②32）。七月初旬からは絶え入りがちとなり、十六日、女御（三の君）が退出し、病床にて対面（②33）。人々の看病と見舞を頻繁に受ける（②34）。八月頃より快方に向かう。九月末、女御が新中納言Ⅱに密通され、病悩。事情を知らず心配する（②38）。女御が関白邸に移るのを惜しむ（②

41）が、引き留め得ず。翌正月、女御を案じて関白邸に日参（②43）。五月雨の頃、日々に女御を治部卿の律師の里坊に見舞うが、懐妊の事実は知らず（③11）。自邸に一時戻ると、北の方（按察の上Ⅲ）に宰相の中将Ⅱ（頭の中将Ⅰ）と藤中納言の姫君との関係を責められる（③13）。女御が秘密裡に出産した後、修法の手配などをするが、事情は知らず（③14）。源宰相の姫君、対の御方として女御に出仕、自邸で言葉を交し、時に召し出したりもする（③23）。翌年二月五日、女御の立后を限りなく喜ぶ（④1）。関白Ⅱより内大臣を譲られ、故北の方（按察の上Ⅱ）を追慕（④2）。九月、中宮（三の君）難産、肝を消して惑う（④7）。若宮誕生後、七日目に行幸、青山という琵琶を引出物とする（④9）。殿の君達・新中納言Ⅱらの舞を見て涙を流す（④9）。五十日の祝いの後、中宮の参内に従う（④12）。殿の姫君（大君の長女）の春宮入内に際し、世話に励む（④27）。一家の繁栄を悉く見、命まで心のままだったと世人に語り伝えられる（④36）。

○**按察《あぜち》の大納言《だいなごん》**Ⅱ　→頭《とう》の中将《ちゆうじやう》Ⅰ

○**一条院《いちでうゐん》**〔一条の院、院、故院〕物語開始時上皇。故冷泉院（冷泉院Ⅰ）の第一皇子。当帝（冷泉院Ⅱ）の兄。皇子はなく、大宮Ⅰとの間に皇女（斎宮Ⅰ）があるのみ。斎院（女四の宮）は妹。故兵部卿の宮は末弟。その遺児である新中納言Ⅰ（大将Ⅰ）と三位の中将Ⅰ（新中納言Ⅱ）を乳母とともに引き取り、養育（①10）。第三年正月、按察の大納言Ⅰと頭の中将Ⅰの拝賀を受け、喜ぶ（②2）。六月、按察の上Ⅱの病気平癒の祈禱をする（②3）。九月、按察の上Ⅱの逝去後、惜しみ嘆く（②6）。十一月一日頃、急逝。四十八歳。人々驚き惑う（②12）。翌年冬、一周忌（②18）。生前、新中納言Ⅱに笛を与えていた（④16）。

○**一条院《いちでうゐん》の大宮《おほみや》**　→大宮《おほみや》Ⅰ

○**一《いち》の宮《みや》**〔ちご、男宮、若宮、一品兵部卿の宮、宮〕藤壺の中宮（三の君）腹の朱雀院第一皇子。第八年九月十七日頃、物の怪による難産の末誕生。人々大いに安堵し、喜ぶ（④8）。産屋に内裏の乳母藤三位、迎え湯に同じく乳母源三位、臍の緒は大将の上（中の君）、乳付は殿の上（大君）。乳母は江内侍の姉（近江守むねただの中の君）と藤中納言の中の君。七日の産養いに帝と対面（④9）。第十八年、十一歳で元服し、一品兵部卿の宮と称する（④27）。早くから好色みの素質を見せる。成人後、春宮となる（④36）。

○**一品《いっぽん》の宮《みや》**〔女二の宮、宮、姫君〕 冷泉院Ⅱの第二皇女。母は藤壺の中宮（中宮Ⅰ）。春宮（朱雀院）の妹、二の宮（帝）の姉。第一年十一月、帝（冷泉院Ⅱ）に琴を習った際、琵琶を弾く。母中宮Ⅰに似て、「ひとかたならずあてになまめかしう、はなやかに愛敬づ」くという（①1）。第四年三月、権大納言Ⅰ（関白Ⅱ）の訪問を受ける（②14）。女一の宮と手紙をやりとりする（②15）。第七年頃、中宮Ⅰに出仕した江内侍が時々伺候する（③6）。第十四年、殿の姫君の裳着の頃、病気をする（④27）。

○**今姫君《いまひめぎみ》**〔姫君、殿の今姫君、殿の姫君〕 殿の上（大君）の産んだ関白Ⅱの次女。第九年十一月一日頃誕生（④26）。大将の源中将（宰相の中将Ⅲ、権大納言Ⅱの若宮）の懸想を受ける（④28）。裳着を済ませると、世の男たちの心を尽くさせる（④30）。新中納言Ⅲ（宰相の中将Ⅲ）の熱心な求婚を受ける（④34）。大宮Ⅰの仲立ちを得て（④35）、ついに新中納言Ⅲ（この時右大将）と結婚する（④36）。

○**院《ゐん》の判官代《はうぐわんだい》** 一条院の判官代。按察の大納言Ⅰ邸の向かいに邸を持ち、中の君（大将の上）に逢うべく出かけた新中納言Ⅰ（大将Ⅰ）の車を引き入れて待たせ（①16）、帰途、車を引き出して帰す（①17）。按察の大納言Ⅰの病気の際、中の君の夫大将Ⅰとのゆかりから、熱心に世話をする（②34）。

○**うへの大納言《だいなごん》の姫君《ひめぎみ》** →帥《そつ》の大納言《だいなごん》の姫君《ひめぎみ》

○**右近将監《うこんしやうげん》**〔三位の中将の右近将監〕 新中納言Ⅱ（三位の中将Ⅰ）の家司。第二年四月、賀茂祭の際、三位の中将Ⅰの車に近寄って手紙を差し出した端童の文を受け取るが、主人の名を聞けず、三位の中将Ⅰに叱られる（①13）。同年十月、山の座主の病気見舞に行く途中、小野の里で賀茂祭の時の端童を発見し、三位の中将Ⅰに讃められる（①23）。

○**右大将《うだいしやう》** →若君《わかぎみ》

○**右大臣《うだいじん》Ⅰ**〔右のおとど、右大臣殿、おとど、右の大殿〕 冷泉院Ⅱの弘徽殿の女御の父。按察の大納言Ⅰの長男頭の中将Ⅰの北の方の父。また宰相の中将Ⅰの父。第二年七月、梅壺の女御の母、藤大納言の北の方が心むくつけき人で他の女御たちを呪詛するとの噂を聞いて嘆くと言われる（①18）。同年十一月、大君（殿の上）の長女誕生の産養いに美しく整えた衣櫃を贈り、大君夫妻に賞讃される（①26）。第三年六月、按察の上Ⅱの病気に際し、懇ろに見舞う（②3）。同年九月十日頃、按察の上Ⅱの死去を嘆き惜しみ、使者を遣す（②6）。第六年五月、宰相の中将Ⅱ（頭の中将Ⅰ）、藤中納言の中の君に逢い、婿としての厚遇を思い申し訳なく思われる（②26・31）。同年七月、按察の大納言Ⅰの病気に際し、懇切に見舞う（②34）。翌年冬、宰相の中将Ⅱと藤中納言の中の君との仲が公然となり、姫君も生まれるが、全く恨まず、婿としての扱いも変えない（③24）。後年、左大臣に昇進（④36）。

○**右大臣《うだいじん》**Ⅱ　→大将《だいしやう》

○**右大臣《うだいじん》の宰相《さいしやう》の中将《ちゆうじやう》**〔右のおとどの宰相の中将殿、右の大殿の宰相の中将、源中納言〕右大臣Ⅰの息。近江守むねただの中の君（江侍従の姉）の夫。石山寺にてむねただの中の君を見そめ、結婚したが、たまさかにしか通わない（②14）。第四年十一月、国譲りに際し、中納言に昇進、源中納言と呼ばれる（②18）。第八年九月、妻むねただの中の君が、藤壺の中宮（三の君）腹の一の宮の乳母として出仕する（④8）。同年十一月、出家した権大納言Ⅱを訪ねて勅使として山に登る（④18）。

○**内《うち》のおとど**Ⅰ　→関白《くわんぱく》Ⅱ

○**内《うち》のおとど**Ⅱ　→按察《あぜち》の大納言《だいなごん》Ⅰ

○**梅壺《うめつぼ》の女御《にようご》**〔梅壺〕冷泉院Ⅱの女御。藤大納言の長女。母北の方が心むくつけき人であるとの噂があった（①18）。第七年時点で十四、五歳の妹がある（③27）。翌年正月、藤壺の女御（三の君）立后の噂を聞いて心穏やかでなくなる（③31）。＊③28に見える「藤壺の女御」は「梅壺の女御」の誤りか。

○**梅壺《うめつぼ》の女御《にようご》の妹《いもうと》**〔梅壺の御妹の中の君〕冷泉院Ⅱの梅壺の女御の妹。藤大納言の次女。第七年時点で十四、五歳。この年冬、兵部卿の宮の三位の中将が新中納言Ⅱ（権大納言Ⅱ）に対して縁談を持ちかけるが、承諾されない（③27）。

○**梅壺《うめつぼ》の女御《にようご》の母《はは》**　→藤大納言《とうだいなごん》の北《きた》の方《かた》

○**大君《おほいきみ》**　→殿《との》の上《うへ》

○**大上《おほうへ》**　出自不明。大殿（関白Ⅰ）の北の方。第二十一年、大殿の出家後、同じく出家して、嵯峨野の御堂にて勤行する（④30）。

○大蔵卿《おほくらきやう》　藤壺の中宮（三の君）の乳母（大弐の乳母）の夫。三の君の侍女、少将と小侍従の父（②14）。

○大殿《おほとの》〔殿、左のおとど、関白殿、おとど、嵯峨の入道殿〕　物語開始時の関白左大臣（関白Ⅰ）。関白Ⅱ、大宮Ⅰ、中宮Ⅰの父。山の座主の兄。対抗勢力たる右大臣家とも円満に交わり（①2）、大宮Ⅰが院の君達二人（新中納言Ⅰ・三位の中将Ⅰ）を養育するのにも理解を示し、彼らを孫と同列に扱う（①10）。権大納言Ⅰ（関白Ⅱ）と大君との結婚に関して按察の大納言Ⅰに申し入れをし、成就を喜ぶ（①11）。結婚後、大君の懐妊を知り、限りなく喜ぶ（①13）。第二年四月、賀茂祭の日、二の宮を抱いて桟敷から斎院に見せ、歌を贈られる（①13）。翌日返歌する（①14）。日頃から皇子のない大宮Ⅰのつれづれを思いやる（①15）。大宮Ⅰが新中納言Ⅰ（大将Ⅰ）と按察の大納言Ⅰの中の君との結婚を望んでいることを権大納言Ⅰから聞き、同意を示す（①21）。同年十一月、大君の長女誕生に際し、五日の産養いを主催（①26）。新中納言Ⅰと中の君の結婚成立後、大宮Ⅰと対面、感謝される（②2）。第三年春頃、疫病が流行し、祈禱を絶えず行なう（②3）。六月頃、按察の上Ⅱが病気になり、頻繁に見舞う（②3）。九月十日頃、按察の上Ⅱの死去を悼み嘆き、使者を送る（②6）。十一月一日頃、一条院の急逝にあい、悲しみにくれる（②12）。翌年二月上旬、大君（殿の上）、若君（大若君）を出産、七日過ぎて迎え取り、かわいがる（②13）。冬、一条院の一周忌が過ぎ、関白を辞する気持ちを抱く（②18）。第五年、賀茂祭の日、中宮Ⅰの居所で江侍従らと対面（②19）。十月、国譲りに際し、関白を内大臣Ⅰ（権大納言Ⅰ）に譲る（②20）。十二月二十八日、藤壺の女御（三の君）入内に伺候（②22）。翌年七月、按察の大納言Ⅰの病気に際し、一族ゆかりの者ら熱心に世話をする（②34）。第七年五月、藤壺の女御（三の君）の病気見舞に帝（朱雀院）が行幸を望むのをいさめとどめる（③11）。同年末、大宮Ⅰの出家に驚きながらも、懇ろに世話をする（③31）。翌年二月、藤壺の女御の立后に際し、准后となる（④2）。九月十六日、藤壺の中宮（三の君）の安産祈願のため、千手観音を作らせる（④7）。若宮（一の宮）誕生後、帝の行幸の日、若宮に対面し、賞讃する（④9）。第十年秋、年来の出家の意思を実現すべく、嵯峨野に御堂を造営し、準備にかかるが、関白Ⅱに止められ、思いとどまる（④26）。第十四年四月、関白Ⅱの大君の春宮入内に際し、世話に伺候する（④27）。第二十一年、関白Ⅱの中の君（今姫君）の裳着の後、出家して大上とともに嵯峨野に住む（④30）。春宮の女御（関白Ⅱの大君）の立后に際し、車にて嵯峨野より京に出て来る（④36）。その後、九十一歳で死去（④36）。

○**近江守《あふみのかみ》**　→むねただ

○**近江守《あふみのかみ》むねただの娘《むすめ》**　→江内侍《がうないし》

○**近江《あふみ》の乳母《めのと》**　→むねただの中《なか》の君《きみ》

○**大宮《おほみや》**Ⅰ　（皇太后宮、大君、一条院の皇太后宮、一条院の大宮、一条院、太皇太后宮）　大殿（関白Ⅰ）の長女。中宮Ⅰ・関白Ⅰの姉。十二歳で一条院に入内、皇女一人（斎宮Ⅰ）を産む。一条院の弟兵部卿の宮の没後、遺児二人（新中納言Ⅰ、三位の中将Ⅰ）を引き取り、養育する。第二年夏、新中納言Ⅰ（大将Ⅰ）の按察の大納言Ⅰの中の君への恋慕を思いやり、権大納言Ⅰ（関白Ⅰ）にそれとなく仲立ちを依頼する（①5）。七月、中の君と逢った後ますます煩悶する新中納言Ⅰを気づかい、権大納言Ⅰに強く申し入れる（①20・21・22）。十一月、按察の大納言Ⅰの大君の長女誕生に際し、九日の産養いを主催（①26）。翌年正月、新中納言Ⅰと中の君の結婚成立後、按察の大納言Ⅰの拝賀を受ける（②2）。六月頃、按察の上Ⅱの病気に際し、祈禱を行なう（②3）。九月中旬、按察の上Ⅱの逝去を悼み、使者を送る（②6）。十一月一日頃、夫の一条院が急逝（②12）。第四年三月、権大納言Ⅰ（関白Ⅱ）と対面、一条院を追慕し、涙尽きず（②16）。これ以来、新中納言Ⅱ（三位の中将Ⅰ）を頼りにして暮らす（②28）。第六年五月、大将Ⅰ夫妻に手紙を送る（②30）。九月末、新中納言Ⅱが藤壺の女御（三の君）と密通した翌朝涙に沈むのを見て狼狽する（②39）。翌年二月、長谷寺に七日間参籠した新中納言の帰京を喜ぶ（③5）。新中納言Ⅱが藤壺の女御との間にできた子を預けるべく画策し、その由を斎宮Ⅰを通じて知り、ただならず喜ぶ（③10）。七月初旬、生まれた子を預かり（③15）、斎宮Ⅰとともにかわいがり育てる（③18・19・26、④6）。新中納言Ⅱが妻を持たないことを嘆き（③27・④5）、また大将の上（中の君）に子ができないことを悲しむ（③27・④12）。十二月、春宮の元服後、出家（③30）。第八年二月、藤壺の女御（三の君）の立后に伴い、太皇太后宮と称する（④3）。同年冬、大将の上（中の君）が懐妊し、大いに喜ぶ（④12）。十一月、密かに出家を決意した権大納言Ⅱ（新中納言Ⅱ）と対面（④15）。翌日、出家した権大納言Ⅱの置手紙を見て悲嘆にくれる（④16）。権大納言Ⅱがすぐ連れ戻されることを期待するが、かなわず涙にくれる（④19）。雪の日、斎宮Ⅰ・宰相の乳母と詠歌（④19）。悲しみ深く、若君（権大納言Ⅱの子）に涙を拭われる（④20）。翌春、花の頃、斎宮Ⅰと歌を贈答（④22）。春宮の使者から山の権大納言Ⅱの様子を聞いてひどく泣く（④22）。三月十六日、権大納言Ⅱの成仏を聞き、かつてよりは冷静ながらも、涙を流す（④24）。同年、大将の上の姫君誕生に際し、産養いを行なう（④26）。第二十一年、宰相の中将Ⅲ（故権大納言Ⅱの若君）が身を憂く思い沈んでいる様子を見て心配する（④29）。出家した大殿（関白Ⅰ）の嵯峨野の御堂に時折呼ばれて慰められる（④30）。新中納言Ⅲ（宰相の中将Ⅲ）の夢語りを聞き、故権大納言Ⅱを追慕して涙を流す（④33）。その新中納言Ⅲに、殿（関白Ⅱ）の今姫君との結婚の仲介を依頼される（④33）。その由を関白Ⅱに告げ、承諾を得て喜ぶ（④35）。その直後、新中納言Ⅲに会い、その姿を見て故権大納言Ⅱを思い出す（④35）。

○**大宮《おほみや》**Ⅱ　→中宮《ちゆうぐう》Ⅰ

○**大宮《おほみや》の宣旨《せんじ》**　→宣旨《せんじ》Ⅲ

○**大若君《おほわかぎみ》**〔若君、君達、殿の若君達、若君達、蔵人の少将、殿の蔵人の少将、中納言、殿の中納言〕関白Ⅱと按察の大納言Ⅰの大君（殿の上）との間の長男。第四年二月一日頃誕生（②13）。七日過ぎて関白Ⅰ（大殿）に迎え取られ、関白家で養育される（②43）。第七年冬、父関白Ⅱに伴われて弟の小若君とともに参内し、帝（朱雀院）・藤壺の中宮（三の君）に対面、父関白Ⅱに甘える（③25）。翌年九月下旬、藤壺の中宮腹の若宮（一の宮）誕生後の行幸の日、弟の小若宮とともに舞う（④9）。これを見て大殿（関白Ⅰ）・内大臣Ⅱ（按察の大納言Ⅰ）ら感涙する（④9）。翌々日、九日の産養いの日、皇太后宮（中宮Ⅰ）の前で改めて舞い、その後、笙の笛を奏する（④10）。十一歳で元服し、蔵人の少将に任ぜられる（④27）。のち中納言となり、大将Ⅰの中の君と結婚する（④27）。＊④36に「殿の中納言、今は大納言と聞こゆ」とあるが、これは後文から見て故権大納言Ⅱの遺児、「大将殿の新中納言」のことであろうと思われる。

○**大若君《おほわかぎみ》の御師《おんし》**　大若君の舞の師匠。第八年九月、藤壺の中宮（三の君）腹の若宮（一の宮）誕生の折、帝（朱雀院）の行幸の日に大若君と小若君が舞を舞い、その祝儀として大殿（関白Ⅰ）から御衣をかずけられる（④9）。

○**女一《をんないち》の宮《みや》**　〔弘徽殿の女一の宮〕冷泉院Ⅱの第一皇女。母は右大臣Ⅰの娘、弘徽殿の女御。物語開始時十六歳。第一年冬、帝（冷泉院Ⅱ）が姫宮たちに琴を教えた際、和琴を弾く（①1）。「けだかくわづらはしげ」と評される（①1）。第四年三月、一品の宮（女二の宮）と歌を贈答、筆跡を見た権大納言Ⅰ（関白Ⅱ）を感嘆させる（②15）。筆跡は斎院（故冷泉院Ⅰの女四の宮）の筋と見られる（②15）。同年十月、国譲りに伴い、斎宮に立つ（②20）。

○**女三《をんなさん》の宮《みや》**　〔冷泉院の女三の宮〕冷泉院Ⅱの第三皇女。母は右大臣Ⅰの娘、弘徽殿の女御。第一年冬、帝（冷泉院Ⅱ）が姫宮たちに琴を教えた際、箏の琴を弾く（①1）。「たをたをとなまめかしきものから、いまだ片なりに」見えると評される（①1）。第七年冬、新中納言Ⅱ（権大納言Ⅱ）への降嫁を冷泉院Ⅱが考えている由を言う人がある（③27）。翌年八月、大将Ⅰもこの縁談を新中納言Ⅱに勧めるが、新中納言Ⅱは承諾しない（④4）。同年十一月にも大将Ⅰは再び勧めるが、やはり応じない（④14）。

○**女四《をんなし》の宮《みや》**　→斎院《さいゐん》

○**女二《をんなに》の宮《みや》**　→一品《いっぽん》の宮《みや》

【カ　行】

○**介錯《かいしやく》**　第九年、大将の上（中の君）の大君誕生時の世話役の女性（④26）。

○**鼎殿《かなへどの》のしりくひ**　いかなる者か不明。第八年九月中旬、藤壺の中宮（三の君）の若宮（一の宮）出産時、産湯をかついで参上した（④8）。按察の大納言Ⅰ邸の鼎殿に仕えた下女か。

○**関白《くわんぱく》Ⅰ**　→大殿《おほとの》

○**関白《くわんぱく》Ⅱ**　〔殿の権大納言、権大納言、大納言、権大納言の君、君、大納言殿、権大納言殿、内のおとど、今の関白殿、関白殿、殿、おとど） 関白左大臣（大殿・関白Ⅰ）の長男。一条院の大宮（大宮Ⅰ）・冷泉院Ⅱの中宮（中宮Ⅰ）の弟。物語開始時権大納言。按察の大納言Ⅰの大君の夫。大若君・小若君・大君（春宮の女御）・中の君の父。第一年十一月、姉中宮Ⅰの病気見舞のため参内し、中宮Ⅰ・二の宮と対面（①2）、その後帝（冷泉院Ⅱ）に引き留められ（①2）、殿上での音楽会で唱歌し、羯鼓を打つ（①4）。この時、詠歌あり（①5）。その夜、頭の中将Ⅰを宿直所へ呼び、妹を請う（①6）。翌朝、北山の雪見に出かけ、故治部卿の堂にて按察の大納言Ⅰの姫君たちを垣間見る（①7）。そして治部卿の律師と対面し、姫君たちのことを訊く（①8・9）。その後、按察の大納言Ⅰの大君に熱心に求婚し、翌年一月二十三日に結婚（①11）。この時二十歳ばかり。四月、賀茂祭見物に懐妊中の大君を誘う（①13）。この日、女たちの髪そぎに際し詠歌（①13）。五月雨の頃、新中納言Ⅰ（大将Ⅰ）に大君の妹を請われる（①15）。七月七日、新中納言Ⅰが按察の大納言Ⅰの中の君の寝所に忍び入った時、中の君に疑われる（①16）。この夜、按察の大納言Ⅰとともに関白Ⅰ邸に泊まる（①18）。その後、新中納言Ⅰと大宮Ⅰに中の君を強く請われ（①20・21）、父関白Ⅰに相談（①21）、按察の大納言Ⅰに伝えて話をまとめる（①22）。同年十月二十日頃、叔父の山の座主の病気見舞のため山に登る（①23）。途中、小野にて近江守むねただの別邸に立ち寄り、むねただの中の君と歌を贈答（①23）。山でも詠歌あり（①24）。帰途、再び小野に立ち寄り、中の君と対話する（①25）。按察の大納言Ⅰ邸に戻り、大君に源宰相の娘（対の御方）のことなどを語る（①25）。十一月十日頃、長女誕生（①26）。十二月末、新中納言Ⅰと按察の大納言Ⅰの中の君が結婚、「親がり」て世話をする（②1）。第三年正月、参内に際し、新中納言Ⅰに特別の随身を手配（②2）。春頃からの疫病流行で、源宰相の北の方の死去を知り、美作の乳母を弔問に派遣（②3）。この頃、按察の大納言Ⅰの若君（阿闍梨Ⅰ）を俗人として殿上させることを望み、按察の上Ⅱに申し入れていた（②4）。九月十日頃、重病の按察の上Ⅱを見舞い、対面、三の君の世話を託される（②5）。帰宅直後、按察の上Ⅱ死去の報を聞き、使者を送る（②6）。葬送に際し、妻大君の悲しみを思いやり、涙を流す（②7）。三十日が過ぎ、廂の間で大君を慰める（②8）。三十五日の日、中の君・三の君を垣間見る（②8）。四十九日の日、大君を迎えに出る（②10）。第四年二月一日頃、長男（大若君）誕生（②13）。三月、一品の宮の居所を訪れ、中将の内侍が三の君の乳母と近江守むねただの娘たちのことを語るのを立ち聞きする（②14）。そして一品の宮と対面し、女一の宮の筆跡を見る（②15）。その後、一条院を訪れ、大宮Ⅰと斎宮Ⅰに対面（②16）。同年冬、内大臣兼左大将に昇進（②18）。翌年、賀茂祭の日、中宮に出仕した江侍従と対面する（②19）。十月、国譲りに際し、父から関白を譲られる（②20）。十一月、大嘗会の女御代に按察の大納言Ⅰの三の君を養女として参らせることになり、熱心に世話をする（②21）。十二月二十八日、女御（三の君）の入内につき添い、世話をする（②22）。翌日、帝（朱雀院）の後朝の文を伝えた使者をもてなす（②22）。第六年正月、臨月の大君に代わり、中の君が女御のつき添いに参ることを望む（②23）。この月、次男（小若君）誕生（②23）。二月、源宰相の娘を女御の後ろ見にすることを考える（②24）。女御への帝の寵愛厚く、満足する（②15）。六月頃より按察の大納言Ⅰの病気に際し、心を尽くして祈禱を行なう（②32）。女御の退出を帝に申し入れるが、なかなか許されない（②32）。按察の大納言Ⅰの病状重く、ゆかりの者たちとともに熱心に世話をする（②34）。九月末日、新中納言Ⅱ（権大納言Ⅱ）が女御の居所へ忍び入る晩、大君のもとを訪れる（②36）。翌朝、女御の有様を見た大君に疑われる（②38）。女御の病気を気づかい（②39）、女御を自邸に迎える（②41）、第七年正月、人々の拝賀を受け、按察の大納言Ⅰには女御の見舞に日参される（②43）。二月十日頃、石清水八幡宮へ参詣のため精進（③1）。八月頃、美作の乳母を源宰相の姫君に遣わして女御の後ろ見を依頼（③19）。女御の参内を帝（朱雀院）に催促されて、日取りを決めさせ、衣裳の調達を急がせる（③20）。また、再度美作の乳母を源宰相の姫君のもとへ派遣し、ようやく承諾を得る（③22）。そこでまず関白邸に出仕させ、対の御方と呼び、対面。人柄・ものごしに満足する（③22）。これを機に、源宰相とも親しく交わるようになる（③23）。冬深く、大若君・小若君を連れて参内、帝（朱雀院）・女御（三の君）に対面（③25）。年末頃、嘆きに沈む新中納言Ⅱに結婚を勧める（③27）。第八年春、藤壺の女御（三の君）を立后させる意思を帝から聞き、辞退するが、強く望まれる（③31）。二月五日、女御の立后に際し、大いに喜ぶ（④1）。七日、立后の儀式での藤三位の有様を賞讃、また大君（殿の上）の正三位加階を喜び、舞踏する（④1）。この日、太政大臣に昇進、拝礼する（④2）。八月、新中納言Ⅱに冷泉院Ⅱの女三の宮との縁談を持ちかける（④5）。九月、中宮Ⅱ（三の君）の難産を心配し、十一日、九体の如意輪観音像を作る（④7）。数日後、中宮Ⅱの出産を知り、新生児の性別を問う（④8）。九日の産養いの日、人々に楽器を勧めて音楽会を催す（④10）。若宮（一の宮）の五十日が過ぎ、中宮Ⅱの参内に従う（④12）、十一月、権大納言Ⅱ（新中納言Ⅱ）の出家を知り、一条院に駆けつけ（④12）、すぐに山に登る（④18）。権大納言Ⅱを連れ戻すことはできず、その後、大宮Ⅰを慰めるため一条院を訪れ、若君と対話し、詠歌する（④20）。第九年正月十日頃、山に使者を送り、品々を贈る（④22）。三月十五日、権大納言Ⅱの即身成仏のさまを夢に見、暁に乳母子の六位を山に派遣して事情を知り、限りなく嘆く（④24）。十一月一日頃、次女（今姫君）誕生（④26）。翌年秋、父大殿（関白Ⅰ）の出家の意思を制止する（④26）。第十四年二月一日、長女が中宮を腰結役として十三歳で裳着、四月には春宮へ入内、儀式の世話をする（④27）。一条院の大宮Ⅰから新中納言Ⅲ（故権大納言Ⅱの遺児）と次女（今姫君）との結婚を請われ、承諾。後、新中納言Ⅲと対面する（④35）。その後、右大将（新中納言Ⅲ）を婿としてかしづく（④36）。

○**蔵人《くらうど》**Ⅰ　冷泉院Ⅱ時代の蔵人。第一年十一月、殿上の音楽会の際、権大納言Ⅰ（関白Ⅱ）に羯鼓を渡す（①4）。

○**蔵人《くらうど》**Ⅱ　〔母の蔵人〕按察の大納言Ⅰの中の君（大将の上）の乳母、大輔の乳母の母。乳母子、中将の君の祖母。第二年頃死去。同年七月、娘の大輔の乳母が服喪のため籠っていた（①19）。出自は不明。

○**蔵人《くらうど》の少将《せうしやう》**Ⅰ　〔少将、蔵人、頭の中将、三位の中将、権亮、宮の亮、中納言右衛門督〕按察の大納言Ⅰの次男。母は故治部卿の娘。中の君（大将の上）・三の君（中宮Ⅱ）・阿闍梨Ⅰの同母兄。頭の中将Ⅰ・大君（殿の上）の異母弟。別当の中納言の娘を妻とする。第一年十一月、殿上の音楽会で横笛を奏す（①2）。同じ折、権大納言Ⅰ（関白Ⅱ）を殿上に誘う使者となり（①2）、また一条院の新中納言Ⅰ（大将Ⅰ）と三位の中将Ⅰ（新中納言Ⅱ）を誘い出す使者ともなる（①3）。そして殿上で横笛（①4）また笙の笛を奏す（①5）。この時、詠歌あり（①5）。第二年正月二十三日、権大納言Ⅰ（関白Ⅱ）と按察の大納言Ⅰの大君との婚儀に侍す（①11）。十月二十日頃、山の座主の病気見舞のため、権大納言Ⅰ（関白Ⅱ）・三位の中将Ⅰ（新中納言Ⅱ）とともに山に登る（①23）。山にて座主と対面し、詠歌（①24）。山のあたりに恋人がおり、帰途一泊したという（①25）。十二月末、新中納言Ⅰ（大将Ⅰ）と按察の大納言Ⅰの中の君の結婚に際し、兄頭の中将Ⅰとともに世話をする（②1）。第三年正月一日、頭の中将Ⅰとともに、按察の大納言Ⅰ・権大納言Ⅰ（関白Ⅱ）のもとへ年賀に赴く（②2）。そして権大納言Ⅰの宮中拝賀に一人従う（②2）。九月初旬、母按察の上Ⅱが重病となり、頻繁に見舞い、看病する（②5）。十日頃、按察の上Ⅱ死去、心惑って我を失う（②6）が、岩蔭での葬送に奔走する（②7）。四十九日が過ぎて帰宅する（②10）。第四年十一月、頭の中将に昇進（②18）。翌年十一月、大嘗会の女御代に按察の大納言Ⅰの三の君が参るに際し、世話をする（②21）。第七年七月一日頃、大将Ⅰに連れられ、宰相の中将Ⅱ（頭の中将Ⅰ）とともに九条の泉に出かけるという（③14）（＊この時「三位の中将」と呼ばれる）。翌年二月五日、藤壺の女御（三の君）の立后に際し、中宮権亮となる（④2）。八月初旬、関白Ⅱ邸にて、新中納言Ⅱ・権大夫（頭の中将Ⅰ）らと遊びをする（④5）。九月中旬、藤壺の中宮（三の君）若君（一の宮）出産の報を聞き、兄権大夫（頭の中将Ⅰ）とともに安堵する（④8）。若宮の五十日が過ぎ、藤壺の中宮の参内に伺候する（④12）。第十四年四月、殿の姫君の春宮入内に際し、中納言右衛門督に昇進（④27）。

○**蔵人《くらうど》の少将《せうしやう》**Ⅱ　出自不明。第八年春、藤壺の女御（三の君）の立后の儀の折、帝（朱雀院）の手紙を伝える使者となる（④1）。

○**蔵人《くらうど》の少将《せうしやう》**Ⅲ　→大若君《おほわかぎみ》

○**蔵人《くらうど》の兵衛佐《ひやうゑのすけ》**　〔兵衛のすけ〕　関白家の家司。第二年正月二十四日、権大納言Ⅰ（関白Ⅱ）と按察の大納言Ⅰの大君との結婚の翌朝、権大納言Ⅰの後朝の文を伝える使者となる（①11）。「なまめかしう清げ」な男。頭の中将Ⅰと蔵人の中将Ⅰにもてなされる（①11）。同年四月、賀茂祭の際、斎院の差し出した扇に載せられた歌を受け取り、関白Ⅰに奉る（①13）。翌日、関白Ⅰの返歌を斎院に伝える使者となる。斎院の宣旨・中納言の君・少将の命婦らに接待され、歌を贈答する（①14）。

○**源宰相《げんさいしやう》**〔宰相〕 御匣殿（対の御方）の父。五条に邸を持つ（③17）。第三年四月、北の方を失う（②3）。第七年十月、娘を藤壺の女御（三の君）の後ろ見として出仕させることを関白Ⅱに望まれ、娘に出仕を勧める（③22）。娘の出仕後、関白Ⅱ邸に親しく参るようになる（③23）。新中納言Ⅱ（権大納言Ⅱ）の若君の乳母となった一条院の宰相の君（宰相の乳母）はこの人の子という（④6）。御匣殿の阿闍梨の父でもあろう。

○**源宰相《げんさいしやう》の北《きた》の方《かた》**〔源宰相の娘の母、故上〕 御匣殿（対の御方）の母。またおそらくは御匣殿の阿闍梨の母。第三年四月、流行の疫病により死去。第七年八月、御匣殿の阿闍梨に清水寺にて追慕される（③17）。

○**源宰相《げんさいしやう》の娘《むすめ》** ↓御匣殿《みくしげどの》

○**源三位《げんさんみ》**〔御乳母源三位、三位たち〕 朱雀院の乳母。第八年九月中旬、藤壺の中宮（三の君）の若宮（一の宮）誕生の折、迎え湯に参る（④8）。七日目の行幸の際、若宮を帝（朱雀院）の見参に入れる（④9）。若宮を抱き取る帝のさまを「いとめでたく、うつくし」と見る（④9）。

○**源侍従《げんじじゆう》** ↓若君《わかぎみ》

○**源中将《げんちゆうじやう》** ↓若君《わかぎみ》

○**源中納言《げんちゆうなごん》** 右大臣《うだいじん》の宰相《さいしやう》の中将《ちゆうじやう》

○**江侍従《がうじじゆう》** ↓江内侍《がうないし》

○**皇太后宮《くわうたいごうぐう》Ⅰ** ↓大宮《おほみや》Ⅰ

○**皇太后宮《くわうたいごうぐう》Ⅱ** ↓中宮《ちゆうぐう》Ⅰ

○**江内侍《がうないし》**〔三にあたる娘、近江守むねただが娘、近江守の娘、江侍従、内侍、女、江侍従の内侍〕 近江守むねただの三女。三位の中将Ⅰ（新中納言Ⅱ）の愛人。冷泉院Ⅱの中宮Ⅰに仕える。第二年四月、賀茂祭の日、三位の中将Ⅰの車に端童を使って葵に付けた匿名の手紙を送る（①13）。十月二十日頃、山の座主の病気見舞の途次に小野の里のむねただの別邸に立ち寄った三位の中将Ⅰと遭遇し、素姓を知られる（①23）。この時、歌の贈答あり。翌日、帰途にも立ち寄った三位の中将Ⅰと再び歌を贈答する（①25）。これ以前より、母親に三河守との縁談を勧められている（②14）。三位の中将Ⅰに中宮Ⅰへの出仕を勧められるが、父むねただには反対され、母親には賛成される（②14）。第五年春、新中納言Ⅱの勧めに応じ、三河守との結婚を断念し、中宮Ⅰに出仕（②19）。賀茂祭の日、関白Ⅰ（大殿）・内大臣（関白Ⅱ）に対面、内大臣とは歌の贈答をする（②19）。第七年二月頃、新中納言Ⅱと対面、この時すでに内侍となり、一品の宮（女二の宮）のもとへも時折伺候している（③6）。翌年十一月、権大納言Ⅱ（新中納言Ⅱ）の出家に、心惑いして音信できず（④21）。第九年三月十五日、権大納言Ⅱの往生の報をあわれに思って聞く（④24）。

○**弘徽殿《こきでん》の女御《にょうご》**〔弘徽殿、右大臣殿の弘徽殿の女御〕右大臣Ⅰの娘。右大臣の宰相の中将の姉妹。頭の中将Ⅰの北の方は妹。冷泉院Ⅱの女御、冷泉院Ⅱの春宮時代に入内し、女一の宮・女三の宮を産む（①4）。

○**小侍従《こじじゅう》**〔侍従、小侍従の君〕藤壺の中宮（三の君）の乳母子。母は三の君の乳母、大弐の乳母（故人）。父は大蔵卿。少将Ⅰの妹。大納言の君は異父姉。第五年十一月、大嘗会の女御代として三の君が参上した際、大納言の君・少将Ⅰらとともに伺候する（②21）。第六年九月末、新中納言Ⅱが侵入する宵、藤壺の女御（三の君）の側に侍して大納言の君と対話（②36）。翌朝、新中納言Ⅱが帰り呆心状態の女御を大納言の君と二人でもとの床に据える（②37）。同年冬、女御の生理について大納言の君に語る（②41）。第七年七月初旬、女御秘密裡に出産の夜、少将Ⅰとともに女御の手を握って泣く（③14）。そして生まれた子を新中納言Ⅱが連れ去るのを少将Ⅰとともに見送る（④14）。翌年二月七日、藤壺の女御立后の儀式に伺候する（④1）。＊②21・②41・③14には「侍従」とあるが、小侍従のことと見る。

○**故治部卿《こぢぶきやう》**　→治部卿《ぢぶきやう》

○**故治部卿《こぢぶきやう》の律師《りつし》**　→治部卿《ぢぶきやう》の律師《りつし》

○**小少将《こせうしやう》**　按察の大納言Ⅰの大君（殿の上）付きの女房。第八年九月、藤壺の中宮（三の君）の若君（一の宮）出産の折、御匣殿の阿闍梨の祈禱により、物の怪が現れて乗り移る（④8）、＊①13に見える「少将」も同一人か。あるいは、次項の「小中将」との混乱あるか。

○**小中将《こちゆうじやう》**　按察の大納言Ⅰの大君（殿の上）の乳母子。母は弁の乳母。新宰相の妹。大君と権大納言Ⅰ（関白Ⅱ）の結婚に際して整えられた女房の中に入る（①11）。第三年冬、按察の上Ⅱの三十五日の法要が過ぎた頃、心経を覚えられないと女房たちに語る（②9）。＊前項の「小少将」も同一人か。

○**故兵部卿《こひやうぶきやう》の宮《みや》**　→兵部卿《ひやうぶきやう》の宮《みや》

○**小法師《こぼふし》**　御匣殿の阿闍梨の弟子。第七年八月、清水寺参籠中の源宰相の姫君（御匣殿）を訪ねて来た阿闍梨に従う（③17）。

○**暦《こよみ》の博士《はかせ》**　第七年九月、藤壺の女御（三の君）の参内について、十月一日がよい日であることを申す（③20）。＊本文は「十一月一日」とあるが、十月の誤りと見る。

○**故冷泉院《これいぜいゐん》**　→冷泉院《れいぜいゐん》Ⅰ

○**小若君《こわかぎみ》**　〔若君、君達、殿の若君達、殿の君達、藤侍従、権中将、中将、中納言〕　関白Ⅱと按察の大納言Ⅰの大君との間の次男。第六年一月誕生（②23）。第七年二月中旬、大君が按察の大納言Ⅰ邸に戻ったのを迎え喜ぶ（③3）。同年冬、父関白Ⅱに連れられて参内し、藤壺の中宮（三の君）と帝（朱雀院）に対面、中宮に抱かれる（③25）。第八年九月、藤壺の中宮の産んだ若宮（一の宮）の七日の産養いの行幸の日、兄の大若君とともに舞う（④9）。また翌々日、冷泉院の皇太后宮（中宮Ⅰ）の前で再び舞う（④10）。翌朝、新中納言Ⅱに笛を習い、中宮の宣旨Ⅳ（大納言の君）への文使いをする（④11）。第十四年、九歳にて、十一歳の大若君と同時に元服し、藤侍従と称す（④27）。のち、権中将に昇進（④28）。新中納言Ⅲ（故権大納言Ⅱの遺児）が朱雀院の姫宮を断念し、殿の姫君（今姫君）との結婚を望んでいるのを聞き、悪くないことと思う（④34）。その後、中納言に昇進する（④36）。

○**小若君《こわかぎみ》の御師《おんし》**　小若君の舞の師匠。第八年九月、藤壺の中宮（三の君）の若宮（一の宮）誕生の折、帝（朱雀院）の行幸の日に、大若君と小若君が舞い、その祝儀として、関白Ⅱから御衣をかずけられる（④9）。

○**権大納言《ごんだいなごん》Ⅰ**　→関白《くわんぱく》Ⅱ

○**権大納言《ごんだいなごん》Ⅱ**　→新中納言《しんちゆうなごん》Ⅱ

○**権中将《ごんちゆうじやう》**　→小若君《こわかぎみ》

○**権中納言《ごんちゆうなごん》**　→大将《だいしやう》Ⅰ

○**権亮《ごんのすけ》**　→蔵人《くらうど》の少将《せうしやう》Ⅰ

○**権大夫《ごんのたいふ》**　→頭《とう》の中将《ちゆうじやう》Ⅰ

【サ　行】

○斎院《さいゐん》〔女四の宮、院〕　故冷泉院Ⅰの女四の宮。一条院・冷泉院Ⅱの妹。名筆家とされる。第二年四月、賀茂祭の日、輿の中から扇に葵の葉を載せ、歌を付けて差し出し、関白Ⅰ（大殿）に贈る（①13）。「ことにけだかく、上衆めかしき書きざま」という。翌日、関白Ⅰより返歌を受け、幼い二の宮（後の春宮・帝）の筆跡をしみじみと見て、返歌。関白Ⅰの絶讃を得る（①14）。右大臣の姫君（頭の中将Ⅰの北の方）の筆跡はこの人に習ったものとされる（①26）。また、弘徽殿の女御の女一の宮の筆跡もこの人と同じ筋だと関白Ⅱに評される（②15）。

○斎宮《さいぐう》Ⅰ〔姫宮、宮、御前、宮々〕　一条院と大宮Ⅰとの間の内親王。両人にとって唯一の子で、冷泉院Ⅱの御代の斎宮（①4・10）。第三年十一月一日頃、一条院の崩御により、帰京し、嘆きに沈む（②12）。翌年三月、権大納言Ⅰ（関白Ⅱ）と対面、美しさに感嘆される（②16）。この時、二十五歳ばかり。第七年春、新中納言Ⅱ（権大納言Ⅱ）と対面し、秘密の子の誕生予定を告げられ、大宮Ⅰのもとで育てるよう依頼される。それを大宮Ⅰに相談すると、大いに歓迎される（③10）。七月一日頃、藤壺の女御（三の君）の産んだ若君を一条院に引き取り、大宮Ⅰとともにかわいがる（③15）。その様子を、新中納言Ⅱが清水寺参籠中の大納言の君と少将Ⅰに語り（③18）、二人はそれを大君（殿の上）に語る（③19）。同年末、若君を見て涙にくれる新中納言Ⅱの様子を見て心苦しく思い、出家を考えているのではと危惧する（③26）。翌年八月、新中納言Ⅱと対面し、若君を見て泣くさまから、若君の母への新中納言Ⅱの愛情を思う（④4）。大宮Ⅰとともに若君をかわいがっていることを宰相の乳母から聞いた御匣殿が、宣旨Ⅳ（大納言の君にその由を語る（④6）。同年十月、大将の上（中の君）の懐妊を聞いた大宮Ⅰと対話する（④12）。十一月初旬、新中納言Ⅱと対面し、しめやかに語り合う（④13）。翌日、大宮Ⅰも同席して再び新中納言Ⅱと対面（④15）。その夜、新中納言Ⅱが出家、翌朝、置手紙を見て呆然自失となる（④16）。その日、大宮Ⅰと歌の贈答をする（④19）。数日後、関白Ⅱと大将Ⅰが大宮Ⅰを慰めに来訪した際、「母は」と訊かれた若君に指さされる（④20）。第九年春、花の咲く頃、大宮Ⅰと歌の贈答（④22）。五月三日、故権大納言Ⅱ（新中納言Ⅱ）の四十九日の法要に、追慕して嘆く（④25）。同年、大将の上（中の君）の姫君誕生に際し、大宮Ⅰとともに産養いをする（④26）。その後、宰相の中将Ⅲ（故権大納言Ⅱの遺児）の沈んでいるさまを見て、大宮Ⅰとともに心配する（④26）。

○**斎宮《さいぐう》**Ⅱ　→女一《をんないち》の宮《みや》

○**斎宮《さいぐう》の女御《にようご》**　故冷泉院Ⅰの女御。故兵部卿の宮の母。物語開始時すでに故人。一条院・冷泉院Ⅱの継母。故冷泉院Ⅰの晩年に故兵部卿の宮を産む（①10）。

○**宰相《さいしやう》**　→源宰相《げんさいしやう》

○**宰相《さいしやう》の中将《ちゆうじやう》**Ⅰ　→右大臣《うだいじん》の宰相《さいしやう》の中将《ちゆうじやう》

○**宰相《さいしやう》の中将《ちゆうじやう》**Ⅱ　→頭《とう》の中将《ちゆうじやう》Ⅰ

○**宰相《さいしやう》の中将《ちゆうじやう》**Ⅲ　→若君《わかぎみ》

○**宰相《さいしやう》の乳母《めのと》**　〔宰相の君、御乳母、一条院の宰相の君〕一条院に仕える斎宮付きの女房。源宰相の子。御匣殿（対の御方）とは異腹の姉妹。新中納言Ⅱ（権大納言Ⅱ）の若君の乳母。第七年春頃、出産の予定があったため、生まれて来る新中納言Ⅱの秘密の子の乳母の候補とされ（③10）、大宮Ⅰからその由を聞いて喜ぶ（③10）。同年七月一日頃、若君が誕生し、夜半頃に一条院へ召され、若君を託される（③15）。同年末、新中納言Ⅱが若君と対面した際、若君を抱く（③26）。第八年八月、若君を見て涙ぐむ新中納言Ⅱを見て、斎宮Ⅰとともに、大事な人の形見なのだろうと思う（④4）。九月頃、御匣殿とともに外出し、若君のことを御匣殿に知られる（④6）。十一月、新中納言Ⅱが若君に対面した折、若君を膝に抱く（④15）。翌朝、若君の呼ぶ新中納言Ⅱを捜しに行って、新中納言Ⅱの失踪を知り、置手紙を発見する（④16）。翌日、大宮Ⅰ・斎宮Ⅰとともに詠歌（④19）。

○**左衛門《さゑもん》**　〔姉の左衛門〕　藤中納言の中の君の侍女、侍従Ⅱの姉。侍従Ⅱとともに仕える。第七年夏、中の君と宰相の中将Ⅱ（頭の中将Ⅰ）の関係を母北の方（按察の上Ⅲ）が知って激怒し、侍従Ⅱを打擲して追い出した時、北の方に味方する（③12）。そのことを按察の大納言Ⅰから聞いた宰相の中将Ⅱが侍従Ⅱを慰めに訪れた際、間に立つ（③13）。

○**左《さ》衛門督《ゑもんのかみ》の北《きた》の方《かた》** 故治部卿の娘。按察の大納言の北の方（按察の上Ⅱ）・治部卿の律師の妹。左衛門督との間に娘が多数ある（①8）。権大納言Ⅰ（関白Ⅱ）の心中思惟の中にのみ登場。

○**嵯峨《さが》の入道《にふだふ》** →大殿《おほとの》

○**座主《ざす》** →山《やま》の座主《ざす》

○**三《さん》の君《きみ》** →中宮《ちゆうぐう》Ⅱ

○**三位《さんみ》の中将《ちゆうじやう》**Ⅰ →新中納言《しんちゆうなごん》Ⅱ

○**三位《さんみ》の中将《ちゆうじやう》**Ⅱ →蔵人《くらうど》の少将《せうしやう》Ⅰ

○**三位《さんみ》の中将《ちゆうじやう》**Ⅲ →式部卿《しきぶきやう》の宮《みや》の三位《さんみ》の中将《ちゆうじやう》・兵部卿《ひやうぶきやう》の宮《みや》の三位《さんみ》の中将《ちゆうじやう》

○**式部卿《しきぶきやう》の宮《みや》の三位《さんみ》の中将《ちゆうじやう》** 〔三位の中将〕 式部卿の宮の子息。式部卿の宮の姫君の兄弟。式部卿の宮の出自は不明。第八年九月下旬、藤壺の中宮（三の君）の産んだ若君（一の宮）の七日目の産養いの日、新中納言Ⅱ（権大納言Ⅱ）とともに青梅波を舞い、賞讃される（④9）。この日、近衛司を兼ねる（④9）。十一月初旬、出家した権大納言Ⅱ（新中納言Ⅱ）を見舞うため、春宮の使者として山に登る（①18）。また、後日、山の権大納言Ⅱと歌を贈答し、かつて産養いの行幸の日にともに青梅波を舞ったことを回想する（④21）。＊③27で、新中納言Ⅱ（権大納言Ⅱ）に梅壺の女御の妹の中の君との縁談を勧めた「兵部卿の宮の三位の中将」も同一人物か。誤写による本文の錯誤で、「兵部卿の宮」の方が正しければ、この人は兵部卿の宮の女御の兄ということになろう。「兵部卿の宮の三位の中将」の項参照。

○**式部卿《しきぶきやう》の宮《みや》の姫君《ひめぎみ》** 式部卿の宮の三位の中将の姉妹。春宮への入内を親は考えるが、関白Ⅱの姫君の入内が近いことを思い、新中納言Ⅱ（権大納言Ⅱ）にその気があればと望んでいる由を大将Ⅰが新中納言Ⅱに語る（④14）。

○**侍従《じじゆう》**Ⅰ →小侍従《こじじやう》

○**侍従《じじゆう》**Ⅱ 藤中納言の中の君の侍女。左衛門の妹。第六年五月五日の夕方、藤中納言の中の君と端近くで語り合っているところへ宰相の中将Ⅱ（頭の中将Ⅰ）が訪れ、言葉を交した後、二人が奥へ入ると気をきかせて座をはずす（②26）。翌日、宰相の中将Ⅱからの後朝の文を中の君に取りつぐ（②30）。翌年五月、宰相の中将Ⅱの手紙を中の君に伝えているところを母北の方（按察の上Ⅲ）に見られて激怒され、打擲の上追い出される（③12）。その由を宰相の中将Ⅱに手紙で知らせると、駆けつけて慰められる（③13）。

○悉達太子《しつたたいし》〔七多太子〕 釈迦。第八年十一月初旬、権大納言Ⅱ（新中納言Ⅱ）が出家した時、我が身をこの人と引き比べる（④15）。

○治部卿《ぢぶきやう》〔故治部卿〕 按察の大納言Ⅰの二番目の北の方（按察の上Ⅱ）・治部卿の律師・左衛門督の北の方の父。物語開始時すでに故人。北山に堂を持ち、息子の律師が住む。第一年十一月、この堂に按察の大納言Ⅰの姫君たちが方違えの物忌のため籠る（①7・8・9）。

○治部卿《ぢぶきやう》の律師《りつし》〔律師、律師の御坊〕 故治部卿の子息。按察の大納言Ⅰの二番目の北の方（按察の上Ⅱ）の弟。北山の故治部卿の堂に住み、一条院の向かいに里坊を持つ。第一年十一月、北山の堂に按察の大納言Ⅰの姫君たちを方違えの物忌のため迎えており（①7）、病気の大君を案ずる（①8）。姫君たちを密かに垣間見た権大納言Ⅰ（関白Ⅱ）の消息を受け取り、対面して姫君たちのことを語る（①9）。第三年八月、重病の按察の大納言Ⅰの北の方（按察の上Ⅱ）、三の君にこの人から世の無常を教えさせずじまいになったことを悔やむ（②4）。九月中旬、按察の上Ⅱの葬送に際し、奈良の大僧正を呼ぶ（②7）。第六年十二月、藤壺の女御（三の君）の病気平癒のための加持を行なう（②42）。翌年二月中旬、藤壺の女御の不義の子懐妊の事実を大納言の君から聞き、頼もしい返事をする（③1）。そして、生まれて来る子を新中納言Ⅱに預けることを勧め（③7）、女御を一条院の向かいの里坊に迎える（③7）。同年七月一日頃、藤壺の女御の出産に際し、祈禱をする（③14）。

○下法師《しもほふし》 比叡山の聖の坊に住む下級法師。第八年十一月、出家した権大納言Ⅱ（新中納言Ⅱ）を連れ戻すべく京から多くの人が登ってくることを聖や権大納言Ⅱに告げる（④18）。

○車匿舎人《しやのくとねり》 釈迦が出家した時に従い、のち帰された舎人。第八年十一月、権大納言Ⅱ（新中納言Ⅱ）の出家に同行し、すぐ京に帰された舎人をこの人に引きくらべて人々が悲しむ（④17）。底本では「さのくとねり」と表記。

○准后《じゆんごう》 →大殿《おほとの》

○少将《せうしやう》Ⅰ〔少将殿、少将の君、内侍、内侍殿、少将の内侍〕 藤壺の中宮（三の君）の乳母子。母は大弐の乳母。父は大蔵卿。小侍従の姉。大納言の君は異父姉。第三年八月、重病の按察の大納言Ⅰの北の方（按察の上Ⅱ）が三人の乳母子を頼りにするよう三の君に言い聞かせるが、この時、「心ばへのどかに、よき若人」と評される（②4）。翌年三月、中将の内侍に、妹の小侍従とともに「憎からぬ若人」と評される（②14）。第五年十一月、大嘗会の女御代に三の君が参る。この時、姉妹三人とも奉仕する（②21）。第六年九月末、胸を患って局に下る。この時、新中納言Ⅱ（権大納言Ⅱ）が強引に藤壺の女御（三の君）と逢う（②36）。翌年正月、女御の病気を案じつつも晴れ着を着る。「よしありて、よき若人」と評される（②43）。二月中旬、藤壺の女御の病気が懐妊であることを知らされる（③1・2）。その後、女御の懐妊を新中納言Ⅱに知らせるに際し、大納言の君に代わって使者として一条院に赴き、新中納言Ⅱと対面する（③9）。のち、生まれて来る子を大宮Ⅰに預ける手筈について、新中納言Ⅱからの手紙を受け取る（③11）。七月一日頃、藤壺の女御（三の君）の秘密裡の出産の際、女御の手を握って泣く（③14）。そして、生まれた子を抱き取って新中納言Ⅱに渡し、急ぎ帰る新中納言Ⅱを小侍従とともに見送る（③14）。同年八月、大納言の君らとともに清水寺に七日間参籠し、源宰相の姫君（御匣殿）を垣間見る（③17）。その夜、新中納言Ⅱが女装して清水寺に現れ、対面して歌を贈答（③18）。九月頃、女御の参内準備の頃、里下りする（③20）。十月初旬、対の御方（御匣殿）と対面し、喜ぶ（③23）。年末、昨年とひきくらべて大納言の君とともに感慨にふける（③26）。第八年二月七日、藤壺の女御立后の儀式に奉仕する（④1）。この時、内侍となる（④2）。同年九月、御匣殿（対の御方）から、大宮Ⅰに引き取られた若君のことを聞く（④6）。十一月初旬、新中納言Ⅱと藤壺にて対面し、歌を贈答する（④13）。この月、権大納言Ⅱ（新中納言Ⅱ）の出家により、諸行事が続いてもあわれに思う（④20）。第九年三月十六日、権大納言Ⅱの即身成仏の報を聞き、一層あわれを感じる（④24）。後年、権大納言Ⅱの遺児が童殿上して以来、藤壺の御簾の中にも入れる（④28）。第二十一年二月二十日頃、大将の上（中の君）のもとに参り、新中納言Ⅲ（故権大納言Ⅱの遺児）に出生の秘密を語って証拠の手紙を示す（④31）。

○**少将**《せうしやう》Ⅱ　按察の大納言Ⅰの大君（殿の上）の乳母子。新宰相の妹。母は弁の乳母。第二年四月、賀茂祭の日、権大納言Ⅰ（関白Ⅱ）に髪をそがれ、歌を贈答する（①13）。＊第八年九月、藤壺の中宮（三の君）の若君（一の宮）出産の折、物の怪が乗り移った「小少将」（④8）も同一人か。またあるいは「小中将」（①11・②9）も同一人か。「小少将」「小中将」の項参照。

○**少将《せうしやう》の内侍《ないし》** →少将《せうしやう》Ⅰ

○**少将《せうしやう》の命婦《みやうぶ》** 斎院付きの女房。第二年四月、関白Ⅰ（大殿）の返歌を斎院に届けた兵衛佐を宣旨Ⅰ・中納言の君らとともに接待する（①14）。

○**少納言《せうなごん》** 権大納言Ⅰ（関白Ⅱ）の家司。第一年十一月、権大納言Ⅰとともに馬で北山あたりの雪見に出かける（①7）。

○**浄飯王《じやうぼんわう》**〔父帝〕 釈迦の父。第八年十一月、出家した権大納言Ⅱが、釈迦の出家を思い合わせて、家族との別れの悲しみを思う（④15）。

○**新宰相《しんさいしやう》** 按察の大納言Ⅰの大君の乳母子。母は弁の乳母。小中将（小少将・少将も同一人か）の姉。第二年正月、権大納言Ⅰ（関白Ⅱ）と按察の大納言Ⅰの大君との結婚に際して整えられた女房のうちに入る（①11）。同年四月、賀茂祭の日、権大納言Ⅰに髪をそがれる（①13）。同年十一月、大君の産んだ姫君の乳母の一人となり、姫君を最初に預かる（①26）。第三年冬、按察の大納言Ⅰの二番目の北の方（按察の上Ⅱ）の死去後、三十五日の法要が過ぎた頃、経を習う小中将の君らと語り合う（②9）。

○**新中納言《しんちゆうなごん》**Ⅰ →大将《だいしやう》Ⅰ

○**新中納言《しんちゆうなごん》**Ⅱ 〔三位の中将、中将、院の君達、君達、三位の中将殿、院の三位の中将、中納言、院の新中納言、この君、新中納言殿、中納言殿、男、彼、かの人、かの下燃えに思ひ乱るる人、中納言の君、君、大納言、入道の君、中納言入道、山の入道殿、父君、はかなき父、父の入道、故大納言、故入道、故君、いにしへ人、昔人、入道〕 一条院の養子。大将Ⅰ（新中納言Ⅰ）の二歳違いの弟。父は故冷泉院Ⅰの皇子故兵部卿の宮。物語開始時十五歳。幼時に父兵部卿の宮に死別し、兄とともに乳母たちに育てられていたのを、一条院が乳母とともに迎え取り、大宮Ⅰと一緒にかわいがって育てた（①10）。第一年十一月、帝（冷泉院Ⅱ）から蔵人の少将Ⅰを使者として遣わされ、兄新中納言Ⅰ（大将Ⅰ）とともに殿上の音楽会に呼ばれる（①3）。この時、一条院の東の対で大内記に漢籍を習っていた（①3）。参内して笙の笛を奏する（①4）。その笛の音は雲居を響かし、帝を落涙せしめる（①5）。このようにこの人は笛の名手として描かれる。この時、詠歌あり（①5）。第二年四月、賀茂祭の物見に出かけた際、十七、八歳の端童が車に近づき、葵に付けた手紙を渡されるが、贈り主を確かめ得ない（①13）。同年十月二十日頃、山の座主の病気見舞のため比叡山へ登る（①23）。途中、小野の里で見かけた小柴垣の家に賀茂祭の日の端童を発見し、立ち寄って手紙を送り、女の返歌を得る。この家は近江守（＊「遠江守」とあるが、誤り）むねただの別邸で、女はむねただの三の君（江内侍）であった（①23）。比叡山では座主と歌を贈答する（①24）。帰途、再びむねただの家に寄り、三の君と歌を贈答（①25）。第三年十一月一日頃、一条院が急逝し、嘆き悲しむ（②12）。その後、むねただの三の君とはあまり頻繁には逢えず、中宮Ⅰへの出仕を勧める（②14）。翌年十一月、一条院の一周忌が過ぎ、三位の中将から中納言に昇進（②18）。以後、新中納言と呼ばれる。この頃、むねただの三の君（江侍従）を三河守との結婚から逃れさせ、中宮Ⅰに出仕させる（②19）。第六年二月、宮中を散策中、藤壺にて女御（三の君）を節穴から覗き見る（②14）。それ以来、女御を慕って心乱れ、他の縁談にも耳を貸さない（②28）。未亡人となった一条院の大宮Ⅰには頼りにされ、ますます愛される（②28）。この頃、作文の会を催す（②29・31）、同年七月、按察の大納言Ⅰの病気のために藤壺の女御（三の君）が里下りしたので、常に按察の大納言Ⅰ邸へ見舞に行く（②34）。九月末、思い余って、女御の居所に赴き、女房たちの不在を機に侵入、女御を抱いて帳台に入る（②36）。おびえ惑う女御をかきくどきつつ一夜を過ごし、詠歌を残して帰宅（②37）。翌朝、大納言の君あてに後朝の文を送るが、不在と称して受け取られない。茫然自失の体で涙にくれ、大宮Ⅰを惑わせる（②38・39）。第七年正月一日、関白Ⅱ邸へ年賀に出かけ、几帳の内の女御をおびえさせ、大君（殿の上）の同情を買う（②43）。二月、長谷寺に七日間参籠し、恋をやめることを祈る。最後の夜、夢に若い僧が現れる（③5）。そのまま出家を志すが、思いとどまって帰京し、大宮Ⅰを安心させる（③5）。そして、久しぶりに参内し、帝Ⅱ（朱雀院）と対面、弘徽殿あたりをたたずみ歩いて、江内侍（江侍従）と会い、対話し、歌を贈答する（③6）。その後、再び長谷寺へ参籠、三七日を過ごし、また夢に美しい僧を見、また女御も現れる（③8）。帰京後、大納言の君に手紙を送り、夢のことを告げて対面を申し出、承諾を得る（③8）。その夜、一条院に赴いた少将Ⅰと対面、藤壺の女御懐妊のことを聞き、生まれて来る子を引き取って大宮Ⅰに預けたいと申し出る（③9）。翌朝、斎宮Ⅰに会い、忍ぶ子を大宮Ⅰに預けたい旨伝えてほしいと語る（③10）。そして、大宮Ⅰが快諾した由を斎宮Ⅰから聞き、その旨を少将Ⅰに伝える（③11）。七月一日頃、藤壺の女御（三の君）の産室に忍び入り、生まれた子（若君）を懐に入れて連れ帰る（③14）。夜中に宰相の君（宰相の乳母）を呼びにやり、備中の乳母のもとで新生児を見る（③15）。そして、大宮Ⅰに預ける（③15）。八月十日、藤壺の女御（三の君）が関白Ⅱ邸へ戻り、一条院から遠くなったのを悲しむ（③16）。この月、大納言の君と少将Ⅰらが参籠している清水寺へ女装して忍んで出かけ、対面して歌を贈答する（③18）。十月一日、藤壺の女御（三の君）が参内し、手紙を通わせることもできなくなって嘆く（③21）。大宮Ⅰのもとで若君のかわいさを見て、涙を流しつつも微笑まれるが、これこそ出家の障害だと思う（③21）。参内するが、帝Ⅱ（朱雀院）は藤壺の女御のもとにいて、会えない（③21）。年末、藤壺の女御への手紙が返され、我が身を恨む。そして、若君を見て、また出家の絆と思う（③26）。この頃、冷泉院Ⅱの女三の宮、また梅壺の女御の妹の中の君との縁談があり、関白Ⅱからも結婚を勧められるが、承諾しない（③27）。第八年正月、新年になっても心の晴れ間がない（③31）。八月、若君の成長したさまを見て涙する（④4）。懐妊した藤壺の中宮（三の君）の里下りに伴い、按察の大納言Ⅰ邸を訪れ、宣旨Ⅳ（大納言の君）と対話し、関白Ⅱとも会う。ここでも冷泉院Ⅱの女三の宮との結婚を勧められるが、やはり承知しない（④5）。九月、藤壺の中宮（三の君）の産んだ若君（一の宮）の七日目の産養いの行幸の日、式部卿の宮の三位の中将とともに青梅波を舞い、帝Ⅱ（朱雀院）の絶讃を受け、員外の権大納言となる（④9）。翌々日、按察の大納言Ⅰ邸に伺候し、小若君に笛を教えるが、小若君を使者にして宣旨Ⅳ（大納言の君）に手紙を送る（④11）。一条院に戻り、若君を見て、しみじみと感慨にふける（④11）。十一月一日頃、斎宮Ⅰに会い、語り合った後、夜ふけて自室に戻り、勤行しつつ寝た夢にかつて長谷寺で見た夢に出て来た僧が現れる（④13）。早朝に参内し、帝Ⅱ（朱雀院）に会い、藤壺にて宣旨Ⅳ（大納言の君）と内侍（少将Ⅰ）に対面し、歌を贈答する（④13）。その後、大将Ⅰのもとへ行き、大将Ⅰに冷泉院Ⅱの女三の宮、また式部卿の宮の姫君との縁談を勧められるが、依然承諾せず、山への参籠予定を告げる（④14）。一条院に戻り、斎宮Ⅰ・大宮Ⅰ・若君と対面、その後自室で反故の類を処分し、夜のうちに、随身なりつぎと舎人を一人連れ、馬で比叡山へ向かう（④15）。自室には、斎宮Ⅰ・大宮Ⅰ・大将Ⅰへの手紙を残し、山に登ると聖の坊に入り、なりつぎとともに出家を遂げる（④16・17）。翌日、関白Ⅱや大将Ⅰらが連れ戻しに山に登って来るが、隠れて会わない（④18）。その後、春宮をはじめ人々に返歌をし、式部卿の宮の三位の中将とも歌を贈答、また大宮Ⅰの女房、宮の君からの手紙を受け取る（④21）。第九年一月十日頃、関白Ⅱからの使者があり、歌を贈答、また春宮とも贈答する（④22）。三月十五日、聖と花見をして歌を交し、その後、勤行する（④23）。その夜、聖の夢に即身成仏する姿を現わし、遺骸も残さず往生する（④23）。京でも、関白Ⅱの夢に同様の姿を見せる（④24）。まさに紫雲に乗り、菩薩の姿となって、二十五体の菩薩に迎えられる。関白Ⅱ・大将Ⅰ・斎宮Ⅰらに限りなく悲しみ惜しまれる（④25・26）。第二十一年春、新中納言Ⅲ（成人した若君）の夢に現れ、すべては長谷の観音の計らったことであると告げ、蓮華台に移る（④32）。この夢のことを聞いた大宮Ⅰに追慕して泣かれ（④33）、また新中納言Ⅲ（若君）の殿の今姫君との縁談成立後、やはり大宮Ⅰに追慕される（④35）。

○**新中納言**《しんちゅうなごん》Ⅲ　→若君《わかぎみ》

○**随身**《ずいじん》Ⅰ　〔御供の随身〕権大納言Ⅰ（関白Ⅱ）の随身。第一年十一月、宮中の宿直所に伺候し、翌朝、北山の雪見につき従う（①7）。

○**随身**《ずいじん》Ⅱ　宰相の中将Ⅱ（頭の中将）の随身。第六年五月六日、藤中納言の中の君にあてた宰相の中将Ⅱの後朝の文を侍従Ⅱに届ける（②30）。

○**随身**《ずいじん》Ⅲ　〔親しき随身、御随身〕新中納言Ⅱ（権大納言Ⅱ）の随身。第六年九月末、新中納言Ⅱの藤壺の女御（三の君）あての後朝の文を大納言の君に届けるが、不在と言われ持ち帰る（②39）。第七年二月、二度目の霊夢を長谷寺で見た新中納言Ⅱの手紙を大納言の君に届ける（③8）。

○朱雀院《すざくゐん》〔春宮、宮、帝、上、内の上、内、内の御方、内わたり〕冷泉院Ⅱの第一皇子。母は関白左大臣（大殿）の娘（中宮Ⅰ）。物語開始時の春宮。十六歳ばかり。第二年頃、母中宮Ⅰの発案により、按察の大納言Ⅰの中の君が入内する話が持ち上がり（①12）、新中納言Ⅰ（大将Ⅰ）を煩悶させる（①15）。この頃すでに、梅壺の女御・兵部卿の宮の女御らが入内していた（①18）。同年七月、新中納言Ⅰ（大将Ⅰ）が強引に中の君と逢ったことから、入内の話は沙汰やみとなり（①19）、次に三の君（藤壺の女御）の入内の話が持ち上がる（①21・22）。第五年十月、国譲りがあり、即位（②20）。十一月、大嘗会の女御代として按察の大納言Ⅰの三の君が参る（②21）。ついで十二月二十八日、三の君が藤壺の女御として入内（②22）。翌春、女御の世話に参内した中の君（大将の上）に関心を抱き、大将Ⅰをはらはらさせる（②23）。藤壺の女御（三の君）に対する寵愛は日々に厚くなる（②25）。七月十六日、按察の大納言Ⅰの病気のため藤壺の女御が里下りすることになり、別れを惜しみ歌を贈答（②32）。女御の退出後、女御が病気との報を聞き、使者を送る（②35）。九月末、女御が病気との報を聞き、山々・寺々にて誦経を行ない、女御が病気のまま年が改まることを嘆く（②38・39）。年末には、山々・寺々にて誦経を行ない、女御が病気のまま年が改まることを嘆く（②42）。第七年二月、女御の病気をさらに嘆く（②44）。この月、新中納言Ⅱ（権大納言Ⅱ）に会い、「女にて見ましかば」と思う（③6）。五月、女御を心配の余り、見舞に行幸することを望むが、冷泉院Ⅱや大殿（関白Ⅰ）に制止される（③11）。七月、秘密裡に出産した女御の病気が平癒したことを聞き、参内を促す（③16・20）。十月一日、女御の参内を待ち迎えて大いに喜ぶ（③21）。冬深い頃、藤壺にて昨年の嘆きを回想する（③25）。そこへ訪れた関白Ⅱと二人の若君（大若君・小若君）と対面（③25）。第八年、満ち足りた正月を迎え、藤壺の女御（三の君）立后の宣旨を下す（③31）。二月七日、立后の儀式に蔵人の少将Ⅱを使者にして手紙を送る（④1）。その返歌を代作した殿の上（大君）の筆跡を賞讃し、大将の上（中の君）の筆跡をもゆかしく思う（④2）。その後、藤壺の中宮（三の君）の懐妊を知り、大いに喜ぶが、なかなか里下りを許さず、八月三日にやっと許す（④3）。九月初旬、里邸の藤壺の中宮と歌を贈答（④6）。七日夜から中宮が産気付き、しきりに使者を送る（④7）。中旬頃、若宮（一の宮）誕生の報を聞き、限りなく喜ぶ（④8）。七日目の産養いの日に行幸し、藤壺の中宮・若宮と対面し、近江の乳母（むねただの中の君）とも対面。この日、内大臣Ⅱ（按察の大納言Ⅰ）より青山という琵琶と松風という琴を贈られる（④9）。十一月一日頃、権大納言Ⅱ（新中納言Ⅱ）と対面（④13）。その後出家した権大納言Ⅱの見舞に源中納言を使者として山に派遣し（④18）、出家を惜しむ（④19）。第十七年、藤壺の女御（三の君）に姫宮が誕生（④27）。後年、姫宮と宰相の中将Ⅲ（故権大納言Ⅱの若君）の結婚を望むが、藤壺の中宮に断固反対され（④28・29）、他に後ろ見を求める（④36）。その後、退位して朱雀院に渡御する（④36）。姫宮は関白Ⅱの子息中納言（小若君）に降嫁させる（④36）。

○**すずむし**〔すずむしといふ端童〕藤壺の女御（三の君）付きの女の童。第七年八月、清水寺に参籠中の大納言の君と少将Ⅰらを女装してこっそり訪ねて来た新中納言Ⅱ（権大納言Ⅱ）を取り継ぐ（③18）。

○**宣旨**《せんじ》Ⅰ　斎院付きの女房。第二年四月、賀茂祭の翌日、関白Ⅰ（大殿）の返歌を使者の兵衛佐から受け取り、中納言の君・少将の命婦らとともに兵衛佐を接待する（①14）。

○**宣旨**《せんじ》Ⅱ　冷泉院Ⅱの中宮（中宮Ⅰ）の女房。第四年三月、権大納言Ⅰ（関白Ⅱ）が一品の宮を訪れた際、中将の内侍に、大弐の乳母と近江守むねただの妻との二人のおばとその子供たちについて語る（②14）。その後、権大納言Ⅰと対面（②15）。第五年四月、賀茂祭の日、中宮Ⅰのもとを訪れた内大臣Ⅰ（関白Ⅱ）に、新しく中宮Ⅱに出仕した江侍従（近江守むねただの三の君）を紹介する（②19）。

○**宣旨**《せんじ》Ⅲ〔大宮の宣旨〕一条院の大宮Ⅰに仕える女房。斎宮Ⅰにも近侍する。第四年三月、権大納言Ⅰ（関白Ⅱ）が一条院の斎宮Ⅰを訪れた際、女別当とともに斎宮Ⅰのそばに伺候（②16）。第八年十一月、権大納言Ⅱ（新中納言Ⅱ）が冷泉院Ⅱの女三の宮との縁談を承知しないことをこの人が批判している旨、大将Ⅰが語る（④14）。翌日、出家した権大納言Ⅱが残した斎宮Ⅰあての手紙を開いて見る（④16）。

○**宣旨**《せんじ》Ⅳ　→大納言《だいなごん》の君《きみ》

○**帥《そつ》の大納言《だいなごん》の姫君《ひめぎみ》**〔女御〕春宮Ⅱ（帝・冷泉院Ⅱの二の宮）に入内した女御。父は大納言兼大宰権帥であろうが、出自は不明。第七年十二月十日、春宮Ⅱの元服に際し、添臥に参る（③28・29）。この時十六、七歳。春宮Ⅱは十一歳と幼いので、もっぱら遊び相手をする（③29）。＊底本には「うへの大納言の姫君」とあるが、他本（前田家本・三手文庫本等）により「うへ」を「そつ」の誤写と見る。

【タ　行】

○**太皇大后宮**《たいくわうたいごうぐう》　→大宮《おほみや》Ⅰ

○**大将**《だいしやう》Ⅰ〔一条院の権中納言、権中納言、新中納言、院の君達、院の新中納言、中納言、中納言殿、大将殿、大将の君、殿、右大臣〕一条院の養子。新中納言Ⅱ（三位の中将Ⅰ）の兄。父は冷泉院Ⅰの皇子故兵部卿の宮。物語開始時十七歳。幼時に父宮に死別し、弟とともに乳母たちの手で育てられていたが、一条院に迎えられ、大宮Ⅰと二人で養育された（①10）。第一年十一月、帝（冷泉院Ⅱ）より蔵人の少将Ⅰを使者として宮中の音楽会に呼ばれる（①3）。この時、一条院の西の対で琵琶を弾きつつ、漢詩を朗詠していた。蔵人の少将Ⅰと対話し、しぶりながらも弟とともに参内（①3）。宮中では琵琶を奏し（①4）、詠歌する（①5）。第二年四月、葵祭の物見に出る（①13）。五月頃、按察の大納言Ⅰの中の君の春宮入内の噂を聞いて煩悶し、大宮Ⅰを心配させる（①15）。七月七日夕刻、按察の大納言Ⅰ邸を秘かに訪れ、中の君の居所に侵入、かき抱いて帳台に入る（①16）。目を覚ました女房中将の君と押し問答の末、按察邸を去る（①17）。翌朝、按察の上Ⅱに事態を悟られるが、中の君を許すことを考えられる（①18）。同日、中将の君あてに後朝の文を送る（①19）。返事で、権大納言Ⅰ（関白Ⅱ）に相談するよう言われる（①20）。大宮Ⅰが心配して権大納言Ⅰに相談したことから権大納言Ⅰが父関白Ⅰに話し、中の君との結婚に賛同を得られる（①21）。それを受けて権大納言Ⅰが按察の大納言Ⅰに会い、大君の出産の後、中の君との結婚の承諾を得る（①22）。十月二十日頃、足のけがのため山の座主の見舞に行けず（①23）。十一月上旬頃、結婚までの日数が待てず、中将の君を責めるが、逢うことはできず（①26）。十二月末、中の君と結婚、強引に逢った日のことを思い出す（②1）。当日、権大納言Ⅰの世話を受ける（②1）。中の君と贈答あり（②1）。翌日、特別の随身を付けられて一条院へ戻る（②2）。第三年九月十日頃、按察の上Ⅱが死去、中の君の悲しみを思いやって見舞う（②6）。葬送後の法要に際しても、中の君の心中を思って悲しむ（②7）。三十日が過ぎた頃、廂の間に入って中の君を慰める（②8）。三十五日の法要に仏経の供養をし（②8）、四十九日が過ぎて中の君を迎えに出る（②10）。十一月一日頃、一条院が急逝、嘆き惑う（②12）。それより喪に服する。翌年十一月、大納言に昇進し、右大将を兼任（②18）。以後、大将と呼ばれる。第五年十一月、大嘗会の女御代になった三の君の世話に伺候（②21）。十二月二十八日、三の君が女御として入内するのに奉仕（②22）。翌春、大君に代わり中の君が女御の世話に参内することになり、気をもむ（②23）。同車して中の君に付き添い、帝に恨まれる（②23）。五月、宰相の中将Ⅱ（頭の中将Ⅰ）が訪れた際、大宮Ⅰからの手紙を受け取る（②30）。六月頃、按察の大納言Ⅰが発病、見舞の使者を頻繁に送る（②32）。七月には重態になり、夜は按察邸に詰める（②32）。七月十六日、女御（三の君）が退出、車の手配をする（②32）。九月末、新中納言Ⅱが女御と密通した晩、中の君のもとにいる（②36）。翌日、女御の病気に驚き、見舞のため按察邸に留まる（②39）。妻中の君に子ができないことを嘆き、日頃から我が子と名のり出る者はないものかとこぼす（③2）。第七年春、新中納言Ⅱ（権大納言Ⅱ）が二度目に長谷寺に参籠した際、霊夢の中に現れ、史記を一巻受け取る（③8）。この頃、子ができないことを大宮Ⅰも嘆く（③12）。七月初旬、宰相の中将Ⅱ（頭の中将Ⅰ）・三位の中将Ⅱ（蔵人の少将Ⅰ）らを連れて、九条あたりの涼しい泉に行く（③14）。十月、対の御方（源宰相の姫君）が女御に出仕、時々さし覗いて対話する（③23）。第八年八月三日、中宮Ⅱ（三の君）が出産のため退出した里邸へ参る（④5）。九月七日、中宮Ⅱが難産、心惑う（④7）。十四日、安産祈願に九体の弥勒菩薩を造る（④7）。同月下旬、中宮Ⅱの産んだ若宮に対面し、賞讃する（④9）。同年冬、中宮Ⅱの帰参に従う（④12）。十一月初旬、新中納言Ⅱ（権大納言Ⅱ）の訪問を受け、冷泉院Ⅱの女三の宮との縁談を勧める（④14）。翌日、出家した新中納Ⅱの置手紙を見せられ、驚嘆（④16）。関白Ⅱとともに一条院へ駆けつけ（④17）、早速山へ迎えに登るが、対面できずに帰京（④18）。権大納言Ⅱの出家後、悲しみに沈む大宮Ⅰ・斎宮Ⅰを慰めるために、以前にもまして一条院を訪れる（④20）。関白Ⅱとともに一条院を訪れた際、関白Ⅱに「父は」と訊かれた権大納言Ⅱの若君に父と間違えられる（④20）。この時、詠歌あり（④20）。第九年三月十六日、山の権大納言Ⅱ成仏の知らせを受け、限りなく嘆く（④24）。この年、妻中の君に姫君（大君）が生まれ、大いに喜ぶ（④26）。翌年八月、続いて姫君（中の君）が生まれ、また喜ぶ（④26）。二人の姫君を愛育し、また故権大納言Ⅱの若君を養子として育て、十一歳で元服させる（④27）。第二十一年二月二十日頃、雨の降る日、宮中に伺候（④31）。翌日夕方、自邸で新中納言Ⅲ（故権大納言Ⅱの若君）と対面、この時、殿の中納言の上（大将の中の君）の手紙を受け取る（④34）。のち、右大臣に昇進（④36）。

○大将《だいしやう》Ⅱ　→関白《くわんぱく》Ⅱ

○大将《だいしやう》Ⅲ　→若君《わかぎみ》

○大将《だいしやう》の上《うへ》〔寄りかかれる人、紅の人、中の君、姫君たち、按察殿の中の君、后がねの姫君、姫君、女君、君、按察の中の君、上たち、中納言殿の上、上々、君たち、中納言殿の御方、姉君たち、御妹の君たち、大将殿の上、上、大将殿の御方、かの上〕按察の大納言Ⅰの中の君。母は故冶部卿の娘（按察の上Ⅱ）。殿の上（大君）・頭の中将Ⅰの異母妹。蔵人の少将Ⅰ・中宮Ⅱ（三の君）・阿闍梨Ⅰの同母姉。大将Ⅰの妻となり、二人の姫君を産む。第一年十一月、姉大君とともに故冶部卿の律師の御堂に滞在、権大納言Ⅰ（関白Ⅱ）が垣間見た時、紅の着物を着て火桶に寄りかかっている（①7）。この時、十五、六歳。「あたり匂ひ満ちたる心地して、あてになまめかし」と評され、同母兄の蔵人の少将Ⅰに似ているとされる。病気の姉大君を懸命に看護する（①8）。第二年一月、按察の大納言Ⅰの大君と権大納言Ⅰ（関白Ⅱ）の結婚成立後、中宮Ⅰが養女にして春宮（朱雀院）に入内させることを提案（①12）。四月、賀茂祭の日、大君・三の君らと知足院の桟敷から行列を見る（①13）。この頃、春宮入内の噂を耳にした新中納言Ⅰ（大将Ⅰ）を煩悶させる（①15）。七月七日の夕方、昼の御座でくつろいでいるところに新中納言Ⅰが侵入、かき抱かれて帳台に運ばれる（①16）。当初、権大納言Ⅰ（関白Ⅱ）のしわざかと思い、驚くが、別人とわかり、なお心惑う（①16）。新中納言Ⅰが出て行くまでおびえ惑う（①17）。翌朝、母按察の上Ⅱに事情を知られ、大いに恥じる（①18）。大宮Ⅰが新中納言Ⅰの嘆きに心を痛め、権大納言Ⅰに相談し、権大納言Ⅰが父関白Ⅰに申し入れたことから、春宮入内の件は三の宮に譲り、新中納言Ⅰと結婚することが同意され、按察の大納言Ⅰも承諾して、大君の出産後の婚儀が準備される（①21・22）。十二月末、新中納言Ⅰと結婚、即日所顕わしが行なわれ、美しさに新中納言Ⅰを満足させる。その夜、歌の贈答あり（②1）。第三年八月、重病となった母按察の上Ⅱの言葉を聞く（②4）。九月初旬からは重態に陥り、頻繁に見舞う（②5）。十日頃、逝去に遇い、呆然として惑う（②6）。岩蔭での葬送の際も、車にも乗れないありさまで、夫新中納言Ⅰに心配される（②7）。三十日が過ぎて、新中納言Ⅰに廂の間まで来て慰められる（②8）。三十五日の日、経を読んでいるところを権大納言Ⅰ（関白Ⅱ）に垣間見られる（②8）。四十九日が過ぎ、後ろ髪引かれる思いで帰宅（②10）。その日、三の君に手紙を送る（②11）。第四年九月、母按察の上Ⅱの一周忌に詠歌（②17）。翌第五年十一月、妹三の君が大嘗会の女御代に立ち、喜んで母を追慕する（②21）。当日は車からそのさまを見る（②21）。十二月二十八日、三の君が女御として入内、翌第六年正月、臨月の姉大君に代わり、女御の世話のため参内し、夫大将Ⅰを心配させる（②23）。二月、宮中より退出（②24）。五月、宰相の中将Ⅱ（頭の中将Ⅰ）が大将Ⅰ邸を訪れた際、大将Ⅰとうちとけて語り合っている（②30）。六月頃、父按察の大納言Ⅰが発病、七月上旬には重病となり、つねに看病する（②32）。七月十六日、女御（三の君）が退出、この時も父の看病にあたる（②33）。九月末日、新中納言Ⅱが女御と密通した夜、夫大将Ⅰが訪れて自室にいる（②36）。翌朝、女御の様子を見て不審に思う（②38）。翌第七年二月中旬、姉大君（殿の上）から女御の懐妊を知らされ、大いに驚く（③2）。翌日、かつて自分が大将Ⅰに侵入された時のことと引きくらべて女御の心中を思いやり嘆く（③3）。冶部卿の律師が生まれて来る子を新中納言Ⅱに渡すことを勧め、これに同意する（③7）。そして、女御を治部卿の律師の里坊に移し、大君と交替で付き添うことにする（③7）。その後、新中納言Ⅱが二度目の長谷寺参籠中に見た霊夢の話を大納言の君から聞く（③8）。五月頃、女御の出産時期が近づくことを思い、大君とともに嘆く（③11）。七月一日頃、女御の出産に立ち会う（③14）。十月一日、女御の帰参に際して、装束等の世話をする（③20・21）。まもなく女御の後ろ見として出仕した対の御方（源宰相の姫君）に手紙を送り、親しくなる（③23）。この頃、大宮Ⅰに子ができないことを嘆かれる（③27）。第八年春、帝の女御立后の意思を聞き、大君とともに母按察の上Ⅱが存命であればと追慕（③31）。二月七日、藤壺の女御（三の君）の立后の儀式に従い（④1）、帝に筆跡をゆかしがられる（④2）九月、出産のため退出した中宮Ⅱ（三の君）のもとを訪れ、語り合って日暮れに帰る（④6）。同月中旬、中宮Ⅱ、若宮を出産、立ち会って世話をする（④8）。九日の産養いの日に皇太后宮（大宮Ⅱ）と対面、夜の音楽会では箏を弾く（④10）。その美しさゆえ大宮Ⅱを驚かせる（④10）。この頃から病気がちになり、祈禱などをするうち、懐妊と判明、大輔の乳母・大将Ⅰ・大宮Ⅰらを大いに喜ばせる。十一月上旬、出家を決意した新中納言Ⅱ（権大納言Ⅱ）に比叡山参籠の由を告げられた大将Ⅰからそのありさまを聞き、複雑な心境になる（④14）。第九年秋頃、姫君を出産（④26）。続いて懐妊し、翌第十年八月、再び姫君を産む（④26）。第二十一年、中宮Ⅱ（三の君）から折を見て宰相の中将Ⅱ（故権大納言Ⅱの遺児）に出生の秘密を教えるよう頼まれるが、なかなか言い出せない（④29）。二月二十日頃、少将の内侍（少将Ⅰ）同席のもと、新中納言Ⅲ（宰相の中将Ⅲ）に出生の秘密を打ち明け、衝撃を受けた姿を見て大いに泣く（④31）。翌日の夕方、再び新中納言Ⅲと会い、あわれと思う（④34）。その時、殿の中納言の上（大将の中の君）からの手紙が届き、夫大将Ⅰ・新中納言Ⅲとなごやかに語り合う（④34）。

○**大将《だいしやう》の大君《おほいきみ》**（姫君、姫君たち、大将殿の姫君）大将Ⅰと按察の大納言Ⅰの中の君（大将の上）との間の長女。藤壺の中宮（按察の大納言Ⅰの三の君）腹の朱雀院第一皇子（一の宮）の妃となる。第九年秋頃誕生、父大将Ⅰを大いに喜ばせる（④26）。大将Ⅰにかわいがられて育ち（④27）、第二十一年、十三歳で一の宮（朱雀院第一皇子、一品兵部卿の宮）と結婚する（④27）。

○**大将《だいしやう》の中《なか》の君《きみ》**〔姫君、姫君たち、中の君、殿の中納言の上〕　大将Ⅰと按察の大納言Ⅰの中の君（大将の上）との間の次女。第十年八月誕生（④26）。姉大君と同様、大将Ⅰにかわいがられて育ち（④27）、成人の後、殿の蔵人の少将（関白Ⅱの長男、大若君）と結婚（④27）。第二十一年以後の二月二十一日、父大将Ⅰのもとへ手紙を送り、筆跡を賞讃される（④34）。

○**大内記《だいないき》**　素姓不明。一条院の三位の中将Ⅰ（新中納言Ⅱ・権大納言Ⅱ）の学問の師。第一年十一月、勅使として蔵人の少将Ⅰが一条院を訪れた際、東の対で三位の中将Ⅰに漢籍などを教える（①3）。

○**大納言《だいなごん》**Ⅰ　→大将Ⅰ

○**大納言《だいなごん》**Ⅱ　→若君

○**大納言《だいなごん》の上《うへ》**　→殿の上

○**大納言《だいなごん》の君《きみ》**〔大納言、宣旨、宣旨の君〕　按察の大納言Ⅰの三の君（中宮Ⅱ）の乳母子。母は故大弐の乳母、父は按察の大納言Ⅰ。大蔵卿を父とする少将Ⅰ・小侍従の異父姉。三の君側近の女房として終始重要な働きをする。第三年八月、按察の上Ⅱが重病になり、三の君に乳母子たちを頼りにするよう悟した際、「よしめきたるまみ・口つき、なべての人にはあらず。心ばへのどかに、よき若人」と賞讃される（②4）。同年九月十日頃、危篤状態の按察の上Ⅱの体を支える（②5）。同年冬、中の君（大将の上）の女房たちとともに経を習い、なごやかな会話をする（②9）。按察の上Ⅱの四十九日が過ぎ、大君（殿の上）から三の君に歌が贈られ、硯を用意して返歌を勧める（②11）。第四年三月、一品の宮の居所で中将の内侍に噂される（②14）。同年秋、按察の上Ⅱの一周忌に伺候、詠歌あり（②17）。第五年十一月、大嘗会の女御代に立った三の君に奉仕し満足する（②21）。第六年二月、藤壷で桜を見、女御にも見るよう勧める（②24）。七月十六日、大将Ⅰの指図で、按察の大納言Ⅰの病気見舞のため退出する女御に出だし車を手配（②32）。九月末日、新中納言Ⅱが女御の居所へ侵入した夜、女御のそばに伺候（②36）。目覚めて女御の姿が見えないのに驚き、几帳の中に男がいるのを発見して仰天（②

37)。あわてて新中納言IIを帰し、小侍従と二人で女御の介抱をする（②37)。翌朝、新中納言IIより手紙が届くが、不在と称して受け取らない（②38・39)。夕方、殿の上（大君）に問われ、一部始終を泣きながら語る（②38)。十一月末頃、女御の懐妊に気付いた大君に女御の生理について訊かれ、呆然とする（②41)。第七年正月、栄えない気持ちのまま晴れ着を着る（②43)。拝礼に来た新中納言IIの姿を見ておびえる女御を大君とともに心中ただならず思いながらもさりげなく慰める（②43)。二月十日頃、冶部卿の律師と阿闍梨Iに事情を話して安産の祈禱をさせるよう大君に言われ、心惑いながらも申し入れ、律師の快諾を得て安心する（③1)。二月十一日、沈みこんだままの女御を慰めて歌を贈答（③4)。新中納言IIからの手紙が自分あてに続々と届けられるのを濡れ衣だと嘆く（③7)。女御を冶部卿の律師の里坊に移すに際し、従う（③7・8)。冶部卿の律師の進言で生まれて来る子を新中納言IIに渡すことになり、その旨新中納言IIへの返事に認める（③8)。七月一日頃、女御の出産の際、体をかかえ抱く（③14)。八月十日、女御の関白邸への帰邸に従う（③16)。この月、少将Iとともに清水寺に七日間参籠、そこで源宰相の姫君に遭遇する（③17)。その宵、女装して訪れた新中納言IIと久々に対面、あわれに思って泣く。明け方、新中納言IIの帰りぎわに歌を贈答する（③18)。十月上旬、女御に出仕した源宰相の姫君（対の御方）と対面、嬉しくて、清水寺でのことなどを語る（③23)。冬深い頃、帝（朱雀院）と女御が睦まじく関白IIの若君をかわいがる姿を見て、充足した気持ちになる（③25)。年末、一年前のつらさを思い出し、少将Iとともに感慨にふける（③26)。第八年二月七日、藤壺の女御立后の儀式に奉仕（④1)。この日、宣旨の称を賜わる（④2)。やがて中宮IIの懐妊が判明し、殿の上（大君）とともに前回の懐妊と引きくらべて喜びに浸る（④3)。八月三日、中宮IIの退出に従い、見舞に訪れた新中納言IIと対面（④5)。九月、心細げな中宮IIを慰めるため、御匣殿（対の御方）とともに伺候、御匣殿から新中納言IIの若君のことを聞く（④6)。同月下旬、若君誕生後九日目の産養いの夜、音楽会で弾き疲れた中宮IIから琴を譲られる（④10)。その夜、小若君を使って寄こした新中納言IIの手紙を中宮IIの目に触れさせてしまい、困惑する（④

11)。十一月初旬、藤壷を訪れた新中納言Ⅱと対面、歌を贈答（④13)。権大納言Ⅱ（新中納言Ⅱ）の出家後、何ごとも栄えない気がして、あわれに思う（④20)。第九年三月十六日、権大納言Ⅱ成仏の知らせを聞き、いっそうあわれを感じる（④24)。権大納言Ⅱの遺児が成長して童殿上して以来、御簾の中にも入れて親しくする（④28)。

○**大弐《だいに》の乳母《めのと》**（按察の大納言殿の三の君の御乳母）按察の大納言Ⅰの三の君（中宮Ⅱ）の乳母。按察の大納言Ⅰとの間に大納言の君を儲け、大蔵卿と結婚して少将Ⅰ・小侍従を産む。一品の宮に仕える中将の内侍のおば。物語開始時すでに故人。第三年八月、重病の按察の上Ⅱが三の君に語った言葉の中に死去のことが見える（②4)。また、第四年三月、一品の宮の居所を訪れた権大納言Ⅰ（関白Ⅱ）が立ち聞きした中将の内侍の話の中で、素姓が語られる（②14)。

○**対《たい》の御方《おんかた》**　→御匣殿《みくしげどの》

○**大輔《たいふ》の乳母《めのと》**（大輔の君）「たいふのめのと」「大ゆふのめのと」とも表記する。按察の大納言Ⅰの中の君（大将の上）の乳母。中将の君の母。母は蔵人。第二年七月、母蔵人に死別し、服喪のため籠っている由を中将の君が語る（①19)。その頃、中将の君に手紙を送り、中の君によく仕えるよう悟したという（①19)。同年十二月末、中の君と新中納言Ⅰ（大将Ⅰ）との結婚が決まり整えられた女房の中に娘の中将の君とともに入る（②1)。第三年九月、按察の上Ⅱが死去し、駆けつけた新中納言Ⅰに中の君に代わって対面するが、悲しみ惑う（②6)。第七年春、懐妊中の藤壷の女御（三の君）を治部卿の律師の里坊に移すに際し、伴った女房の中に入らない（③8)。第八年冬頃、中の君（大将の上）の懐妊を知り、大いに喜ぶ（④12)。

○**太政大臣《だじやうだいじん》**　→関白《くわんぱく》Ⅰ

○**父帝《ちちみかど》**　→浄飯王《じやうぼんわう》

○**中宮《ちゆうぐう》**Ⅰ（宮、母宮、母后、皇太后宮、冷泉院の皇太后宮、大宮）冷泉院Ⅱ（物語開始時の帝）の中宮。藤壷に住む。関白左大臣（関白Ⅰ・大殿）の次女。一条院の大宮Ⅰの妹。関白Ⅱの姉。春宮（朱雀院）・一品の宮（女二の宮）・二の宮（帝）の母。第一年十一月、風邪気味のため上の御局にも昇らず（①1)、弟権大納言Ⅰの見舞を受ける（①2)。按察の大納言Ⅰが三人の姫君のうち一人の入内を望まれるが遠慮して応じない（①6・9）ことに日頃から感謝しており、第二年正月、大君と権大納言Ⅰとの結婚成立後、中の君を養女として春宮に入内させることを提案し、按察の大納言Ⅰを光栄に思わせる（①12）が、それを聞いた新中納言Ⅰ（大将Ⅰ）は煩悶し、大宮Ⅰも気づかって悩む（①15・21）。結局、権大納言Ⅰの尽力で、関白Ⅰから訳を話され、中の君は新中納言Ⅰと結婚させることを了承する（①21・22）。第二年十一月中旬、按察の大納言Ⅰの大君の産んだ姫君の七日目の産養いを格別に心をこめて催し、詠歌も添える（①26）。そして大君の返歌を見て、その筆跡を賞讃する（①26）。その後、按察の大納言Ⅰの三の君の春宮入内のことを考えるようになる（②5）。第四年三月、一品の宮の筆跡を見た権大納言Ⅰに、よく似ていると思われる（②15）。この年、近江守むねただの娘が出仕する（②19）。同年十一月、大嘗会の女御代に按察の大納言Ⅰの三の君を関白Ⅱの養女として参らせることを提案し、調度や装束などをみな準備する（②21）。女御（三の君）の正式入内に際し、藤壷を譲り、自分は弘徽殿に藤壷のしつらいを移させて、時々宮中へ参る（②22）。第七年六月、江侍従らを従えて弘徽殿に滞在（③6）。十二月、春宮（二の宮）元服の頃、対面する（③28）。第八年二月、藤壷の中宮（三の君）の立后に伴い、皇太后宮となる（④3）。同年九月十二日、難産の中宮Ⅱのために七仏薬師を造って供養する（④7）。中宮Ⅱの若宮誕生後、九日目の産養いに行啓し、殿の上（大君）、大将の上（中の君）らに対面、その後催された音楽会では和琴を弾く（④10）。若い頃から和琴に堪能で、その音色は名高かったという。この時、大君と中の君の姿を見て驚き、これほどの人を自分に憚って入内させなかったのかと内大臣Ⅱ（按察の大納言Ⅰ）の心を思い知る（④10）。この年、三十八歳という。第十四年二月、殿の姫君（関白Ⅱの長女）の裳着に際し、腰結役に決まるが、当日一品の宮の病気のため出席できず、藤壷の中宮（三の君）が代役となる（④27）。

○**中宮《ちゅうぐう》Ⅱ**　〔三にあたる女、姫君たち、小姫君、三の君、三の御方、姫君、君たち、按察の姫君、女御、女御殿、御前、君、見ずもあらず見もせぬ人、御妹の君たち、女御の君、藤壷、心尽くし聞こゆる人、ゆかしき人、人、藤壷の女御、今の宮、宮〕按察の大納言Ⅰの三女。母は故冶部卿の娘。大君（殿の上）・頭の中将Ⅰの異母妹。蔵人の少将Ⅰ・中の君（大将の上）の同母妹。阿闍梨Ⅰの同母姉。朱雀院の即位後まもなく女御として入内。藤壷に住む。新中納言Ⅱとの密通による秘密の子を産む。その後立后し、一の宮（一品兵部卿の宮）と女一の宮を産む。第一年十一月、姉の大君と中の君は故冶部卿の御堂に物忌のため籠るが、一人邸に残る（①9）。第二年四月、賀茂祭の見物のため、姉たちとともに知足院の桟敷に入る（①13）。同年七月七日、新中納言Ⅰ（大将Ⅰ）が中の君の居所へ侵入した夕方、母按察の上Ⅱのもとで髪の手入れをしてもらう（①17）。中の君と新中納言Ⅰとの結婚が決まり、入内候補が自分に変更される（①22）。第三年八月、重病の母按察の上Ⅱに枕頭に呼ばれ、乳母子たちを頼りにするよう悟される（②4）。九月十日頃、危篤状態の按察の上Ⅱに言葉をかけられるが、権大納言Ⅰが来訪し、席をはずす。この日、顔を見られながら按察の上Ⅱに逝去される（②5）。三十五日の法要の日、権大納言Ⅰに喪服姿を垣間見られ、「細くささやかに、愛敬づきうつくしくて、黒き御衣にかかりたる御髪のこちたく見所多きに、片なりなるしも、めづらしくらうたげなり」と評される（②8）。四十九日が過ぎ、自邸に戻った中の君から見舞の歌を贈られ、返歌する（②11）。翌朝、大君からも手紙が届き、頼りになる姉君たちだと思う（②11）。翌第四年秋、按察の上Ⅱの一周忌に人々が集まり、詠歌（②17）。第五年十一月、新帝の大嘗会に女御代として参ることが決まり、中宮Ⅰの世話で、関白Ⅱの養女として入内することになる（②21）。十二月二十八日、入内。中宮Ⅰから譲られた藤壷に住む（②22）。この年十六歳。「うつくしう整ひ給ふさま、たぐひなし」と評される（②22）。帝の後朝の文に対する返歌を殿の上（大君）に頼む（②22）。翌第六年二月、藤壷にて清涼殿の桜を見るところを新中納言Ⅱに垣間見られ、「まみ・口つきよりはじめ、光り輝くやうに、気高ううつくしげに、らうたさ言はんかたなし」と評される（②24）。帝の寵愛は、日々にまさる（②25）。同年六月頃から父按察の大納言Ⅰが病悩、七月十六日にようやく許されて宮中を退出、帝と哀別の歌を交す（②32）。帰邸して按察の大納言Ⅰと対面、その衰えた姿を見て泣く（②33）。その様子は「撫子の露に濡れたるよりもなほうつくしうらうたく見え給ふ」と評される。その夜は姉大君・中の君と同室に寝て語り合う（②33）。退出以来、帝からの使者が頻繁にある（②35）。八月頃から按察の大納言Ⅰの容体は快方に向かい、十月一日に帰参が決定（②35）。九月末日、あたりに人少なな折、新中納言Ⅱに侵入され、かき抱かれて帳台に運ばれる（②36）。驚きと恐怖で我を失い、夢かと疑うが、泣きながらかきくどかれ、呆然として涙を流す（②37）。大納言の君に発見され、新中納言Ⅱを帰らせた後、小侍従と二人でもとの床に据えられ、介抱される（②37）。翌朝も涙を流すばかりで人々を狼狽させる（②38）。姉大君には事情を察せられる（②38）が、帝からは続々と見舞の使者がある（②39）。十一月末頃からは本格的に病気となる。大君は懐妊と知るが、自身は気付かず、心細くて泣く（②40）。十二月初旬、関白邸に移る（②41）。冶部卿の律師や阿闍梨Ⅰの祈禱があり、山々や寺々では修法が行なわれる（②42）。第七年正月、按察の大納言Ⅰの見舞を日々に受ける（②43）。拝礼に訪れた新中納言Ⅱの姿を見ておびえる（②43）。帝・冷泉院Ⅱも祈禱の手配をする（②44）。二月十日頃、大君に腹帯を結ばれ、驚く（③1）。この頃、冶部卿の律師・中の君（大将の上）・少将Ⅰも懐妊の事実を知る（③1・2）。二月十一日、大納言の君と歌を贈答（③4）。やがて冶部卿の律師の里坊へ移される（③7）。この頃、二度目に長谷寺へ参籠した新中納言Ⅱの夢に、金の枝に史記を一巻付けたものを持った姿で現れる（③8）。生まれて来る子を新中納言Ⅱに渡すことを相談して来た少将Ⅰの報告を寝入ったふりをして複雑な思いで聞く（③9）。七月一日頃、秘密裡に若君を出産、新中納言Ⅱが新生児を連れ去る（③14）。出産後、気分は回復し、八月十日、関白邸に戻る（③16）。清水寺で新中納言Ⅱに会った大納言の君と少将Ⅰから、若君の様子をいたたまれぬ思いで聞く（③19）。十月一日、豪華にしたてられて参内する（③21）。帝は大喜びで、藤壷にのみいる（③21）。数日後、源宰相の姫君（対の御方）が出仕。対面してうちとけてゆくに従い、亡き母按察の上Ⅱにものごしやけはいが似ていることを知り、懐かしく思う（③23）。冬深い頃、藤壷にて帝が一年前のことを思い出して涙を流すのを見て、ほろほろと泣くと、帝に涙を拭われ、さまざま語られる（③25）。この日、殿（関白Ⅱ）の若君たち（大若君・小若君）と対面（③25）。第八年春、帝、立后の意思を示すが、関白Ⅱは辞退（③31）。しかし、帝の強い希望で、二月一日、立后の宣旨が下り、退出する（④1）。同月七日、立后の儀式。女房五十人を従えて参内（④1）。これより、冷泉院Ⅱの中宮（中宮Ⅰ）に代わって中宮と称される（④3）。この頃から懐妊の兆しが見え、退出を望むが、なかなか許されず、八月三日にようやく退出の許可が出る（④3）。九月初旬、心細げな様子を、御匣殿（対の御方）・宣旨Ⅳ（大納言の君）らに慰められる（④6）。この時、御匣殿が一条院で養育されている新中納言Ⅱの若君のことを語るのを、複雑な思いで聞く（④6）。そこに帝からの手紙が届き、歌を贈答（④6）。同月七日から産気づくが、難産。方々で祈禱や仏供養が行なわれるが、効を奏さず、十六日頃には息も絶えがちになる（④7）。御匣殿の阿闍梨の加持により物の怪が現れ、ようやく出産、一の宮が誕生（④8）。七日が過ぎて帝が行幸。物に寄りかかって顔を赤くしている姿を見て心配される（④9）。九日目に皇太后宮（中宮Ⅰ）が行啓。対面し、帝の寵愛も当然と思われる（④10）。その夜、小若君を使って宣旨Ⅳへ届けられた新中納言Ⅱの手紙を何げなく見て、はっとする（④11）。十月、五十日の祝いが過ぎて宮中へ戻る（④12）。十一月一日頃、新中納言Ⅱが参内した際、帝とともに藤壺におり、新中納言Ⅱを心やましくさせる（④13）。第九年三月十六日、出家した権大納言Ⅱ（新中納言Ⅱ）成仏のことを聞き、あわれに思って詠歌（④24）。第十四年二月一日、殿の姫君（関白Ⅱの長女）の裳着に際し、中宮Ⅰに代わって腰結の役をつとめる（④27）。第十八年、姫宮を産む（④27）。成長した権大納言Ⅱの若君が大将Ⅰの養子として童殿上すると、御簾の内にも入れ、馴れるままに甥として扱い、しだいにあわれと思うようになる（④28）。帝が姫宮を宰相の中将Ⅲ（故権大納言Ⅱの若君）に降嫁させようと考えているのに対して強く反対し、宰相の中将Ⅲに恨まれる（④28・29）。それで、出生の秘密を宰相の中将Ⅲに明かすよう、大将の上に依頼（④29）。真相を知った新中納言Ⅲ（宰相の中将Ⅲ）と再び対面した時、心のどかな様子をしているのをみて、しみじみあわれと思う（④35）。

○**中宮大夫**《ちゆうぐうだいぶ》　→別当《べつたう》の中納言《ちゆうなごん》

○**中将**《ちゆうじやう》**の君**《きみ》〔中将殿、中将、按察の大納言の中の君の中将の君、中の御方の中将の君、大将の御方の中将の君）按察の大納言Ⅰの中の君（大将の上）の乳母子。母は大輔の乳母。祖母は蔵人。中の君の最側近の女房。第二年七月七日、新中納言Ⅰ（大将Ⅰ）が中の君の居所へ侵入した夕方、中の君の後方で仮眠しており、奥から声をかけられても返事をしない（①16）。目を覚まして、中の君が帳台の中で男と一緒にいることを知り、仰天。恨んだりなだめたりして新中納言Ⅰを帰す（①17）。按察の上Ⅱにふるえながら事の次第を話す（①18）。翌朝、新中納言Ⅰからの手紙が届くが、按察の上Ⅱの指示で、自分あての手紙にのみ返事をする（①19）。この時、母大輔の乳母の忠告を思い出して嘆く（①19）。新中納言Ⅰと中の君との結婚が大君の出産後と決められるが、待ちきれない新中納言Ⅰに中の君に逢わせるよう責められ、なだめるのに苦労する（①22・26）。十二月末、新中納言Ⅰと中の君の結婚に際して整えられた女房たちの中に入る（②1）。第三年冬、按察の上Ⅱの死去後三十五日が過ぎた頃、女房たちが経を習う中で方便品を習うが、はかどらないと嘆く（②9）。その直後、頭の中将Ⅰと対面（②9）。第六年五月、宰相の中将Ⅱ（頭の中将Ⅰ）が大将Ⅰの居所を訪れた際、大宮Ⅰからの手紙が届き、それを機に藤中納言の姫君に手紙を書くべく、硯を請われる（②30）。同年七月、按察の大納言Ⅰの病気見舞に訪れた新中納言Ⅱから大将の上への取り継ぎを求められる（②34）。第八年九月中旬、難産の藤壺の中宮（三の君）についていた物の怪が、御匣殿の阿闍梨の加持により現れて小中将についた後、乗り移られて大声をあげる（④18）。

○**中将《ちゆうじやう》の内侍《ないし》**　一品の宮（冷泉院Ⅱの女二の宮）の女房。按察の大納言Ⅰの三の君の乳母、大弐の乳母の姪。また近江守むねただの北の方の姪。江侍従（江内侍）・大納言の君・少将Ⅰ・小侍従らの従姉妹。第四年三月、権大納言Ⅰ（関白Ⅰ）が一品の宮の居所を訪れた際、宣旨Ⅱと雑談しており、按察の大納言Ⅰの三の君の乳母子たち、また近江守むねただの娘たちについて語るところを権大納言Ⅰに立ち聞きされる（②14）。この時、第二年十月に権大納言Ⅰや三位の中将Ⅰ（新中納言Ⅱ）らが小野のむねただの別邸を訪れた際、その家にいたことが判明する（②14）。第五年春、近江守むねただの娘（江侍従）が中宮Ⅰへ出仕するに際し、仲介をする（②19）。

○**中将《ちゆうじやう》の乳母《めのと》**　蔵人の少将Ⅰの乳母。蔵人の少将Ⅰが幼い頃、田舎へ下ったという（②4）。

○**中納言《ちゅうなごん》Ⅰ** →大将《だいしゃう》Ⅰ

○**中納言《ちゅうなごん》Ⅱ** →新中納言《しんちゅうなごん》Ⅱ

○**中納言《ちゅうなごん》Ⅲ** →大若君《おほわかぎみ》

○**中納言《ちゅうなごん》Ⅳ** →小若君《こわかぎみ》

○**中納言《ちゅうなごん》Ⅴ** →若君《わかぎみ》

○**中納言右衛門督《ちゅうなごんうゑもんのかみ》** →蔵人《くらうど》の少将《せうしゃう》Ⅰ

○**中納言《ちゅうなごん》の君《きみ》**〔中納言〕斎院の女房。出自不明。第二年四月、賀茂祭の翌日、関白Ⅰ（大殿）の手紙を斎院に伝える使者となった兵衛佐を接待し、兵衛佐と歌を唱和する（①14）。

○**中納言《ちゅうなごん》の内侍《ないし》** 冷泉院Ⅱの宮廷の内侍。出自不明。次項「中納言の典侍」と同一人か。

○**中納言《ちゅうなごん》の典侍《ないしのすけ》**〔中納言の内侍のすけ、内侍のすけ〕冷泉院Ⅱの宮廷の典侍。出自不明。第一年十一月、帝（冷泉院Ⅱ）が姫宮たちに琴を習わせている場に一人伺候する（①1）。その後の音楽会の席で琵琶を奏する（①2）。＊第八年十一月、大将Ⅰが新中納言Ⅱ（権大納言Ⅱ）に冷泉院Ⅱの女三の宮との縁談を勧めた際に、その気があるなら時々仄めかしておくように言った「中納言の内侍」（④14）も同一人物か。

○**中納言《ちゅうなごん》の乳母《めのと》Ⅰ** 冷泉院Ⅱの二の宮（春宮Ⅱ）の乳母。第一年十一月、権大納言Ⅰ（関白Ⅱ）が中宮Ⅰの病気見舞に訪れた際、権大納言Ⅰの膝から二の宮を抱き移される（①2）。

○**中納言《ちゅうなごん》の乳母《めのと》Ⅱ** →藤中納言《とうちゅうなごん》の中《なか》の君《きみ》

○**登花殿《とうくわでん》の女御《にょうご》**〔内の登花殿の女御、登花殿〕朱雀院の女御。出自不明。第六年二月、藤壺の女御（三の君）を垣間見た新中納言Ⅱに、兵部卿の女御とともに心を惑わしているのも当然と思われる（②24）。母が心恐ろしい人で、他の女御たちを呪咀しているとの噂を、第七年十二月、元服を控えた春宮Ⅱ（冷泉院Ⅱの二の宮）が語る（③28）。第八年春、藤壺の女御（三の君）の寵愛が厚く、梅壺の女御とともに心中穏やかならず苦しむという（③31）。

○**登花殿《とうくわでん》の女御《にょうご》の母《はは》**〔母上〕朱雀院の登花殿の女御の母。出自不明。春宮Ⅱの語るところによると、心恐ろしき人で、兵部卿の女御も藤壺の女御（梅壺の女御の誤か）も、宮中に入っただけで物の怪に患うという（③28）。＊ただし、①18には、按察の上Ⅱの言葉に、頭の中将Ⅰが語ったこととして、「春宮には、梅壷の女御の御母、藤大納言の北の方、心むくつけき人にて、兵部卿の宮の女御も、九重の内にだに候ひ給へば、物の怪にわづらひ給へるとて」云々とある。

○**春宮**《とうぐう》Ⅰ　→朱雀院《すざくゐん》

○**春宮**《とうぐう》Ⅱ　（二の宮、この宮、宮）冷泉院Ⅱの第二皇子。母は藤壷の中宮（中宮Ⅰ）。春宮Ⅰ（朱雀院）・女二の宮（一品の宮）の同母弟。女一の宮・女三の宮の異母弟。第一年十一月頃袴着をし、次の春宮候補として、父帝・母中宮Ⅰに愛されて育てられている（①4）。同年十一月、中宮Ⅰの病気見舞に訪れた権大納言Ⅰに甘え、膝に抱かれて眠る（①2）。第二年四月、賀茂祭の日、関白Ⅰに抱かれて桟敷に出、斎院から扇に乗せた歌を贈られる（①13）。その返歌を自筆で書き、斎院を喜ばせる（①14）。第五年十月、冷泉院Ⅱの退位に伴い、春宮となる（②20）。この年九歳。第七年十二月十日、十一歳で元服、帥の大納言の姫君が添臥に参る（③28・29）。この時、殿の姫君（関白Ⅱの長女）の入内を待っているので他の人の入内は望まないと言う（③28）が、帥の大納言の姫君が入内すると、毎日会って遊び相手にする（③29）。第八年十一月二日、大将Ⅰの権大納言Ⅱへの言葉に、式部卿の宮が姫君を入内させる意思を持っている由を語る（④14）。同月、出家した権大納言Ⅱ（新中納言Ⅱ）を迎えるため、三位の中将Ⅲを使者として山に派遣する（④18）。使者が権大納言Ⅱに逢えずに戻ったので、冷泉院Ⅱや帝（朱雀院）らとともに権大納言Ⅱの出家を惜しむ（④19）。その後、山の権大納言Ⅱから返歌があり、大いに袖を濡らす（④21）。翌第九年春、御前の桜を折らせて山の権大納言Ⅱへ手紙に添えて贈る（④22）。その返事が樒に挿されて届く（④22）。第十四年四月、殿の姫君（関白Ⅱの長女）が入内（④27）。後年、兄帝が退位して朱雀院に移ったのに伴い、即位（④36）。春宮には一の宮（一品兵部卿の宮）が立つ。

○**春宮**《とうぐう》**の女御**《にょうご》　（姫君、ちご、殿の姫君、女御、女御殿、殿の女御）関白Ⅱの長女。母は按察の大納言Ⅰの大君（殿の上）。朱雀院の御代の春宮の女御。第二年十一月十日頃誕生（①26）。盛大に産養いが行なわれ、三日目は按察の大納言Ⅰ、五日目は関白Ⅰ（大殿）、七日目は中宮Ⅰ、九日目は一条院の大宮Ⅰの主催で行なわれる（①26）。翌第三年の正月に一層めでたさを添える（②2）。

同年十月、按察の上Ⅱの四十九日が過ぎて母大君（殿の上）が自邸へ戻ったのを待ち迎えて甘える（②10）。翌第四年二月一日頃、弟（大若君）が生まれ、関白Ⅰ（大殿）に引き取られるが、自分は按察の大納言Ⅰ家でかわいがられて育てられる（②21）。第六年五月、宰相の中将Ⅱ（頭の中将Ⅰ）が訪れた時、母大君（殿の上）にいつくしまれている（②29）。第七年二月、母大君が病気の藤壷の女御（三の君）のもとから戻ったのを弟大若君とともに待ち迎えてはしゃぐ（③3）。成長するにつれて美しくなり、同年冬、春宮入内の話が持ち上がる（③28）。春宮Ⅱもそれを期待して、他の女御の入内を嫌う（③28）。同年十二月十日、春宮Ⅱが元服。帥の大納言の姫君が添臥に参るが、関白Ⅱ方では入内させる準備を進める（③29）。第八年十一月、春宮Ⅱへの入内が近くなり、式部卿の宮は姫君の入内をためらうという（④14）。第十四年二月一日、十二歳で裳着。腰結の役は皇太后宮（中宮Ⅰ）の予定であったが、一品の宮の病気のため、代わって藤壷の中宮（三の君）が行なう（④27）。同年四月、春宮Ⅱへ女御として入内（④27）。春宮Ⅱの寵愛を得る（④27）。筆跡が大将の上に似ていると大将Ⅰに評される（④34）。後年、立后（④36）。

○**藤三位**《とうさんみ》〔内裏の御乳母、三位、三位たち〕朱雀院の乳母の一人。第八年二月七日、藤壷の女御の立后の儀式の日、髪上げの役を務め、そのいでたち・振舞を関白Ⅱに絶賛される（④1）。この時四十五、六歳。「白く清げに、面持ち・振舞など、なべての人及ぶべからず、げにげにしきありさま」と評される。藤壷の女御の髪上げをして、その美しさに感動し、帝の寵愛が厚いのも当然と思う（④1）。同年九月中旬、藤壷の中宮（三の君）が若宮（一の宮）を出産、その産屋に参上する（④8）。七日目の産養いに帝（朱雀院）が行幸した時、御前に若宮を連れて出る（④9）。そして、帝が若宮を抱くさまを感動して見る（④9）。また近江の乳母（近江守むねただの中の君）を帝に紹介する（④9）。

○**藤侍従**《とうじじゅう》 →小若君《こわかぎみ》

○**藤大納言**《とうだいなごん》 朱雀院の梅壷の女御の父。出自不明。北の方が心むくつけき人との噂あり（①18）。

○**藤大納言**《とうだいなごん》**の北**《きた》**の方**《かた》〔梅壷の女御の御母〕朱雀院の梅壷の女御の母。出自不明。心むくつけき人で、他の女御たちを呪咀し、兵部卿の宮の女御などは宮中にいるだけで物の怪に患うとの噂があった（①18）。

○**藤中納言《とうちゅうなごん》**〔故中納言〕　出自不明。按察の大納言Ⅰの三番目の北の方（按察の上Ⅲ）の前夫。北の方との間に、大君・中の君の二人の娘と真ん中に兵衛佐なる男子がいる。大君は頭の弁に嫁ぎ、中の君は頭の中将Ⅰ（宰相の中将Ⅱ）の愛人となる。第三年夏、流行の疫病により死去（②3）。第六年春頃、未亡人が按察の大納言Ⅰの後妻となる（②25）。北の方以外の女との間にも子があったらしく、第七年五月、子と名のる人が中の君を訪ねて来る（③12）。

○**藤中納言《とうちゅうなごん》の大君《おほいきみ》**　→頭《とう》の弁《べん》の上《うへ》

○**藤中納言《とうちゅうなごん》の子《こ》**〔故中納言の子となのる人〕　藤中納言が北の方以外の女との間に儲けた子という。第七年五月頃、藤中納言の中の君のところを訪れる（③12）。

○**藤中納言《とうちゅうなごん》の中《なか》の君《きみ》**〔その妹、姫君、御前、かれ、我が姫君、君、藤中納言の娘、中納言の御乳母、中納言の乳母〕　藤中納言の次女。大君（頭の弁の上）・兵衛佐の妹。頭の中将Ⅰ（宰相の中将Ⅱ）の愛人となり、姫君を産んで朱雀院の一の宮の乳母となる。第三年夏、父藤中納言に死別（②3）。第六年春頃、母が按察の大納言Ⅰの後妻となる（②25）。同年五月五日の夕方、女房の侍従といるところへ宰相の中将Ⅱ（頭の中将Ⅰ）が訪れ、言い寄られる。侍従が積極的にとりもったため、契り、母の期待にそむいたことで悔しい思いをする（②26）。翌朝、母按察の上Ⅲが戻り、残り香をとがめられてはらはらする（②27）。その後、宰相の中将Ⅱから後朝の文が届き、待っていたものの空恐ろしい気がするが、母に知られることを恐れつつ返事をする（②30）。その夜密かに宰相の中将Ⅱの訪れを待つが、訪れず、落胆する（②31）。六月頃から按察の大納言Ⅰが病気になり、それに紛れて宰相の中将Ⅱとの密会が続くが、母按察の上Ⅲは依然関係に気付かず、良縁を求めて心を尽くす（②35）。翌年五月頃、宰相の中将Ⅱとの密かな関係はまだ続いていたが、ある日、宰相の中将Ⅱの手紙を母按察の上Ⅲに発見されて激怒され、侍従は打擲、自らもひどく叱責される（③12）。が、同年冬には母の機嫌も直り、宰相の中将Ⅱを婿として認め許す。この頃、美しい姫君を産む（③24）。第八年九月中旬、藤壺の中宮の一の宮出産に伴い、乳母になる（④8）。七日目の行幸の日、若宮を抱いて帝の御前に出る（④9）。

○頭《とう》の中将《ちゆうじやう》Ⅰ〔按察の大納言の頭の中将、中将、中将殿、男君たち、按察殿の君だち、宰相の中将、宰相、宰相殿、この宰相、我が御君たち、かれ、権大夫、按察の大納言〕按察の大納言Ⅰの長男。母は故按察の上Ⅰ（＊ただし、母親については記事に矛盾がある。「按察の上Ⅰ」の項参照）。大君（殿の上）の同母兄。蔵人の少将Ⅰ・中の君（大将の上）・三の君（中宮Ⅱ）・阿闍梨Ⅰの異母兄。北の方は右大臣の姫君。第一年十一月、宮中で姫宮たちに琴を教える帝（冷泉帝Ⅱ）に食事を告げる（①2）。その後、弟の蔵人の少将Ⅰとともに帝の供をして戻り、音楽会を催す（①2）。その席で笙の笛を吹く（①2）。権大納言Ⅰ（関白Ⅱ）の参内を帝に知らせる（①2）。弟の蔵人の少将Ⅰに、院の三位の中将Ⅰの居所を教える（①3）。院の君だちの到着後、改めて行なわれた音楽会では小さな太鼓を打つ（①4）。この時、詠歌あり（①5）。宴果てて、権大納言Ⅰに宿直所で妹を請われ、恨まれながら眠る（①6・7）。翌朝は権大納言Ⅰよりも早く起きる（①7）。第二年正月二十三日、権大納言Ⅰと按察の大納言Ⅰの大君との結婚の日に伺候する（①11）。翌朝、権大納言Ⅰの後朝の文の使者の蔵人の兵衛佐を弟の蔵人の少将Ⅰとともに接待（①11）。同年四月、賀茂祭の近衛使いとなる（①13）。同年七月初旬頃、春宮Ⅰ（朱雀院）の梅壺の女御の母が心むくつけき人である由を按察の上Ⅱに語る（①18）。十二月末、按察の大納言Ⅰの中の君と新中納言Ⅰ（大将Ⅰ）が結婚。当夜、蔵人の少将Ⅰとともに新中納言Ⅰをもてなす（②1）。翌第三年元日、蔵人の少将Ⅰとともに権大納言Ⅰ（関白Ⅱ）の邸へ年賀に行く。その後、按察の大納言Ⅰとともに新中納言Ⅰに従って一条院へ赴き、大宮Ⅰと対面（②2）。同年九月初旬、按察の上Ⅱが病悩、頻繁に見舞う（②5）。同月十日、按察の上Ⅱが逝去、呆れ惑う（②6）。継子ながらも実子の蔵人の少将Ⅰと同じ色の喪服を着る（②6）。岩蔭での葬送の際は、蔵人の少将Ⅰとともに奔走する（②7）。三十五日の法要が過ぎた頃、大君と中の君の女房たちが経を習いつつ雑談しているところに出くわす（②9）。四十九日の法要が終わり、人々は自邸に戻るが、忌む日というので戻らず、按察の大納言Ⅰの前へ行く（②10）。その夜は遅くまで按察の大納言Ⅰのそばにいて慰める（②11）。翌年は喪服のまま正月を迎える（②12）。第四年十一月、宰相の中将に昇進（②18）。第五年十一月、大嘗会の女御代として参った按察の大納言Ⅰの三の君に従い、世話をする（②21）。十二月二十九日、入内した藤壷の女御（三の君）への帝からの後朝の文を伝えた典侍を関白Ⅱとともに接待する（②22）。第六年二月、藤壷の女御らに清涼殿の桜を見るよう勧め、その結果、新中納言Ⅱに女御の姿を垣間見られることになる（②24）。この時、細殿の方から足音がしたので御簾を下ろす（②24）。按察の大納言Ⅰと再婚した藤中納言の北の方（按察の上Ⅲ）の連れ子を連れ歩く（②25）。五月五日の夕方、女房の侍従を介して藤中納言の中の君に求婚する（②26）。歌を贈答した後侵入し、契る（②26）。そして、婿として引き立ててくれている妻の父右大臣に申し訳なく、後悔しつつも、歌を交して帰る（②26）。翌日、関白Ⅱの居所へ行き、殿の上（大君）と対話（②29）。その後、右大臣邸に行き、正妻右大臣の姫君に逢う。藤中納言の姫君に比べて何事にもまさっており、浮気を後悔し、思い乱れつつ一泊する（②31）。同年七月十六日、按察の大納言Ⅰの病気のため藤壷の女御（三の君）が退出して来た時、按察の大納言Ⅰの体を支えている（②33）。この頃、父按察の大納言Ⅰの病気に紛れて、母北の方（按察の上Ⅲ）には気づかれずに、藤中納言の中の君に逢い続ける（②35）。九月末日、新中納言Ⅱが藤壷の女御と密通した夜、按察の大納言Ⅰ邸に不在（②36）。翌第七年五月頃まで、藤中納言の中の君との関係は按察の上Ⅲに知られずにいたが、ある日、中の君にあてた手紙を按察の上Ⅲに発見され（③12）、激怒した按察の上Ⅲは、按察の大納言Ⅰに詰め寄る。そのことを按察の大納言Ⅰから聞き、中の君を慰めに行く（③13）。七月初旬、大将Ⅰに連れられて九条あたりの涼しい泉に赴く（③14）。冬十月頃には按察の上Ⅲの機嫌もすでに直り、中の君の婿としてもてなされる（③24）。またこの頃、中の君は美しい姫君を産む（③24）。正妻の父右大臣もそれを恨まない（③24）。翌第八年二月七日、藤壷の女御（三の君）の立后に従い、中宮権大夫となる（④2）。八月初旬、懐妊のため里下りした藤壷の中宮（三の君）の見舞に按察の大納言Ⅰ邸へ赴き（④5）、関白Ⅱの居所にて、関白Ⅱ・新中納言Ⅱ・権亮（蔵人の少将Ⅰ）らと遊びをする（④5）。九月十七日頃、藤壷の中宮が難産の末若宮（一の宮）を無事出産し、権亮とともに、安心して笑いつつ汗だくで出て行く（④8）。若宮の乳母に、妻藤中納言の中の君が選ばれる（④8）。十月末頃、帰参する藤壷の中宮に従う（④12）。十一月三日、出家した権大納言Ⅱを連れ戻すべく山に登る（④18）。第十四年四月現在、按察の大納言になっている（④27）。

○**頭《とう》の中将《ちゆうじやう》**Ⅱ →蔵人の少将Ⅰ

○**頭《とう》の中将《ちゆうじやう》の上《うへ》**〔中将の上、上〕頭の中将Ⅰの北の方。右大臣の娘。冷泉院Ⅱの弘徽殿の女御・右大臣の宰相の中将の妹。第二年十一月、権大納言Ⅰ（関白Ⅱ）と按察の大納言Ⅰの大君（殿の上）との間に姫君が誕生し、その祝いに右大臣が贈った御衣櫃に付けた手紙を書く。「いとなまめかしう、『斎院の御手を習ひ給ひける』と見えて、うつくしう書き給へり」と評される（①26）。第六年五月、宰相の中将Ⅱ（頭の中将Ⅰ）が藤中納言の中の君と逢った翌日に訪れ、万事つつましくするが、その美しさのため、宰相の中将Ⅱは浮気を後悔し、思い乱れつつ泊まって行く（②31）。この年、二十歳ばかり。「細くたをたをと、なまめかしうゆゑづきたる人の、御髪も少し色なる筋にて、尾花だち、はらはらとかかりて、うつくしう懐かしげなる御さま」と評される（②31）。

○**頭《とう》の中将《ちゆうじやう》の姫君《ひめぎみ》**〔姫君〕頭の中将Ⅰ（宰相の中将Ⅱ）と藤中納言の中の君との間の姫君。第七年冬誕生（③24）。この後、母藤中納言の中の君は朱雀院の一の宮の乳母となる（④8）。

○**頭《とう》の弁《べん》**〔弁の殿〕出自不明。藤中納言の大君の夫。物語には直接登場しない。

○**頭《とう》の弁《べん》の上《うへ》**〔姉、弁の殿の上、弁の上〕藤中納言の大君。母は後に按察の大納言Ⅰの三人目の北の方となった女性（按察の上Ⅲ）。弟に兵衛佐、妹に中の君（頭の中将Ⅰの愛人）がいる。第三年夏、父藤中納言と死別（②3）。第六年五月、母按察の上Ⅲは暑さを気づかう（②26）。病気か、あるいは懐妊中であったか。かなり苦しがって、祈禱などが行なわれていた（②27）。

○**遠江守《とほたふみのかみ》むねただ** →むねただ

○**舎人《とねり》**〔心知らぬ舎人〕権大納言Ⅱ（新中納言Ⅱ）に仕える舎人。第八年十一月、権大納言Ⅱの出家に従う（④15）。翌日昼頃、馬を連れて一条院に戻り、自分も出家を望んだが、権大納言Ⅱに制止された由を語る（④17）。

○**殿《との》の上《うへ》**〔白き衣着たる人、悩ましげなる人、姉、大君、大納言の上、上、大納言殿の上、大納言殿の御方、大納言の御方、上たち、上々、我が上、君たち、我が北の方、姉君たち、関白殿の上、御妹の君たち、あの御方、殿の御方）按察の大納言Ⅰの長女。母は故按察の上Ⅰ。頭の中将Ⅰの同母妹（＊ただし、本文に矛盾あり。「按察の上Ⅰ」の項参照）。蔵人の少将Ⅰ・中の君（大将の上）・三の君（中宮Ⅱ）・阿闍梨Ⅰの異母姉。権大納言Ⅰ（関白Ⅱ）と結婚し、春宮の女御・大若君・小若君・今姫君を産む。第一年十一月、故治部卿の御堂に物忌のため籠り、この時、病気で中の君の看病を受けるところを権大納言Ⅰ（関白Ⅱ）に垣間見られる（①8）。この時、十七、八歳。「けだかく愛敬づき、なまめかしう見ゆる」と評される。按察の上Ⅱは女御として入内させることを望むが、父按察の大納言Ⅰは中宮Ⅰに遠慮して応じないという（①9）。この時から権大納言Ⅰが熱心に求婚し、縁談がまとまって、女房三十人、童六人が整えられ、準備が進む（①11）。第二年一月二十三日に結婚。三日目の所顕わしの日、夫に「御髪は六尺ばかりにて、きらきらと筋ごとにつやめき、影も映るばかりにて、分け目・髪ざしのわたり、言ひ立てん言葉も及びがたく、匂ひ・愛敬こぼるるばかりなり」と見られる（①12）。二月末頃から懐妊の兆があらわれ、関白Ⅰを喜ばせる（①13）。四月、権大納言Ⅰに賀茂祭の見物に誘われ、同車して出かける（①13）。同年七月八日、按察の上Ⅱから新中納言Ⅱが中の君の寝所に押し入ったことを聞かされ、驚き嘆く（①19）。十月二十日頃、山の座主の病気見舞から帰宅した権大納言Ⅰに、小野で出会った女に貰った扇の歌を見せられ、恨む（①25）。この時、源宰相の姫君（対の御方）のことを聞く。十一月十日頃、姫君（後の春宮の女御）を出産、方々から盛大に産養いが催される（①26）。翌第三年春頃、再び懐妊。折から流行の疫病を恐れ、頻繁に祈禱をする（②3）。夏頃、源宰相の北の方が亡くなったことを権大納言Ⅰから聞く（②3）。六月頃から按察の上Ⅱが発病し、八月頃には重病となり、心惑う（②3・4）。九月初旬には危篤状態になり、頻繁に見舞う（②5）。十日、ついに逝去し、呆れ惑う（②6）。権大納言Ⅰの弔問を受けるが、呆然としてうつぶしたまま（②6）。懐妊中ゆえ、喪服は普通より薄い色を着せられ、不満に思う（②6）。岩蔭での葬送の際にも、車にも乗れないありさま（②7）。三十日が過ぎると、権大納言Ⅰたちが廂の間まで訪れて、慰められる

（②8）。三十五日の法要の日、中の君・三の君とともにいるところを権大納言Ⅰに垣間見られる（②8）。女房たちが経を習う場にいるところに頭の中将Ⅰが訪れたので、退く（②9）。四十二日の法要を主催、導師は山の座主が務める（②10）。四十九日が過ぎると、権大納言Ⅰが迎えに来て、帰宅。姫君に待ち迎えられて少し心慰む（②10）。翌朝、三の君に歌を贈る（②11）。翌第四年二月一日頃、若君（大若君）を出産。七日過ぎて関白Ⅰに迎え取られる（②13）。同年九月、按察の上Ⅱの一周忌に人々が集まった席で詠歌（②17）。冬十月頃、三度目の懐妊（②21）。十一月、大嘗会の女御代に三の君が参ることになり、故按察の上Ⅱを追慕（②21）。三の君参内の儀式を車に乗って見る（③21）。十二月二十八日、三の君が正式に女御として入内、世話役として付き添う（②22）。帝の後朝の文への返歌を強く望まれて、詠む（②22）。翌第六年正月、臨月となり宮中を退出、若君（小若君）を出産（②23）。春頃、按察の大納言Ⅰの後妻に藤中納言の北の方が来るが、何かと遠慮される（②25）。同年五月、宰相の中将Ⅱ（頭の中将Ⅰ）が訪れた時、姫君をかわいがっている。その時、弁の乳母に藤壺の女御の装束の手配について尋ねられる（②29）。七月初旬、按察の大納言Ⅰが重病になり、渡殿のあたりに居を移して看病。同月十六日、藤壺の女御（三の君）が退出、その夜は同室に寝る（②33）。九月末、新中納言Ⅱが女御と密通する晩、自室に夫関白Ⅱを迎える（②36）。翌朝、女御が病気と聞き、驚く。そして、中の君（大将の上）が大将Ⅰに押し入られた時の様子を思い合わせて不審に思い、大納言の君を詰問して事態を知る（②38）。新中納言Ⅱが嘆きに沈んでいる由を伝え聞き、あさましく思う（②39）。十一月末頃、女御の容体から懐妊かと疑い、乳房の様子を見て確信（②40）。そこで女御を関白邸に移して、大納言の君に女御の生理のことを尋ねる（②41）。翌第七年元日、女御に着換えをさせ、拝礼の人々を見るよう勧めるが、女御が新中納言Ⅱの姿を見ておびえたので、いとおしく思い、また新中納言Ⅱの心中も察してあわれに思う（②43）。二月十日頃、女御に腹帯を結び、慰め励ます（③1）。そして、大将の上（中の君）・少将Ⅰらに事の真相を告げて対策を考えることにし、また冶部卿の律師や阿闍梨Ⅰにも訳を話して祈禱を頼むべく、大納言の君に依頼（③1）。大将の上に女御懐妊の事実をうち明け（③2）、翌日自邸に帰ると、若君と姫君が待ち迎えてはしゃぐ（③3）。冶部卿の律師の勧めで、生まれて来る子を新中納言Ⅱに渡すことに同意し（③7）、女御を律師の里坊に移して大将の上と交替で付き添うことにする（③7）。この頃、二度目に長谷寺に参籠して再び霊夢を見た新中納言Ⅱの手紙を読む（③8）。五月頃、女御の出産の時のことを思い嘆く（③11）。七月一日頃、女御は若君を出産、新中納言Ⅱが産室に入って来たのを知って退く（③14）。生まれた子が連れ出された後、女御を膝に引きかけて、按察の大納言Ⅰを呼ぶ（③14）。八月、清水寺に参籠した大納言の君と少将Ⅰから、源宰相の姫君と会ったことなどを聞く（③19）。翌朝、女御の独詠歌を耳にする（③20）。女御は十月一日に帰参と決まり、その準備をし、源宰相の姫君の出仕のことも要請する（③20）。十月初旬、女御に出仕した源宰相の姫君と対面し、満足する（③22）。第八年春、帝の藤壺の女御立后の意思を聞き、故按察の上Ⅱを追慕する（③21）。二月七日、女御が立后、儀式に付き添う（④1）。帝からの手紙を開けて新中宮に見せる。そこに勅使があり、正三位に叙せられる（④1）。中宮に代わって帝に返歌をするが、加階に対する返礼は遠慮する（④1）。この頃から藤壺の中宮に懐妊の兆があり、前回の懐妊と引きくらべて喜ぶ（④3）。九月中旬、藤壺の中宮の一の宮出産の折、世話をする（④8）。九日目の産養いの日、大宮Ⅱ（中宮Ⅰ）と対面、その美しさゆえ大宮Ⅱを驚かせる（④10）。この日の音楽会では琵琶を弾く（④10）。第九年十一月一日頃、姫君（今姫君）を出産（④26）。

○**殿《との》の姫君《ひめぎみ》**Ⅰ →春宮《とうぐう》の女御《にようご》

○**殿《との》の姫君《ひめぎみ》**Ⅱ →今姫君《いまひめぎみ》

【ナ行】

○**内侍《ないし》** →少将《せうしやう》Ⅰ

○**典侍《ないしのすけ》** 朱雀院の宮廷の典侍。第五年十二月二十八日、按察の大納言Ⅰの三の君が女御として入内した翌朝、帝の後朝の文を伝える使者となり、関白Ⅱと宰相の中将Ⅱ（頭の中将Ⅰ）にもてはやされ、禄として装束を埋もれるほどかずけられる（②22）。

○**内大臣**《ないだいじん》Ⅰ　↓関白《くわんぱく》Ⅱ

○**内大臣**《ないだいじん》Ⅱ　↓按察《あぜち》の大納言《だいなごん》Ⅰ

○**中**《なか》**の君**《きみ》　↓大将《だいしやう》の上《うへ》

○**奈**《な》**良**《ら》**の大僧正**《だいそうじやう》〔奈良の僧正〕　奈良興福寺（あるいは東大寺）の大僧正。第三年九月、按察の大納言Ⅰの二人目の北の方（按察の上Ⅱ）が死去し、岩蔭で葬送が行なわれた際、冶部卿の律師の要請で呼ばれる（②7）。また、第八年九月十四日、難産の藤壷の中宮の安産祈願のために大将Ⅰが造った九体の弥勒菩薩像を供養する（④7）。

○**なりつぎ**〔随身、かれ〕　新中納言Ⅱ（権大納言Ⅱ）の随身。第八年十一月、権大納言Ⅱの出家に際し、馬の用意をしてつき従う（④15）。翌日、比叡山にて、権大納言Ⅱとともに剃髪する（④17）。翌第九年三月十五日、権大納言Ⅱが即身成仏する姿を見て、限りなく泣く（④23）。

○**二**《に》**の宮**《みや》　↓春宮《とうぐう》Ⅱ

○**入道**《にふだう》**の君**《きみ》　↓新中納言《しんちゆうなごん》Ⅱ

○**女御**《にようご》Ⅰ　↓中宮《ちゆうぐう》Ⅱ

○**女御**《にようご》Ⅱ　↓帥《そつ》の大納言《だいなごん》の姫君《ひめぎみ》

○**女房**《にようばう》〔わざと清げなる女房、大人〕　按察の大納言Ⅰ家の女房。第一年十一月、権大納言Ⅰが故冶部卿の御堂で按察の大納言Ⅰの姫君たちを垣間見た際、八歳ほどの童（阿闍梨Ⅰ）の頭をかきなでている（①7）。宮城野なる童から貴人がやって来た由を聞き、御簾を下ろした（①9）のも同人であろう。

○**女別当**《によべつたう》　斎宮Ⅰに仕える上房。第四年春、権大納言Ⅰが斎宮Ⅰのもとを訪れた際、宣旨Ⅲとともに御前に伺候する（②16）。第八年十一月、出家した権大納言Ⅱ（新中納言Ⅱ）が斎宮Ⅰにあてて残した手紙を、目の前が真っ暗になった斎宮Ⅰに代わって宣旨Ⅲとともに読む（④16）。

【ハ　行】

○**端　童**《はしたわらは》〔葵の文の使ひ童・葵の文伝へし童〕　近江守むねただの三の君（江侍従）に仕える女の童。第二年四月、賀茂祭の日、三位の中将Ⅰ（新中納言Ⅱ）の車に近寄り、近江守むねただの三の君（江侍従）からの葵に付けた手紙を右近将監に手渡し、主人の名を告げずに姿を隠す（①13）。この時七、八歳。同年十月二十日頃、むねただの小野の別邸におり、山の座主の病気見舞に行く途中の三位の中将Ⅰ（新中納言Ⅱ）の家司右近将監に見とがめられ、三位の中将Ⅰとむねただの三の君（江侍従）とのなれそめとなる（①23）。この時のことが、後に、第四年三月に、一品の宮（女二の宮）の女房中将の内侍の口から語られる（②14）。

○**聖**《ひじり》〔年ごろの聖、山の聖〕比叡山に住む僧。権大納言Ⅱ（新中納言Ⅱ）の出家の戒師となった。第八年十一月三日、比叡山に登った権大納言Ⅱ（新中納言Ⅱ）を迎え入れ、出家を遂げさせる（④17）。翌日、権大納言Ⅰを連れ戻すべく登って来た一行に会い、問答する（④18）。翌第九年三月十五日、権大納言Ⅱとともに花を眺めて歌を贈答（④23）。その夜、修行の後仮眠中の夢に権大納言Ⅱの往生のさまを見る。驚いて権大納言Ⅱの寝所を見ると、まさに即身成仏しており、声をあげて泣く（④23）。夜が明けて、都で同様の夢を見た関白Ⅱの使者と対面、泣く泣くありさまを語る（④24）。五月三日、四十九日の法要の日、多くの施物を贈られる（④25）。

○**備中**《びっちゅう》**の乳母**《めのと》　新中納言Ⅱ（権大納言Ⅱ）の乳母であろう。第七年七月初旬、生まれ落ちた若君を抱いて出た新中納言Ⅱを迎え取り、産湯などを使わせる（③16）。

○**姫宮**《ひめみや》〔宮たち、内裏の姫君、院の姫宮、朱雀院の姫宮〕朱雀院の女一の宮。母は藤壺の中宮（按察の大納言Ⅰの三の君）。第十七年頃誕生（④27）。母中宮Ⅱが宰相の中将Ⅲ（故権大納言Ⅱの若君）から遠ざけるようにし、それを宰相の中将Ⅱはつらく思う（④28）。事情を知らない帝（朱雀院）は宰相の中将Ⅲに降嫁させることを考えるが、中宮Ⅱは強く反対する（④28・29）。この降嫁の話は世間の噂になる（④33・35）が、自分の出生の秘密を知った宰相の中将Ⅲは結婚を諦める（④34・35）。結局、関白Ⅱの次男中納言Ⅳ（小若君）に降嫁する（④36）。

○**兵衛佐**《ひやうゑのすけ》Ⅰ　→蔵人《くらうど》の兵衛佐《ひやうゑのすけ》

○**兵衛佐**《ひやうゑのすけ》Ⅱ〔その弟、兵衛佐殿〕藤中納言の長男。母は按察の上Ⅲ。頭の弁の上の弟。中の君（宰相の中将Ⅱの愛人）の兄。母が按察の大納言Ⅰと再婚したため、宰相の中将Ⅱ（頭の中将Ⅰ）らに連れられて歩く（②25）。第六年五月、藤中納言の中の君の居所を訪れた宰相の中将Ⅱと間違えられる（②26）。

○**兵部卿《ひやうぶきやう》の宮《みや》Ⅰ**〔この宮、故宮〕故冷泉院Ⅰの晩年の子。母は斎宮の女御。一条院の新中納言Ⅰ（大将Ⅰ）・三位の中将Ⅰ（新中納言Ⅱ）の父。物語開始時すでに故人。故冷泉院Ⅰの愛情を受けて育つが、二十歳ほどで死去（①10）。幼くして死別したので、新中納言Ⅰも三位の中将Ⅰも詳しくは父を覚えていないという（②12）。

○**兵部卿《ひやうぶきやう》の宮《みや》Ⅱ**　兵部卿の宮の三位の中将・兵部卿の宮の女御の父。物語には直接登場しない。

○**兵部卿《ひやうぶきやう》の宮《みや》の北《きた》の方《かた》**〔北の方〕故兵部卿の宮Ⅰの北の方。一条院の新中納言Ⅰ（大将Ⅰ）・三位の中将Ⅰ（新中納言Ⅱ）の母。出自不明。物語開始時すでに故人。夫の兵部卿の宮Ⅰが没した後、まもなく死去（①10）。

○**兵部卿《ひやうぶきやう》の宮《みや》の三位《さんみ》の中将《ちゆうじやう》**〔三位の中将〕兵部卿の宮の女御の兄弟。第七年冬、思い悩む新中納言Ⅱに、梅壺の女御の妹の中の君との縁談を持ちかけるが、受け入れられない（③27）。第八年九月、藤壺の中宮の若宮（一の宮）誕生後七日目の行幸の日、新中納言Ⅱとともに青海波を舞う（④9）。（＊この条「式部卿の宮の三位の中将」とあるが、仮に「兵部卿の宮」の誤りと見る）。この日、近衛司を兼任（④9）（＊「こんゐつかさ」の本文に疑問あり）。同年十一月三日、春宮Ⅱの使者として、出家した権大納言Ⅱ（新中納言Ⅱ）を連れ戻すために山に登る（④18）。翌第九年春、山の権大納言Ⅱと歌を贈答する（④21）。＊④9の「式部卿の宮の三位の中将」を誤りと見た場合、上のようになる。「式部卿の宮の三位の中将」を別人と見ると「式部卿の宮の三位の中将」の項のようになる。

○**兵部卿《ひやうぶきやう》の宮《みや》の女御《にようご》**〔兵部卿の女御〕朱雀院の女御。春宮時代に入内。兵部卿の宮Ⅱの娘。兵部卿の宮の三位の中将の姉妹。梅壺の女御の母が心むくつけき人で、その呪咀により、宮中にいるだけで物の怪に患うとの噂あり（①18）（＊ただし、これには登花殿の女御の母親の呪咀との説もある（④28））。藤壺の女御（按察の大納言Ⅰの三の君）の寵愛が厚く、心惑わすという（②24）。第七年二月、新中納言Ⅱが長谷寺参籠から帰京し参内した日、帝の御前に召される（③6）。

○**藤壺《ふぢつぼ》の女御《にようご》**　→中宮《ちゆうぐう》Ⅱ

○**別当《べつたう》の中納言《ちゆうなごん》**　蔵人の少将Ⅰの北の方の父。第三年六月、按察の上Ⅱの病気平癒祈願の祈禱をする（②3）。同年九月十日頃、按察の上Ⅱの死去を惜しみ、弔問の使者を送る（②6）。第六年七月中旬、病気の按察の大納言Ⅰを見舞う（②34）。第八年二月七日、藤壺の女御の立后に伴い、中宮大夫となる（④2）。

○**弁《べん》の上《うへ》**　→頭《とう》の弁《べん》の上《うへ》

○**弁《べん》の乳母《めのと》**　按察の大納言Ⅰの大君（殿の上）の乳母。新宰相・小中将（＊小少将・少将Ⅱも同人か）の母。第二年正月、権大納言Ⅰ（関白Ⅱ）と大君との結婚に際し整えられた女房の中に入る（①11）。第三年八月、異腹の弟蔵人の少将Ⅰをも大君と同じように育てたと重病の按察の上Ⅱが回想（②4）。同年九月十日、按察の上Ⅱの死去を権大納言Ⅰの使者に告げる（②6）。第六年五月、殿の上（大君）の居所へ参り、藤壺の女御の装束の手配について尋ねる（②29）。第七年春、出産間近い藤壺の女御を治部卿の律師の里坊へ移すに際し、伴われない（③7）。

【マ　行】

○**三井寺《みゐでら》の権僧正《ごんのそうじやう》**　園城寺の僧。出自不明。第三年十月、按察の上Ⅱの死去後三十五日の法要の導師となり、弁舌をふるって人々を感動させ、涙を流させる（②9）。

○**帝《みかど》**Ⅰ　→冷泉院《れいぜいゐん》Ⅱ

○**帝《みかど》**Ⅱ　→朱雀院《すざくゐん》

○**帝《みかど》**Ⅲ　→春宮《とうぐう》Ⅱ

○**三河守《みかはのかみ》**　出自不明。近江守むねただの三の君（江侍従）との縁談があったが、三の君が三位の中将Ⅰ（新中納言Ⅱ）の愛人となり、中宮Ⅰに出仕したため、まとまらない（④14・19・③6）。

○**右《みぎ》の大臣《おとど》**　→右大臣《うだいじん》

○**右《みぎ》の大臣《おとど》の宰相《さいしやう》の中将《ちゆうじやう》**　→右大臣《うだいじん》の宰相《さいしやう》の中将《ちゆうじやう》

○**御匣殿《みくしげどの》**〔宰相の娘、源宰相の娘、宰相殿の姫君、宰相の姫君、女君、対の御方〕源宰相の娘。御匣殿の阿闍梨の妹。宰相の乳母は異母姉妹。かつて権大納言Ⅰ（関白Ⅱ）の愛人だったことを、第二年十月下旬に、権大納言Ⅰが妻大君（殿の上）に語る（①25）。この時、「さま・かたちなどはよからねど、心の奥ゆかしう」と評される。第三年夏、母北の方が死去し、権大納言Ⅰから美作の乳母を使者にして弔問される（②3）。第六年二月、「心にくくよき人」ゆえ、藤壺の女御（三の君）の後ろ見にしたい旨を関白Ⅱが言う（②24）。翌第七年八月、清水寺に参籠、そこへ兄の阿闍梨が訪ねて来る。その現場を大納言の君と少将Ⅰに垣間見られる（③17）。「あてになまめかしく、しめやかなるさま」と評される。参籠中、自宅に美作の乳母が遣わされ、藤壺の女御の後ろ見のことを請われる（②19）。殿の上も、後ろ見になることを望む（③20）。十月初旬、関白Ⅱが改めて美作の乳母を遣わし、女御の後ろ見を要請される（③22）。父源宰相・乳母らに勧められて出仕。まず三日ほどは関白邸におり、対の御方と称される。その夜、関白Ⅱに対面し、三日目の夜、殿の上に対面（③22）。その夜遅く参内し、女御に対面、大納言の君・少将Ⅰとも語る。大将の上からも手紙が届く。按察の大納言Ⅰにも折々召される（③23）。この年三十一、二歳。第八年二月七日、藤壺の女御立后の儀式に伺候（④1）。この日、御匣殿となる（④2）。同年九月、藤壺の中宮の御前で、宣旨Ⅳ（大納言の君）に新中納言Ⅱの子（若君）を見たことを語る（④6）。同月中旬、難産の末若宮（一の宮）を出産した藤壺の中宮の体を支える（④8）。七日目の行幸の日、若宮の御守・天児・御佩刀などを持って帝（朱雀院）の御前に出る（④9）。後年、成長した権大納言Ⅱの若君に、宰相の乳母とのゆかりから親しくする（④28）。

○**御匣殿《みくしげどの》の阿闍梨《あざり》**〔山伏の葛城の行者のやうなる人、ありつる修行者、山伏〕源宰相の子で御匣殿（対の御方）の兄。各地の修験場を渡り歩く修行者。第七年八月、清水寺に参籠中の源宰相の姫君（御匣殿）を訪ねる（③17）。童・小法師を連れている。この時、大納言の君・少将Ⅰに垣間見られる。第八年九月、難産の藤壺の中宮の加持をし、物の怪を調伏する（④8）。

○**美作《みまさか》の乳母《めのと》**　権大納言Ⅰ（関白Ⅱ）の乳母。第三年夏、源宰相の北の方の死去に際し、権大納言Ⅰの弔問の使者となる（②3）。第七年八月、源宰相の姫君を藤壺の中宮の後ろ見にするべく関白Ⅱの使者として源宰相邸に遣わされるが、清水寺参籠中で姫君に会えない（③19）。十月初旬、改めて源宰相邸に赴き、女御の後ろ見のことを要請し、承諾を得る（③22）。

○**宮城野**《みやぎの》〔端童・童〕 按察の大納言Ⅰ邸に仕える女の童。第一年十一月、大君・中の君に従い、冶部卿の律師の御堂におり、訪れた権大納言Ⅰを見つけ（①7）、女房に報告する（①9）。

○**宮**《みや》**の君**《きみ》 一条院の大宮Ⅰの女房。新中納言Ⅱ（権大納言Ⅱ）の愛人であった。第八年冬、出家した権大納言Ⅱの住む僧坊の書院へ使者を使ってこっそり手紙をつけた花を挿しておく（④21）。

○**宮**《みや》**の亮**《すけ》 →蔵人《くらうど》の少将《せうしやう》Ⅰ

○**むねただ**〔遠江守むねただ、近江守、父〕 近江守。江侍従（江内侍）の父。他に播磨守の妻となった娘と右大臣の宰相の中将の愛人となった娘（近江の乳母）とがある。小野に別邸を持つ（①23・②14）。三の君（江侍従）の中宮Ⅰへの出仕に反対する（②14）。＊①23の「遠江守」は誤。

○**むねただの大君**《おおいきみ》〔姉〕 近江守むねただの長女。近江の乳母・江侍従（江内侍）の姉。播磨守の妻。物語には直接登場しない。

○**むねただの北**《きた》**の方**《かた》〔近江守の、をばなる人〕 近江守むねただの妻。大君（播磨守の妻）・中の君（近江の乳母）・三の君（江侍従）の母。一品の宮（冷泉院Ⅱの女二の宮）に仕える中将の内侍のおば。三の君（江侍従）を三河守と結婚させようとするが、かなわず、三位の中将Ⅰ（新中納言Ⅱ）の勧めで中宮Ⅰへ出仕することに賛成する（②14）。

○**むねただの三**《さん》**の君**《きみ》 →江内侍《がうないし》

○**むねただの中**《なか》**の君**《きみ》〔中、中の娘、中娘、姉、近江守が中娘、近江の乳母〕 近江守むねただの次女。江内侍（江侍従）の姉。播磨守の妻となった姉がいる。右大臣の宰相の中将に石山寺で見そめられ、愛人となるが、訪れが間遠で悩み、母を心配させるという（②14）。第二年十月二十日頃、山の座主の病気見舞に行く途中、むねただの小野の別邸に立ち寄った権大納言Ⅰ（関白Ⅱ）に歌を詠みかけ、贈答する（①23・25・②14）。第四年夏、中宮Ⅰに出仕した三の君（江侍従）が、関白Ⅰに消息を尋ねられる（②19）。第八年九月中旬、この頃源中納言（右大臣の宰相の中将）の子を産んでおり、藤壺の中宮の産んだ若宮（一の宮）の乳母になる（④8）。七日目の行幸の日、帝（朱雀院）の御前に出、若宮に乳を与える（④9）。

○**乳母**《めのと》Ⅰ　御匣殿（源宰相の娘）の乳母。第七年八月、姫君（御匣殿）に従い清水寺に参籠し、訪ねて来た御匣殿の阿闍梨に防寒具を贈り、また姫君に食事を勧める（③17）。同年十月初旬、関白Ⅱの使者として美作の乳母が源宰相邸を訪れ、姫君が藤壷の女御の後ろ見になるよう要請された時、出仕に賛成し、承諾の旨を伝える（③22）。関白Ⅱより、衣装などを贈られる（③22）。

○**乳母**《めのと》Ⅱ　大将Ⅰの大君の乳母。第九年、大将の上に姫君が誕生、大切に育てる（④26）。

【ヤ　行】

○**耶輪陀羅**《やしゅだら》〔やしゅだら女〕　釈迦の妃。第八年十一月、出家を決意して出て行く権大納言Ⅱ（新中納言Ⅱ）が、釈迦の出家時に思いよそえて、別れの悲しみを思う（④15）。

○**山**《やま》**の座主**《ざす》〔座主〕　比叡山の天台座主。大殿（関白Ⅰ）の弟。按察の大納言Ⅰの若君（阿闍梨Ⅰ）を弟子にしている。第二年十月、病気となり、二十日頃、権大納言Ⅰ（関白Ⅱ）・三位の中将Ⅰ（新中納言Ⅱ）・蔵人の少将Ⅰらの見舞を受けるが、すでに平癒しており、酒を飲み詠歌する（①23・24）。第三年六月頃、病気の按察の上Ⅱを懇ろに見舞う（②3）。同年九月、按察の上Ⅱの岩蔭での葬儀に弟子を百人派遣する（②7）。十月、四十二日の法要の導師を務め、四十九日が済むと、若君（阿闍梨Ⅰ）を迎える（②10）。第七年二月、藤壷の女御（三の君）の病気を案じる帝（朱雀院）の依頼でさまざまの祈禱をする（②44）。同年十二月、一条院の大宮Ⅰの出家の戒師となる（③30）。第八年九月十一日、難産の藤壷の中宮（三の君）のために関白Ⅱが造らせた九体の如意輪観音像の供養をする（④7）。同年十一月、出家した権大納言Ⅱ（新中納言Ⅱ）の斎宮あてに残した置手紙の中で、若君を出家させて弟子にするよう託される（④16）が、実現しない。

○**山**《やま》**の聖**《ひじり》　→聖《ひじり》

【ラ 行】

○**律師**《りつし》 →治部卿《ぢぶきやう》の律師《りつし》

○**冷泉院**《れいぜいゐん》Ⅰ 〔故冷泉院、故院〕 一条院の前代の帝。一条院（一の宮）・冷泉院Ⅱ（二の宮）・斎院（女四の宮）・故兵部卿の宮の父。妻の一人に斎宮の女御（故兵部卿の宮の母）があった。物語開始時すでに故人。晩年に生まれた兵部卿の宮を溺愛し、臨終の場で、一条院・冷泉院Ⅱに兵部卿の宮のことを託したという（①10）。

○**冷泉院**《れいぜんゐん》Ⅱ 〔御前、上の御前、上、帝、当代、父帝、内裏、院〕 物語開始時の帝。故冷泉院Ⅰの二の宮。一条院の弟。斎院・故兵部卿の宮の兄。中宮Ⅰ（関白Ⅰの娘）との間に、春宮Ⅰ（朱雀院）・女二の宮（一品の宮）・二の宮（春宮Ⅱ）があり、弘徽殿の女御（右大臣の娘）との間に、女一の宮（斎宮Ⅱ）・女三の宮がある。物語開始以前、父の故冷泉院Ⅰの遺言により、弟の兵部卿の宮を兄一条院とともに大切に育てていたが、二十歳ほどで亡くなり、悔しい思いをしたという（①10）。第一年十一月、殿上で姫宮たちに琴を教える（①1）。食事の後、音楽会を催すところへ権大納言Ⅰが参内したので蔵人の少将Ⅰに命じて誘う（①2）。そして、一条院の新中納言Ⅰ（大将Ⅰ）と三位の中将Ⅰ（新中納言Ⅱ）を誘い出すべく蔵人の少将Ⅰを遣わす（①3）。その後、改めて音楽会を催し（①4）、詠歌し、人々に禄をかずける（①5）。第三年春頃から疫病が流行し、絶えず祈禱をさせる（②3）。同年九月、按察の上Ⅱの死去を惜しみ、弔問の使者を送る（②6）。十一月一日頃、兄一条院が崩御し、大いに驚く（②12）。翌第四年十一月、一条院の一周忌が過ぎ、退位の意向を漏らす（②18）。翌第五年十月、譲位して冷泉院に移る（②20）。この時四十二歳。第七年二月、藤壺の女御の病気を案じ、山の座主らに命じてさまざまの祈禱をさせる（②44）。同年五月、帝（朱雀院）が病気の藤壺の女御の見舞に行幸しようとするのを大殿（関白Ⅰ）とともに制止（③11）。同年冬、藤壺の女御に皇子が生まれないことを残念がっているという（③25）。また、思い悩む新中納言Ⅱに、女三の宮の降嫁を考えている由を新中納言Ⅱに伝える人があるという（③27）。翌第八年八月、この縁談を関白Ⅱが新中納言Ⅱに勧める（④5）。同年九月十五日、難産の藤壷の中宮のために千体の地蔵を一日のうちに造る（④7）。十七日頃、若宮（一の宮）誕生、大いに喜ぶ（④8）。同年十一月初旬、権大納言Ⅱの出家を惜しむ（④19）。

○**六位**《ろくゐ》〔御乳母子の六位なる〕関白Ⅱの乳母子。第九年三月十六日、京にて、出家した権大納言Ⅱ（新中納言Ⅱ）が紫雲に乗って往生するさまを夢に見た関白Ⅱの使者となり、確かめるべく馬で比叡山に登り、聖と対面。即身成仏の事実を知り、泣く泣く帰京する（④24）。

○**六位**《ろくゐ》**の進**《しん》　新中納言Ⅰ（大将Ⅰ）の親しく使う家司。第二年七月八日、按察の大納言Ⅰの中の君に逢った翌日、新中納言Ⅰの後朝の文を中将の君のもとへ届ける使者となる（①19）。＊「中世王朝物語全集」では、宮田和一郎氏『校註あまのかるも』に倣って「六位の臣」としたが、『しぐれ』『岩屋』などにも見える「六位の進」が正しい。関恒延氏『海人の刈藻』（平3　右文書院）も「六位の進」とする。「進」は、春宮職《しき》・中宮職・修理職・大膳職・京職の判官《じょう》。大進と少進がある。

【ワ　行】

○**若**《わか》**き僧**《そう》〔美しき御僧、初瀬にて見し僧〕新中納言Ⅱ（権大納言Ⅱ）の見る霊夢に現れる僧。第七年二月、長谷寺に参籠して恋を止めるべく祈った新中納言Ⅱの夢に現れ、後世の勧めを説く（③4）。のち再び参籠した時、また夢に現れ、金の枝に付けた史記を与えると告げる（③8）。第八年十一月一日頃、一条院の自室で寝た新中納言Ⅱの夢に現れ、偈を誦する（④13）。

○**若君**《わかぎみ》〔いはけなき人、新中納言殿の御子と聞こゆる人、我が若君、幼き者、故入道の若君、源侍従、大将殿の源中将、宰相の中将、この君、宰相の君、新中納言、君、中納言、殿の中納言、大納言、大将、右大将〕新中納言Ⅱ（権大納言Ⅱ）と藤壷の中宮（三の君）との間に生まれた秘密の子。第七年七月一日頃誕生（③14）。すぐ父の新中納言Ⅱに引き取られて、一条院の大宮Ⅰに託され、大宮Ⅰ・斎宮Ⅰ・宰相の乳母らにかしずかれる（③

15）。新中納言Ⅱにとっては心の慰めとなる（③16）が、逆に出家の妨げともなるという（③18・21）。同年冬、宰相の乳母に抱かれて新中納言Ⅱと対面、「光るように美しげなる」さまで、笑ったり片言を言ったりして、涙ぐませる（③26）。どんどん美しく成長し、新中納言Ⅱに這いまとわる（③31）。第八年八月、新中納言Ⅱに走り寄り甘える（④4）。この頃、宰相の乳母に抱かれて御匣殿に会う（④6）。九月下旬頃、帰宅した新中納言Ⅱに走り寄る（④11）。大宮Ⅰに抱かれ、大将の上が産む子にも劣るまいと言われる（④12）。十一月一日頃、権大納言Ⅱ（新中納言Ⅱ）が帰宅した時、宰相の乳母の膝で眠る（④15）。翌朝、父を探し、宰相の乳母が権大納言Ⅱの失踪を知る（④16）。権大納言Ⅱ、斎宮Ⅰあての置手紙で、出家させて山の座主の弟子にするように依頼（④16）。悲しみに沈む大宮Ⅰの涙を拭い、自分も伏し目になる。そして、関白Ⅱに「父は」と訊かれて大将Ⅰに向かって笑い、「母は」と訊かれて斎宮Ⅰを指さす（④20）。その後、大将Ⅰの養子としてかしずかれ、童殿上して以来、御匣殿・宣旨Ⅳ（大納言の君）・内侍（少将Ⅰ）らに藤壷の御簾の中にも入れられ、母中宮Ⅱにも親しくされるようになる（④28）。第十七年、関白Ⅱと大将Ⅰの計らいにより十一歳で元服、源侍従と称す（④27）。「いとうつくしうやんごとなき人柄」で、多くの縁談が寄せられる（④27）。源中将と称したのち宰相の中将に昇進、色好みで、並の女性とは結婚したくないと言い、関白Ⅱの次女（今姫君）に思いをかけ、藤侍従（小若君）を友として関白邸に通う（④28）。帝（朱雀院）が姫宮の降嫁を考えるが、中宮Ⅱは強く反対（④28・29）。亡父を恋しく思い、母も知らないので、身を憂え出家願望を抱く（④29）。第二十一年以後、新中納言と称するようになるが、沈みがちで一条院にのみ籠る（④30）。二月二十日頃、大将の上と少将の内侍（少将Ⅰ）に出生の秘密を聞かされ（④31）、衝撃を受けて一条院に戻って泣き明かす。明け方に父権大納言Ⅱが夢に現れ、中宮Ⅱによく仕えるよう悟される（④32）。翌朝、大宮Ⅰと対面、帝の姫宮との縁談を尋ねられるが、関白Ⅱの今姫君との結婚を望み、仲介を依頼（④33）。夕方、大将Ⅰの居所へ行き、大将Ⅰ夫妻と語る（④34）。大宮Ⅰが関白Ⅱに話して今姫君との結婚を認められ、関白Ⅱ・大宮Ⅰとなごやかに歓談、中宮Ⅱとものどかな気持ちで会う（④35）。その後、大納言さらに右大将に昇進、関白Ⅱの今姫君と結婚し、婿として大切にされる（④36）。

○若宮《わかみや》→一《いち》の宮《みや》

○童《わらは》Ⅰ　権大納言Ⅰ（関白Ⅱ）に仕える童。第一年十一月、雪見に出た権大納言Ⅰの馬に走り従う（①7）。

○童《わらは》Ⅱ〔童の大きやかなる〕按察の大納言Ⅰ邸に仕える童。第一年十一月、故冶部卿の御堂で物忌に籠る大君・中の君らに従っている（①7）。

○童《わらは》Ⅲ〔髪はよぼろうち過ぎたる童〕按察の大納言Ⅰ邸に仕える童。第一年十一月、故冶部卿の御堂で物忌に籠る大君・中の君らに従い、権大納言Ⅰの消息を冶部卿の律師に伝える（①9）。

○童《わらは》Ⅳ〔ありつる童〕新中納言Ⅰ（大将Ⅰ）に仕える童。第二年七月七日、按察の大納言Ⅰの中の君の居所に侵入した新中納言Ⅰに従い、車を向かいの院の判官代の邸に引き入れた後待っており（①16）、按察の大納言Ⅰ邸から出て来た新中納言Ⅰを待ち迎える（①17）。

○童《わらは》Ⅴ〔大きなる童〕近江守むねただの中の君に仕える女の童。第二年十一月二十日頃、山の座主の見舞に行く途中、小野のむねただの別邸に立ち寄った権大納言Ⅰ（関白Ⅱ）に、中の君の手紙を乗せた扇を差し出す（①23）。

○童《わらは》Ⅵ　御匣殿の阿闍梨の弟子。第七年八月、清水寺に参籠中の源宰相の姫君（御匣殿）を訪ねた阿闍梨に従い、大納言の君と少将Ⅰに源宰相の姫君の局かと問う（③17）。

『海人の刈藻』主要テキスト対照表

※「中世王朝物語全集」②『海人の刈藻』の節番号（括弧内の丸数字が巻数、次の算用数字が巻ごとの節番号）を現在流布している三種の活字テキストのページ数と行数を対照できるよう一覧表に示した。使用したテキストは次の通り。

(1) **叢書** 『桂宮本叢書』第17巻（昭31　養徳社）〈頁数は漢数字のもの〉

(2) **校註** 『校註あまのかるも』宮田和一郎著（昭23　養徳社）

(3) **集成** 『鎌倉時代物語集成』第１巻（昭63　笠間書院）

巻一	叢書	校註	集成
① 1	1.1	3.1	175.1
2	2.3	4.7	175.12
3	3.13	7.1	177.3
4	5.7	9.5	178.9
5	6.10	11.1	179.9
6	7.12	12.6	180.8
7	9.3	14.7	181.9
8	11.8	17.10	183.8
9	12.7	19.4	184.5
10	14.13	22.11	186.5
11	15.13	24.5	187.2
12	17.5	26.7	188.6
13	18.2	27.8	188.16
14	20.8	31.1	190.17
15	21.6	32.4	191.13
16	22.5	33.8	192.9
17	23.12	35.9	193.13
18	25.5	37.11	194.16
19	26.13	40.5	196.6
20	28.7	42.8	197.12
21	29.3	43.9	198.4
22	30.8	45.8	199.6
23	32.3	48.1	200.13
24	33.10	50.3	202.1
25	34.8	51.5	202.13
26	36.7	54.3	204.7

巻二	叢書	校註	集成
② 1	39.1	58.1	209.1
2	40.10	60.6	210.5
3	41.10	61.12	211.3
4	42.11	63.6	212.1
5	44.2	65.7	213.3
6	45.7	67.8	214.6
7	46.5	68.11	215.2
8	46.12	69.8	215.8
9	48.2	71.7	216.10
10	49.2	72.12	217.7
11	49.10	73.10	217.14
12	50.8	75.2	218.10
13	51.10	76.10	219.9
14	51.14	77.4	219.14
15	53.7	79.8	221.1
16	54.3	80.9	221.11
17	54.8	81.4	221.17
18	55.6	82.4	222.12
19	55.11	82.12	223.1
20	56.8	84.1	223.12
21	56.13	84.8	223.17
22	57.9	85.10	224.11
23	58.8	87.2	225.8
24	59.14	89.4	226.11
25	61.1	90.11	227.8
26	61.13	92.2	228.4
27	63.10	94.8	229.12
28	64.1	95.4	230.1
29	64.4	95.8	230.3
30	64.12	96.6	230.12
31	65.8	97.6	231.6
32	66.7	98.12	232.2
33	67.8	100.6	233.1
34	68.2	101.4	233.8
35	68.7	101.11	233.13
36	69.5	103.2	234.9
37	71.1	105.9	235.17
38	73.2	108.11	237.11
39	74.10	111.3	238.16
40	75.5	112.3	239.8
41	75.13	113.2	239.16
42	76.6	113.11	240.6
43	76.10	114.4	240.10
44	77.8	115.8	241.5

巻三	叢書	校註	集成
③ 1	78.1	117.1	245.1
2	79.8	119.4	246.2
3	80.7	120.10	246.16
4	80.12	121.5	247.4
5	81.6	122.2	247.12
6	81.12	122.9	248.2
7	83.8	125.4	249.9
8	84.4	126.6	250.3
9	85.9	128.6	251.5
10	87.4	131.1	252.11
11	87.14	132.3	253.4
12	88.7	133.1	253.12
13	90.1	135.5	254.17
14	90.13	136.9	255.12
15	92.7	139.2	256.17
16	93.2	140.1	257.9
17	93.6	140.6	257.14
18	95.3	143.2	259.5
19	97.3	146.4	260.17
20	97.10	147.1	261.7
21	98.12	148.8	262.5
22	99.12	150.2	263.2
23	101.1	151.12	264.2
24	102.2	153.8	264.17
25	102.6	154.2	265.4
26	103.6	155.7	265.17
27	104.3	156.8	266.13
28	105.1	157.12	267.8
29	105.8	158.9	267.14
30	105.13	159.2	268.2
31	106.1	159.6	268.4

巻四	叢書	校註	集成
④ 1	108.1	162.1	273.1
2	109.8	164.2	274.1
3	110.3	165.1	274.10
4	111.3	166.7	275.7
5	111.7	167.1	275.11
6	112.9	168.10	276.10
7	114.4	171.3	277.16
8	115.2	172.5	278.10
9	116.3	173.12	279.10
10	117.11	176.3	280.15
11	118.12	177.10	281.13
12	120.2	179.10	282.13
13	120.12	180.10	283.7
14	122.10	183.6	284.16
15	123.9	184.10	285.12
16	124.9	186.3	286.9
17	126.5	188.6	287.16
18	126.11	189.1	288.6
19	127.8	190.4	288.17
20	128.5	191.5	289.10
21	129.6	192.11	290.9
22	130.6	194.3	291.5
23	131.9	195.10	292.6
24	132.8	197.2	293.3
25	133.6	198.6	293.16
26	133.11	199.1	294.5
27	134.5	199.11	294.13
28	135.5	201.4	295.10
29	136.7	203.1	296.9
30	137.6	204.5	297.5
31	137.11	204.11	297.11
32	138.10	206.4	298.6
33	139.8	207.8	299.2
34	140.4	208.10	299.13
35	141.5	210.5	300.10
36	142.4	211.11	301.8

初出一覧（いずれも本書収載にあたって若干の加筆・訂正を行なっている）

序　章（書き下ろし）

Ｉ　主題・構想論

『松浦宮物語』の「偽跋」私解

＊『解釈』第三十五巻第六号（平成元年六月　解釈学会）

『海人の刈藻』私見

＊『国文学攷』第百二十六号（平成二年六月　広島大学国語国文学会）

『あさぢが露』読解考――「兵衛の大夫のりただ」関連記事をめぐって――

＊『論集　源氏物語とその前後』3（王朝物語研究会編　平成四年五月　新典社）

『石清水物語』概観

＊『古代中世国文学』第十九号（平成十五年六月　広島平安文学研究会）

『八重葎』の再評価

＊『中世王朝物語の新研究』（辛島正雄・妹尾好信編　平成十九年十月　新典社）

『風につれなき物語』管見

＊『広島大学文学部紀要』第五十四巻（平成六年十二月　広島大学文学部）

II　典拠・先行物語受容考

『はいずみ』小考――典拠としての平中説話の考察を中心に――
　＊『国語の研究』第十九号（平成五年九月　大分大学国語国文学会）
『海人の刈藻』の『源氏物語』受容
　＊『中古文学の形成と展開　王朝文学前後』（継承と展開4）（稲賀敬二・増田欣編　平成七年四月　和泉書院）
『松陰中納言物語』の『伊勢物語』引用について
　＊『古代中世国文学』第十一号（平成十年四月　広島平安文学研究会）
『伊香物語』と紫式部伝説
　＊『解釈』第三十八巻第三号（平成四年三月　解釈学会）

III　引歌表現考

『海人の刈藻』引歌考
　＊『国語の研究』第十五号（平成三年三月　大分大学国語国文学会）
『八重葎』引歌表現覚書
　＊『国語の研究』第十七号（平成四年十月　大分大学国語国文学会）
『あきぎり』引歌表現考
　＊『広島大学文学部紀要』第五十五巻（平成七年十二月　広島大学文学部）
『松陰中納言物語』引歌表現考
　＊『広島大学文学部紀要』第五十七巻（平成九年十二月　広島大学文学部）

Ⅳ　本文校訂考

『貝合』本文存疑考・二題

＊『古代中世国文学』第十七号（平成十三年九月　広島平安文学研究会）

『在明の別』本文校訂覚書

＊原題「『在明の別』本文校訂覚書――その一・巻一――」『広島大学文学部紀要』第五十八巻（平成十年十二月　広島大学文学部）

＊原題「『在明の別』本文校訂覚書――その二・巻二、三――」『広島大学大学院文学研究科論集』第六十一巻（平成十三年十二月　広島大学大学院文学研究科）

改作本『夜寝覚物語』本文校訂覚書――巻一の場合――

＊原題「改作本『夜寝覚物語』本文校訂覚書」『古代中世国文学』第二十三号（平成十九年三月　広島平安文学研究会）

付　録

『海人の刈藻』登場人物総覧

＊原題「『海人の刈藻』登場人物総覧（上）」『大分大学教育学部研究紀要』第十二巻第一号（平成二年三月　大分大学教育学部）

＊原題「『海人の刈藻』登場人物総覧（下）」『大分大学教育学部研究紀要』第十二巻第二号（平成二年十一月　大分大学教育学部）

あとがき

もともと平安朝の歌物語を主な研究対象としていた私が中世王朝物語をも研究するようになったきっかけは、笠間書院から現在も刊行中の「中世王朝物語全集」の第二巻『海人の刈藻』の訳注を担当せよとの話をいただいたことである。いつのことだったか定かには覚えていないのだが、まだ広島大学の国文研究室に助手として勤めていた時なので、昭和六十二年の初め頃であろうか、稲賀敬二先生からその話はかなり唐突に持ち込まれた。先生は、「現代語訳を中心とした中世の物語の注釈叢書を出すことになった。ついては君に『海人の刈藻』を担当してほしい。これは参考文献。貸してあげるから、必要ならコピーして使いなさい」とおっしゃって、古ぼけた小さな本を差し出された。初めて目にする本だったが、それは当時すでに稀覯本となっていた宮田和一郎著『校註あまのかるも』であった。

読んだことのない物語で、どんな話なのか見当もつかず、全訳して注をつけるような仕事がはたして自分にできるのかはなはだ不安であったが、お断りできるはずもないので、「わかりました」と答えてその本を持ち帰って読み出したのが、中世王朝物語に本気で取り組むようになった最初である。本をめくっていると、「東京大学文学部学生　稲賀敬二」と刷られた古い名刺がはさまっていて、ああ先生は学部生の頃からこんな名刺を持って文献調査に出かけていらしたのだなと思わぬ感慨を覚えたりもした。

宮田氏の注釈に導かれながら読み進めると、『海人の刈藻』はなかなかドラマチックで首尾の整った面白い話であることがわかった。先生は初心者の私に比較的読みやすくまとまりのある作品をあてがってくださったのだということが感じられた。ただ、登場人物がたくさんいて、官位の昇進に伴って呼称が変わるので紛らわしいのが難点で、これは人物の整理から作業を始めないといけないなと思った。

それにしても、中世の物語に関して何の素養も実績もない若造の私に一冊を任せるというのは、編集委員のお一人としてずいぶん冒険であったに違いない。後でわかった担当者のラインナップを見ると、編集委員の先生方をはじめ、どなたも物語研究のエキスパートで、錚々たる顔ぶれである。先生は親心からかなり無理をして私を担当者に加えてくださったのだということがひしと感じられた。それからは、とにかく先生の顔をつぶさぬようにせねばとの一念で仕事に取り組んだことであった。

『海人の刈藻』は原稿提出後数年の間をおいて平成七年の五月に刊行されたが、当初の予定とは異なって第一回配本ということになり、大型企画としてずいぶん力のこもった宣伝をしていただいて、思いのほかに目立つことになってしまった。光栄ではあるが、読者から訳注を担当しているのはどういうやつかと問われたときに、中世の物語の研究実績がまるでないのでは恰好がつかないので、他の物語も研究しなければならないぞとやや脅迫的に思ったのであった。それで、本業の歌物語とその周辺作品の研究のかたわら、勤務校の演習やゼミで中世王朝物語を取り上げて、学生たちとともに読みながら、あれこれ気付いたことや考えたことを論文にして発表するようになった。そんなほそぼそとした研究でも、論文の数が増えると、いっぱしの中世王朝物語の専門家のような気分になってくる。平成十九年には、この道の本当のエキスパートである辛島正雄氏と名前を並べて『中世王朝物語の新研究』（新典社刊）なる論集を編集するというようなおおけないことまでした。

そうなるとさらに欲が出て、辛島氏の名著『中世王朝物語史論』上・下（笠間書院刊）に肩を並べるのはとうてい無理にしても、その後塵を拝する一冊を作りたいと思うようになってきた。ただ、私の研究は、近代的な文学理論を駆使した最近の物語研究の潮流にはまるで縁遠く、およそ文学論以前の、そこに何が書かれているのか、書かれている文章をどう読み解けばよいのかをひたすら考えるだけの極めて地味なものである。はたしてそんな論文を集めて本にしても誰が読んでくれるだろうか、そもそもそんな本を出してくれる出版社があるだろうかという心配があった。

しかし、ありがたいことに、『海人の刈藻』以来のおつきあいである笠間書院が出してくださるという。笠間書院からは、すでに『平安朝歌物語の研究』全二冊（平成十二年・十九年）も出していただいており、大変な恩義がある。そして今回もまた、池田つや子社長、橋本孝編集長の暖かいご理解のもと、大久保康雄氏に編集を担当していただき、ゆきとどいたご配慮を得て、このような本が世に出ることになった。心より厚くお礼申し上げる次第である。『中世王朝物語　表現の探究』というタイトルは大久保氏とあれこれ書名を考えている中で思い至ったものだが、私の研究はほぼすべてが古典文学の読解研究であり、ひたすら表現を探究するのが基本姿勢であることを明確にしたかったがゆえの命名である。

中世王朝物語は、『鎌倉時代物語集成』によって読解の基礎となる信頼すべきテキストが提供され、さらに「中世王朝物語全集」によって読み易い本文と現代語訳で読者層を大きく拡げた。両シリーズの刊行とともに中世王朝物語の研究も進展してきたと言ってよい。笠間書院の先見の明に富む企画が力となって研究を推進したのである。私の研究もまさしく両シリーズに導かれてのものであり、学恩ははかり知れない。

告白すると、実は、『海人の刈藻』が出た頃から、いつか「中世王朝物語」を書名に冠した本を笠間書院から出したいと心中ひそかに思っていた。それが実現して本当にうれしい。今年は、稲賀先生が亡くなられてから満十年になる。そういう節目の年に出版がかなったのも記念になるだろう。遅々たる歩みの中間報告として、先師稲賀先生と、いつも励ましの言葉をかけて力づけてくださった今井源衛先生、今は亡きお二人の先達の御霊前に捧げたいと思う。お二人とも、「まあまあだね。これからはもっとがんばらにゃいかんねえ」とおっしゃるに違いないけれど。

平成二十三年十月

妹尾好信

著者紹介

妹尾　好信（せのお・よしのぶ）

1958年、徳島県生まれ。広島大学大学院文学研究科博士課程単位取得。
博士（文学）（広島大学）
広島大学文学部助手、大分大学教育学部講師、同助教授、広島大学文学部助教授、広島大学大学院文学研究科助教授、同准教授を経て、現在、同教授。
編著書に、『岸本由豆流 後撰和歌集標注』（1989 和泉書院）、中世王朝物語全集②『海人の刈藻』（1995 笠間書院）、『平安朝歌物語の研究［大和物語篇］』（2000 笠間書院）、『王朝和歌・日記文学試論』（2003 新典社）、『中世王朝物語の新研究』（共編、2007 新典社）、『平安朝歌物語の研究［伊勢物語篇・平中物語篇・伊勢集巻頭歌物語篇］』（2007 笠間書院）、『昔男の青春 －『伊勢物語』初段～16段の読み方－』（2009 新典社）がある。

中世王朝物語《ちゅうせいおうちようものがたり》　表現《ひようげん》の探究《たんきゆう》

2011年11月30日　初版第１刷発行

著　者　妹尾好信

発行者　池田つや子
発行所　有限会社笠間書院
東京都千代田区猿楽町2-2-3［〒101-0064］
NDC 分類：913.41　電話 03-3295-1331　fax 03-3294-0996

ISBN978-4-305-70577-8　シナノ印刷

落丁・乱丁本はお取りかえいたします。
出版目録は上記住所までご請求下さい。
http://www.kasamashoin.co.jp

和歌索引

＊本書の中に引用した和歌・歌謡を初二句で掲げた。初二句が同じ場合は第三句も掲げた。

あ行

か　行

さ行

た行

な　行

は　行

ま　行

や　行

わ　行

研究者名索引

＊本書の中に引用・言及した近世以降の学者・研究者・伝本所蔵者などの人名を姓名で掲げた。

あ　行

か　行

さ　行

た　行

な　行

は　行

ま　行

や　行